Stjärnklart

LARS
WILDERÄNG

Stjärnklart

FÖRSTA DELEN

MASSOLIT POCKET

www.massolit.se

Första pocketutgåvan, nionde tryckningen

Omslagsdesign: Anders Timrén, Islington Design
Omslagsfoton: Shutterstock, Ulrica Wilderäng
Sättning: RPform, Richard Persson
Tryck: ScandBook inom EU 2019

ISBN: 978-91-7475-211-3

Massolit ingår i Norstedts Förlagsgrupp, grundad 1823

Det är så här världen slutar. Inte med en knall
utan med ett gnyende.
– T.S. Eliot

DEL I

Förnekelse

1.

Ramses

Den 25 juli, tisdag

”Den lever! Den lever!”

Johan läste vant den bakvända texten på butiksdörrens utsida när han stack nyckeln i låset och öppnade Ramses lokaler för veckan.

Klockan var bara nio denna tisdagsmorgon i slutet av juli, så egentligen var det ingen större brådska. Han kunde ha suttit kvar framför datorn en stund till. De första kunderna brukade inte trilla in förrän vid tiotiden så här mitt i semestern, men det fanns post från gårdagen att ta hand om.

För en gångs skull var det strålande sol, annars hade det regnat nästan konstant sedan midsommar. Hela Johans semester hade varit en besvikelse och han hade mest hängt framför datorn och spelat Minecraft.

Johan steg in i den vita lokalen och log mot den stora väggmålningen som föreställde en mumie som satte sig upp i en egyptisk sarkofag. Mumiens armar sträcktes rakt fram och såg ut att vilja grabba tag i något. Förutom klockan på väggen och dator- och mobiltelefontidningarna i tidskriftsstället intill kundsoffan var målningen det enda som prydde lokalen. Det skulle vara spartanskt. Svalt, stilrent ljus och fräsch, skandinavisk design. Alla fyra Ramsesbutiker: i Göteborg, Luleå, Stockholm och Malmö hade samma rena grafiska profil. Kunderna skulle känna igen sig. Fast egentligen hörde det till sällsyntheterna att en kund verkligen besökte någon av Ramses butiker.

Hit kom man bara när mobiltelefoner behövde väckas från de döda.

Från början hade Johan Hallbergs butikskedja ägnat sig åt att låsa upp operatörslås, sälja batterier och utföra enklare reparationer. Det stora genombrottet hade kommit med Apples Iphone och alla Android-efterapningar. Speciellt Iphone, med dess inbyggda, fasta batteri och känsliga, stora glasskärm, var en kassako. Den absolut vanligaste reparationen var en sprucken eller krossad skärm, något som Johan bytte på fem minuter. Annars kunde det vara kontaktfel eller ett gammalt batteri som behövde bytas, vilket kunde ta lite mer tid.

De flesta kunder skickade in sina telefoner i vanliga vadderade kuvert, och för det mesta kunde Johan och hans anställda i de andra butikerna sitta uppkopplade mot varandra via Skype och i lugn och ro småprata medan de rutinerat reparerade mobilerna. Det hände att det kom in en kund med akut reparationsbehov i butiken på Aschebergsgatan, men annars var det lugnt, vilket passade Johan utmärkt. Han ville ha så lite direkt kundkontakt som möjligt.

Det första kuvertet från gårdagen innehöll en dammig Iphone 5 och en skaderapport.

”Fungerar inte. Skärmen är helt svart, och jag kan inte få den att starta på något sätt, än mindre ge laddningssymbol eller status. Garantin har gått ut. Stort tack på förhand!”

Även papperet var dammigt och de små grå partiklarna började sakta virvla runt i rummet. Han torkade av mobilen med en trasa. Det syntes inga märken, inte ens några repor eller hack på utsidan. Någon form av internt fel kanske? Antagligen var laddkontakten sönder och batteriet helt urladdat. Det fanns ingen ekonomi i att göra avancerad felsökning, så var det inte ett standardfel skulle han mejla kunden för att få godkänt för betald felsökning. Men troligtvis var det bara kontaktfel och urladdat batteri. Första åtgärden var alltså att försöka ladda telefonen med Johans garanterat fungerande Iphone-laddare.

Även nästa kuvert innehöll en Iphone, den här gången med spräckt skärm. Johan startade telefonen och konstaterade att den fungerade, precis som det stod i den bifogade skaderapporten. En snabb kontroll på den bärbara datorn bekräftade att kunden hade betalt i förskott för expressretur, så det var bara att sätta igång. Han torkade av telefonen med trasan för att inte få in skräp när han skruvade isär den. Med van hand fiskade han fram rätt skruvmejsel och började arbeta. Några minuter senare var den nya skärmen på plats, telefonen åter försluten, testad och, tillsammans med ett kvitto på 2 500 kronor, nerstoppad i ett vadderat kuvert adresserat till Växjö.

Så plockade han fram den första telefonen igen. Den hade inte laddat och i den svarta skärmen reflekterades Johans blick. Nära uttaget hade det landat några grå dammpartiklar som han raskt torkade bort innan han skruvade isär telefonen.

Ett moln av damm virvlade upp och fick honom att hosta när han lyfte loss skärmen. Det här var någon som hade ett smutsigt jobb. Inte konstigt att telefonen hade gått sönder. En snabb kontroll av felrapporten visade att kunden hette Pär Stjärnström. Det skulle gå att googla. Vore intressant att veta hur man kan få in så mycket skit i en telefon. Han plockade fram den lilla dammsugaren för att dammsuga rent innanmätet.

Felsökningen var fruktlös. Det var inte kontakten. Inte heller batteriet, som fortfarande hade laddning. Det fick bli avancerad felsökning.

Med en suck skickade Johan iväg ett mejl med frågan om Stjärnström ville betala för vidare arbete. Antagligen bortkastad tid. Med den mängden damm i sig kunde telefonen mycket väl ha blivit överhettad, vilket medfört att ett mikrochip eller en processor antagligen smält och skadats internt.

Johan tittade upp mot väggklockan. Han hade fortfarande fyra brev kvar att hantera innan brevbäraren vid elvatiden kom med dagens post. Inget att vänta med. Han riktade om Macbooken så att den inbyggda kameran pekade rakt mot honom och kopplade upp sig med Skype mot de andra för lite småprat.

Det var lika fantastiskt väder på onsdagen, men när Johan på torsdagen drog upp rullgardinen i bostadsrätten på Sveagatan möttes han av ännu ett Göteborgsregn och grå himmel. Han var osäker på om det var vädret eller nattens spelande av Minecraft Realms som gjorde honom trött. Hade inte datorns skärm utan förvarning lagt av skulle han ha suttit uppe hela natten och spelat. I kväll fick han ta med jobbdatorn hem som ersättare. Å andra sidan kändes det som om han höll på att dra på sig en halsinfektion. Än så länge ingen hosta, men ett irriterande kliande i halsen. Det kändes åtminstone inte som feber, men var det en infektion kunde det förklara varför han var så trött.

Inget som inte en espresso kunde lösa.

Espressobryggaren vägrade starta. Displayen var helt tom, och det hjälpte inte att dra ur stickproppen och sätta i den igen. Ibland hände det att bryggarens mjukvara kraschade, men det var något som lätt kunde fixas genom att bryta strömmen.

Lika bra att äta frukost på jobbet.

Johan lät cykeln stå och tog istället Tvåan till Vasaplatsen och gick den sista biten uppför Aschebergsgatan, förbi Vasaparken och över Engelbrektsgatan.

Samtidigt som han gick kopplade han upp sig mot jobbmejlen och ögnade igenom brevlådan på sin Iphone. Det hade kommit in ett trettiotal mejl. Rubrikerna såg ut att handla om olika klagomål eller reklamationer.

Han öppnade det första mejlet och började läsa.

”Min telefon fungerar inte alls nu. Skärmen är hel, men nu vägrar telefonen starta. Dessutom var den smutsig! Jag hade bara hört gott om er, men det här var det sämsta skit jag varit med om. Fixa! Ordernummer 432231A. Utan vänliga hälsningar.”

Skit.

Reklamationer var det värsta. Ibland försökte kunder bluffa, men när de avslöjats hörde de aldrig av sig igen. I de fåtal fall som Johan eller någon av kollegerna på Ramses hade gjort fel var det urbota tråkigt att åtgärda det. Visserligen var det oftast rutinärenden, men utan att få betalt kändes det ändå trögt.

Johan tittade upp under skärmmössan. Det var fortfarande mulet och utan minsta antydan till att spricka upp. Typiskt Göteborg.

Stockholm må vara ett skitställe och Sveriges baksida, men på framsidan pissade det hela tiden.

När han tittade ner på mobiltelefonen igen hade skärmen blivit svart, och den vaknade inte när han tryckte på knappen. Han kunde inte dra sig till minnes att batteriet hade varnat, men en Iphone tömde batterierna så fort att han numera alltid klickade bort batterivarningarna på ren rutin.

Framme vid butiken låste han upp. Larmet började inte pipa, han måste ha glömt att larma kvällen innan. Illa. Larmet skyddade trots allt dussintals kundtelefoner, plus en hel del dyrbar utrustning och hans bärbara jobbdator.

Johan skakade av regnet från den tunna regnjackan och gick bort till disken. Lampan på disken tändes inte när han slog på den, och han svor tyst för sig själv. Lysdioder var dyra, och om de inte höll längre än så här fick han väl köpa en traditionell lågenergilampa istället. Så mycket för att rädda miljön.

Han kopplade in mobiltelefonen på laddning och satte sig framför datorn och fällde upp skärmen. Macbooken startade inte. Den gröna lampan på laddaren lyste inte.

Tangentbordet var dammigt.

2.

Filip Stenvik

30 juli, söndag

Lägenheten luktade instängt.

Filip Stenvik var inte förvånad. Det var inte första gången som han kom tillbaka till bostadsrätten på Babordsgatan i Hammarby Sjöstad efter några veckor i Stenviken. Ventilationen i lägenheten lämnade lika mycket att önska som det mesta i fuskbygget, men det var ändå hemma. Fast egentligen kände han sig nog mer hemma i den gamla stugan på västra halvan av Stenviken.

Men semestern var slut för den här gången, och på måndag var det dags att börja jobba igen. Med ärvda pengar hade han betalat lägenheten, men han behövde jobba för mat på bordet och för att ha råd med sin hobby.

Han lade ifrån sig nycklarna på hallbordet och bar in MC-väskorna och den stora ryggsäcken. Efter att ha öppnat balkongdörren för att släppa in den fuktiga Stockholmsluften började han packa upp. Framstocken, kolven och piporna till hagelbocken låstes in i vapenskåpet inne i klädkammaren tillsammans med den obrutna asken US 00-patroner. Kläderna åkte in i tvättmaskinen efter att Filip krängt av sig MC-dräkten och till slut stod han naken i lägenheten.

I september skulle han som vanligt återvända till Stenviken för att plocka upp resten av potatisen och lägga in i stugans jordkällare. Och i september var jakten fri. Över sommaren hade han med hagelbössan bara för att vara förberedd. Haglet i US 00-patronerna var för grova för att få användas vid jakt, men de gick att köpa till eftersök. Tanken var att inte använda dem till jakt.

Det gällde att alltid vara förberedd.

Med ett separat vapenskåp i stugan behövde han inte frakta med sig den vanliga jaktammunitionen varje gång. På somrarna ägnade han sig åt fiske och de egna odlingarna. Fast just den här ovanligt regniga sommaren hade det varit mest ogräs som trivts i de odlingar som han hade anlagt på sin halva av ön. Han hade inga förhoppningar att det skulle bli någon större mängd grönsaker att skörda i september. Löken klarade sig antagligen, liksom squashen och pumporna. Resten skulle nog kvävas av ogräs, nu när han skulle vara därifrån i några veckor. Det hade varit tufft nog att hålla grödorna fria ens när han rensade dagligen.

Stenviken var arvegods. Att äga en egen ö innanför Orust var få förunnat. Vid arvskiftet efter fadern, fem år tidigare, hade ön och dess byggnader värderats till över 20 miljoner kronor. Anton hade velat sälja, då han inte ville dela ägandet med brodern, men Filip hade vägrat. Ön hade tillhört familjen i generationer och den passade som hand i handske med Filips fritidsintressen. Till slut hade de styckat upp ön. Filip fick den lilla, gamla stugan med den större, västra halvan av ön och brodern den nyare kaptensvillan på den östra sidan av öns lilla näs. Anton var inte intresserad av vare sig jakt, fiske eller odling och nöjde sig med det fina huset, medan större delen av marken tillföll Filip.

Han hade inte sagt något till Anton när de gjorde upp skiftet, men öns marknadsvärde halverades när det blev två separata fastigheter. Att köpa en del av en ö var inte lika attraktivt som att köpa en hel ö, och brodern kunde efter delningen bara få ut fem miljoner om han sålde. Nu pratade de knappt med varandra längre. Anton kände sig blåst, men Filip var nöjd. Ibland frågade Anton om han testat hur fort han kunde köra med motorcykeln. Brodern uppmuntrade honom att ta risker. Kanske hoppades han att Filip skulle köra ihjäl sig, så att han som enda arvinge skulle få hela ön och kunna sälja? Numera sågs de bara på somrarna, då den äldre Anton vistades med fru och barn samt svåger med familj på sin sida av ön, och den tjugoåttaårige Filip oftast ensam på sin större halva av Stenviken.

Ibland tog Filip med flickvänner till ön, men aldrig när Anton var där. Dessutom var flickvänner sällan intresserade av att åka motorcykel tvärs över landet för att bo i en stuga utan riktig elförsörjning, wc eller rinnande vatten. Och gjorde de inte slut efter att ha varit på Stenviken brukade de dumpa honom efter att ha tittat in i hans skåp i lägenheten. Ingen flickvän hade stannat när han börjat förklara krishantering, försörjningsproblem och prepping. Kanske borde han leta efter tjejer någon annanstans än i Stockholm? Fast det var ju så enkelt att träffa tjejer via jobbet.

”Två latte, tack.”

Blondinen log mot Filip och han log tillbaka.

”Självklart.”

Han började tappa upp två latte ur kaffemaskinen och knappade in dem på kassaapparaten.

”Det blir åttio kronor. Får jag fresta med något annat?” undrade han och log sitt charmigaste leende.

Tjejen log tillbaka och harklade sig.

”Kanske.”

Hon betalade med VISA-kort, tog sina två koppar espresso med mjölk och satte sig hos sin lika rågblonda väninna vid bordet närmast bardisken.

Det regnade ute och caféet var nästan tomt, så Filip började förstrött torka av bardisken medan han tjuvlyssnade på tjejernas diskussion.

”Nej, jag skickade in den för reparation, men när jag fick tillbaka den fungerade den inte alls. Himla skit!”

Hon viftade demonstrativt med en mobiltelefon.

”Jag får köpa någon billig telefon så länge. Måste kunna skicka sms, ju.”

Väninnan himlade med ögonen och nickade instämmande.

”Dessutom la min dator av. Får den inte att starta. Så himla typiskt!”

Det kom in ett par på caféet och Filip fick ägna sig åt dem. När han ställde fram deras smörgåsar och latte på en bricka vände sig mannen till Filip.

”Din kortläsare fungerar inte.”

”Det var konstigt, den fungerade nyss.”

Filip vände på kortläsaren. LCD-skärmen visade oläsbara symboler, samtidigt som ett felmeddelande dök upp på kassaapparatens skärm. Han provade att bryta strömmen för att starta om kortläsaren, men då startade kortläsaren inte alls.

Ingen bra första arbetsdag efter semestern.

”Jag är hemskt ledsen, går det bra att betala kontant så länge?”

Mannen såg förlägen ut och sneglade på sitt kvinnliga sällskap, som suckade och plockade upp plånboken.

När Filip kom hem hade det precis slutat regna och solen tittade fram över horisonten i väster. Han skulle springa en vända, när det hade torkat upp lite. I väntan på det satte han sig vid datorn, kopplade upp sig mot Swedish Prepper, gick in under tråden ”Vad har du gjort för att förbättra din beredskap den senaste veckan?” och började skriva.

”Tillbaka efter att ha bott i min Bug-Out-Location i fyra veckor. Fyllt på hemskafferiet med potatis.”

Filips alias på Internetforumet var Dieselmannen. Inte för att han lagrade någon diesel; motorcykeln gick på bensin och i stugan var det ved, T-sprit och fotogen som gällde. Namnet hade han valt för att förvilla. Även om prepping var en kul och i Filips tycke meningsfull hobby, var den inte social. OPSEC, *operational security*, var viktigt. När skiten förr eller senare träffade fläkten skulle ingen veta vem man var och var man hade sitt förråd. Försök till anonyma gruppmöten i verkliga livet hade alltid floppat, men på Internet var alla anonyma, och det var där man fick vara social och diskutera hur dumma det oförberedda fårket var. Några tjejer fanns det inte på Swedish Prepper, vad Filip kände till, eller så var de så pass smarta att de teg om det för att inte röja ledtrådar till sina identiteter och för att slippa inviter.

Det var inte en gratis hobby, men förråden roterade han kontinuerligt, så pengar lagda på mat och förbrukningsartiklar var inte bortkastade. Filip hade två månaders mat och tillhörande bränsle och förbrukningsartiklar hemma, varav ungefär hälften fanns i källarförrådet. Till det kom de omfattande förråden i stugan. I källarförrådet fanns också det mesta av de tvåhundra liter vatten som han fyllt i tjugo tiolitersdunkar från Biltema. Det skulle räcka till dryck, hygien och matlagning i två månader. Mat kunde han laga i T-spritbrännaren.

Innerst inne visste han att krisen aldrig skulle komma. Men det här gav mål och mening åt livet.

Utanför fönstret började det regna igen.

3.

Magnus Svensson

7 augusti, måndag

Magnus kastade en snabb blick på klockan på Volvons instrumentpanel och kvävde en gäspning.

För att vara säker på att komma förbi biltullen vid Älvsborgsbron innan den slog om, exakt klockan sex, måste han backa ut ur villagaraget hemma i Åsa senast fem minuter över fem. I teorin gick det att köra in till kontoret på Volvo på fyrtiofem minuter, men det var alltid något som strulade. Sedan trängselskatten infördes var trafiken närmast desperat intensiv i pendlarnas försök att hinna förbi infartstullarna utan att betala. Den här morgonen hade en bil fått motorstopp mitt på vägen i höjd med Tjolöholm och sinkat honom i minst fem minuter. Som om inte det räckte hade en andra bil stannat på motorvägen utanför Ikea i Kållered, och medan bärgningen pågick hade bara en motorvägsfil varit öppen.

Fyra minuter kvar.

När han lämnade Gnistängstunnelns dunkel och kom ut i morgonsolen trampade han ner gasen och bytte fil. Om han lade på ett extra kol skulle han hinna precis.

Volvon kurrade belåtet när han accelererade förbi några bilar på uppfarten mot Älvsborgsbron. V60:n var nästan ny och passade familjen perfekt. Egentligen hade det varit mer ståndsmässigt med en V70 eller XC60, men Magnus och Lena hade inte fått öka belåningen på villan med så mycket. V60:n var åtminstone ny, och grannarna hade berömt dem för valet. Uppdraget slutfört! Det gick inte att ha en gammal nersliten bil, hur skulle det uppfattas? Å andra sidan cyklade en av grannarna, Johan, dagligen till jobbet på Ringhals, trots att det var drygt femton kilometer i varje riktning. Fågelvägen, över Vendelsöfjorden, var det bara nio kilometer till kärnkraftverket, men det gick inte att se dit hemifrån. Johan hade föreslagit att han borde söka jobb på kraftverket för att slippa pendla hela vägen till Torslanda varje dag. Magnus höll ögonen öppna, men än så länge hade det inte utannonserats någon passande systemutvecklartjänst.

En fördel med att köra så här tidigt var att det var lätt att få parkeringsplats bakom PVV, högst upp på berget mellan Volvofabrikerna. Kom man inte i tid tog de snabbt slut, och man kunde rentav tvingas parkera nere vid Sörredsvägen och gå upp till kontoret på gångvägarna genom skogen. Tyvärr var inte flextiderna helt flexibla. Magnus, som var konsult, var tvungen att vara på plats mellan nio och femton och fick därför betala biltull på hemresan. Att åka kollektivt var det inte tal om. Visserligen kunde han pendla med Öresundståget från Åsas nya station, via Kungsbacka och rakt in till Göteborgs centralstation, men att därifrån ta sig ut till Volvo på tjänstemannatider var för krångligt. Dessutom var det enkelt att köpa en bil genom att höja lånen på huset, så varför bry sig om alternativen?

Som vanligt skulle Lena lämna Moa på dagis och Mia och Max på fritids, och Magnus hämta upp dem vid fyratiden. Max ville börja gå hem själv från skolan, när den startade nästa vecka, men de var överens om att det var bättre för honom att vistas på fritids istället för att vara ensam hemma. Det var ändå hans sista år där, nästa år skulle han börja mellanstadiet.

Biltullens elektroniska skyltar visade dubbla streck, och med en minuts marginal passerade Magnus utan att betala.

Väl framme gapade parkeringen nästan tom. Han var bland de första på plats. Varken projektledarens eller avdelningschefens bilar syntes, så han kunde koppla av lite extra med frukosten. Kanske för en gångs skull äta den i fikarummet och inte framför tangentbordet.

Två projektkolleger var redan på plats. Magnus fyllde kaffekoppen och satte sig bredvid dem. Den gula morgonsolen lyste upp träden på andra sidan parkeringen, men väderleksrapporten hade utlovat regn senare på dagen. Den regniga sommaren och semestern hade inte varit något vidare, men till hösten hade han och Lena bestämt sig för att ta två veckor i Thailand. Han måste bara stämma av ledigheten med konsultbolaget, några kundvärvare samt Erik, hans projektledare. Det borde inte bli några problem, Erik var schysst.

”Mycket trafik i dag. En jävla bil hade fått stopp i Tingstadstunneln, men jag hade god marginal så det var inga problem med tullarna.”

Magnus nickade instämmande. Han hade hört trafikmeddelandet när han själv satt fast i kön utanför Ikea. I dag hade många bilar fått stopp. Typisk måndagstrafik.

Kollegan fingrade på en gammal mobiltelefon.

”Har Iphonen gått sönder?” undrade Magnus.

”Ja, jävlar. Skärmen gick sönder så jag skickade in den till Ramses i förra veckan. När den kom tillbaka fungerade den inte alls, och de jävlarna svarar varken i telefon eller på mejl. Har plockat fram en gammal nalle så länge. Tänker titta förbi deras kontor på hemvägen och skälla ut dem. Ska ändå sluta tidigt, måste förbi bilverkstan med Toyotan. Motorvarningslampan lyser och vägrar slockna. Bilmecken trodde inte att det var något akut, men det är dumt att chansa.”

Kollegan harklade sig.

”Jag blir sjuk av den här jävla sommaren. Det känns som höst redan, men det är ju för fan bara augusti. Bakterier älskar fuktig luft och rötmånad.”

Magnus nickade.

”Vi tänker ta två veckor i Thailand i höst.”

Utanför fönstret körde avdelningschefens bil in på parkeringen. Trion reste sig och gick till sina arbetsplatser.

4.

Peter Ragnhell

9 augusti, onsdag

Tålamod lönar sig, konstaterade Peter Ragnhell och plockade upp den kontant köpta mobiltelefonen med oregistrerat kontantkort och knappade snabbt in två ord i ett sms till Anders och Patrick.

”Han går.”

Så rättade han till huvan på den svarta munkjackan, lämnade skogspartiet och började följa efter den unge vältränade Glenn Aspvik som precis hade kommit ut ur sin flickväns hus längst in på Ärlegatan.

Gängledare som Aspvik var högriskobjekt och greps alltid av piketens tungt beväpnade operatörer, men åklagaren hade ändå släppt Glenn. Peter var egentligen inte överraskad. Han hade inte ens lyft på ögonbrynen när han sett Aspviks anmälan mot piketen för misshandel, efter att piketen hade slagit in lägenhetsdörren till Aspviks egen lägenhet. Peter hade tillsammans med Anders och Patrick fått nöja sig med att vända lägenheten upp och ner. Inte en låda var orörd.

Berättelsen var alltid ungefär densamma. Det spelade ingen roll om det var Calle Cooling, Glenn Göteborgare, Nisse Neger eller Musse Muslim. När piketen grep gängmedlemmar från den organiserade brottsligheten satt de alltid som fromma lamm i piketens omärkta skåpbilar på väg tillbaka till polishuset och häktet. Det fanns ingen anledning att kämpa emot i det läget. Fast sedan bredde de alltid på inför sina polare om hur mycket motstånd de hade gjort och hur mycket jävla stryk de hade fått där i skåpbilen och hur många piketoperatörer de hade knäckt näsan på. Det gällde att upprätthålla fasaden. Allt var ett spel för galleriet.

Peter hatade spel.

Och han hatade piketen.

Vid antagningsproven till Polishögskolan hade Peter inte haft några problem med att lura psykologen. Han hade varit väl påläst och visste hur han skulle besvara frågorna för att klara psykutvärderingen utan anmärkning. De olika frågelagren som skulle vaska fram instabila individer, olämpliga personer eller rentav sociopater, som han själv, hade han navigerat sig igenom med glans. Drömmen om att bli polis hade han haft sedan barnsben; yrket innebar makt och rätt hanterat gav det honom frikort att äntligen få leva ut och förverkliga sig själv.

Efter några år i radiobil hade han sökt till piketen. Han hade klarat de fysiska proven, men psykologen hade sågat honom och intervjun med Göteborgspiketens chef hade gått rent åt helvete. Chefen hade haft mage att påstå att han inte hade vad som krävdes, att alla anmälningar om övergrepp inte gick att ignorera trots att alla utredningar mot honom lagts ner. Lite blåmärken hade det väl kunnat bli, men tydligen skulle man vara felfri för att bli piketoperatör. Psykologen hade rentav sagt att han skulle skicka tillbaka frågan om Peters olämplighet i organisationen och få honom avstängd. Det hade aldrig gått så långt, och ingen hade ifrågasatt att Peter var förste man på plats när psykologen körde rakt in i en bergvägg och sedan dödförklarades på sjukhuset.

I princip alla piketpoliser var självgoda regelbögar som påstod att de aldrig gjorde något fel. Speciellt det yngre gardet av alla poliser med sin fina akademiska utbildning och examen förstod inte att man behövde tänja på reglerna. Vad de inte hajade var att regler var till för att brytas. Det viktigaste var inte att följa regelboken, det viktigaste var att sätta dit buset. På ett eller annat sätt.

Nu lämnade den jävla idioten Aspvik sin flickväns lägenhet mitt i högsommarnatten. Peter, Anders och Patrick skulle kunna följa efter honom och kanske ta honom på bar gärning för något bus, men det var inte planen.

I skenet från gatlyktorna såg han hur Glenn svängde av mot trappan och började gå genvägen nerför Gråberget och den slingrande Ärlegatan. Han började småspringa för att komma ikapp. En bildörr smällde igen längre ner. Om det var Anders och Patrick var det slarvigt, men knappast något som Glenn borde reagera på. Det stod bilar parkerade överallt.

Han drog ner på tempot när han skymtade Glenn mellan buskagen längs den långa trappan. Ingen idé att röja sig redan.

”Va fan! Lämna mig i fred!” hördes plötsligt Glenns röst.

Mellan buskarna såg han att Glenn vände och började gå tillbaka uppför trappan, Anders och Patrick gick tätt efter.

Perfekt.

Tyst fällde han ut teleskopbatongen. Höger hand vilade på pistolen i hölstret i byxlinningen. Visserligen var det hans tjänstepistol och kulorna fullt spårbara, men gick det så långt hade han en ospårbar extrapistol att plantera på Glenns kropp och kunde hävda nödvärn.

”Nej, men god afton! Är det inte Glenn Aspvik? Vilken slump att vi möts här.”

”Låt mig va, jag har inte gjort nåt! Varför förföljer ni mig?”

Alltid samma sak. Ensamma var gängmedlemmarna mesar. De var farliga i grupp, inte en och en. Det spelade ingen roll hur många ton skrot de lyfte på gymmet, de var tillräckligt gatusmarta för att inse att de inte hade en chans tre mot en. Speciellt inte mot poliser med riktig träning och, om det behövdes, lagen på sin sida. Tre mot en gällde ju även när buset själva gjorde upp. Gymträningen var bara till för att orka slå, länge, inte för att klara en fajt ensam. Och för att få respekt.

”Vi vill bara snacka lite”, svarade Peter.

Nedanför Glenn nickade Anders och Patrick tyst och fällde ut sina batonger.

”Du har anmält piketen för misshandel.”

”Alltså, du vet hur det fungerar. Man får så jävla mycket stryk av dem så fort man sitter i bilen.”

Peter nickade.

"Då har du väl bevis? Blåmärken, frakturer?"

Glenn skakade på huvudet.

"Nej, de använde strumpor fyllda med tvål."

Peter kunde inte undvika att le.

"Sådant fungerar bara på film, det blir alltid spår. Händerna på stängslet, sära på benen!"

Glenn protesterade inte utan gjorde som han blev tillsagd. Enligt akten hade han gripits fjorton gånger, så det här var ren rutin. Känd av polisen, som det kallades i media. Åtalad bara fyra gånger, varav tre fällande domar. Men i statistiken var han bokförd för över femhundra uppklarade brott. Varje enskild dos narkotika sattes upp som ett separat brott och till det lades beräkningar om tidigare langning plus alla olaga hot, våld mot tjänsteman, ohörsamhet inför ordningsmakten, försök till misshandel, misshandel och så vidare. Det behövdes inte många åtal för att snygga till uppklarningsprocenten i statistiken. Varje polisanmälan från allmänheten togs upp som ett brott, medan de i undantagsfall fällda brottslingarna bokfördes som hundratals eller åtminstone tiotals uppklarade brott.

Peter lät Anders visitera.

"Han är ren, inte ens en liten fickkniv", konstaterade Anders.

"Okej, Glenn, du kan släppa räcket. Vi är här för att hjälpa dig."

Glenn vände sig om och tittade förvånat på Peter.

"Verkligen?"

Peter log vänligt.

"Ja, verkligen. Ska piketen åka dit för misshandel behöver du riktiga skador."

Patrick slog först. Batongen träffade Glenn snett bakifrån över låret. Benet vek sig. Peter följde efter med en hård, snabb stöt med teleskopbatongen i vänster njure. Smärtan klippte tvärt av skriket, som förvandlades till ett nästan ohörbart stön innan Glenn ens hade nått marken.

Resten var enkelt. Duggregnet gick över i ösregn och dämpade alla stadens ljud i högsommarnattens mörker.

*

Lägenhetsdörren slog igen bakom Peter och han slängde den dyblöta munkjackan över stolen i hallen.

Det var tänt i sovrummet, och när han snörade upp kängorna kom Ida ut. Hennes långa blonda hår var tilltufsat och hon hade ringar under ögonen.

”Var har du varit?” fräste hon. ”Fattar du inte att jag blir orolig. Du skulle ju inte jobba i natt. Varför har du haft både privat- och jobbmobilen avstängd?”

Ida kände inte till hans anonyma telefon. Det gällde att inte lämna något åt slumpen och undvika att registreras på någon basstation i området.

”Jag tog en öl med Anders och Patrick.”

Ida gick fram och sniffade.

”Du luktar inte öl. Varför ljuger du? Vem har du varit med?”

”Jag körde. Vem fan tror du jag är? Ett jävla rattfyllo?”

Peter slog inte kvinnor. När han fortfarande var i uniform och radiobil hade han sett mer än nog av misshandlade livrädda kvinnor som skyddade sina män trots grannarnas anmälningar om lägenhetsbråk. Han var inte sådan. Man slår helt enkelt inte kvinnor. Det lämnar blåmärken och bevis.

Snabbt virade han in handen i hennes hår och ryckte sambons huvud bakåt. Hon stönade till, förde upp händerna och famlade efter hans hand.

”Du ska vara glad att jag är hemma, en dag kanske jag inte kommer tillbaka.”

Hennes vaga protester upphörde när han drog in henne i sovrummet, knuffade omkull henne på sängen, vräkte över henne på mage och slet av henne trosorna. Han visste mycket väl vad hon ville med sitt jävla gnäll.

Hon hade inte hunnit bli våt när han trängde in i henne, men det brukade ordna sig.

5.

Flight DY4456

11 augusti, fredag

Kanske var det lite tidigt för lunch, men hon skulle inte få något att äta på planet.

Trots att Eva reste mellan London och Stockholm åtminstone en gång i veckan betalade arbetsgivaren inte för business class. Senaste påfundet var att hon skulle flyga billigt med Norwegian, vilket betydde att hon inte längre kunde samla flygmil på sin privata SAS Eurobonus och den vägen plocka ut en skattefri förmån. När hon hade invänt att hon tappade värdefull tid med den längre transiten till Gatwick istället för Heathrow hade chefen bara svarat att hon hade mobiltelefon, padda och bärbar dator och kunde jobba på tåget. Eva tolkade det som att all restid var arbetstid, oavsett om hon fick något gjort eller inte. Gatwick Express var inte direkt rymlig och gav inte något utrymme för arbete i lugn och ro, speciellt inte när man fick trängas med alla turister.

Nu satt hon äntligen på Joe's Kitchen på flygplatsen, incheckad och klar. Hon behövde inte checka in något bagage; den bruna Samsoniteväskan var av kabinklass och tillsammans med paddan fick hennes Macbook Air plats i vad som klassades som handväska. Hon var aldrig borta mer än två nätter och behövde inte mer bagage än så. I undantagsfall köpte hon något plagg på plats i London, om lusten föll på och hon ville ut och leta sällskap. De kläderna slängde hon alltid efteråt, de kändes smutsiga. Om Mats mot förmodan skulle se något foto eller om någon bekant skulle få syn på henne kunde hon alltid bortförklara det med att hon inte ägde någon tätt åtsittande urringad klänning. Kontantköp syntes inte heller på Internetbanken eller kontoutdragen. Lite utsvävningar hade hon ändå rätt till. Hon drog ju in betydligt mer pengar än Mats till hushållet, och det var faktiskt ensamt att vara borta två nätter i veckan. Hon förtjänade det.

Onsdagens och torsdagens möten hade dragit över till kvälls- och nattmanglingar, så det hade inte blivit tid över för några utsvävningar den här gången. Fast tvärs över restauranggången satt just nu en rätt attraktiv man i den rödvita lädersoffan under de silverblanka fotbolls- och golfpokalerna. Eller vad det en galonsoffa? Hon kunde inte riktigt avgöra materialet på soffans klädsel utan lät fingrarna smeka längs soffryggen på den egna soffan, samtidigt som hon log mot mannen. Han hade en strikt brittisk affärskostym men hade tagit av sig slipsen och knäppt upp översta skjortknappen. Det kortklippta blonda håret hade börjat gråna. Gissningsvis var han kanske i fyrtiofemårsåldern, några år äldre än Mats. Vältränad. Bröstmusklerna spände mot skjortan och nackmusklerna förklarade varför han hade knäppt upp skjortan. Antagligen ingen britt, med en sådan kostym borde han i så fall haft skräddarsydd skjorta. De blå ögonen signalerade att han antagligen var nordbo, kanske rentav svensk.

Hon fuktade läpparna. En svensk var förbjuden mark, risken att Mats skulle få reda på något var för stor. Men en affärsresenär kunde innebära att de kunde mötas igen. Kanske om hon använde sin bästa brittiska dialekt? Men här på Gatwick? Aldrig i livet. Det fanns inte ens någon toalett på Joe's utan man fick gå ut i terminalen. Dessutom var det hennes egna kläder. Mats kunde märka något, känna lukten. Nej, där gick gränsen. Hon försökte få leendet att se stelt och artigt ut och tog ner handen från soffryggen.

Mannen log tillbaka och nickade.

Hon plockade upp sin Iphone för att låtsasläsa ett sms. Telefonen gapade svart tillbaka mot henne. Typiskt att batteriet hade laddat ur. Hon borstade bort dammet från skärmen, stoppade tillbaka den i dräktens innerficka och plockade istället upp sin Ipad ur handväskan. Mannen tvärsöver gången kunde inte veta att hennes billigare version saknade mobilfunktion, så hon aktiverade paddan och låtsades läsa på skärmen. För att koppla upp sig behövde hon wifi, men på Joe's fanns inget publikt trådlöst nätverk. Å andra sidan slapp hon oftast barnfamiljerna här.

Eva älskade egentligen barn. Sina egna, Linn och Erika, systern Lenas döttrar och svägerskan Jonnas pojk. Men inte andras ungar. Resorna var ändå jobb, och man hade helt enkelt inte barn på jobbet. Definitivt inte ungar. Även om det var ett välbetalt jobb fanns det faktiskt gränser för vad hon stod ut med. Irriterat tittade hon några bord bort, där en till synes lycklig barnfamilj diskuterade och skrattade över en meny.

När hon åter vände blicken mot paddan hade den slocknat och vägrade starta igen. Inte ens någon batterivarningssymbol. Hade inte batteriet varit laddat? Hon plockade upp menyn, låtsades läsa i den istället och sökte sedan en av servitriserna med blicken. Beställningen blev den vanliga, Joe's Homemade Burger och ett stort glas Merlot. Klockan var visserligen bara halv tolv, men alkoholen skulle vara ur kroppen i god tid innan planet landade i Stockholm. Lite kunde hon unna sig efter två nattmanglingar.

Servitrisen tog vänligt upp beställningen och återvände med vinglas och bestick, inklusive den fåniga flygplatskniven.

”We're terribly sorry, but the safety regulations prohibits us from giving you a proper steak knife. We apologize for the inconvenience.”

Eva nickade och log. Man gav alltid samma ursäkt, och av erfarenhet visste hon att det gick att skära hamburgaren med den lilla smörknivsliknande matkniven. Innanför säkerhetskontrollerna fick inga restauranger ha mer än centimeterlånga och rundade blad på knivar som gästerna hade tillgång till. Hon ruskade på huvudet, ville en terrorist kapa ett plan var det ju bara att infiltrera någon restaurang och ge riktig utrustning till sina medbrottslingar. Rent löjligt att misstänkliggöra alla resenärer, när vilken insider som helst kunde gå runt hela säkerhetssystemet. Det måste ju ändå finnas riktiga *kockknivar* i restaurangköket, eller var all mat färdigskuren redan utanför säkerhetszonen?

Hamburgaren smakade som vanligt utmärkt, och hon kände sig

lite mer avslappnad i takt med att vinglaset tömdes. Hon tittade sig omkring. En typisk amerikansk-italiensk konceptrestaurang. Det jobbade garanterat inte en enda amerikan eller italienare i hela restaurangen. Marknadsföringskonceptet var genomplanerat ner till varje foto på Robert de Niro eller Al Pacino från Gudfadernfilmerna, basebollfoton eller olika amerikanska sportattribut.

Hon råkade möta mannens blick igen. Han log. Snälla, ärliga, blå ögon. Han höjde sitt glas i en skål. Hon log tillbaka, men skålade inte. Det fick stanna där. Längtan efter Linn och Erika tog över. Hade inte batteriet laddat ur skulle hon ringa dem nu, även om de var på skolan. Det borde gå att ladda batterierna någonstans i vänthallen, i värsta fall vid en hyrd Internetterminal.

Hon tittade på sin Rolex. Tolv. En dryg timme innan DY4456 skulle lyfta. Hon fick bita i det sura äpplet och hyra en terminalplats för att ladda batterierna hjälpligt. Reseadapter hade hon med sig, men bara en. Bäst att prioritera telefonen framför paddan.

Hon drog upp sitt VISA-kort och viftade till sig servitrisen.

”Check, please!”

”Does madam want anything else?”

”No, thank you, just the check, please.”

”Of course, I'll be right back ma'am.”

Med Joe's bärbara kortterminaler fanns det åtminstone ingen risk för kortskimning. Hon litade inte riktigt på svenska restauranger, som fortfarande ofta hade fasta terminaler, men med chipens intåg började det bli bärbart även hemma.

Servitrisen var snart tillbaka. Eva räckte över kortet utan att titta på notan och kände under tiden efter i dräktens fickor. Att lämna alla småpengar som dricks innan hon flög tillbaka till Sverige var en av alla rutiner. Förhoppningsvis var det inte alltför många pund, den här vändan hade hon knappt haft tid för något annat än jobb.

”I'm terribly sorry, madam. Something is wrong with our card reader. I will get the other one.”

”No worries. The card, please.”

Eva sträckte fram handen, och servitrisen lämnade med ett stelt leende tillbaka det. Försöket att få med sig kortet bakom disken för att snabbt dra det hade misslyckats. Hon log belåtet medan hon borstade bort dammet från kortet.

Proceduren upprepades med en ny terminal. Servitrisen verkade irriterad, mumlade något ohörbart och såg bister ut.

”I'm terribly sorry. We're experiencing problems with all our card readers.”

Demonstrativt höll hon upp terminalen. LCD-displayen blinkade obegripliga tecken, för att sedan tvärt slockna.

”Does madam have any cash?”

”No, sorry.”

Servitrisen såg bekymrad ut.

”There are ATM:s in the terminal. Would it be too much to ask if madam could go and retrieve som cash. You will get free coffee and dessert as compensation. We're terribly sorry!”

Eva suckade, plockade upp sina väskor och tog trappan ner till terminalhallen. Kanske skulle hon bara fortsätta att gå? Nej, lite heder hade hon ändå i kroppen. Man betalade faktiskt för sig. Kortterminalen såg trots allt ut att vara sönder på riktigt, även om det första försöket antagligen hade varit ett försök till kortskimning. Hur sannolikt är det att två terminaler går sönder samtidigt?

När hon vände sig bort från uttagsautomaten krockade hon med mannen från restaurangen.

”Terribly sorry!” fick hon ur sig.

Mannen log.

”Ingen fara”, svarade han på ren svenska. ”Adam.”

Han sträckte fram handen.

”Eva”, fnittrade hon och hälsade.

Även Adam skrattade till.

”Ett elände det här med Joe's kortterminaler. Brukar det vara så här? Det är första gången jag flyger till Stockholm via Gatwick. Företaget har bytt från SAS till Norwegian, så det lär bli fler gånger.”

Han betonade ordet Stockholm. Antagligen fiskade han efter vart hon skulle. Hon nickade till svar.

”Då ska du väl med samma flight som jag, Norwegian DY4456?”

”Precis! Vad kul, då kanske vi syns ombord?”

”Kanske det.”

Hon kunde inte låta bli att le.

”We're terribly sorry, but our espresso-machine just broke down. Is it alright with a cup of ordinary coffee?”

Eva ryckte på axlarna. Det verkade som om inget fungerade på Joe's i dag.

”Kan jag slå mig ner?”

Adam stod med sin stora svarta laptopväska bredvid hennes bord. Hennes hjärta bultade till.

”Visst, varsågod.”

Måtte han åtminstone ta en av de svarta stolarna.

Adam slog sig ner mittemot hennes plats i soffan. Servitrisen återvände med hennes kaffe och en pekanpaj. Han beställde en svart kopp kaffe.

”Jobbar du här i London? Jag veckopendlar. Familjen, du vet. Hem varje fredag. Tillbaka varje måndag.”

Adam log ett pojkaktigt leende, men hon kunde se bortom det barnsliga leendet. Ögonen skvallrade om något annat.

”Onsdag till fredag för mig, oftast.”

Hon vågade sig på att kasta ut en krok.

”Brukar bo på hotell i City.”

Adam sken kort upp, men verkade inse att han röjde sitt intresse och såg omedelbart allvarlig ut igen.

”Jobbar i City själv. Övernattningslägenhet på The Wharf. Blir långa veckodagar. Det finns en svensk diaspora där. Vi brukar gå ut och ta en öl då och då. Du kanske vill följa med någon gång?”

Äsch. Lika bra att köra.

”Javisst, har du något kort?”

De bytte kort. Adam jobbade på bank. Småpratande avslutade de kaffet medan tiden flöt iväg.

När utropet kom att resande med DY4456 till Stockholm Arlanda skulle gå till gaten hade hon helt glömt bort tiden. Telefonen fick laddas i bilen hem, två timmar hit eller dit kvittade. Hon kunde ringa och säga hej till barnen från Volvon.

Tillsammans med Adam skyndade hon mot gaten. På vägen passerade de uttagsautomaterna vid Bags Etc och Costa Coffee. Köerna ringlade långa framför automaterna. En hög svordom fick henne att titta ditåt.

”The bloody thing swallowed my card and shut down!”

Mannen längst fram i den närmaste kön slog irriterat på automaten. Bägge automaterna verkade helt nedsläckta. Inte ens skyltarna över dem lyste. Tur att hon hade hunnit ta ut pengar innan detta hände.

På plats i flygplansstolen ville hon ta av sig skorna, men de två platserna innanför hennes var ännu inte besatta. Planet skulle ha lyft för en halvtimme sedan. Mats började nog oroa sig om hon inte ens hörde av sig efter landningen. Tänk om han började snoka? Han kunde vara svartsjuk och frågade alltid en massa om hennes kolleger, vilka hon hade träffat eller vad hon hade gjort på kvällen. Nu hade hon bara ringt vid lunchtid på torsdagen och därefter nöjt sig med sms. Hon kunde ju inte gärna väcka honom med ett telefonsamtal mitt i natten, efter mötena. Barnen hade hon inte pratat med sedan i tisdags kväll.

Norwegian hade wifi ombord. Hon hade kunnat skicka meddelanden med Imessage från sin Macbook Air, men den hade också laddat ur batterierna. Slarvigt. Samtidigt kändes den bärbara datorn varm, nästan som om den hade jobbat kraftigt med bildbehandling. Antagligen hade den precis sparat ner minnet på hårddisken innan batteriet laddade ur helt.

Fyra stolsrader av gråblå flygstolar med röda huvuddukar längre fram kunde hon se Adam på andra sidan gången. Han satt och läste på sin dator. Kanske kunde hon be att få låna den, logga in på företagets webbmejl och meddela Mats att alla batterier var urladdade? Säga att hon lånat en medpassagerares dator. Gå in på Facebook och titta på lite bilder på barnen.

Det skulle bli skönt att komma hem.

Högtalarna sprakade till.

”Det här är kapten Tomas Gunvaldsen. Vi ber om ursäkt för förseningen, men vi har just nu datorproblem vid incheckningen och tvingas checka in alla kvarvarande passagerare manuellt. Vi hoppas påbörja resan inom tjugo minuter. Vädret är fördelaktigt med medvind, så vi hoppas kunna flyga in åtminstone femton minuter av förseningen, men vi kommer ändå att vara drygt trettio minuter sena till Stockholm Arlanda. Norwegian bjuder på dryck och tilltugg när vi är i luften. Vi ber återigen om ursäkt och tackar för ert tålamod.”

Efter en stund kom ett par i tjugoårsåldern och trängde sig in på platserna innanför henne. De spände fast sig och började genast pussas och hålla handen. Gulligt. Inte exakt vad hon behövde just nu. Hon tittade bort, tog av sig skorna och spände fast sig. Någon bok att läsa hade hon inte, e-böckerna fanns på paddan, och musik fick hon också klara sig utan. Det skulle bli en seg hemresa.

Det började bli varmt och kändes fuktigt i det snart fullsatta planet. Genom fönstret kunde hon se solen gassa på den glänsande asfalten. Hon visste att luftkonditioneringen inte fungerade optimalt förrän kabindörren hade stängts och planet börjat taxa ut. Men sedan borde det snabbt bli svalare och torrare luft.

Eva harklade sig. Det kliade i halsen och hon hostade till. Förhoppningsvis berodde det bara på den instängda luften, inte på något smittsamt. Annars kunde hon smitta hela flygplanet när luften började cirkulera. Inte konstigt att så många blev sjuka efter semestern. Speciellt barnfamiljer. Instängda i ett flygplan tillsammans med alla andras virus och bakterier. Det verkade i alla fall inte vara några ungar ombord. Resan borde bli tyst och lugn. Kanske skulle hon försöka sova? Allt jobb fanns ju på datorn och paddan.

Medan de äntligen taxade ut kördes filmen med säkerhetsinstruktioner på de nerfällda skärmarna över vart tredje säte. Hon hade sett filmen många gånger förr och alltid irriterat sig på animationen med den trådsmala kvinnan. Inte för den onaturligt smala midjan, värd att döda för, och det för stora huvudet, utan för att frisyren påminde väldigt mycket om hennes egen. Det blonda håret hade nästan exakt samma kortklippta page i nacken och lite längre hår på höger sida. Hon förde tillbaka håret bakom örat. Åtminstone hade hon inte den animerade kvinnans rådjursstora mörka ögon. Och trots allt var instruktionsfilmen att föredra framför flygvärdinnornas egen demonstration.

Eva såg sig omkring när skärmen närmast henne blinkade till och blev svart, men filmen fortsatte rulla på alla de andra. Till sist fälldes skärmarna upp och kabinljuset släcktes ner. Det var äntligen dags för start.

När planet hade nått sin rätta höjd tändes kabinbelysningen igen och kabinpersonalen började köra fram vagnar med mat och dryck. För en gångs skull tog man inte extra betalt för det. Längre fram i affärsklass fick passagerarna fortfarande bättre service, och lukten av varm mat spred sig i den dunkla kabinen.

Var det mörkare än vanligt?

Brukade det inte lysa lampor över varje panel och lysrör längs hela kabintakets längd?

Flera sträckor av belysning var nedsläckt och här och var lystes inte väggpanelerna upp av miljöbelysningen.

Den unga kvinnan hostade till och viskade något till ursäkt. Hon var inte den enda som hostade. Tydligen gick det någon sommarförkylning. Även flygvärdinnan hostade till och harklade sig, innan hon frågade vad Eva önskade sig.

Hon valde en Coca-Cola och en påse extra jordnötter, men tackade nej till något mer. Mats hade antagligen planerat middag för i kväll, och hon behövde tänka på formen. Förseningen borde vara uppe online nu, men det hade ändå känts bra att höra av sig. Inte för Mats skull, utan för barnens. Hade inte datorn laddat ur kunde hon ha kopplat upp sig mot planets trådlösa nätverk.

Snart var det dags för Norwegians kabinreklam och underhållningsprogram, och skärmarna fälldes åter ner från taket. Eva tittade automatiskt bort, hon kunde varenda film utantill. Dessutom gapade den närmaste skärmen fortfarande svart.

Skulle hon våga sig på att låna Adams dator? Hon bestämde att det var värt ett försök, kopplade loss sig och gick fram mot hans plats. Han satt och spelade vad som såg ut att vara ett datorspel; på skärmen syntes en stiliserad världskarta med länder eller delar av kontinenter i olika stora sammanhängande färgfält och diverse symboler. Försiktigt lade hon handen på hans axel.

”Adam.”

”Hej, Eva!”

Han sneglade ner på skärmen.

”Inget jobb här inte. Skulle läst och svarat på mejl, men det trådlösa nätverket fungerar inte. Kabinpersonalen visste inte om de kunde lösa det hela. Allt fungerade vid funktionskontrollen före bordning, men man har ju ingen it-tekniker ombord. Så det blev lite underhållning istället. Flygbolagets underhållning fungerar tydligen inte heller.”

Han nickade mot skärmarna i taket. Nu var alla skärmar svarta, inte bara Evas.

Hon log mot honom.

”Då är det ingen idé att jag frågar om jag får låna din dator. Min har slut på batterierna.”

”Ja, om du behöver Internetuppkoppling, vill säga. Var det något speciellt?”

Hon skakade på huvudet. Inte någon bra idé att börja prata om att hon saknade barnen. Män ville aldrig höra talas om hennes barn. Det var ett bra sätt att få dem att tappa intresset. Gällde inte riktigt i det här fallet, åtminstone inte än.

Hon tackade och gick tillbaka mot sin plats. Luften kändes ovanligt kvav, det var nästan dimmigt i kabinen. Allt fler hostningar hördes runtom i planet.

Högtalarna sprakade till och sa något om *cabin crew* men klipptes tvärt av mitt i meningen.

Längre bak i planet lämnade en av de två flygvärdinnorna matvagnen och skyndade leende framåt i kabinen. Eva släppte förbi den unga blonda kvinnan, men följde henne med blicken. Flera flygvärdinnor samlades längst fram i planet och verkade prata upprört, även om de ständigt log när de vände sig tillbaka mot kabinen.

Planet svajade till, det susade till i magen på Eva när det under bråkdelen av en sekund kändes som om hon lättade från golvet, men samtidigt föll. Luftgropar.

Det luktade bränt. Varm elektronik. Inbillning, förstås.

Hon satte sig i sin stol. Den unga kvinnan bredvid henne snöt sig i en servett.

Längre fram i planet började leende flygvärdinnor arbeta sig bakåt i gången och säga någonting vid varje passagerarrad. Eva följde dem intresserat med blicken. Över motorbullret gick det inte att höra vad de viskade. Till slut nådde de fram till hennes rad och kvinnan lutade sig in över henne och det unga paret.

”Vi är hemskt ledsna, men vi ber er att ta på säkerhetsbältena. Det finns ingen anledning till oro, men vi har turbulens och luftgropar. Tyvärr har det uppstått ett ofarligt fel på bälteslampor, högtalare och mikrofoner och därför underrättar vi er muntligt istället. Vi ber även om ursäkt för att underhållningsprogrammet inte visas och att det trådlösa nätverket inte fungerar och hoppas att ni har överseende också med det. Detta är inget som påverkar flygsäkerheten, men väl er upplevelse av resan. Vid avstigningen kommer vi att dela ut uppgifter om vart ni kan vända er för reklamation om ni är missnöjda. Eftersom högtalarsystemet inte fungerar kommer vi fortsättningsvis att ropa ut eventuella meddelanden. Behöver ni hjälp med något eller har ni några frågor?”

”Flyger vi fortfarande ikapp förseningen?” undrade Eva.

Underhållningen skulle hon inte sakna, men bristen på trådlöst nätverk skulle hon minsann reklamera. Ingen idé att vara otrevlig mot personalen nu. Teknikproblem var knappast deras fel. Det viktigaste var att komma hem så fort som möjligt.

”Självklart gör kaptenen sitt bästa, vi kommer att flyga ikapp en del av förseningen.”

”Kan jag få fler servetter?” snörvlade kvinnan bredvid Eva.

”Självklart! Jag ska bara informera resten av passagerarna, sedan återkommer jag med servetter.”

Flygvärdinnans röst bröts på slutet och hon harklade sig med handen för munnen. För en sekund försvann det ständiga leendet och ersattes av en orolig min. Ögonblicket passerade, och flygvärdinnan gick vidare. En stund senare återvände hon med en bunt servetter och räckte leende över dem. Sedan blev hon allvarlig.

”Ursäkta, men tycker ni att det luktar bränt?”

Eva nickade. Det luktade bränt. På andra sidan gången började folk se sig omkring i kabinen, och ett mummel började sprida sig.

Var det inte ännu dimmigare i kabinen? Ett flygplan hade rökdetektorer, så det kunde knappast brinna. Luften var helt enkelt smutsig. Något måste ha hänt med luftcirkulationen och luftkonditioneringens filter.

Eva höll upp handen mot luftventilen. Det verkade inte komma någon luft alls.

”Rök!”

Flygvärdinnan skrek rakt ut och pekade mot golvet vid Evas ben, där strimmor av rök steg upp från hennes handväska.

Instinktivt sparkade Eva ut handväskan i gången. Flygvärdinnan backade undan. Någon skrek. Andra knäppte upp bältena och reste sig för att se.

”Undan! Åt sidan!”

En annan flygvärdinna kom springande med en liten brandsläckare som hon riktade mot Evas handväska och tryckte av. Ett vitt moln sprutade ut och täckte väskan.

De som satt närmast började lämna sina säten för att ta sig bort från väskan.

”Lugn! Sitt kvar på era platser! Det är ingen fara! Vi har allt under kontroll! Syrgasmasker kommer att fällas ner, men det finns ingen anledning till oro. Stanna kvar på era platser!”

Underligt nog lydde alla. Eva stirrade på väskan. Det fortsatte att stiga rök från den, och det luktade varm elektronik. Flygvärdinnan tryckte av brandsläckaren igen.

”Det slocknar inte!”

En man kom rusande, hukade vid väskan och fick upp locket.

”Jävla idiot! Det är en överhettad dator! Jag har sett det förr.”

Eva kände hur hon blev knallröd i ansiktet och skakade på huvudet.

”Nej, batteriet var helt urladdat. Datorn gick inte att använda.”

Mannen tittade snabbt upp.

”Så fan heller, du har stoppat ner en påslagen dator i väskan. Det är något fel på skiten, den ska stänga ner om den blir för varm.”

Han tog tag i datorn för att dra ut den ur sitt fack, men svor till och drog snabbt tillbaka händerna.

”Helvete!”

Flygvärdinnorna hade backat några steg och stod och pratade upprört med varandra. En av dem tittade framåt i planet, där en annan flygvärdinna slog ut med händerna. Dörren till cockpit öppnades och en reslig manlig pilot rusade in i kabinen. Han undersökte snabbt något över passagerarsätena längst fram och ställde sig sedan mitt i gången och ropade med hög röst.

”Vi har problem med syrgassystemet. Vi kommer att dyka till lägre höjd för att kunna vädra ut halon ur kabinen. Det finns ingen anledning till oro, vi har övat sådant här. Sitt kvar på era platser!”

Piloten försvann in i cockpit igen och stängde dörren efter sig.

Mannen på golvet fortsatte att svära men hade fått tag på en tygtrasa och drog nu ut Evas dator och vräkte över den så att den släta baksidan syntes.

”Jävla Macbook Air! Varför har du en Macbook Air?”

Hon slog ut med händerna.

”Tar liten plats.”

Utan förvarning höjde mannen datorn och drämde baksidan upprepade gånger mot Evas armstöd. Baksidestycket släppte till slut, och med en svordom bände han loss den tunna metallplattan. Ett moln av damm och vita rökångor vällde fram ur innanmätet. Mannen hostade till. Luften såg ut att dallra av värmen från fyra svarta plattor inuti datorn. En frän lukt av smält plast fick Eva att hålla för ansiktet.

”Har någon ett verktyg? En fickkniv, någon? Jag måste koppla loss batterierna.”

”Det är förbjudet med knivar ombord”, svarade en flygvärdinna tonlöst.

Eva kände ett sus i magen. Plötsligt började planet dyka brant. Skrik hördes i kabinen. Eva blundade.

Hur det gick till såg hon inte, men på något sätt fick mannen loss batterierna från datorn. När hon öppnade ögonen igen låg spillrorna av hennes dator på golvet tillsammans med resten av innehållet i hennes väska. Mannen hade fått tag på brandsläckaren och sprutade skum in i väskan, som han sedan stängde igen.

”Idiot!” var det sista han sa innan han tog handväskan och vinglade framåt i planet.

Hon ville följa efter och protestera. Han kunde inte bara vräka ut hennes grejer och ta väskan. Den var faktiskt en present från Mats och barnen.

Planet dök fortfarande.

Utan förvarning blev det helt mörkt i kabinen. Det enda ljuset kom från molntöcknet utanför fönstren. Nästan samtidigt skakade flygplanet kraftigt till och började luta åt sidan. Mannen med batterierna skrek till och föll över några passagerarsäten. En av flygvärdinnorna ramlade omkull.

Det hördes skrik. Den unga kvinnan bredvid henne hade börjat gråta och kramade sin partner.

Planet rätade upp sig, och skriken tystnade.

En flygvärdinna längst fram i planet reste sig och ropade.

”Stanna kvar i era säten! Det finns ingen anledning till oro.”

Det sög till i magen, och Eva kände sig med ens lite tyngre när flygplanet planade ut och slutade dyka.

”Jag måste tyvärr meddela att vi upplever begränsade problem med en del system och därför kommer vi att avvika från vår kurs och landa i Tyskland eller Danmark.”

Kaptenen ropade så högt han kunde. Det tillfälliga lugnet bröts av rop och frågor, men kaptenen höjde händerna.

”Jag kan inte stå här och skrika ut svar på era frågor. När vi får högtalarna att fungera återkommer jag med mer information. Under tiden kommer kabinpersonalen att informera er så snart vi vet mer.”

Luften var fortfarande dimmig, den kändes inte längre bara instängd. Istället luktade det svett, och Eva kunde svära på att någon hade spytt. Hon kände sig illamående.

”Kan du vara vänlig och följa med?”

En flygvärdinna stod böjd över henne.

”Varför då? Det var inte mitt fel.”

”Kom med nu. Kaptenen vill prata med dig, Eva. Vi tar ditt pass så länge.”

Flygvärdinnan log inte längre utan tittade ner i ett pass, som hon sedan fällde ihop och stoppade i fickan. Det tog några sekunder innan Eva insåg att det var samma pass som hade legat i hennes handväska.

Hade hon något val? De hade hennes pass. Hon ville inte tänka på hur omständligt det skulle bli när de hade landat om hon inte hade sitt pass. Visste man inte ens var man skulle landa?

Hon följde med flygvärdinnan fram i planet, där kaptenen mötte upp bakom den främre toaletten.

”Vi kommer att anmäla det här. Du har äventyrat flygsäkerheten. Jag hoppas för din skull att just det här handlar om en olyckshändelse och slarv, annars är det bäst att du berättar allt omedelbart.”

Piloten spände blicken i henne.

”Allt? Vadå allt?”

Kaptenen suckade.

”Menar du att du är oskyldig till allt det andra också?”

Hon skakade på huvudet. Vad pratade han om?

”För tillbaka henne till hennes plats.”

Piloten vände sig till en av flygvärdinnorna. Eva antog att det var kabinchefen.

”Vi får chansa på Danmark. Billund antar jag. Hur fan vi nu ska hitta dit? Det löser sig när vi ser kusten. Nu gäller det att hålla henne flygande innan även styrsystemen lägger av. Illa nog med radion och navigationssystemen. De lär bli förvånade när vi dyker upp.”

Piloten nös kraftigt i ena handen.

”Nu måste jag tillbaka. Johan behöver avbyte.”

Eva bröt in.

”Jag måste ringa min familj. De väntar på mig.”

Piloten såg med ens väldigt trött ut.

”Du och alla vi andra. Gå och sätt dig.”

Eva kände hur allas blickar följde henne på vägen tillbaka. Hon harklade sig och försökte le, men kände att hon blev rosenröd i ansiktet och slog ner blicken. Den enda vänliga blicken kom från Adam. Han knäppte loss sig och följde med henne tillbaka till hennes plats.

”Hur är det?”

Hon skakade på huvudet.

”Det var inte mitt fel. Datorn hade laddat ur. Den var ju stendöd.”

Adam log, lade händerna på hennes axlar och tittade henne i ögonen.

”Det är inte ditt fel.”

Planet krängde kraftigt åt höger och de bröt genom molnen. Det började suga i magen igen.

”Havsytan!”

Den unga kvinnan i sätet bredvid började skrika högt.

”Vattnet! Vattnet! Gör något!”

Eva kramade hårt om Adam och tittade mot fönstret. Vattenytan närmade sig fort.

Adam kramade henne tillbaka. Han luktade som Mats och barnen.

”Du är inte ensam”, viskade han i hennes öra.

6.

http://www.huvudstadsbladet.se/

11 augusti, fredag

Norwegianplan saknas över Nordsjön

Flight DY4456 från London Gatwick till Stockholm Arlanda rapporteras saknad över Nordsjön. Planet, en Boeing 737-800, ska utan att ha sänt nödsignaler försvunnit från radar- och trafikledningssystemen efter att ha tappat höjd. En räddningsinsats har inletts. För mer information kontakta Swedavia Stockholm, Arlanda flygplats eller Norwegian. London Gatwick har för närvarande strömavbrott, och personer på plats i England ombedes kontakta Norwegian eller det brittiska luftfartsverket CAA för mer information. För telefonnummer se listan nedan.

7.

Anna Ljungberg

12 augusti, lördag

Lukten av svettig hud mot den vita lädersoffans klädsel började bli påträngande. Bredvid henne gjorde Calle inga ansatser att titta upp från sin Iphone.

Anna Ljungberg tog det personligt. Hon hade äntligen övertygat honom om att ett Buffymaraton på Netflix var rätt sysselsättning en regnig lördagskväll i augustivärmens Göteborgsfukt. Calle förstod inte storheten med Buffy och hade påstått att det var en serie för fjortisar. Hon hade syrligt påmint honom om att hon kunde saker som ingen fjortis kände till eller ställde upp på, och till slut hade han gett med sig. Det var tredje kvällen nu, och Anna hade känt en pirrande känsla av att han faktiskt tittade för hennes skull. Utnötning borde fungera. Till slut skulle han lära sig storheten med Buffy. Bara de kom fram till tredje säsongen, då var hon säker på att han skulle fastna. Faith var nog lite mer hans stil, även om Anna själv mer såg ut som Buffy, med långt rakt blont hår och rätt näpen kropp.

Fast nu var det enda hon kände irritation. Buffy och Angel hade precis klarat sig undan The Judge och de älskande två skulle ha sex för första gången, rentav för första gången i Buffys liv. Det här var stort, nästan lika stort som att förlora oskulden själv. Men Calle satt och kommenterade kompisar på Facebook. Han rörde inte ens chipsen. En direkt förolämpning. Hade han tröttnat på henne?

Det hade aldrig varit lätt för henne att vare sig hitta eller behålla pojkvänner, och klockan tickade. Hon var redan tjugoåtta och hade inte ens bott ihop med en kille. Alla förhållanden hade spruckit innan de kommit så långt. Om Calle bara kunde klara Buffytestet, alla sju säsongerna, kunde hon vara säker på att det var på riktigt. Kanske hon borde få honom att plöja igenom alla säsonger av Angel också för att vara på säkra sidan? Sedan fanns förstås Firefly, Dollhouse och Agents of S.H.I.E.L.D. bland Whedons tv-serier. Han gillade åtminstone båda Avengersfilmerna, även om han antagligen inte fattade hur stort det var att det var självaste Joss Whedon som låg bakom dem.

Det kunde vara värre. Han läste i alla fall rätt slags böcker, även om det mest var fantasy. De kunde botanisera i SF-bokhandeln på Kungsgatan i timmar, han bland fantasyhyllorna och hon bland science fiction-hyllorna. Det fanns hopp om honom än. De hade Gaiman gemensamt, och hon hade fått honom intresserad av Nivens och Pournelles gamla klassiker, som Lucifer's Hammer, Footfall och The Legacy of Heorot. Lite tid hade han ändå över mellan medicinböckerna, och mer än en gång hade han börjat läsa någon fantasybok efter att de älskat.

Själv tjatade Calle om att hon skulle följa med på fjällvandring eller en rejäl hajk. Han hade till och med gett henne ett presentkort på Femmans Sport som täckte all utrustning hon behövde. Beloppet hade varit smått pinsamt, och hon skämdes för att hon inte hade köpt något än. Aldrig förr hade hon fått en så dyr present av en kille. Femtusen kronor, och då hade de bara dejtat i tre månader. Han ville verkligen dra med henne ut, men hon vägrade tillbringa en svettig semester i skogen. Kanske kunde hon gå med på fjällvandring eller möjligen kajakpaddling om han såg sju säsonger Buffy?

Men det fick vänta till nästa år. På måndag var semestern slut och hon skulle tillbaka till jobbet på EMOIDS-projektet, på Sahlgrenska Universitetssjukhuset. Projektet och projektanställningen skulle snart vara över, eftersom Karolinska skulle ta hand om de sista delarna av det gemensamma projektet, innan Smittskyddsinstitutet tog över. Själv hade hon sökt jobbet för att det låg på gångavstånd från lägenheten på Doktor Saléns gata. De flesta programmerarjobben fanns annars på Hisingen, men hon hade snabbt tröttnat på kollektivtrafiken. Ett år som juniorkonsult på kontoret på Lindholmen och därefter ett år i saltgruvorna på Volvo hade räckt. Hon hade till och med skaffat bil för att enklare kunna ta sig ut till Volvo, men trängselskatterna hade varit droppen. Hon hade sagt upp sig från konsultbolaget och sålt bilen så fort det var klart med projektanställningen på EMOIDS.

Att vara tillbaka i en akademisk miljö, visserligen som kodapa, hade känts nästan som att komma tillbaka till det sista studieåret på Chalmers. Men läkarna, doktoranderna och professorerna såg ner på henne, här stod en civilingenjörsexamen inte högt i kurs. Var man inte medicinare, eller möjligen disputerad, här uppe på Medicinareberget var man inget värd. Samtidigt handlade hela projektets slutresultat om EMOIDS programvara, och den var i stort sett hennes skapelse. Hon hade haft stöd av Lars, en programmerare på Karolinska, men han verkade aldrig jobba, så de senaste två åren hade hon fått göra det mesta själv.

Och så hade hon förstås träffat Calle uppe på berget.

Trots att han var lika gammal som hon, pluggade han fortfarande. Gick andra året på läkarlinjen efter att först ha strulat runt som yrkessoldat. Någon sorts gruppchef, hade han sagt. Var det stabsgruppchef? En vända till Kosovo och en mission i Afghanistan. Hon var glad att de inte hade varit ihop eller ens träffats på den tiden. Hur anhöriga stod ut med att vara separerade så länge och så långt ifrån varandra kunde hon inte förstå. Han pratade ibland, rentav ofta, om tiden i Afghanistan och att han kunde tänka sig att åka igen om Sverige åter skulle engagera sig i landet. Hon var inte helt säker på om hon kunde hindra honom, men det skulle innebära slutet för förhållandet. Aldrig att han skulle få hennes medgivande att åka. Fast Calle var rastlös, klarade inte ens två Buffyavsnitt förrän det blev Facebook på telefonen.

Slutade det regna innan det blev mörkt kunde hon föreslå en runda mountainbike i Änggårdsbergen, det hade de gjort förr. Hon hade rentav köpt sig en begagnad Scott på Blocket för hans skull.

Hennes bästis Alexandra hade kallat Calle för alfahanne och svärmorsdröm och anmält intresse om det skulle sluta som det brukade – att Anna dumpade pojkvännen. Enligt Alexandra utgjorde Calle och Anna ett väldigt sött alfapar, om Anna bara kunde se till att få lite sol på sig. Väninnan brukade skämta om att för mycket Buffy och Angel hade gjort Anna till vampyr.

Hon sneglade på Calle, som fortfarande stirrade på sin Iphone. På tv:n höll Angel på att ta av Buffy kläderna. Visst var Calle en alfahanne. Lång, muskulös, kortklippt hår och raka fina ansiktsdrag. Något att behålla, även om han behövde uppfostras. Klädstilen var inget vidare, den måste hon göra något åt, men än hade det inte yppat sig något tillfälle. I dag hade han säckiga shorts med alldeles för många fickor och en tätt åtsittande T-shirt som verkade ha krympt i tvätten. Ärmarna stramade runt överarmsmusklerna och hans magnifika tvättbräda syntes genom det spända framstycket.

Det skulle väl sluta som det brukade. Hon skulle komma på honom flirtande eller, ännu värre, med en annan tjej. Det fanns massor med 20-åriga storbystade blondiner på läkarlinjen som hängde efter honom som en svans. Hon hade minsann sett hur de tittat surt på henne under en sittning i Medicinarvillan. De satt säkert och skickade foton på sina urringningar till honom i denna stund. Hur skulle hon kunna tävla med det?

Den stora platta tv:n slocknade tvärt, likaså den vita lampan på hennes Apple-tv. Strömmen hade gått igen. Andra gången den här veckan.

Calle reagerade inte utan fortsatte att knappa på sin telefon.

Det här gick inte an. Hon tog upp sin egen Iphone, öppnade Facebook och lade sig på rygg i soffan. Utan att han märkte något drog hon upp linnet och visade lite av magen, sedan drog hon upp höger knä, smög in foten under hans lår och började vifta med tårna mot hans bara hud.

När han fortfarande inte reagerade knappade hon in ett direktmeddelande på Facebook: ”Ingen mer Buffy. Kom hit och gör din plikt, eller stick!”

När telefonen brummade till tittade han upp, först på tv:n, sedan på henne. Hon lyfte försiktigt upp armarna över huvudet, så att linnet åkte upp lite till. Nu borde han reagera.

”Förlåt. En polare från Affe mår inget vidare. Behövde snacka lite. Tyckte det var oartigt att gå undan för att ringa.”

Han såg uppriktigt ledsen ut, rentav sorgsen. Som en nittio kilos ledsen hundvalp.

”Kom hit! Du kan säkert hitta på något som plåster på såren.”

Anna putade överdrivet surt med munnen och drog upp linnet lite till. Det kändes fånigt, men hon ville ha honom. Nu! Behövde hon spela teater fick det bli så.

Calle log sitt härliga pojkaktiga leende, men rynkade sedan på pannan.

”Jag har inga med mig. Glömde.”

Anna himlade med ögonen. Hon vägrade att äta p-piller, de förtog halva nöjet. Hon blev bara sur och tappade lusten. Vilken kille gick inte runt med kondomer? Så himla typiskt. Skulle hon behöva köpa hem ett paket själv? Han brukade ju alltid ha med sig. Vad betydde det här? Ville han inte ha henne längre?

Hon lade sig tillrätta i soffan, sköt fram höfterna en aning och satte ner högerbenet på golvet. Sedan sträckte hon armarna mot honom.

”Ingen fara, vi hittar på något. Jag har massor med idéer.”

Det hade de båda två.

Tre timmar och lika många gånger senare stod de i badrummets mörker och duschade när strömmen kom tillbaka. Det hade rentav varit skönare utan kondom. Smått löjligt, det var ju killen som skulle klaga på kondomen, inte tjejen. Tur att det fanns dagenefterpiller. Hon fick kolla upp det i morgon.

8.

Filip Stenvik

13 augusti, söndag

Var det tystnaden i lägenheten som hade väckt honom?

Sommarregnet slog inte längre mot rutorna, och genom de halvt förslutna persiennerna jagade solen fram över hustaken i en ojämn kamp mot molnen. Men det var inte frånvaron av regnets smattrande mot fönstren som gjorde det så tyst.

Först när Filip morgonsvettig sträckte på sig i sängen insåg han vad det var – strömmen hade gått.

Det var hans lediga dag i dag, så trots att klockradion hade slocknat slapp han oroa sig över att ha försovit sig. Han borde byta ut den gamla klockradion, en present han fått som sjusovande tonåring, mot en med batterier. Men den gamla vanan att förlita sig på klockradion satt hårt. Dessutom kunde han ju alltid göra som alla andra och använda mobiltelefonen som väckarklocka.

Han sträckte sig efter H3 Tactical-klockan på nattduksbordet. Halv elva. Med sin självaktiverade, påstått permanenta tritiumbelysning och alla *tacticoola* attribut var armbandsuret ännu en av hans hobbyistmarkörer. Inte för att någon annan än möjligen militärer, poliser eller andra preppers kände igen vad han hade på armen. Fast de flesta klockor som såldes hos Garderoben på Tegnérgatan köptes väl av civilpersoner som han själv? En del påstod att prepping var en materialsport, vilket var rent trams. Det handlade om rätt prylar, inte flest.

Han kände sig med ens klarvaken. Äntligen en chans att återigen testa beredskapen. Det var länge sedan sist.

I köket öppnade han skåpet ovanför kylen och kopplade in kylen och frysen i växelriktaren som var kopplad till ett stort hundraamperetimmars fritidsbatteri. Han slog på växelriktaren, som belåten surrade igång. Kylen och frysen vaknade till liv. Frysen pep en ilsken varning för låg temperatur, men han tryckte snabbt bort signalen. Växelriktaren hade varit dyr i inköp, eftersom strömspikarna från kylen och frysens kompressorer krävde över femtonhundra watt i kapacitet, om än tillfälligt. Hade det inte varit för startspiken hade det räckt med en tvåhundra watts växelriktare. Att hitta en optimal apparat hade varit både omständligt och tidskrävande. Till slut hade han fått köpa den över Internet.

När brummandet från kompressorerna i kylen och frysen drog igång kändes allt ändå värt pengarna.

Fritidsbatteriet stod på ständig underhållsladdning och var fulladdat. Enligt hans beräkning skulle batteriet klara kylen och frysen i minst två dygn. Han kunde till och med kosta på sig att koppla in enklare belysning på batteriet. Dessutom hade han ytterligare fyra likadana batterier i klädkammaren, men bara ett av dem stod på underhållsladdning. Avsaknaden av laddare till alla batterier löste han genom att rotera dem dagligen. Ett sjätte batteri, med en svagare växelriktare med ren sinusvåg, stod redo vid bredbandsroutern och datorutrustningen i vardagsrummet och där gav inte ens skrivaren några strömspikar. Den billiga kinesiska växelriktaren hade han köpt på Clas Ohlson.

Han drog ur sladden ur väggen och kopplade in datorutrustningens grendosa till batteridrift. Lamporna på bredbandsroutern började genast blinka, och när han öppnade den bärbara datorn var bredbandsuppkopplingen redan uppe. Strömavbrottet hade inte drabbat Internetförbindelsen än.

Till batteriet i vardagsrummet kunde han också koppla en golvlampa, och han räknade med att på batteriet klara bredband och datorutrustningen längre än teleoperatörernas nödström i telestationerna. Därtill kunde han köra kyl och frys i upp till tio, kanske tjugo dagar om han bara drev frysen och använde flaskor eller mjölkpaket med fryst vatten till att hålla kylskåpet någorlunda svalt. Med undantag för köttet i frysen skulle kylvarorna ändå vara slut inom några dagar, och vid en längre kris räknade han med att klara sig på sina långtidslager som inte krävde kylning. Så länge det inte var sommar kunde han alltid ställa ut kylvaror på balkongen.

Huvudstadsbladets webbsajt rapporterade om ett större strömavbrott i Stockholm. Elbolaget angav havererade styrsystem men räknade med att strömmen skulle återställas successivt under eftermiddagen. Bland notiserna noterade han att även Halmstad och Växjö hade drabbats av strömavbrott. Huvudstadsbladets TT-notiser gav inga detaljer om orsaken. En annan rubrik meddelade att en teleoperatör hade problem med telekommunikationerna norr om Umeå.

Filip skakade på huvudet. Det som hade fått honom att ge sig på prepping var att landets infrastruktur var under förfall, rentav anfall. Anfall av nyliberalismen. När som helst kunde saker som de flesta svenskar tog för givna helt tvärt försvinna bara för att företagen ville spara pengar och maximera vinsterna, som i de allra flesta fall slussades ut ur landet till utländska jätteföretag. Preppers brukade utmålas som domedagsprofeter, men i själva verket handlade det om en sund realistisk förståelse för tillståndets sanna natur. Men detta gick inte att förklara för andra, så han hade valt att hålla tyst om sina förberedelser. Egentligen längtade han efter de här små korta avbrotten då han faktiskt fick testa sina förberedelser på riktigt.

Det fanns åtminstone några som förstod.

Han kopplade upp sig mot Swedish Preppers webbforum och loggade in som Dieselmannen.

Det hade redan startat en ny diskussionstråd om strömavbrotten i Stockholm, Halmstad och Växjö. Han läste leende igenom diskussionerna men kommenterade dem inte själv. Han ville inte avslöja att han, likt miljoner andra, bodde i någon av de tre städerna. Någon kunde kartlägga, lägga pussel. Det gjorde han i alla fall själv. I ett Excel-ark hade han skrivit ner detaljer om andra skribenter på forumet. Nu kunde han utifrån tidigare skriverier ringa in vilka städer ytterligare tre personer bodde. Några forumskribenter hade han tidigare luskat ut hela identiteten på. En användare hade klantat sig och postat ett foto från ett bilfönster som speglade en räkning. Med spegelvändning och lite bildbehandling hade han fått fram både namn och adress till en högre chef på ett Morakontor för ett börsnoterat företag. Inget Filip hade användning av just då, men bättre att vara förberedd än okunnig.

Vem som helst kunde vara en prepper, det hade han lärt sig.

Han skrev en kommentar i diskussionstråden och beskrev sin egen lösning med växelriktare och fritidsbatterier men uppgav inte att han själv just nu saknade ström. Det fanns andra mer sofistikerade skribenter som hade mer avancerade, och dyra, automatiska nödströmssystem, även om Filip ibland misstänkte att det kanske rörde sig om fria fantasier eller skryt. Varför man nu skulle skryta om man ändå var anonym? På Internet var folk ofta sig själva, inklusive skrytmånsar och översittare. Man identifierade sig så mycket med sin anonyma pseudonym att det var viktigt att överdriva även anonym förmåga.

Som sen frukost plockade han fram tre paket ur nödförrådet: jordnötssmör, jordgubbssylt och finskt mörkt grovt bröd med flera månaders hållbarhet. Det var ändå bara ett rutinmässigt strömavbrott, och han kunde lika gärna passa på att rotera lite förråd. Inköpslistan kompletterades med det han just tagit. Han fick handla på väg hem från jobbet i morgon.

Vattnet fungerade. Vattenverket hade ström eller körde på nödström, annars kunde trycket falla fort i kranarna i städerna. De fåtal vattentorn som fanns kvar och inte hade byggts om till lägenheter var bara till för att jämna ut flödet och räckte inte långt. Vid ett riktigt omfattande strömavbrott kunde trycket vara borta på några timmar. Hammarby Sjöstad låg åtminstone lågt. Först skulle de som bodde högre drabbas, exempelvis uppe på Söders höjder. Men vattenverken hade nödström, eller borde ha.

Det var sämre med varmvattnet, men Filip duschade i det ljumna vattnet. Fjärrvärmens cirkulation måste ha stannat, eller så fungerade inte värmeväxlaren i huset korrekt utan ström. Filip var osäker, antagligen något att kolla upp, men varmvatten var en lyx som han klarade sig utan på Stenvik. I lägenhetens bekvämlighet var det en bagatell.

När han kom ut ur duschen hade solen förlorat kampen mot molnen och det hade börjat duggregna. Det avgjorde saken. Han skulle stanna inne. Oavsett kliade det i halsen, lika bra att inte utmana ödet och förvärra halsinfektionen.

Filip hade inga problem att hålla sig borta från datorn, men eftersom han lätt blev rastlös om han inte fick röra på sig valde han att plocka fram sin samling med ficklampor. Lika bra att gå igenom dem och byta batterier.

Uppladdningsbara småbatterier behövde sitt underhåll. Filip använde inte engångsbatterier utan hade solceller för att ladda batterierna, därmed kunde han hålla ut hur länge som helst bara han hade en ficklampa. Men det innebar att han behövde rotera batterierna. Sexton AA-batterier stod ständigt på laddning och var alltså fulladdade nu när strömmen hade gått och kunde roteras med batterierna i ficklamporna.

Det fanns ficklampor utspridda på flera platser i lägenheten samt i hans ständigt färdigpackade väskor, såväl i hans EDC, *every day carry*, som i hans BOB, *bug out bag*, men även i nyckelknippan och i jackan. Elaka kommentarer kallade hans EDC, en Kato från Hazard 4, för mansväska eller *murse*, men om man var uppmärksam och insatt såg man utsmyckningarna av tvinnad fallskärmslina, ett informellt tecken bland preppers.

Totalt blev det åtta ficklampor när han hade samlat ihop dem. Alla energieffektiva lysdiodlampor med ljuskällor från CREE. Utländska, för de flesta okända märken, som 4Sevens, Nitecore, Fenix, ITP och Surefire. Rentav två billigare CREE-ficklampor från Clas i sjön och Kjell. Allt förstås tillverkat i Kina, oavsett kvalitet. Samtliga ficklampor gick på AA-batterier. Han hade standardiserat så att all utrustning som krävde småbatterier gick på AA, för maximal utbytbarhet.

Koncentrerad skruvade han isär ficklampa efter ficklampa, kontrollerade att de tätande gummiringarna inte hade torkat och för att säkra att de vatten- och dammtäta IP-klassningarna inte var betalda för i onödan.

Efter batteribytena lade han tillbaka alla ficklampor i deras respektive väskor och lådor och hängde tillbaka Nitecore EZAA R5:an på nyckelknippan.

Ute regnade det fortfarande. Irritationen i halsen gav inte med sig så han plockade fram spritkök och t-sprit och började koka upp tevatten i en kastrull.

Filip Stenvik stortrivdes.

Men det kändes lite ensamt.

9.

Magnus Svensson

16 augusti, onsdag

Magnus visste inte exakt när motorvarningslampan hade tänts på Volvon.

Kanske lyste den redan när han lämnade PVV, eller så tändes den senare. Det gick inte att vara säker. Samma sak som med bränsleindikatorn. Han noterade bara att lampan lyste.

Biltrafiken var ovanligt gles. Trots skolstarten hade trafiken inte ökat till normal nivå. Magnus hade sett det förr. Efter julen och sommarsemestern var folk duktiga på att ta hänsyn till trängselskatten, men ju längre tiden gick sedan senaste ledigheten, desto fler struntade i biltullarna och tog bilen, oavsett kostnaden. Vädret kanske spelade in, men den fortsatt regniga sommaren borde snarare avskräcka folk från att ta bussen eller cykla.

Nåja, skönt med gles trafik.

Han hade precis passerat en röd Toyota som fått stopp strax efter krönet på Älvsborgsbron, när han upptäckte motorvarningslampan.

Med en svordom svängde han av vid avfarten mot Kungssten och Högsbohöjd för att leta upp en plats att stanna bilen.

Magnus visste hur han skulle agera om lampan tändes: stänga av bilen, ta ur nyckeln, vänta några minuter och sedan starta om. Precis som med en trilskande dator, bortsett från att man då inte behövde vänta några minuter med att starta om. Tiden handlade väl om att säkerställa att bilens alla datorer och mikroprocessorer tömde sina minnen ordentligt. Bilen innehöll antagligen mer datorkraft än den som funnits ombord på månraketerna, antagligen mer datorkraft än den hela Nasa hade haft vid månlandningarna. Gissningsvis hade bara hans Iphone mer kapacitet än världens samlade datorer på 60-talet och bilen var en mer avancerad konstruktion av nätverkande datorer än ett kontor på 90-talet.

Stressad tittade han på klockan. Tio över tre. Han skulle fortfarande hinna hämta barnen före fyra. Irriterat trummade han med fingrarna på ratten och iakttog omgivningarna. Nere på leden hade två bilar fått stopp precis före Gnistängstunneln, och medan han väntade stannade en bärgningsbil framför den ena.

Efter två minuter satte han tillbaka nyckeln i tändningslåset och vred runt. Belåtet kunde han känna vibrationerna från motorn när den drog igång, men motorvarningslampan fortsatte att lysa.

Helvete!

Bilen måste till en verkstad för kontroll. Något var fel.

Nåja, det fanns en verkstad nere vid Sisjömotet. Det skulle inte vara någon omväg att stanna till där och få en tekniker att snabbt koppla in en läsare och ställa diagnos.

Magnus körde ut på trafikleden igen. Alldeles före tunneln passerade han bärgningsbilen, som nu hade lyft upp den bärgade bilen på flaket. Bärgarens chaufför, klädd i varselgul overall, stod kvar på vägrenen och gestikulerade upprört med armarna och talade i mobiltelefon. Det sista Magnus hann se var hur chauffören riktade en spark mot den egna bärgningsbilen.

Serviceverkstaden, liksom Volvo- och Renaulthandlaren, låg på höger sida av vägen. På vänster hängde slokörade och vattentyngda flaggor framför Hondas, Jaguars, Subarus och Hyundais bilhallar. Överallt stod det parkerade bilar, inte bara på parkeringsplatserna framför bilhandlare och verkstäder utan även utmed hela gatan.

Till slut gav Magnus upp att leta parkering och ställde sig mitt på den runda gatstensklädda cirkeln utanför ingången till servicedisken och gick in. En ilsket orange post-it-lapp satt på kölappsautomaten och informerade torrt om att automaten var ur funktion. Ett tiotal personer ringlade i kön framför servicedisken.

Magnus tittade på klockan. Inte en chans att han skulle hinna plocka upp barnen.

Lena skulle bli sur och börja gräla om han ringde; det fick bli ett sms.

”Problem med bilen. Sisjön för diagnos. Kan du plocka upp 2×M + 1×M från fritids/dagis?”

Svaret kom nästan omedelbart och var kortfattat.

”Nej. Jobbar.”

Magnus fick förnedra sig till att ringa dagis och fritids. På dagis svarade man att det var lugnt, men på fritids svarade ingen. Inte ens telefonsvararen gick igång, trots att han ringde flera gånger. Inte ett dugg förvånande, antagligen skulle ingen märka om barnen var där längre än planerat. Flera gånger hade han hämtat barnen utan att se skymten av någon personal.

Till slut stod han först i kön, som nu var åtminstone tjugo personer lång.

”Hej! Jag har ...”

”Tyst. Låt mig gissa. Motorvarningslampan lyser.”

”Ja, kan du kontrollera vad som är fel?”

”Självklart, men ha inga större förhoppningar. Vi har överfullt. Ett ögonblick. Bengt! En till!”

Bengt följde med ut till Magnus bil och kopplade in en diagnostisk handdator i uttaget ovanför pedalerna. Mekanikern nös i armvecket och skakade på huvudet.

”Det snackas om återkallning. Problemen började i förra veckan. Verkar handla om datorfel, olika mikroprocessorer eller andra delsystem har lagt av eller ger felmeddelanden. Vi får hoppas att ditt problem är mer rutin.”

Magnus rynkade pannan.

”Varför då?”

”Det tar tid att få fram reservdelar. Det här är ovanliga grejer. Vi har inte sådana här reservdelar i några större volymer i lager, och

Volvo har strul med sitt ordersystem. Vi har inte kunnat lägga order på nya reservdelar på hela dagen."

"Andra leverantörer?"

"Vi är auktoriserade och Sveriges största Volvoåterförsäljare. Vi kan inte sälja piratdelar. Du vill väl inte paja garantin med undermåliga delar? Dessutom finns det ingen annan än Volvo som levererar de här mikroprocessorerna. De ska vara programmerade också. Men förhoppningsvis har du bara något rutinproblem. Annars kan du få vänta i veckor."

Mekanikern viftade med ena handen mot parkeringsplatsen.

"Vi har fullt. Jag har aldrig varit med om så här många fel. Det lär komma ett återkallningsbesked från Volvo snart."

Handdatorn pep ilsket till.

"Nå, vad är domen?" undrade Magnus.

"Vet inte. Handdatorn får inte kontakt med bilen."

Bengt provade att koppla in handdatorn igen, men resultatet var återigen ett ilsket pipande.

"Nej, det här måste vi titta på. Kan vara något allvarligt, går inte att få en diagnos. Men du måste flytta bilen, här kan du inte stå. Jag ska bara prova en gång till."

Magnus tittade på klockan igen.

"Jag måste hem och hämta barnen."

"Det måste vi alla."

"Kan jag få ut en lånebil? Det här omfattas väl av någon garanti?"

Mekanikern skakade på huvudet.

"Alla lånebilar är utlånade, och några är redan tillbaka med lysande motorvarningslampor. Jag är hemskt ledsen. Volvo kommer säkert att kompensera dig på något sätt, men vi får vänta på officiell återkallning. Jag har aldrig varit med om något liknande."

Det hördes inget pipande från handdatorn vid det sista försöket.

"Nu lade datorn av också, batteriet tog väl slut. Jag har mycket att göra, du får lämna bilen hos oss", suckade Bengt.

Magnus tog emot ett kuvert att lägga nycklarna i, gled in på förarplatsen och vred runt nyckeln.

Inget hände.

Bengt tittade upp från blanketten som han höll på att fylla i.

”Skit samma! Låt den stå, det finns ändå inga lediga platser.”

Klockan var sju när Magnus klev in genom villans ytterdörr och slängde ifrån sig väskan. Barnen var hemma och skorna låg utspridda över hallens golv av putsad dansk sjösten. Tv:n var på och därifrån hördes Moa och Mia kikna av skratt, medan Max skrek något högt med förställd röst.

Från bilverkstan hade Magnus försökt hoppa på en buss, men busschauffören hade upplyst honom om att det var flera år sedan de slutat med kontant biljettbetalning, att det dessutom var strul med betalkortläsaren och att Magnus, om han inte kunde visa upp en sms-biljett eller giltigt busskort, inte fick åka med, eftersom chauf-fören inte hade tid att vänta på det online-avtal med Västtrafik som Magnus måste teckna för att få fram en sms-biljett. Nästa buss skulle komma först en halvtimme senare, så Magnus valde att gå in till Frölunda Torg och leta rätt på ett ställe där han kunde köpa ett av Västtrafiks busskort. Regnet hade tack och lov upphört.

Sedan hade det varit buss in till Nils Ericsson-terminalen. Där mis-sade han precis Öresundståget men hoppade på Kungsbackapendeln, som visserligen bara gick till Kungsbacka. Bussen vidare till Åsa dök inte upp, men till slut kom nästa Öresundståg och tog honom till Åsas lilla station, som låg en dryg kilometer utanför byn. Slutligen hade det blivit en promenad in till byn. På bägge sidor om den smala vägen låg stora delar av de normalt gyllengula sädesfälten tillplattade efter sommarens ihärdiga regnande. Det skulle inte bli någon bra skörd i år.

”Det tog sin tid. Skönt att du är hemma. Det finns pizza över.”

Lena såg sur och trött ut men ställde sig ändå på tå och slöt ar-marna om honom.

Han visste mycket väl vad det innebar när hon tryckte kroppen mot honom på det där sättet.

10.

Bil Femtioett Trettiotvå Tjugo

17 augusti, torsdag

”Från Femtio. Vi har en prio etta, Bergsgårdsgärdet nittiosex, bråk i lägenhet, andra våningen. Granne ringer in. Hör slag och skrik från lägenhet, man som slår kvinna. Patrull, kom!”

Rakelradions handenhet brusade till där den satt i sin ficka över Malin Olssons vänstra axel. Hon tog ett snabbt bett på den halvätna korven – ostkorv, med ketchup, stark senap och västkustsallad, toppad med rostad lök. Andra kunder inne på den luftkonditionerade Statoilmacken stirrade misstänksamt på dem, men hon var van och ignorerade dem. Närhelst hon hade lust kunde hon stirra tillbaka, vilket alltid fick dem att förr eller senare titta bort, om inte annat så fort hon gjorde minsta ansats att gå fram till dem.

Malin svalde korvtuggan och tittade på Anton. Han nickade. De var garanterat närmast. Bergsgårdsgärdet låg bara några hundra meter längre upp längs Gråbovägen. Hon tog upp handenheten och tryckte in sändknappen.

”Femtioett Trettiotvå Tjugo till Femtio! Taget! Klart slut!”

Ute hade det börjat skymma. Det skulle vara mörkt om kanske en kvart. Regnet hade upphört för stunden, men lamporna från Statoilmacken reflekterades fortfarande i vattenpölarnas krusningar på asfalten utanför.

”Femtioett Femton Trettio! Taget! Klart slut!”

De skulle inte bli ensamma, en radiobil från centrum skulle ansluta. Förhållandevis lugn kväll. Ännu ett rutinärende. Som vanligt skulle mannen förneka allt och kvinnan ställa sig på mannens sida. Hade det funnits några vapennotiser på adressen skulle ledningscentralen aldrig ropat ut det hela utan skickat piketens insatsstyrka direkt. Hustrumisshandlare med vapenlicens eller vapenbrott i bagaget blev sällan långvariga efter att ha fått piketens fulla uppmärksamhet. Nu var det bra att det blev två bilar, så att kollegerna kunde vakta bilarna. Det sista Malin hade lust med var att komma tillbaka till fyra punkterade däck, sönderslagna rutor och förstörd utrustning. Nattetid var tålamodet med ordningsmakten kort i Hjällbo.

Anton satte sig bakom ratten och Malin gled ner i passagerarsätet och fällde upp terminalen, där tidigare anmälningar samt sammanfattande utdrag ur brottsregistret av boende på Bergsgårdsgärdet 96 stod listade: en fängelsedom; ett åtal för brott mot knivlagen och ohörsamhet mot ordningsmakten; fyra anmälningar om bråk eller kvinnomisshandel i en lägenhet på andra våningen. Anmälaren var även denna gång en anonym hjälte som visade civilkurage.

”Andra våningen. Ser ut som femte anmälan. Lär bli fler”, muttrade Malin.

”Ja, från andra våningen lär man inte dö i en fallolycka”, instämde Anton.

De valde att inte ha sirener eller blåljus påslagna. Det tog två minuter att köra dit, och det fanns ingen anledning att dra till sig uppmärksamhet. Förhoppningsvis skulle skymningen och det fallande mörkret göra att ingen i grannskapet uppmärksammade deras närvaro.

Anton hostade till.

”Fan, försöker du smitta mig? Jag behöver min övertid så här efter semestern.”

”Åh, förlåt, prinsessan på ärten. Lite skit får du tåla.”

Radiobilen stannade framför bommen in till området, och Malin hoppade snabbt ut och låste upp spärren. Så tyst som möjligt körde de in mellan de aprikosfärgade putshusen. Åtta unga män stod och hängde vid ett hörn. Flera tog upp mobiltelefonen när de såg polisbilen komma glidande.

”Begåvningsreserven ute i kväll ser jag”, muttrade Malin.

”Le, vinka och var glad, Malin. Vi finns på Facebook nu.”

Malin stirrade tillbaka utan att le.

”Vi väntar in Femtioett Femton Trettio innan vi går in. Bilen kan inte lämnas obevakad”, konstaterade hon.

”Tänker du inte på den stackars mannen, hans knogar är kanske helt nerblodade”, invände Anton.

”Han borde ha använt dem på begåvningsreserven istället.”

”Kan det vara Aspviks gäng?” undrade Anton.

Malin knappade på terminalen. Glenn Aspvik var på fri fot och hade i sedvanlig ordning anmält piketen för misshandel. Suck! Malin, som själv hade haft ett dussin okynnesanmälningar mot sig, samtliga nerlagda, visste att Aspvik knappast hade anledning att hysa något riktigt agg mot polisen, då han garanterat blivit korrekt behandlad av piketen. Så därifrån behövde de nog inte oroa sig för förhöjd hotbild.

Radiobilen stannade framför ingången till Bergsgårdsgärdet 96, och Malin plockade upp mikrofonen.

”Femtioett Trettiotvå Tjugo på plats. Inväntar Femtioett Femton Trettio. Klart slut!”

”Femtioett Femton Trettio på plats om tre minuter. Klart slut!” löd svaret.

Inkörningsproblemen var över för Rakelsystemet och radiokommunikationen fungerade numera smärtfritt. Värre hade det varit i början, då flera incidenter där man inte hade täckning hade lett till farliga situationer. Ledningen menade att allt berodde på handhavandefel, och ibland var det kanske just det, men enligt Malin var problemet brist på erfarenhet. Nu hade alla dock lärt sig hur radion fungerade och när de skulle förlita sig på mobiltelefonen istället. För större insatser hade de oftast stöd av en mobil Rakelbasstation i en ledningsbil, åtminstone om piketen var med. Men här i Hjällbo litade Malin fullt på radion. Dessutom hade hon både sin tjänstetelefon och ena privatmobilen med sig, båda förprogrammerade med direktnummer till ledningscentralen och inre befäl för godkännande av eventuella osäkerheter. Oavsett övervägde fördelarna med Rakel.

Utan risk för avlyssning kunde de tala fritt över radion, då inget bus kunde avlyssna dem. Över radion gick det också att anropa andra enheter direkt eller ringa privatsamtal. Men, ärligt talat, då kunde man lika gärna använda telefonen. Fanns det inte täckning med mobiltelefon fanns det garanterat ingen täckning med Rakel, så systemet kompletterade inte mobiltelefonen, det var mobiltelefonen som kompletterade Rakel.

I backspegeln gled nu Femtioett Femton Trettio upp bakom dem.

”Okej, dags att göra sig förtjänt av lönen, Anton.”

Den andra polisbilen var bemannad med två yngre solstrålar. Unga, blonda och fortfarande oskyldiga. Malin kunde inte undvika att le när hon såg hur de spände sina vältränade långa kroppar då de två paren möttes mellan bilarna. Timmar på gym kunde aldrig kompensera brist på erfarenhet.

”Vi var först, så vi tar lägenheten. Ni får vara parkeringsvakter.”

Malin hade högre rang och fler anställningsår, så det var inget snack. De unga killarna såg ut att himla med ögonen.

”Oroa er inte, det här är inte Haga. Inget medelklassgetto med folket i lugn och ro framför platt-tv:n”, tröstade hon och nickade bort mot hörnet, där en folksamling höll på att bildas.

Det fanns två lägenheter på andra våningen. Malin rättade till bältet och knäppte upp batongspännet. Efter en kort stunds fundering lösgjorde hon spännet på pepparsprejen. Man kunde aldrig veta. Kanske kunde hon provocera gubbjäveln att göra något dumt, så det blev slut på skiten. Fast det var bäst att köra rakt och rent, man kunde aldrig veta vad som spelades in.

Hon gled fram intill ytterdörren och höll handen över dörrögat. Anton smög fram och ställde sig på andra sidan dörren. Tysta lyssnade de inåt, inget hördes. Hade det funnits ett brevinkast hade hon gläntat på det för att höra bättre, men numera fanns brevlådorna på entréplanet.

Hon nickade åt Anton, som ringde på dörrklockan och bankade på dörren med knuten näve.

”Polisen, öppna!”

Efter några sekunder hördes en kedja rassla på andra sidan och dörren gled upp. Mannen som öppnade var klädd i välpressade ljusbruna byxor och vit skjorta med översta knappen uppknäppt. Det luktade cigarettrök i lägenheten.

”Ja?”

Han såg sig runt och stirrade föraktfullt på Malin, som höll sig i bakgrunden, bakom den kortare Anton.

”Vi har fått rapport om oväsen från er lägenhet”, sa Anton med bister röst.

”Nej, det har ni inte. Här är lugnt och tyst.”

Hon försökte se förbi mannen, som gjorde sitt bästa för att blockera dörröppningen, men Malin var åtminstone en decimeter längre och hade inga problem att se rätt över den flintskallige mannen och in i lägenheten.

En kvinna kikade fram runt hörnet från vardagsrummet.

Märken i ansiktet. Svullen, blödande läpp.

”Behöver du hjälp?” frågade Malin lugnt.

Kvinnans ögon spärrades upp. Rädsla. Hon skakade på huvudet och försvann bakom hörnet.

De hade inget beslut om husrannsakan med sig. Kvinnans skadade läpp och tidigare anmälningar kunde räcka för ett eget beslut om husrannsakan för fara i dröjsmål. Fast med en anonym hjälte som anmälare hade de inget mer att luta sig mot.

Malin klev fram mot mannen. Han försökte dra igen dörren, men Anton hade placerat sin högerkänga intill dörren, som inte rubbades en centimeter. Hon ställde sig tätt intill mannen. Det gällde att kränka hans personliga utrymme och få honom att överreagera. Det räckte att han knuffade henne, så hade de honom. Våld mot tjänsteman. Misshandel. Hans ansikte vara bara en decimeter från hennes, och hon tittade ner på honom. Ring på högerhanden. Gift, men det visste hon redan från bilens terminal.

”Vad har du gjort med din fru? Varifrån kommer skadorna?”

”Jag har inte gjort ett skit. Hon gick in i en dörr.”

Mannen backade inte utan stod kvar i dörröppningen, hånleende. De kunde tränga sig in, han skulle inte ha en chans att freda sig. Lyckades de bara få bort kvinnan från honom kunde de kanske få henne att göra en anmälan. Det förelåg förstås risk för fara i dröjsmål, så de kunde dra ut mannen i trapphuset och prata separat med kvinnan, men det gällde att köra enligt regelboken.

Hon vågade inte fatta ett eget beslut om husrannsakan i det här läget. Dags att ringa inre befäl.

Malin hatade snuttefilten, som hon visste att många kallade mobiltelefonen. En gång i tiden hade hon tagit egna initiativ, men den mängd skit hon fått för det gjorde att hon fortfarande var kvar i radiobilstjänst. Många slutade, men Malin visste att hon gjorde ett bra jobb. Hon behövdes. Bara Oskarsson blev utbytt kunde hon nog få en befordran och civilklädd tjänst. Då skulle hon göra skillnad, rejält.

Hon klev bakåt i trapphuset och plockade upp tjänstetelefonen. Den ville inte vakna när hon försökte aktivera den, den lilla LCD-skärmen reagerade inte ens när hon tryckte in på-knappen. Hon måste ha glömt att ladda den. Orutinerat, väldigt orutinerat. Istället plockade hon upp sin privata mobiltelefon. Hon hade två stycken men var inte så korkad att hon tog med sin Iphone på jobbet. Nokian var den billigaste hon kunnat få tag på, men den hade åtminstone inte gått sönder än. Tydligen hade hon glömt att ladda den också. Slarvigt, men Nokian behövde bara laddas en gång i veckan, inte varje dag, som Iphonen. Det var alldeles för mycket elektroniska prylar att hålla reda på numera.

Precis när hon skulle be om Antons telefon hördes en smäll och ljudet av krossat glas. En mansröst skrek högt.

”Tillbaka! Tillbaka! Hjälp, för fan!”

”Helvete! Det här är inte över. Vi kommer tillbaka! Anton, kom!”, var allt hon hann skrika till mannen i dörröppningen, innan hon och Anton sprang nerför trapporna och ut till radiobilarna.

En av de unga poliserna låg på marken, i famnen på den andre, som hade dragit sitt tjänstevapen. Malins bil, Femtioett Trettiotvå

Tjugo, hade framrutan krossad. Det härdade glaset hade spruckit upp i en mosaik av reflektioner från gatlamporna, men skyddsfilmen på insidan verkade intakt.

”Varför i helvete svarar ingen på radion? De började kasta sten. Alex fick en i skallen. Vi måste få hit ambulans, och förstärkning!” skrek den unge polisen från Femton Trettio.

Ljudet av springande fötter tonade bort mellan husen.

Malin tvekade inte en sekund utan tryckte på handenhetens sändknapp.

”Femtio från Femtioett Trettiotvå Tjugo! Kollega skadad Bergsgårdsgärdet. Skicka allt vi har. Kom!”

Medan hon väntade på svar från ledningscentralen eller bilar som låg på medhörning knäppte hon upp pistolhölstret och drog sin Sig Sauer. Med ett stadigt tvåhandsgrepp riktade hon pistolen snett framåt mot marken. Lika bra att skicka tydliga signaler.

”Anton, första hjälpen!”

Hon spanade mot det närmaste hörnet på den långsmala byggnaden. Uppskattningsvis trettio meter dit, och fyrtio meter till nästa byggnadskropp, tvärs över gårdens asfaltsvägar och buskar och träd. Hon såg sig över axeln. Kanske hundra meter åt det hållet. Ingen kunde smyga sig på dem. Flera människor dök upp runt hörnet hundra meter bort, och i de sista spåren av dagsljus såg hon att en folksamling återigen började samlas.

Fortfarande inget svar vare sig från andra bilar eller ledningscentralen. Hon upprepade anropet.

”Femtio från Femtioett Trettiotvå Tjugo! Kollega skadad Bergsgårdsgärdet 96. Underläge. Vi behöver förstärkning. Kom!”

Anton hade börjat lägga bandage på den medvetslöse kollegan. Malin tittade på den andre.

”Vad heter du?”

”Gustavsson. Tore Gustavsson.”

”Okej, Tore, skärpning! Upp från marken, vi behöver visa att vi kontrollerar situationen.”

Hon vände sig mot folksamlingen och skrek så högt hon kunde.

”Polisen! Backa! Förstärkning är på väg!”

Radion var fortfarande knäpptyst. Hon drog upp handenheten. Displayen på Sepuran gapade svart. Det fanns inte en chans att hon glömt ladda radion. Skiten måste ha gått sönder. Hon vräkte upp bildörren och kastade sig in på passagerarsätet. Framrutans mosaik av sprucket glas spelade framför ögonen på henne.

Bilradion var stendöd.

Hon fick upp bilnyckeln och försökte starta motorn. Inget hände. Bilen var lika död som radion.

”Anton! Radiostrul, anropa Femtio.”

”Min radio är svart och telefonen stendöd”, löd svaret.

”Tore, försök du!”

Den unge polisen anropade ledningscentralen, men då han inte fick något svar skakade han på huvudet och plockade upp sin egen telefon.

”Den fungerar!”

Malin slappnade av och ställde sig återigen i position med pistolen riktad mot marken. En folkmassa hade samlats även på den motsatta sidan, och bägge folksamlingarna närmade sig. I skenet från gatlyktorna uppskattade hon dem till ett femtiotal personer. Flera bar munkjackor med uppdragna luvor och andra hade *shemagh* eller halsduk för ansiktet. Åtminstone tre hade tillhyggen i händerna.

”Snutjävlar!”

Bakom henne började Tore prata i telefonen.

”Femtio från Femtioett Femton Trettio! Kollega skadad, stenkastning! Underläge! Vi måste ha förstärkning! Folkmassa, säkert hundra, kanske tvåhundra! Helvete!”

Tore började skaka mobiltelefonen.

”Den dog!”

”Fick du svar?”

”Nej, vet inte om de hörde ett skit. De måste åtminstone ha sett mitt telefonnummer.”

”Har du en privat extra?”

”Nej, måste man det?”

Först en, sedan ytterligare en sten studsade mot taket på

Tores radiobil, och det prasslade till i buskagen när flera stenar landade.

Det gick inte att avgöra vem som hade kastat. Med stenkastning och en kollega nere var det en självklar nödvärnssituation. Hon höjde pistolen.

”Polisen! Backa! Jag skjuter!”

Hon kunde inte se vem som hade kastat och ingen som höjde armen för att kasta. Det gick inte att skjuta rakt in i en folkmassa, men hon kunde skjuta varningsskott.

I tät följd avlossade hon två skott rakt ner i närmaste sandlåda.

Folkmassan ryckte till som en enda organism och rusade bakåt. En blick över axeln bekräftade att även den andra gruppen backade. Så hörde hon skrik, rentav order, men kunde inte uppfatta vad som sas. Både grupperna verkade tveka.

”Anton, få in kollegan i skydd i baksätet på Femton Trettio! Tore, försök med radion i er bil och dra igång motorn! Vänd bilen så vi får strålkastarna i ansiktet på de jävlarna.”

Offensiv är bästa försvar. Med höjd pistol började hon avancera fram mot den närmaste folksamlingen.

”Backa, för helvete! Förstärkning är på väg! Jag skjuter!”

Hon lyssnade. Inget ljud av sirener. Antagligen fanns det inga patruller i närheten, men piketen stod garanterat redo nere i centrum. Hon hoppades att de kunde vara här på tio, högst femton minuter. Kollegan behövde ambulans, snarast.

Anton hade fått in den skadade polisen i baksätet. Bakom Malin fick Tore igång motorn och började backa för att svänga runt. När han slog på blåljusen och sirenen ekade en enda gäll ljudstöt mellan miljonprogramslängorna innan ljudet förvreds och tystnade. Sedan hostade bilmotorn till och tvärdog, strålkastarljuset falnade snabbt bort och blåljusets spelande över fasaderna slocknade lika tvärt som det hade börjat.

Tore rusade ut ur bilen och skrek åt henne.

”Radion är död, bilen är död och Alex har ingen puls!”

Malin vände sig om och såg att Anton höll på att göra hjärt-lungräddning i baksätet. Tore kom upp bredvid henne med sin Sig Sauer höjd.

Någon ropade, och som på en given signal började stenar hagla över dem. Malin kunde inte se en enda stenkastare, möjligen skymta dem längst bak i folkmassan. Tore träffades av en sten på låret och vinglade till, men själv undgick hon mirakulöst att träffas.

Bredvid henne öppnade Tore eld rakt in i folkmassan. Tre snabba skott. Några skrek, och männen rusade bakåt igen. En kropp låg kvar på asfalten.

”Vad i helvete gör du?” fräste hon åt Tore.

”Jag såg en stenkastare. Nödvärnsrätt.”

Malin kunde bara nicka.

”Bra. Korrekt agerat.”

Kritiken kunde hon spara till senare. Det skulle bli veckor av förhör, utredningar och pappersarbete. Hon hade öppnat eld i tjänsten, och Tore hade skjutit verkanseld. Och hon som hade tänkt ta en lugn semester framåt månadsskiftet och större delen av september. Förhoppningsvis var den misstänkte stenkastaren bara skadad. Nu visste buset att de menade allvar och höll sig förhoppningsvis undan tills piketen kom.

Det vill säga om ledningscentralen hade hört Tores telefonanrop. Att den unge kollegan hade ropat in ett femtiotal personer som tvåhundra övertygade henne om att han var mycket pressad. Inte konstigt, allt handlade om rutin. Hade de varit fler hade hon skickat bort honom, men eftersom Anton var upptagen av hjärt-lungräddning var Tore allt hon hade.

De två folksamlingarna grupperade sig igen. Den närmaste, vid hörnet bara trettio meter bort, höll sig passiv, men den andra avancerade framåt. Ur sorlet av röster kunde hon uppsnappa en mening, en mening som spred sig som en löpeld.

”Snutjävlarna har ingen radio!”

Det fanns inget att förlora. Hon höjde rösten och skrek så högt hon kunde.

”Ring polisen! Vi behöver ambulans!”

De två folkmassorna stormade skrikande framåt, samtidigt som stenar haglade över henne, Tore och de två döda radiobilarna.

I ögonvrån såg hon hur Anton lämnade Alex kropp och klev ut ur bilen med höjt tjänstevapen. Han ryckte till, stapplade bakåt och föll omkull, träffad av en sten.

Luften gick ur Malin när en sten träffade henne bakifrån och ryggen knöt ihop sig av smärta. En mindre smäll på vaden kändes knappt.

”Polis! Jag skjuter!” skrek hon och tog sikte på de framrusande männen.

Bredvid henne öppnade Tore eld, och hon själv tryckte av två skott mot benen på den närmaste mannen, kanske femton meter bort, och därefter mot en man med en rutig shemagh för ansiktet.

Men folkmassan stannade inte.

Någon tacklade omkull henne bakifrån, och hon gick ner på knä. Pistolen flög ur handen på henne, men utan att tänka fick hon upp pepparsprejen och sprutade omkring sig i blindo. Samtidigt drog hon upp batongen och knyckte vant ut den till dess fulla längd. Ett grepp om axeln fick henne att rulla bakåt och ner på marken. Hon slog mot en vad med batongen och kände nöjt hur hon fick in en fullträff när vibrationen från ett krossat ben fortplantade sig upp längs hennes arm.

Något träffade henne hårt i huvudet.

Vattnet väckte henne.

Huvudet bultade av smärta och gjorde, om möjligt, smärtan i ryggen ännu värre. Lukten av våt betong och klorin nådde hennes näsa och hon slog upp ögonen.

Hon låg i en vattenpöl på ett kallt betonggolv. En trasig takglob ramade in en naken glödlampa. Hon var dyblöt. En man med en hink i handen skrattade och sa någonting.

Med ett stön satte hon sig upp och såg sig omkring. Minst fem män i ett fönsterlöst betongrum. Mörka fläckar på golv och väggar. Hon hörde en mantelrörelse, följd av ett klingande ljud från en patron som studsade mot betonggolvet. Reflexmässigt gick hennes händer mot bältet. Alla hennes vapen och verktyg saknades, förstås. De hade även tagit hennes multitool.

”Dags att vakna, lilla stumpan.”

Hon kände igen rösten, hon hade gripit Glenn Aspvik en gång och stoppat honom tre gånger för att kontrollera att han inte var beväpnad. De hade stående instruktioner att försöka sätta dit honom för brott mot knivlagen eller för narkotikainnehav, men han hade alltid varit ren.

”Gör det ont? Dina kompisar misshandlade mig, så jag vet hur det känns.”

”Det säger du bara. Det säger ni alltid, allihop.”

”Jaså.”

Aspvik drog upp sin T-shirt. Hela bålen var täckt av stora avlånga blåmärken. Definitivt batonger.

”Vem? Jag kan hjälpa dig.”

”Din kollega Ragnhell och några till. Visst kan du hjälpa mig, men tyvärr har vi ont om tid.”

Malin nickade, hon kunde säga vadhelst han ville här, efteråt skulle han åka dit för människorov och hela skiten. Hon hade inga problem att ljuga för buset, men Ragnhell var en jävla skitstövel, han kunde gått få hänga. Snacket gick på stationen att det fanns en del att gräva i, men inget hade ännu kommit fram i ljuset.

”Du kan hjälpa mig att få lite rättvisa”, väste Aspvik.

Sedan satte han pistolen, en Sig Sauer av polismodell, mot hennes panna och tryckte av.

11.

http://www.huvudstadsbladet.se/

18 augusti, fredag

Tre poliser dödade i kravaller i Göteborg.

Tre poliser dödades igår kväll i kravaller i stadsdelen Hjällbo, i nordöstra Göteborg. Ytterligare en polis vårdas på intensivvårdsavdelningen på Sahlgrenska Universitetssjukhuset. Göteborgspolisen är förtegen om närmare detaljer kring omständigheterna men säger att man nu lägger alla resurser på att snabbt få tag på de skyldiga.

Hjällbo fortsatte att skakas av kravaller under natten och minst tjugo bilar har stuckits i brand.

Vittnesuppgifter talar om skottlossning från polisens sida, och en källa säger till TT att polisen verkar ha drabbats av problem med radion. Göteborgspolisens presstalesman Björn Mattander säger sig inte kunna kommentera uppgifterna om kommunikationsproblem.

”Vi uppmanar alla att ge polisen det utrymme vi behöver för att komma till rätta med detta. Våra tankar går i denna mörka stund till våra kolleger och deras anhöriga”, kommenterar Mattander.

Tre dödade poliser vid ett och samma tillfälle är den värsta förlust svensk polis någonsin drabbats av, värre än Malexandermorden. Enligt uppgift ska jakten på polismördarna i Hjällbo vara den största svenska polisinsatsen någonsin.

Artikeln uppdateras kontinuerligt på www.huvudstadsbladet.se.

Större strömavbrott i Stockholm

Under natten drabbades Stockholm av ännu ett större strömavbrott, det tredje på en vecka. Innan elförsörjningen återställdes, under sen morgon, var 92 000 Fortumabonnenter söder om Slussen drabbade. På Östermalm orsakade ett mindre strömavbrott vid sjutiden i morse att ytterligare 5 000 abonnenter blev utan el. Fortum hoppas att strömmen ska vara fullt återställd vid elvatiden, men tillfälliga, mindre strömavbrott kan förekomma under arbetets gång. Orsakerna till de senaste strömavbrotten är okända. Fortum har angett problem med styrsystem som orsak till tidigare avbrott men vill inte spekulera om de nya avbrotten.

Myndigheten för samhällsskydd och beredskap säger i en kommentar att antalet störningar i elförsörjningen är ovanligt höga för säsongen men att det inte finns någon anledning till oro.

Fel på Apotekens receptsystem

Apotekens centrala receptsystem är för tillfället nere. Felet ska vara centralt, och det är okänt när systemet fungerar igen. Patienter i akut behov av receptbelagd medicin uppmanas att tills vidare kontakta sin vårdgivare för recept på papper.

Flygförbud för flera flygplansmodeller

Efter den senaste veckans tragiska flygolyckor har sju vanliga flygplansmodeller belagts med globalt flygförbud. Enbart från Arlanda har arton avgångar ställts in under natten, och köerna ringlar långa framför check-in-diskarna på Arlanda.

”Det här är skandal! Vi och barnen har sett fram emot den här resan till Phuket hela sommaren, och så händer det här. Flygbolaget svarar inte ens i telefon”, säger Anna Olsson, som med hela familjens bagage står sist i en av köerna.

Huvudstadsbladet har inte kunnat nå Arlanda flygplats eller berörda flygbolag för en kommentar. Enligt uppgift är det mycket svårt att komma fram till flygbolagens kundtjänster, och resenärer hänvisas till Arlandas hemsida för senaste information om inställda avgångar.

12.

Peter Ragnhell

18 augusti, fredag

För jävligt!

Peter Ragnhell skakade på huvudet. Man skickar inte två radiobilar till ett jävla lägenhetsbråk kvällstid i Hjällbo. Fanns det ingen vapennotis på den aktuella lägenheten, fanns det alltid en på någon annan lägenhet i samma trapphus. Minst fyra bilar borde ha skickats, och det skulle inte ha skadat om man dragit in piketen också. Piketjävlarna borde få jobba istället för att spänna musklerna på gymmet och softa runt hela dagarna, samtidigt som riktiga poliser fick slita som hundar.

Men nu fick även piketen slita.

Peter tittade bort mot korsningen, där piketens tre omärkta, svarta minibussar med tonade rutor stod parkerade, redo att när som helst omgruppera och slå till. De kunde gott stå där, han behövde dem inte. Han spottade, körde ner händerna i munkjackans fickor och vek av runt hörnet.

Patrick och Anders hade killen upp mot en gråputsad vägg. Anders höll upp en fällkniv som han demonstrativt lät dingla mellan tummen och pekfingret.

”Brott mot knivlagen. Vi måste nog ta in dig till stationen, och där kan du sitta och ruttna i häktet tills åklagaren får reda på att vi glömt bort dig.”

Anders fällde ut det decimeterlånga knivbladet och lät den blanka eggen glida fram och tillbaka framför killen, som förskrämt följde knivens minsta rörelse med ögonen.

Peter såg sig omkring. Det var en bra plats. Gavelfönster några meter över dem, buskage mitt emot. Ingen som såg.

”Allt du behöver göra är att peka oss i rätt riktning mot Glenn Aspvik. Vi vet att hela den här jävla skiten är hans verk.”

Killen svalde hårt. Peter kunde se hur adamsäpplet guppade till.

”Vet inte vem ni pratar om.”

Ingen i närheten. Dags för lite regelbokstänjande och effektivt polisarbete. Det fanns en anledning till att han klarade upp så många fall. De flesta kolleger var inte på hans linje, men Anders och Patrick var med på noterna. Peter nickade till Anders, som riktade kniven mot killens ena näsborre och långsamt stack in knivspetsen.

”Det blir ett snyggt ärr. Något du kan visa för gänget. Säg att du golvade tre snutar och kom undan.”

Utan att röra sig ur fläcken sneglade killen mot Peter.

”Du tror väl inte att vi tar in dig till stationen efter att ha knivskurit dig. Du skulle anmäla direkt. Frågan är bara om du vill snacka med oss före eller efter?”

”Okej, okej, jag vet vem Aspvik är. Jag vet vart de tog tjejsnuten.”

Peter nickade förnöjt.

Han kände inte de andra tre kollegerna, men Malin Olsson hade han haft mycket att göra med. En schysst kollega, om än alldeles för korrekt. Naiva metoder mot buset. Så många år i yrket och fortfarande ute på gatorna förtjänade respekt, och ett bättre öde. Kroppen hade dumpats i en skog en bit bort, och brottsplatsen saknades fortfarande. Utan brottsplats ingen möjlighet att knyta någon till brottet. Kunde hennes lidande göra att han kunde sätta dit Aspvik var det värt det. Öga för öga.

”Var?”

”En källare. De drog ner tjejen och sköt henne där. Det är en bit bort.”

Perfekt. På brottsplatsen skulle tekniska garanterat hitta bevis. Det räckte med minsta saliv eller hud från Aspvik så hade de honom.

De fick adressen.

”Skär inte näsan av vår kompis.”
Killen slappnade av.
”Bara ena näsvingen.”
Grabben protesterade, men Patrick tog honom i ett järngrepp och lade handen över hans mun.
Anders var snabb.
Skriket lät som ett dämpat stön och dränktes av vinden i buskagen.

Doften av klorin var lukten av nederlag.
”Fan, de lär sig”, muttrade Patrick.
Peter lyste med ficklampan mot golvet. Flera stora mörka fläckar avtecknade sig mot den grå betongen. Antagligen blod, men det kunde lika gärna vara något annat. Frågan var om Aspviks gäng använt tillräckligt mycket klorin. De hade inte fått bort fläckarna, men DNA-spåren kunde ändå vara förstörda.
”Anders, ring hit tekniska. De får göra så gott de kan.”
Antagligen skulle det, som vanligt, ta veckor för tekniska att få fram något, om de alls kunde säkra några spår. Peter var osäker på vad de egentligen kunde få fram, men gick det att avgöra åldern på fläckarna var mycket vunnet. Tidpunkten skulle kunna matchas mot Olssons skjutning. Fast med tanke på hur utspridda de eventuella blodspåren var, var hon säkert inte den första som skjutits på platsen. De tjocka betongväggarna i det gamla skyddsrummet dämpade garanterat alla ljud, även från skjutvapen.
Peter gick ut för att andas frisk luft, luftvägarna kändes irriterade och väggarna tycktes kväva honom. Han måste ut i ljuset. Det var dags igen. I kväll skulle han ut och springa motionsslingan på Skatås, få den förlösning som bara ett riktigt motionspass kunde ge. Skogens stilla armar, som sträcker sig upp mot himlen. Andhämtningen det enda ljudet som hördes i hans öron, tillsammans med knastret från gruset. Känna pulsen öka när han sprang ikapp sitt offer, som var uppslukad av hörlurarnas musik. Upplägget var perfekt. Blev han påkommen kunde han visa upp sin polislegitimation och be vittnet springa ambulansen och polisbilen till mötes. Än hade ingen kommit

på honom, men det var ju inte så ofta han var där. Som samhällsbärare behövde han lätta på trycket ibland.

Telefonen ringde.

Ida.

Han suckade och klickade bort samtalet. Hon borde veta bättre än att ringa honom på jobbet. Det var nog dags för en ny lektion i kväll.

Efter varvet på Skatås.

13.

Maria Rödhammar

20 augusti, söndag

Äntligen anlände bussen till Centralen.

Maria Rödhammar hade fått vänta i tre timmar innan den extrainsatta bussen hade tagit henne resten av sträckan till Stockholm. Antagligen var det meningslöst att klaga på den försening som signalfelet hade inneburit, och eventuell återbetalning skulle i vilket fall gå raka vägen tillbaka till riksdagen. Om hon bokat biljetten privat istället för via den riksdagsinterna resebyrån kunde hon fått tillbaka pengarna och mot uppvisande av tågbiljett ändå fått full ersättning från riksdagen. Men sådant sysslade inte hon med. Visserligen var hon bara ordförande i näringsutskottet, men minsta fusk kunde ändå knäcka eller åtminstone fördröja hennes karriär om någon journalist snokade rätt på det. Fast hon var nog redan för gammal. Det var inte tal om regeringsombildning, och längre än till en utskottsordförandepost skulle hon som 57-åring antagligen aldrig komma.

Det kunde ha varit värre. Den första bussen som kom för att hämta upp tågresenärerna hade inte startat och passagerare i den hade fått se sig förbiåkta.

Hon jobbade åtminstone, trots att riksdagen inte skulle öppna förrän om en månad. Få andra riksdagsledamöter var på plats i huvudstaden, utan iväg på den flera månader långa sommarsemestern. Det var ju inte en anställning, utan ett förordnande under eget ansvar. Var det inte sommarstugor eller utlandsresor, var det studieresor till Medelhavet, Västindien eller rentav Maldiverna.

Och regeringsministrarna var inte mycket bättre, men de befann sig åtminstone bara ett mobilsamtal bort. Den enda som var i tjänst var batikhäxan Ronaldsson, som i egenskap av vice statsminister höll ställningarna tills statsministern kom tillbaka från sommarstugan på Höga kusten. Arbetsmoralen på departementen var säkert inte heller den högsta så här års.

Själv var hon bättre än så. Nu skulle hon jobba, trots att riksdagen inte öppnade förrän om en månad.

I sensommarvärmen var det kvavt och fuktigt i Stockholm. Augustiregnet hade upphört och solen tittade fram. Kanske innebar det några dagar med fint väder? De inbokade mötena kunde hon ta på någon uteservering istället för i riksdagshuset. Först på dagordningen stod flera möten med representanter för elbolagen och Svenska kraftnät. De skulle få stå till svars för de senaste veckornas strömavbrott. Om underhållet och driften var så här dålig bara för att det var semestertider, skulle hon minsann se till att få fram striktare sanktioner och lagstiftning. Efter stormarna Gudrun och Per hade elbolagen lovat att skärpa till sig rejält, men även hemma i stugan i Ljungby hade strömmen gått flera gånger den senaste veckan. Till slut hade hon tröttnat på nyhetsrapporterna om strömavbrott och bestämt sig för att avbryta semestern i förtid. Semester och semester, förresten. Riksdagsförordnandet var inte en anställning, och tiden disponerade hon fritt. Hon kunde jobba hemifrån så mycket hon ville, men ibland var det bättre att mötas ansikte mot ansikte, särskilt när hon ville sätta någon på plats.

Barnen tyckte nog att det var skönt att inte ha henne hängande över axeln hela tiden. Madeleine var sjutton och redan en kvinna att vara stolt över. Värre var det med nittonårige Linus, fortfarande en bortskämd pojke. Skulle han klara att flytta hemifrån och börja på högskolan i Växjö? Det fick bli Eskils problem, nu när hon var i Stockholm. Kanske var det bra att låta dem få lite eget utrymme? När Linus väl var inflyttad i bostadsrätten, som hon och Eskil hade köpt åt honom, skulle hon resa ner till Växjö och se till att han kom i ordning.

Hon bestämde sig för att promenera upp till övernattningslägenheten på Rosengatan. Efter veckorna i hängmattan kunde hon gott skala av lite av sommarfläsket. Hon var fortfarande stolt över sin kropp. Eskil brukade kalla henne för en 40-åring i en 30-årings kropp, vilket inte var helt fel. Men trots smink och hårfärgning började åldern ta ut sin rätt, särskilt när hon var naken. Oavsett hur mycket hon tränade kunde hon inte dölja rynkorna. Men Eskil klagade aldrig.

Hon tog Klarabergsgatan till Sergels torg och gick vidare ner till korsningen Hamngatan/Regeringsgatan, där hon svängde vänster. Biltrafiken var gles, och det gick ovanligt fort att ta sig genom stan. Hon behövde inte stanna vid en enda röd gubbe. Det kom helt enkelt inga bilar.

I höjd med Oxtorgsgatan började lukten av brandrök sticka i näsan, och ju närmare hon kom bron över Kungsgatan, desto frånare blev den. På avstånd hördes sirener närma sig.

Just när hon steg ut på bron såg hon att flera röda stegbilar från Räddningstjänsten körde upp utanför Elgiganten, en bit längre ner på Kungsgatan. Rök vällde ut från butiken och strök uppåt utmed fasaden.

Hon fick slita sig från att stanna och fascinerad betrakta räddningsinsatsen och fortsatte i rask takt rakt hem till övernattningslägenheten.

Röklukten hade satt sig i kläderna. Hon behövde en dusch och ett ombyte före första mötet.

14.

Filip Stenvik

22 augusti, tisdag

Inget hände när Filip tryckte in knappen på kaffemaskinen.

Efter tre försök vände han sig mot kunden och skakade på huvudet.

”Sorry. Maskinen behöver service igen. Beklagar. Går det bra med något kallt att dricka?”

Filip log bistert. Kaffemaskinen hade fått service i förra veckan. Enligt reparatören hade moderkortet gått sönder och hela styrenheten hade fått bytas. Flera andra caféer hade tydligen drabbats, eftersom det var den sista styrenheten som firman hade på lager. Frågan var om de hade fått in nya? Annars kunde Gunilla lika gärna slå igen tills vidare.

Kaffemaskinen var caféets hjärta. Oavsett om kunden ville ha espresso, macchiato, cappuccino, latte, americano, chai latte, varm choklad eller, för den delen, något så banalt som varmvatten till te, var det kaffemaskinen som användes.

Kanske var det lika bra att stänga för dagen? Det var ändå relativt utplockat bland smörgåsar och bakverk. Han fick kolla med Mats och Gunilla först. Den nya kortläsaren hade gått sönder tidigare i veckan, och nu kunde de enbart ta kontant betalning. Bara i dag hade han fått tacka nej till ett tjugotal kunder som endast hade kort, och caféet gapade nästan tomt. Wifi-basstationen hade också gått sönder, och den vanliga samlingen av bloggare, andra Internetarbetare och söderhipsters som brukade sitta och jobba till priset av några koppar latte och en lunch saknades också.

”Okej, kan jag få en jordgubbssmoothie istället?”

”Självklart, det blir fyrtionio kronor.”

Det var lite mer arbete att slänga ihop en smoothie, men kul som omväxling. Han brukade normalt sälja mer smoothies, men sommarvädret var som det var.

Han skulle precis börja knappa in beställningen på kassaapparatens pekskärm, när skärmen blev svart. Det var andra gången i dag.

”Ursäkta mig en liten stund, jag behöver starta om kassaapparaten.”

Han drog ur sladden och satte i den igen, men inget hände när han tryckte in strömbrytaren. Irriterat gjorde han om proceduren och väntade extra länge innan han satte i kontakten igen.

”Kan du vänta lite?” sa han till kunden och gick upp till köket för att hämta Gunilla.

Caféägaren var fullt upptagen med att göra nya baguetter när han kom in i köket.

”Kassaapparaten har lagt av. Går inte att starta om. Espressomaskinen har också lagt av.”

Gunilla tittade upp och suckade.

”Då får vi stänga för dagen.”

”Ska jag ta betalt ändå? Jag kan räkna för hand.”

”Nej, jag vill inte ha Skatteverket på mig. Jag får fixa en ny kassaapparat. Det kom ingen leverans i dag, så vi har ändå inte så det räcker för kvällen. Leverantören svarar inte i telefon. Kom tillbaka i morgon, nu stänger vi för i eftermiddag.”

Filip gick tillbaka till kassan. Kunden såg irriterad ut.

”Ledsen, vi stänger nu.”

”Vad fan menar du? Kallar du det här service?” fräste kunden.

Filip ryckte på axlarna.

”Hemskt ledsen, men skyll på Skatteverket. Vi kan inte ta betalt om vi inte har en kassaapparat.”

Kunden svor, vände på klacken och gick ut.

*

Vid busshållplatserna var det fullt med väntande människor, och trots att det var mitt i eftermiddagsrusningen var gatorna nästan tomma på trafik. Det skulle gå fort att cykla hem.

Många affärer verkade ha slagit igen helt. Ekonomin hade ju gått på sparlåga, och antagligen hade folks sommarsemestrar knäckt dem. Filip tappade snabbt räkningen på alla stängtskyltar. Det gapade svart i många skyltfönster, även om det fortfarande stod varor framme.

Det hela kändes underligt.

Borde man inte istället sätta upp skyltar om utförsäljning och att affären upphör? Det kunde bli många reor framöver, och det var lönehelg i veckan. Å andra sidan fanns det knappt några affärer på Söder som intresserade honom. Garderoben låg på Norrmalm, Terräng på Kungsholmen och Naturkompaniet fanns inte kvar på S:t Paulsgatan. Södermalm var bara ett ställe att jobba på. Eller möjligen ragga.

Uppehållsvädret höll i sig hela vägen hem och svettig av eftermiddagssolen slängde han av sig kläderna, sjönk ner i soffan och slog på tv:n. I kväll skulle han göra stan. Egentligen skulle han ha jobbat, men med extra ledigt kunde han lika gärna försöka få ragg.

SVT visade en pausbild med texten ”Tillfälligt avbrott”.

15.

http://www.huvudstadsbladet.se/

22 augusti, tisdag

På grund av tekniska problem körs www.huvudstadsbladet.se på reservutrustning och med förenklat utseende för att minska belastningen på systemen. Vi hoppas inom kort kunna återställa ordinarie hemsida och full rapportering.

Stockholms landstings journalsystem nere

Systemet för patientjournaler i Stockholms landsting rapporteras vara ur funktion sedan några timmar. På bland annat Nya Karolinska och Huddinge sjukhus ska samtliga operationer, med undantag för akutfall, ha ställts in tills vidare. Även bokningssystemen ska ha drabbats av driftstörningar, och sjukhusen kan därför inte meddela patienterna att deras operationer ställts in.

”Vi bibehåller högsta patientsäkerhet, och inga patienter kommer att drabbas. Vi kommer snarast att boka om alla planerade operationer”, uppger Pia Melborn, presstalesman för Nya Karolinska.

Allmänheten uppmanas att inte söka vård för annat än akutfall. Såväl vårdcentraler som akutmottagningar håller öppet som vanligt. Patienter som tidigare har begärt ut patientjournaler eller har utskrivna medicinlistor ombeds att ta med dessa.

Fler stora strömavbrott

Från flera håll i landet rapporteras om nya omfattande strömavbrott. Vattenfall har för tillfället 52 342 abonnenter utan ström, och 34 443

Fortum-kunder är drabbade. E.On har inte gått att nå för en kommentar, men enligt uppgift ska strömmen ha brutits lokalt på flera platser inom E.ON:s elnät i Skåne och Småland. Felsökning pågår, men kraftbolagen kan inte ge något besked om när strömmen förväntas komma tillbaka.

Från våra grannländer rapporteras om strömavbrott i bland annat Oslo, Helsingfors och Köpenhamn, och i London ska över 200 000 abonnenter sakna ström. Omfattande strömavbrott ska också ha drabbat bland annat Amsterdam, Paris, Frankfurt och New York.

Enligt Svenska Kraftnät finns det inte någon enskild anledning till strömavbrotten utan orsakerna hittas istället i bristande underhåll, gammal utrustning och den mänskliga faktorn.

Myndigheten för samhällsskydd och beredskap konstaterar i ett pressmeddelande att de senaste dagarnas och veckornas omfattande störningar följer ett mönster av ökad intensitet, men att orsaken är okänd. Allmänheten uppmanas att se över sin egen beredskap vid strömavbrott och föreslås besöka Myndigheten för samhällsskydd och beredskaps (MSB) webbtjänster *krisinformation.se* och *dinsakerhet.se* för mer information.

Fabrikationsfel i mikrochip – flera bilmodeller återkallas

Flera stora bilmärken har inlett massiva återkallningsprogram av olika bilmodeller. Orsaken anges vara fabrikationsfel i mikrochip som gör att styrsystem och annan elektronisk utrustning slutar att fungera. Enligt uppgifter till Reuters ska det handla om ett antal utpekade chipfabriker, men talesmannen för en fabrik i Taiwan säger att detta inte stämmer. ”Den senaste tiden har även vi drabbats av havererade system, och produktionen i våra renrum står för tillfället stilla. Vi är också drabbade. Det är andra leverantörers chip och elektronik som inte håller kvalitetskraven.” Olika chiptillverkare gör likartade utspel, i vilka man beskyller konkurrenterna för bristande kvalitetskontroll.

Enligt professor Kjell Rundholm, på KTH, måste det handla om slarv i tillverkningsprocesserna. ”Konkurrensen i branschen är stenhård, och jag kan inte se hur ett så omfattande fel på levererade och tidigare fungerande mikrochip kan uppkomma utan att medvetet fusk ligger bakom. I dag används datorer för att tillverka mikrochip och utan fusk kan inte en sådan här situation uppstå. Man kan säga att datorer bygger datorer."

16.

Magnus Svensson

23 augusti, onsdag

Duggregnet tog fart och lade sig som en fuktig filt över Magnus ansikte. Han var inte ensam på perrongen.

Pendeltåget hade blivit allt populärare under veckan, även om det alltid var försenat. Nu på morgonen kändes det som om hela Åsa stod och väntade på tåget. I frånvaron av motorljud hördes bara småpratet mellan grannar och bekanta.

Magnus hade inte kommit till jobbet i tid en enda dag i veckan, men var i alla fall inte sist. En del kolleger dök inte upp alls. Annars kunde det varit läge att fråga någon om lift. Synd att han inte kände någon i Åsa som han kunde samåka med. Alla hans och Lenas bekanta, kolleger och släktingar bodde på annat håll i hela det större Göteborgsområdet: Stenungsund, Tjörn, Kungälv, Ale, Alingsås, Lerum, Hindås, Onsala och Askim. Bästa vännerna Sara och Fredrik hade slagit sig ner i Ljungskile av alla platser. Skulle de träffas, speciellt nu när alla hade barn, var bilen en förutsättning, annars fick de nöja sig med att kommentera varandra på Facebook, men det hade varit glest med nya postningar där på sistone.

Folk hade nog börjat tröttna på sociala nätverk. Eller så hade alla blockat honom den senaste tiden för att slippa läsa hans gnäll om kollektivtrafiken och bilen.

Den tårtbitsformade pendelparkeringen vid stationen var inte ens halvfull, men cykelställen var fullproppade. Magnus hade promenerat, men han borde istället serva cykeln i kväll. Olja upp kedjan, pumpa däcken. Kanske fixa Lenas cykel också. De hade inte cyklat på flera år, medan barnen cyklade runt i byn för jämnan, åtminstone när de kunde slita sig från datorerna.

Magnus tittade på klockan. Tåget var en halvtimme försenat, inte ens SJ:s expresståg hade susat förbi. Bildskärmarna lyste visserligen, men visade bara felmeddelanden, inte information.

Det var löning på fredag. 33 000 nya kalla skulle komma in på det nu tomma kontot i övermorgon. Då skulle han lämna in mobiltelefonen på reparation när kontot inte var nollat längre. Telefonen hade inte gått att ladda, och nu var han mobillös. En gammal Nokia som han hade hittat i en byrålåda hade bara fungerat i en dag, innan även den lade av. Gammal skit, det fanns säkert en inprogrammerad livslängd på telefonerna. Men Iphonen skulle lagas. Det var antagligen något normalt kontaktfel som Ramses eller någon annan firma kunde fixa på en kvart.

”Nej, jag ger upp!”

En Åsabo som han inte hade sett på pendeln tidigare vände om och började gå in mot byn. Fler och fler gav upp i regnet, och snart gick ett lämmeltåg av portföljbärare och ryggsäckar mot byn, en del till fots, de flesta på cykel. Enstaka bilar lämnade parkeringen, men en kvinna stod och ryckte i en bildörr som inte gick att öppna, en annan övergav sin Volvo och började gå tillbaka till byn.

Tack och lov var hans egen bil på verkstaden. Den borde vara klar snart, de nya mikrochipen, som nyheterna rapporterat om, borde ha levererats nu.

Han beslöt sig för att vänta och körde ner händerna i regnjackan. Förr eller senare måste tåget komma.

En timme senare slängde Magnus uppgivet nycklarna på hallbordet och tog av sig regnjackan.

Lena hade åkt till jobbet och lämnat barnen på skolan och dagis. De måste ha haft bråttom, för skor låg huller om buller i hallen. I vanliga fall brukade Lena tillämpa en form av kadaverdisciplin när det gällde skorna. Högst ett par framme per person och alltid snyggt uppradade under klädhängarna.

Klockan var bara nio, så han hade fortfarande chans att inte komma sämre än pinsamt sent till jobbet.

Han lyfte luren på den gamla knapptelefonen på hallbordet, samtidigt som han plockade ner lappen med numret till bilverkstan från hallens anslagstavla.

Efter ett oräkneligt antal signaler lyftes luren i andra änden. Det var åtminstone inte en knappvalsmeny, utan en riktig människa som svarade.

”Verkstan.”

”Jo, jag ...”

”Vi har fullt, vi kan inte ta emot fler bilar just nu.”

”Ingen fara, ni har redan min bil. Vill bara veta när den är klar. Jag kan hämta den i dag.”

Det knäppte till i telefonluren och efter en stund började en felsignal hacka fram entoniga tut.

Han slog numret igen.

”Det finns ingen abonnent på numret. Hänvisning saknas”, sa en vänlig intalad kvinnoröst.

Han slängde på luren.

Genom hallfönstret syntes rörelser. Grannen Johan, i åtsittande regnkläder och med cykelhjälm på huvudet, höll på att leda ut sin cykel ur garaget.

Magnus skyndade ut.

”Tjena, Johan! Fungerar er telefon?”

Johan stannade upp och höjde handen i en hälsning.

”Vet inte, har inte provat. Fungerade i går. Bredbandet fungerade i alla fall nyss. Är du ledig eller jobbar du hemifrån?”

Magnus ryckte på axlarna.

”Skulle in till jobbet, men pendeln kom inte.”

Han gick fram till staketet och passade på att förstrött sparka undan några nerfallna äpplen. Tomten var avstyckad från Johans äldre hus och hade ett halvt dussin fullvuxna äppelträd. Det här fick bli sista hösten, han skulle såga ner alla utom ett när han fick tid. Det blev alldeles för mycket fallfrukt att ta hand om, och det gick inte för sig att låta äpplena ruttna bort i höstfukten. Johans fru och andra grannar hade förklarat det redan första hösten. Här i området höll man rent och fint på gräsmattorna. Lena och barnen gillade äpplen och kokade massor med äppelmos varje höst, men trots det fick han köra mängder av fallfrukt till tippen. Lena fick klara sig med ett äppelträd, om inte hon själv började plocka bort fallfrukten.

Johan skrattade till, men skrattet avbröts av en hostattack.

”Du borde söka jobb hos oss på Ringhals. Då kan du ta cykeln till jobbet. Bra för både kropp och själ.”

Grannen vinkade och satte fart nerför gatan.

Magnus harklade sig. Han kände sig nog lite krasslig. Kunde vara en förkylning på gång. Lika bra att sjukskriva sig. Men senast fredag måste han till jobbet. Det var ju ändå lönehelg.

”Det finns ingen abonnent på numret. Hänvisning saknas”, löd meddelandet när han försökte ringa PVV. Konsultbolagets nummer svarade med felton.

Hans PC fungerade trots allt och bredbandet var uppe, så han skrev ner en sjukanmälan och skickade in den via e-post.

E-postlådan plingade till, och reflexmässigt öppnade han brevet.

”Delivery Status Notification (failure). Unable to reach server. Connection to server interrupted.”

17.

Gustaf Silverbane

23 augusti, onsdag

Regnet svepte som grå slöjor in över skjutfältets allt brunare gräs. Det kändes kyligt trots att det fortfarande var augusti. Gustaf rös till, men skakade av sig känslan av den kommande hösten och höjde kikaren. Halsen kändes irriterad, han som sällan blev sjuk.

I hårkorsen kunde han klart och tydligt se pappfigurerna, som en efter en reste sig bakom en skyddande vall som nätt och jämnt gick att urskilja bakom det nu nästan meterlånga gräset. Normalt skulle gräset hållas kort på Kråks skjutfält söder om Karlsborg, för att minimera risken för bränder. Men efter att skjutfältets personal rationaliserats bort och man istället skulle använda skjutande förbands anställda soldater till fältets underhåll, var det inte längre någon som tog det övergripande ansvaret. Så här långt från maskinhallen och åskådarläktaren var det sällan skjutövningar. Ingen hade klippt gräset i förebyggande syfte. Mekskyttet från Skövde ansåg att det var bra truppförsök att bekämpa gräsbränder, medan de underbemannade enheterna från Livregementets husarer på K 3, uppe på Karlsborgs Fästning, tyckte att det var slöseri med tid och lät det brinna. Stickande brandrök gav bara mer realism åt övningarna, i den mån de alls fick anslag för skarpskjutning i större skala. Rekryteringen till yrkesförsvaret var ett fiasko, och inte ens K 3 lyckades locka till sig tillräckligt med rekryter. Värst var det för fallskärmsjägarskolan; de två plutoner fallskärmsjägare som skulle finnas i Försvarsmakten var inte fullbelagda. Soldaterna tröttnade normalt efter några år. Det fanns bara så många övningar utan missioner innan fallskärmsjägarna till slut sökte sig till något som mer kändes som ett riktigt jobb.

Gustaf Silverbane hade valt den avlägsna platsen främst för att patrullen tillhörde Särskilda Operationsgruppen, SOG, ett av försvarets hemligaste förband. Han ville öva i fred utan att mekskyttet från P 4 i Skövde, som höll på med sina stridsfordon borta vid maskinhallen, skulle få alltför mycket insyn. Även SOG hade problem med rekryteringen, men gruppen existerade åtminstone officiellt och kunde göra reklam för sig. Grundpelaren för rekryteringen hade förr skötts via värnpliktssystemet, från vilket man tidigt kunnat locka rätt personer till officersyrket och därifrån rekrytera dem till specialförbanden. Men i takt med att det gamla gardet föll för åldersstrecket eller blev rekryterade till andra, hemligare, specialförband – små specialenheter med väldigt specifika uppgifter, som inte ens Gustaf visste namnet på utan bara hörde ryktas om – hade det blivit allt svårare att fylla på SOG med ny personal. Gustaf hade själv fått diskreta förfrågningar om han inte kunde tänka sig en ny tjänst, men hade alltid tackat nej. En del specialförband var rena kontorsjobb, och så gammal kände han sig inte än. SOG var baserad i Karlsborg, och även om det innebar en hel del utlandstjänst, var det här han hörde hemma. Det var här vännerna och kollegerna fanns. Det var här Chris hade sitt jobb. Det var här Elin hade dagisplats och just börjat intressera sig för lekkompisar. Det var här de hade villan Gustaf brände sin fritid på.

Det fick räcka med att han ibland blev ivägskickad på livvaktsuppdrag åt utrikesministern, hade säkerhetstjänst på ambassader eller var specialförbandsoperatör på utlandsmissioner som Sverige genomförde. Det fanns inte en utlandsmission där inte SOG hade minst en patrull aktiv eller i beredskap, oavsett om det var vid spaningsflygningar över Libyen eller på FN-uppdrag i Kosovo, Afghanistan och piratjakten vid Afrikas horn. Det fick räcka så, och mellan uppdragen blev det många perioder långledigt hemma hos familjen. Han kunde helt enkelt inte byta tjänst permanent till en annan ort.

Men just nu var han i ordinarie tjänst, vilket innebar övning, träning, planering och metodutveckling. På kvällarna ordnade han med den andra barnkammaren, även om det inte var någon brådska. Den kommande bebisen var inte väntad förrän i december, men om han rycktes iväg på något utlandsuppdrag för att vara barnvakt åt den ständigt resande utrikesministern var det bäst att ha allt ordnat i god tid. Alltid redo.

Dessutom hade regementschefen på K 3 beordrat höjd, grön beredskap istället för den sedvanliga vita. Gustaf hade hört att de flesta andra förband gjort detsamma, vilket förklarade varför mekskyttet från P 4 Skaraborgs regemente var ute på skjutövning. Med grön beredskap var det utrustningskontroll som gällde, och många arbetsresor hade ställts in.

Som direkt underställd överbefälhavaren fick SOG de flesta underrättelserapporter, även om Gustaf misstänkte att de knappast fick alla, och nu hade han läst de hemligstämplade rapporterna från FRA och MUST som låg till grund för beredskapshöjningen.

FRA konstaterade att allt fler it-system var angripna och gick ner. Det gällde allt från enskilda servrar och tjänster till ren infrastruktur inom både Internet och telekommunikation. I de fall man fastställt orsakerna handlade det om hårdvarufel, men attackvektorn var okänd.

MUST:s rapport talade om mönster i avbrotten inom infrastruktursektorn, som elförsörjning och vattenförsörjning, men orsaken var även här okänd. Bägge rapporterna innehöll också uttalanden om bristande kompetens hos MSB och CERT, MSB:s it-incidentgrupp, vars anställda FRA uttryckligen hade kallat för clowner. Någon utpekad angripare fanns inte, men mönstren var enligt rapporterna oroväckande.

”Kingfisher! Skytte, 500 meter, gräset! Eld!” ropade han i mikrofonen samtidigt som han tryckte in sändknappen.

Bredvid honom raspade vapenstationen på den beigekamouflerade pansarterrängbilen till. Stråk av spårljus for iväg över gräset, och pappfigur efter pappfigur föll tillbaka när Saabmålens metallstöd noterade att figurerna träffats. Enstaka spårljus studsade ilsket upp i de grå regnslöjorna, som likt spöken vandrade över landskapet, men inte ett enda skott verkade ha träffat i vallen.

”Kingfisher från Viper! God verkan i målet! Eld upphör! Klart slut.”

Bredvid Gustaf sänkte även Mikael och Mathias sina kikare.

”Det där skulle vi haft i Affe 2011, eller vad säger du Gustaf?” sa Mathias muntert.

Gustaf nickade och replikerade.

”Jo.”

Dörren bakom pansarterrängbilens förarplats öppnades och Erik klev ner från det höga fordonet. Han höll telehjälmen i ena handen. De fyra männen, alla i nästan identiska korta skägg, kisade mot det lätta regnet och tittade bort över gräset. Skäggen ingick i deras ständiga beredskap. Om de behövde åka till ett muslimskt land var det en klar fördel att ha skägg. Kvinnliga kolleger uppmanades ha långt hår som kunde sättas upp i hästsvans och hänga ut under hjälmen och signalera att de var kvinnor och inte rakade män.

Erik såg nöjd ut.

”Bra skit! Rena tv-spelet.”

”Vem står på tur efter Kingfisher? Bandaid?” undrade Gustaf och tryckte på fjärrkontrollknapparna till Saabmålen, som åter reste sig.

Som major var Gustaf patrullchef, men det fanns ingen anledning att ägna sig åt formell ordergivning.

Även under övningar gled de in i att använda sina *nom de guerre*. Tjänsterna var skyddsklassade och topphemliga, och eftersom de kunde sättas in även mot inhemsk terrorism skulle de, speciellt vid offentliga framträdanden, vara anonyma. På utlandsuppdrag skulle risken för trakasserier mot familjerna hemma minimeras. Visserligen var radiosystemen krypterade, men andra svenska militärer kunde lyssna, och SOG-operatörernas namn och identiteter skulle vara hemliga. Som operatör behövde man veta att familjen var säker när man var på mission, och anonymiteten var ett led i detta. De hade inte ens namnbrickor på sig inne på Karlsborg, där räckte SOG:s vapenemblem med den svarta skölden, svärdet och den vita stjärnan.

Namn behövde man inte ge ut. Men i de egna lokalerna på flygfältet var man betydligt mindre formell, annat än under stridsövningar.

Gustafs kodnamn var Viper, vilket han fått efter att hela tiden hittat huggormar under utbildningen. Det var något med formen på en hoprullad huggorm, eller för den delen mönstret, som fick honom att reagera. Med tiden hade han tränat upp förmågan till att även se andra mönster i naturen och hade fått rykte om sig att kunna hitta de mest välkamouflerade objekt eller manskap i terrängen. Fast i Afghanistan använde talibaner eller lokala rövarband sällan kamouflage utan gick att se i terrängen som en ficklampa i vinternattens mörker. I bästa fall var de rentav klädda i svart mot det karga gråbeiga landskapet.

Mathias, patrullens specialistsjukvårdare, klättrade in i pansarterrängbilens baksäte och satte sig vid vapenstationens styrenhet. Han styrde runt med joysticken, och kulsprutan i det kolonnformade tornet sökte nästan helt tyst av terrängen framför dem. Det enda som hördes var ett svagt surr från de elektriska motorerna.

Vapenstationerna var nya och höll på att monteras in på alla pansarterrängbilar istället för de gamla bemannade kulsprutelavetterna. Inte bara på de små fyrhjuliga Galtar, som SOG och andra lättare förband använde, utan även på sex- och åttahjuliga fordon, där de ersatte gamla 20 mm automatkanoner, som började få slut på fungerande ammunition. Precisionen var otrolig. Läste man av avståndet med vapenstationens laser och lät systemets måldator korrigera när man låste på målet var träff i princip garanterad, även med den tunga 12,7 mm kulspruta som var monterad på patrullens Galt.

Samtidigt behövde de erfarenhet. En vanlig lavettmonterad kulspruta hade de alla använt skarpt i Afghanistan, men vapenstationerna hade de ännu inte använt skarpt på mission. Att sitta som skytt var som att sitta hemma och spela datorspel. Med en joystick och en skärm samt gyrostabilisering var det bara att sitta tillbakalutad i sätet, sikta in sig på målet och trycka av. Lite för lätt och lite för riskfritt att med en knapptryckning ta en annan människas liv, även om det alltid var nödvändigt när de väl sköt. Risken fanns att man tappade uppfattningen om hur mycket ammunition man faktiskt gjorde av med, så det gällde att lära sig att spara på ammunitionen. En siffra på skärmen var inte densamma som känslan när tomhylsorna regnade ner runt skytten med en traditionell kulspruta.

Samtidigt var Gustaf skeptisk. Det hela innebar att man på utlandsmissionerna gömde sig för lokalbefolkningen. Visserligen minimerade det risken för egna förluster, när det inte längre stod en kulspruteskytt i takluckan, men man riskerade samtidigt att bli opersonliga fordon som körde runt i byarna med en vapenrobot på taket. Det var inte så man vann folks hjärtan och hjärnor. *Hearts and minds*. Dessutom tappade man den överblick som bara en person som stod i takluckan kunde få. Antagligen skulle en operatör få sitta uppsutten i takluckan för att få överblick och kontakt med lokalbefolkningen, men sedan dyka ner om man behövde använda vapenstationen.

Fast nu var insatsen i Afghanistan avslutad, och utan det kändes hela försvaret fel inriktat. Så stor del av Försvarsmakten hade anpassats för just det uppdraget, och nu verkade det som om försvarsledningen letade ingångar till nya uppdrag utomlands för att inte sitta med fel organisation. Men för SOG fanns det i alla fall ingen brist på uppdrag.

Senast hade Gustafs patrull, maskerad som civil ambassadpersonal, ansvarat för evakueringen av delar av den svenska personalen från ambassaden i Damaskus. Uppdraget hade slutförts, men Mikael hade tvingats besvara eld från en prickskytt, med väntat resultat. Mikaels kodnamn var inte Bullseye av en slump. Han hade bara behövt avlossa en enda underkalibrerad precisionsprojektil från prickskyttegeväret för att nedkämpa målet. Två dagar senare, väl hemma igen, hade Gustaf snackat igenom det hela med Mikael framför grillen, men Mikaels kyliga attityd kring händelsen var inget att ifrågasätta. Det var inte första gången, och båda visste vad som kunde krävas av dem.

Gustafs Iphone brummade till i fickan på den uppknäppta vapenrocken. Meddelande från Chris.

”Jesper och Frida kommer över på grill i kväll? OK?”

”Kul!” textade Gustaf snabbt tillbaka.

Jespers och Fridas son Ask var bara några månader äldre än Elin och gick i samma dagisgrupp. Det skulle bli en trevlig kväll för alla.

Bredvid honom drog Mathias med en smäll igen den tunga dörren till Galten. Hydrauliken gjorde att dörren inte kändes annorlunda än en vanlig bildörr, trots att den vägde några hundra kilo. Enbart det skottsäkra fönstret var över en decimeter tjockt.

Radion brusade till i Gustafs öra.

”Viper från Bandaid! Inväntar eldtillstånd. Kom!”

Gustaf skulle just ge ordern om eldgivning, när övningsfältsledningen bröt in.

”Alla enheter! Eld upphör, eld upphör! C-17 Globemaster startar österut.”

En nackdel med Kråks skjutfält var närheten till flygplatsen i Karlsborg. Enligt de äldre husarer som mot alla odds hade klamrat sig kvar vid en tjänst på regementet hade det varit betydligt värre på den gamla goda tiden. Då hade det startat Viggenplan från F 6 hela tiden och skjutövningar blivit avbrutna ständigt och jämt. Nu var det bara enstaka transportplan i veckan.

”Bandaid från Viper! Eld upphör. Säkra och kliv ur. Kilo Lima lyfter.”

Kilo Lima var SOG:s anropssignal vid insats. Vid genomgången, efter det obligatoriska entimmes fyspasset på morgonen, hade de informerats om att två patruller, Hasses och Augusts, skulle till Afghanistan senare på dagen.

Ett vrål spred sig ut över nejden när det enorma Globemasterplanet varvade upp sina fyra turbofanmotorer inför starten.

Insatsen i Afghanistan var officiellt avslutad. Men inofficiellt och kvalificerat hemligt agerade de fortfarande. Gustaf var inte ens säker på att regeringen kände till det. Eventuellt var det ett eget initiativ från försvarsledningen.

Problemet var de tolkar som svenska regeringen hade övergivit i Afghanistan och som inte erbjudits asyl i Sverige som tack för lång och riskfylld tjänst. Flera hade redan mördats, i två fall tillsammans med hela sina familjer. Under förevändning att det fortfarande fanns utrustning att hämta hem från Afghanistan evakuerade nu Försvarsmakten i tysthet tolkar med familjer och skjutsade dem till varierande polisstationer i Sverige, helst nära en civil flygplats eller ett färjeläge, där de fick ansöka om asyl som vanligt. Det hade även diskuterats att rubricera det hela som arbetskraftsinvandring och ge tolkarna anställning på olika regementen, men det skulle lämna för många pappersspår, och familjerna skulle inte kunna följa med i första steget.

Nu hade läget för ännu en tolk blivit akut, och två patruller skickades iväg för att evakuera honom och familjen innan talibanerna nådde fram till deras by.

Med ett vrål seglade Globemastern upp över trädtopparna norr om skjutfältet och tog höjd österut upp över Vätterns vatten, som gick att skymta bortom regnslöjornas grå spöken.

Tyst höjde Gustaf högerhanden i en honnör mot flygplanet, som strax försvann in i molnen.

Nästa gång kunde det vara hans egen patrull.

18.

Kilo Lima, Afghanistan

25 augusti, fredag

Skakningarna när pansarterrängbilen studsade fram på grusvägen var mer plötsliga än de mjuka rörelser som resan i Globemastern hade erbjudit, men ljudnivån var ändå likvärdig. Joakim Sorbin kände sig lätt illamående där han stirrade på vapenstationens skärm. Hela fordonet kastades fram och tillbaka på det ojämna underlaget, medan skärmen visade en stabil bild på den andra patrullens Galt på vägen framför dem. I täten körde den afghanska arméns amerikanska Humvee.

Joakim visste att gyrostabiliseringen av vapenstationen, inklusive kameran, i kombination med att han som operatör behövde fokusera på skärmen, kunde ge illamående. Men han trodde att han hade tränat bort det. Kanske var det fortfarande den svaga rullande känslan av det senaste dygnets flygresa från Karlsborg, och dess gungande mjuka rörelser som dröjde sig kvar och störde träningen.

”Checkmate! Vatten, tack.”

Emma ”Checkmate” Nilsson räckte över en av flaskorna med norskt källvatten. Med blicken på skärmen skruvade han snabbt av korken och tog några klunkar av det rumsvarma vattnet. Utan att sätta tillbaka korken räcktes flaskan tillbaka till Emma. I ögonvrån kunde han se att hon tog några klunkar ur samma flaska, innan den stoppades in i en av nätkassarna i taket.

Joakim rörde joysticken försiktigt åt höger och lät vapenstationen svepa runt ett halvt varv och nu istället titta rakt bakåt. De låg sist i den lilla konvojen. Ingen följde efter dem, men några hundra meter bort korsades vägen av en grupp får eller getter, pådrivna av några unga pojkar. Joakim siktade in sig på ett av fåren och tryckte av laseravståndsmätaren.

”Firefly från Joystick, laseing. Får och herdar femhundrasextiosju meter, klockan sex.”

Joakim brydde sig inte om att använda intercomen. Det gick att prata normalt inne i pansarterrängbilen, speciellt som vapenstationen gjorde att man kunde ha takluckan stängd. Kompositpansaret och det decimetertjocka pansarglaset stängde effektivt ute de flesta ljud. Det största lyftet med vapenstationen var att luckan kunde hållas stängd, och dammet och värmen hållas ute. Istället fick luftkonditioneringen göra sitt, även om den var satt på tjugoåtta grader för att inte skämma bort dem alltför mycket i den tryckande afghanska solen.

”Sluta leka med din joystick, Jocke. Kvinnligt sällskap.”

Patrullchefen, Hasse ”Firefly” Andersson, lät road. Emma fnös. Hon tillhörde SOG-patrullen och var en av grabbarna, även om hon användes som stående ursäkt för allt möjligt. Fast för missionen var hon helt avgörande. Antagningsproven var något lägre för kvinnliga SOG-operatörer än för manliga, men i praktiken kunde hon göra allt männen kunde, möjligen med undantag för att springa lika fort med tung packning. Men för att interagera med den kvinnliga lokalbefolkningen var hon ovärderlig, speciellt när det som nu handlade om att evakuera en hel familj, inklusive tolkens hustru och tonårsdöttrar.

Emma och Joakim var yngst i deras patrull, rentav yngst även i den andra patrullen, som under Hitmans befäl befann sig i Galten framför dem. Emma var några år äldre än Joakims tjugosex, och var gift. Av männen var alla utom Jocke stadgade familjefäder. Stabila hemförhållanden ansågs som ett plus vid rekryteringen till SOG, men med allt färre sökande till militär karriär såg man ofta mellan fingrarna med just det. Numera var han sambo med Disa, men han hade varit singel när han antogs till utbildningen direkt efter ett års tjänstgöring hos FJS. Fallskärmsjägarna hade reducerats till en ren rekryteringsskola för SOG-operatörer. Två inte fullt bemannade plutoner fallskärmsjägare i 32:a underrättelsebataljonens fallskärmsjägarkompani kunde ställas mot nästan hundra operatörer i SOG. Hos transportdivisionen på Såtenäs hoppade SOG fallskärm oftare än fallskärmsjägarna.

De andra betraktade fortfarande Joakim som novis. Det här var hans första vända till Afghanistan. Han hade haft uppdrag som civilklädd livvakt åt utrikesministern vid ett besök i Pakistan. Men det var långt ifrån samma sak.

Han lät vapenstationens tunga 12,7 mm-kulspruta svepa runt ett varv, lutade sig bakåt i sätet och studerade terrängen genom kameran.

De färdades genom en bred dalgång mellan gråbruna branta berg. Hundratalet meter åt höger ringlade en nästan helt uttorkad flodfåra parallellt med den krokiga grusvägen, åt vänster bredde karg, förbuskad och stenig mark ut sig bort mot foten av de branta bergen.

Joakim kliade sig i det rödblonda skägget. Egentligen avskydde han skägg, men det ingick i arbetsbeskrivningen. Det hade skämtats om att även männen skulle låta håret växa och sätta upp det i hästsvans för att slippa skägg. Blev de tillfångatagna kunde de oavsett räkna med att bli våldtagna, som den yttersta förnedringen och maktdemonstrationen. Fast just här var det ingen risk för det. Insurgenterna var lugna i området. Åtminstone fram till tolkens by, där det hade blivit mycket oroligt. Inget hade dock rapporterats in enligt de underrättelserapporter som den afghanska armén gett dem. I vilket fall var amerikanska drönare och attackhelikoptrar bara ett radioanrop bort, trots att USA, likt Sverige, formellt sett lämnat Afghanistan, men luftunderstöd kunde inte afghanerna ordna själva.

En bit längre fram stack en ensam kulle upp ur den platta slätten. Jocke riktade lugnt in kulsprutan mot kullen. Sjuhundrafemtiofem meter. Han zoomade in. Inga tecken på liv.

Pansarterrängbilen började sakta in.

”Vad är det nu?” hördes Tuscany mumla från förarplatsen.

Firefly tryckte in sändknappen på radion.

”Hitman från Firefly! Varför saktar ni in? Over.”

Jocke hörde inget svar och kontrollerade volymen på sin egen radio. Allt var som det skulle.

”Hitman från Firefly!”

Fortfarande inget svar.

”Fan, ska de ta pisspaus eller vadå? Nödiga, jävla idioter!”

Tuscany trampade hårt på bromsen. Hitmans Galt hade stannat, och hundra meter längre fram sken bromsljusen ilsket från den afghanska Humveen, innan den började backa tillbaka mot Hitman.

”Joystick, Checkmate! Ögon och öron!” fräste patrullchefen från sin plats bredvid föraren.

Jocke började manövrera vapenstationen för att söka av terrängen. Han analyserade möjliga framryckningsvägar, letade efter observationsplatser eller skydd där insurgenter kunde dölja sig. Allt såg öde ut.

Firefly öppnade passagerardörren och hoppade ut. Innan han hann smälla igen dörren efter sig vällde den varma, torra luften in i fordonet tillsammans med vägdammet. Tuscany lät motorn gå på tomgång och fingrade otåligt på ratten.

Med automatkarbinerna redo klev tre av Hitmans fyra operatörer ut ur fordonet framför. Galtens taklucka öppnades och en operatör med en lätt kulspruta dök upp. Det såg ut att vara Barrelman. Först då noterade Jocke att kollegernas vapenstation var stilla. Varför lät de den inte svepa av terrängen om de nu nödvändigtvis skulle stanna mitt ute i ingenstans?

Firefly stod och pratade med Hitman, som gestikulerade mot öronen och hade plockat loss sin personliga radio. Han drämde ena näven i sidan på pansarterrängbilen. Strax därefter anslöt det afghanska befälet, och diskussionen förvandlades till yviga gester.

Joakim koncentrerade sig på vapenstationen. Han letade mål och fortsatte att analysera terrängen, men hittade ingenting. Det kliade i halsen, antagligen på grund av den dammiga luften som hade letat sig in.

En stund senare öppnade Firefly dörren till deras fordon men stod kvar utanför.

”Orientering. Det är något fel på den andra Galten. Stendöd. Inga system i fordonet fungerar. Patrullens radioapparater har slutat fungera. Orsak okänd, inget vi ska spekulera i. Beslut i stort. Vi ska invänta bärgare. Afghanerna har anropat och kör för att möta. Vi går i ställning här tills bärgare anländer. Rast, vila. Joystick tar första halvtimmen på vapenstationen. Kör fram till de andra, Tuscany."

Tuscany rullade långsamt framåt och stannade ungefär tio meter bakom den andra Galten. Så vände han sig bakåt.

"Det här blir varmt. Ingen AC utan motor. Grattis!"

Emma skrattade till.

"Sluta se så jävla svettig ut, Jocke."

Tuscany och Checkmate hoppade ut, och Joakim blev ensam kvar.

Det var fortfarande svalare inne i pansarterrängbilen än utanför, men det skulle antagligen ändra sig fort. Det var inte tillåtet att öppna dörrarna, eftersom det skulle göra fordonet sårbart för eventuell beskjutning. Att öppna takluckan var däremot okej, men det fick vänta tills det inte fanns någon svalka kvar i fordonet. Under tiden sträckte han sig efter en ny vattenflaska i lådan på golvet.

Den afghanska terrängbilen startade och började köra vidare längs grusvägen.

Nu, när han var ensam i Galten, funderade han på att ta fram fotot på Disa och sätta fast det bredvid skärmen. Naturligtvis helt ironiskt. Attityden inom SOG var väldigt fri och prestigelös, men de andra skulle nog uppfatta det som en onödig distraktion att sätta upp en bild på sin flickvän under ett potentiellt farligt uppdrag. Som operatör av den tunga kulsprutan hanterade han patrullens tyngsta vapen och, via vapenstationens datorsystem, mest överlägsna precisionsvapen. Nu gällde det faktiskt bägge patrullerna, eftersom den andra Galten hade tvärdött. Underligt, de hade gjort en extra kontroll av all utrustning innan de började resan.

Undrar vad Disa gjorde just nu? De hade just flyttat in den nyinköpta lilla villan utanför Karlsborg. Den hade inte kostat mycket och det var inga problem för dem att klara räntorna. Hon fick nog inredningstips av de andras fruar. Och av Hans, Emmas man. Tuppen i hönsgården. Fast han borde hålla sig i skinnet, då han ändå visste vems fruar och sambos han umgicks med. Oavsett var det lönevecka. Fast det här uppdragets lönepåslag skulle först komma på nästa månadslön, om nu inblandade chefer lyckades lägga in allt korrekt i PRIO. I bästa fall hade hon köpt gardiner eller något lika ointressant medan Joakim ändå var i Affe. Det var ju lönevecka. Rekommendationen var att ha gemensam ekonomi så att de anhöriga utan problem kunde ha tillgång till SOG-operatörens lön när han eller hon var i tjänst och saknade tillgång till Internetbank.

Explosionen syntes först som en tyst blixt. Ett moln av damm och rök svepte in den afghanska Humveen, som likt en snorloska spottades ut ur molnet och kastades bort från vägen i en vid båge.

Först då nådde dånet från detonationen Joakims öron.

”Helvete!”

Radion sprakade till i hans öra.

”Alla från Firefly! Eldställningar, out!”

Ordern var egentligen onödig. Alla visste vad de skulle göra, men Firefly bekräftade därmed att inget annat än rutin gällde.

Joakim slog till en brytare på vapenstationens panel och osäkrade kulsprutan.

Han hörde rop utanför men uppfattade inte vad som sas. Hitman och Robber från den andra patrullen började sprinta mot Hummern, som nu låg söndertrasad några hundra meter bort. Jocke zoomade in med vapenstationen och mätte avståndet med lasern: 342 meter. Halvvägs till kullen.

Fordonet hade slitits sönder nästan helt. Det måste ha varit en mycket kraftig laddning avsedd för en stridsvagn. IED. Afghanerna hade inte haft en chans. Lättare laddningar skulle en Galt eller Humvee klara, även om stöten alltid innebar risk för passagerarskador. Men här handlade det om en massiv laddning. Knappast några överlevande.

Han lät vapenstationens sikte svepa runt i terrängen. Antagligen var de observerade i denna stund. Oftast var IED:er fjärrutlösta via en mobiltelefon. Ironiskt nog var just det utbyggda mobilnät som kommit i befrielsens spår ett av insurgenternas viktigaste vapen. Talibanerna hade varken utrustning eller kompetens för självutlösande

IED:er. Ibland exploderade de spontant, men det berodde snarare på konstruktionsfel än avsiktlighet. Möjligen hade al-Qaida kompetensen, men inte ens de ville slösa med IED:er mot okända mål.

Han lät svepa av den närmaste kullen än en gång. Nej, ingenting. Eller? Han zoomade in.

Där!

Rörelsen röjde mannen. Hade han legat still hade Joakim missat honom. Kamouflaget var skickligt utformat, men när han vände sig om, som för att säga något, blev han direkt synlig. Krigaren bar kamouflagekläder. Joakim bet sig i läppen och kände hur pulsen steg. De här männen tillhörde inte någon lokal krigsherre, och de var inte heller talibaner. Dessa brukade bära traditionella kläder, alternativt klä sig helt i svart, och kunde lätt upptäckas på kilometers avstånd mot det dystra landskapet. Kamouflage innebar utländska mujahedin. Al-Qaida.

Efter att ha mätt in positionen med lasern tryckte Joakim på sänd.

”Firefly from Joystick! Message follows. Insurgent, kullen, 611 meter. Kamouflagekläder. Over!”

Inget svar.

Joakim ropade igen.

”Firefly from Joystick! Over!”

Insurgenten låg kvar och såg ut att höja en kikare. Kikarens linser gav inga reflexer i det starka solljuset. Antireflexbehandlad. Riktiga grejer, ingen civil skit. Joakim tittade snabbt bort från skärmen. I sina eldställningar verkade ingen av de andra operatörerna reagera på hans radioanrop. Han ropade igen.

Fler insurgenter i kamouflagekläder syntes nu på bildskärmen. Det gick att utskilja ett längre prickskyttegevär. Hade det handlat om talibaner hade Joakim inte oroat sig. Deras vapen var inte inskjutna och kunde knappt träffa en ladugårdsvägg, om de ens försökte. Men mujahedin var tränade och utbildade. Långa stridsavstånd brukade annars vara till svenskarnas fördel. Avstånd var inget problem för vapenstationens kulspruta, och sedan var det bara att kalla in luftunderstöd.

Ingen reagerade utanför, och till slut slängde han upp den tunga pansardörren.

”Insurgenter! Kullen, 600 meter! Kamouflagekläder. Prickskytt!”

”Insurgenter! Kullen, 600 meter!” ekade ropen från hans kolleger när de upprepade informationen.

Tuscany tog genast sikte med prickskyttegeväret, och intill honom justerade Checkmate sin tubkikare.

I den andra patrullen osäkrade Barrelman sin lätta kulspruta, medan Swordfight kikade genom siktet på sin automatkarbin. Hitman och Robber verkade inte ha hört varningsropen och var nu nästan framme vid spillrorna av den afghanska pansarterrängbilen.

”Joystick, nedkämpa!” ropade Firefly.

”Nedkämpar!”

Joakim tryckte lugnt in avtryckaren på joysticken. På taket ovanför honom rasslade vapenstationen till, och han släppte nästan omedelbart avtryckaren. Ett nybörjarfel var att göra av med för mycket ammunition. Samtidigt som insurgenterna på kullen sveptes in i damm, när kulorna från den tunga kulsprutan slog ner exakt på deras eldställning, hördes klingandet av tomhylsor som föll ner på Galtens tak.

Innan röken och dammet på kullen hunnit skingra sig tryckte Joakim av ytterligare en salva. I ögonvrån såg han hur Hitman och Robber från den andra patrullen kastade sig ner på vägen. Hur hade han själv gjort? Med tanke på stridsavståndet hade han nog fortsatt att springa. Å andra sidan var Hitman och Robber betydligt närmare kullen.

”Träff i målet, verkan okänd!” ropade Checkmate bakom sin tubkikare.

Jo, jag såg det, tänkte Joakim.

En fördel med vapenstationen var att han trots eldgivningen såg målet tydligt. På skärmen kunde han se allt, oavsett om han sköt eller inte. Det var så nära ett tv-spel man kunde komma.

Skärmen blev kolsvart och samtidigt blev det knäpptyst inne i Galten. Det annars svaga susandet från elektrisk utrustning tystnade lika tvärt som vapenstationens skärm slocknade. Reflexmässigt startade Joakim om vapenstationen, men inget hände. Snabbt lutade han sig fram till förarsätet och vred om tändningsnyckeln. Fordonet reagerade inte. Det klickade inte ens från startmotorn. Fan! Vad var oddsen för att bägge Galtarna tvärdog nästan samtidigt? Hemma på Karlsborg hade en Galt råkat ut för något liknande i förra veckan, men det var en isolerad händelse.

Joakim ryckte åt sig sin automatkarbin, hoppade ut ur fordonet och rusade bort till Fireflys position.

”Tillbaka på din post! Vad fan gör du, Joystick?”

Firefly flyttade inte blicken från rödpunktssiktet på automatkarbinen, medan han spottade ut ordern till Joakim.

”Galten är stendöd. Vapenstationen också. Tvärdog.”

Bredvid dem smällde Tuscanys prickskyttegevär till. Checkmate rapporterade från tubkikaren.

”Träff! God verkan i målet! En insurgent nere. Övriga drar sig i skydd.”

”Vadå tvärdog?”

”Tvärdog. Fungerar inte. EMP?”

Firefly skakade på huvudet.

”Al-Qaida har inte EMP-vapen. Systemfel. Jävla skitbil.”

Längre fram på vägen reste sig Hitman och Robber och fortsatte att springa fram mot vraket av det afghanska fordonet.

”Insurgenter vänster! RPG! RPG!”

Barrelman gestikulerade åt vänster, ryckte upp kulsprutan, gick upp på knä och öppnade eld.

Joakim kunde först inte se var insurgenterna hade dykt upp, men dammolnet från ett avfyrat raketgevär röjde positionen. Smattret från kalasjnikovs sögs snabbt upp av dånet från raketgeväret.

Alla operatörerna öppnade eld. Joakim gick reflexmässigt ner på knä och hann knappt uppfatta en kamouflageklädd man med en kalasjnikov, innan han tryckte av tre snabba skott. Dammet täckte direkt motståndarnas position, samtidigt som den egna eldgivningen drog upp ännu mera damm.

Explosionen när raketen träffade patrullens Galt fick Joakim att falla framåt. En våg av värme slog mot honom, men han tog sig omedelbart upp igen och letade efter mål, men sikten var bara några meter.

Det tog honom några sekunder att komma på vad som var fel. Rödpunkten i automatkarbinens sikte hade försvunnit. Siktet måste ha skadats i explosionen.

"Förflyttning! Omgruppering flodbanken, med språng!" ropade Firefly.

"Förflyttning! Omgruppering flodbanken!" repeterades ordern.

Ingen verkade ha skadats allvarligt av explosionen och alla fem svarade på Fireflys order. Deras eldställning var röjd, och insurgenter hade dykt upp bara tvåhundra meter från dem. Omgruppering var nödvändig. Joakim rafsade åt sig sin utrustning och började springa efter Firefly mot flodfåran.

I skydd av flodbanken gick de sex operatörerna i position. Stupet ner till den torra steniga flodbotten bestod av porös torr jord och var ungefär en och en halv meter högt. Tio meter bakom dem porlade en några meter bred men grund rännil.

"Tuscany och Checkmate observerar, övriga skydd!" beordrade Firefly.

Patrullchefen rusade hukande bort till Swordfight och Barrelman, som ingick i Hitmans patrull men hade följt dem vid omgrupperingen. Han gav dem ytterligare order, och paret började rusa vidare i skydd av flodbanken. De stannade hundra meter längre ner och Barrelman gjorde sin kulspruta redo.

Joakim provade att starta om siktet, men det hjälpte inte. Rödpunkten var borta. Siktet var annars mycket praktiskt och kunde liknas vid ett lasersikte, men utan själva laserstrålen. Man kunde rentav sikta och skjuta med bägge ögonen öppna, då den röda punkten upplevdes som om den, på samma sätt som ett lasersikte, projicerades på målet. Men nu var siktet stendött, bara en glaslins utan förstoring. Det syntes inte ens ett kryss i siktet. Utan rödpunkt var det värdelöst, och det fanns inte några fasta riktmedel som alternativ. Varje gram hade sparats in av FMV, och fasta riktmedel behövdes inte när man hade rödpunkt. Men SOG hade köpt in en egen lösning: ett fyrtiofemgraders offsetsikte som möjliggjorde att det gick att sikta korrekt längs sidan av automatkarbinen utan att rödpunktssiktet behövde monteras av. Lösningen var helt självklar, men vanliga soldater hade inget alternativ om rödpunkten gick sönder eller batteriet tog slut. Dessutom yrade FMV alltid om risken för att reservsikten skulle fatta eld av värmen från pipan och annat trams. Sila mygg och svälja kameler. Att ett fast riktmedel skulle fatta eld i strid var knappast något att bry sig om när fi skjuter på en. FMV var idioter. Utan reservsiktet hade han nu knappast skjutit bättre än en taliban utan inskjutet vapen.

”Firefly, rödpunkt sönder!”

Han behövde inte förklara innebörden.

Firefly skakade på huvudet.

”Mitt också. Du kanske har rätt om EMP, Joystick. Alla! Utrustningskontroll radio, sikten. Rapportera!”

Alla rapporterade in negativt. Patrullen hade ingen fungerande elektronisk utrustning. Inga radioapparater fungerade, inga rödpunktssikten, men Tuscanys kikarsikte var av traditionell optisk modell.

Firefly konstaterade att hans FAC-pekplatta med gps-karta också var stendöd.

Joakim duckade när kulor slog in i flodbanken en bit åt vänster. Något visslade förbi över dem.

Tuscany sköt ytterligare ett skott med prickskyttegeväret.

”Insurgenter, kullen, bekämpar!”

Kulorna fortsatte att vissla över dem. Joakim såg flera kulor slå ner i flodvattnet eller i flodbanken på andra sidan. Tuscany och Checkmate tog skydd och flyttade sig sedan tio meter åt vänster, innan de gick i ny eldställning.

”Hitman och Robber är träffade. Ligger stilla på vägen.”

Checkmate pekade med hela handen åt höger.

Firefly trotsade den fientliga eldgivningen och reste sig snabbt för att titta över flodbanken.

”Okej, skydd. Samling!”

Firefly viftade till sig alla i patrullen, medan Swordfight och Barrelman satt kvar i skydd, hundra meter längre bort.

”Orientering. Vi är alla överens om att något är jävligt fel här. Vi ska inte spekulera i hur, men ingen elektronik verkar fungera. Samtidigt finns risken att insurgenterna tar över våra Galtar. I dem finns skyddsklassad utrustning som enligt regelverket måste förstöras innan den kommer i fientliga händer. Vi måste även undsätta Hitman och Robber och få dem i skydd. Inom några timmar bör vi vara saknade och helikopter eller drönare kommer att skickas ut för att hitta oss, även om vi inte kan rapportera över radio. Flodbanken ger oss gott skydd, trots att insurgenterna på kullen har ett övertag. Beslut i stort. Vi rycker fram, tar med oss all användbar utrustning, speciellt vatten och ammunition, och förstör Galtarna. Sedan hämtar vi Hitman och Robber, och därefter återvänder vi för att gräva ner oss i väntan på undsättning. Swordfight och Barrelman ger eldunderstöd. Jag och Tuscany tar hand om destruktionen av Galtarna och hämtar därefter Hitman och Robber. Checkmate och Joystick tar all utrustning och återvänder hit, ger sedan eldunderstöd. Frågor på det?”

Ingen sa något. De visste vad som gällde: ingen skulle lämnas kvar. Tuscany harklade sig och spottade.

”Gott. Fem minuter.”

Mer behövde inte sägas. Joakim bytte magasin på sin automatkarbin. Han hade bara skjutit tre skott, men det fanns ingen anledning att inte ha fulladdat inför motanfallet. Han avslutade med att ta några rejäla klunkar vatten ur munstycket till vattensäcken som fanns i ryggen på hans stridsväst. Förhoppningsvis skulle de inte behöva stanna i solen speciellt länge, men vattnet måste räcka tills undsättningen anlände eller i värsta fall till skymningen. Annars fanns ju det bruna vattnet i floden. Filter fanns i allas ryggsäckar i Galtarna, men Joakim hade inte någon större förhoppningen om att hitta sin egen utrustning i patrullens sprängda fordon. Han och Emma fick koncentrera sig på Hitmans Galt och ta de fyra ryggsäckarna därifrån. Tillsammans med ammunitionslådor skulle det bli tungt, men hanterbart. Joakim kunde springa med en annan patrullmedlem över axlarna, två ryggsäckar var ungefär samma sak. Emma skulle också fixa det, det ingick i kraven även för kvinnliga SOG-operatörer.

Firefly rusade hukande bort till Swordfight och Barrelman, gav dem order och rusade tillbaka.

Eldgivningen från insurgenterna avtog för att till slut upphöra helt. Joakim kunde höra rop. Fienden var inte långt borta. Kanske var de redan framme vid Galtarna?

”Okej, på min order.” Fireflys viskning följdes nästan genast av ropet: ”Framåt!”

Hundra meter bort gick Swordfight och Barrelman upp i eldställning och öppnade eld. Barrelmans kulspruta raspade ut salva efter salva, samtidigt som patrullen klättrade uppför flodbanken och började springa mot Galtarna.

Deras egen Galt brann inte, men dörrarna hade kastats av. Flera män i kamouflagekläder rörde sig mellan fordonen och hann inte reagera. Två män föll omkull, träffade av Swordfights och Barrelmans eldgivning. Joakim höjde sin automatkarbin medan han sprang och tryckte av skott efter skott. Det var drygt hundra meter att springa. En krigare höjde sin kalasjnikov i ett försök att besvara elden men ramlade ihop som en trasdocka. Övriga sökte skydd bakom fordonen.

Halvvägs till bilarna bytte Joakim magasin innan det som satt i tog helt slut. Att skjuta slut och behöva slå ur upphaket och mata fram en ny patron var sekunder han inte hade råd att avvara. Han klickade reflexmässigt ur magasinet, dumpade det i bältets magdumpficka, stoppade i ett nytt och fortsatte med eldgivningen för att hålla fienden nedtryckt i skydd.

En insurgent tittade fram bakom en Galt. Joakim tryckte av tre skott, och mannen föll till marken. Bara tjugo meter kvar nu. Han sköt ytterligare tre skott mot kroppen. Firefly var redan framme och tömde sin automatkarbin runt hörnet på den andra patrullens Galt.

Precis när Joakim nådde fram till fordonen klickade automatkarbinen och hakade upp på sistaskottspärren. Slarvigt. Det fanns inte tid att ladda om utan han lät automatkarbinen falla undan och bli hängande över bröstet. Istället drog han snabbt upp sin Glock ur hölstret på högerbenet och svängde runt hörnet på den söndersprängda Galten. En krigare i kamouflagekläder och rutig shemagh mötte honom, men mannen hann inte få upp sin kalasjnikov förrän han sköts med två skott i bröstet och ett i ansiktet.

”Rent!”

”Rent!”

Ett halvt dussin fiender låg på marken runt dem. Firefly och Tuscany tog sig omedelbart in i var sitt fordon och började förstöra radioutrustningen och vapenstationerna. Joakim och Checkmate lyfte ut ryggsäckar ur den oskadade Galten. Det fanns mer ammunition än de kunde bära. Snabbt bestämde han sig för en låda med 5,56-ammunition. Bak i Galten fanns två pansarvärnsrobot 57 fastspända längs väggen. Inget han kunde ta med sig, den var för otymplig. De hemliga siktena fick inte falla i motståndarens händer. Snabbt monterade han loss de två siktena och lät dem falla ner i magdumpfickan.

Kulor började slå ner runt dem. Snabbt hjälpte han Checkmate att lyfta upp två ryggsäckar, och nertyngd av bördan rusade hon tillbaka mot flodbanken. Själv vräkte han upp en ryggsäck på var axel och tog en ammunitionslåda i ena handen. Det gick långsamt att resa sig upp. Packningen var på gränsen för vad han orkade bära, men det fick gå. Han sprang mot floden, några meter efter Checkmate.

Joakim hade hunnit halvvägs till flodbanken när två explosioner bakom honom bekräftade att Tuscany och Firefly var färdiga med destruktionen av bilarna. Kulorna visslade i luften, och från dammet kunde han se att flera skott slog ner runt hans fötter. En smäll fick honom att tappa greppet om ammunitionslådan. Men han fortsatte oförtrutet framåt, mot flodbanken. Väl där slängde han ner ryggsäckarna och hoppade i skydd samtidigt som Checkmate. Benen bultade av ansträngningen och han andades häftigt, men gick omedelbart i eldställning.

Uppifrån kullen sköt insurgenterna. Joakim sköt tillbaka men räknade inte med att träffa utan fungerande rödpunktssikte, och avståndet var alldeles för långt för offsetsiktet. I ögonvrån såg han att Barrelman sköt mot något annat mål men sedan riktade om sin eldgivning mot kullen.

Uppe på vägen sprang Firefly och Tuscany nu bort mot platsen där Hitman och Robber hade fallit. När de nådde fram lade Tuscany från sig prickskyttegeväret och började göra något med den ene kollegan, medan Firefly nästan direkt lyfte upp den andre kollegan på ryggen och började rusa tillbaka mot flodbanken.

Joakim tömde två magasin mot kullen utan att veta om han träffade. Överallt runt honom och Checkmate slog det ner kulor. Samtidigt som Firefly nådde flodbanken reste sig Tuscany upp borta på vägen, men segnade ner och blev liggande. Firefly halkade nerför flodbanken och blev liggande intill Hitmans kropp. Ingen av dem rörde sig och Joakim rusade bort till dem.

Fireflys ögon blickade tomma upp mot himlen. Joakim började febrilt genomsöka kollegan för att hitta var han blivit träffad. Kroppsskyddet verkade intakt. Till slut hittade han ingångshålet. Kulan hade gått in i nacken, alldeles under hjälmen. Den måste ha träffat honom precis när han nådde flodbanken. Antagligen var Firefly död, men det hade Joakim inte rätt att avgöra. Endast en läkare kunde dödförklara en person, så länge huvudet inte var skilt från kroppen. Han började knäppa upp Fireflys kroppsskydd för att ge hjärt-lungräddning. Intill hostade Hitman blod och stönade.

Joakim kände en hand på sin axel. Checkmate.

”Joystick, släpp regelboken. Han är död.”

Den fientliga eldgivningen hade upphört. Checkmate gick med ojämna mellanrum upp i eldställning och spanade av terrängen med tubkikaren.

De hade gett Hitman en fentanylklubba mot smärtan. Till slut hade han somnat och låg nu och rosslade på ett liggunderlag men verkade för stunden vara stabil. Tuscany och Robber hade inte rört sig alls där de låg fallna på vägen.

Befälet över de fyra operatörerna låg nu på Swordfight, som hade beslutat att de skulle avvakta med att hämta Tuscany och Robber. Under tiden omfördelade de den kvarvarande ammunitionen. Hälften gick till Barrelman och kulsprutan, som var det enda vapnet som hade någorlunda verkan mot kullen. De andra fick nöja sig med två magasin var.

Antagligen hade insurgenterna dragit sig undan, väl medvetna om att luftunderstöd var på väg och att operatörerna snart skulle vara undsatta.

Mycket riktigt, snart hördes ljudet av en helikopter. Redan innan han såg den visste Joakim på ljudet att det var en amerikansk eller afghansk Apache-attackhelikopter. Han andades ut. De var räddade.

Swordfight sköt upp en nödraket, och när helikoptern kom fram bakom bergen slängde han ut en signalfackla med gul rök för att markera deras position. Attackhelikoptern ändrade bana och flög nu rakt mot dem, några hundra meter upp i luften.

”Barrelman, skjut mot kullen!”

Barrelman öppnade eld mot kullen för att markera var fienden sist hade setts, och Swordfight pekade med hela armen i samma riktning. Men helikoptern fortsatte att flyga rakt fram istället för att rikta om sig mot kullen.

Motorljudet ändrade karaktär. Det lät som om motorn hackade. Joakim ställde sig upp och höjde handen i en hälsning, men helikoptern fortsatte bara framåt. Förstummad såg han hur den fortsatte rakt mot bergssluttningen en dryg kilometer bort.

Kollisionen var oundviklig. När attackhelikoptern träffade berget förvandlades den till ett stort eldmoln, och några sekunder senare rullade dånet av explosionen över dem.

Operatörerna tittade tyst mot det brinnande vraket från attackhelikoptern uppe på bergssluttningen.

När mullret hade lagt sig i dalgången ekade ett rop mellan bergen.

”Allah Akbar! Allah Akbar!”

*

Mörkret hade fallit.

Normalt hade de bildförstärkare nattetid, men nu var all mörkerutrustning kvar i de sönderspängda Galtarna. Barrelman hade med sig sin bildförstärkare, men den fungerade inte. Ett batteribyte hjälpte inte, den var lika död som all annan elektronisk utrustning. Siktet på Tuscanys prickskyttegevär hade bildförstärkare, men vapnet låg kvar vid Tuscanys kropp uppe på vägen.

I nattens mörker kunde de höra rop. Fienden fanns kvar i området, och ropen hördes nu allt närmare.

Swordfight samlade dem.

"Okej, jag och Barrelman tar oss fram till Tuscany och Robber och bär tillbaka dem samt Tuscanys prickskyttegevär hit, vi måste få lite ögon i natten. Swordfight och Joystick, ni stannar här och skyddar Hitman. Frågor?"

Det fanns inte mycket att tillägga. Ärligt talat var inte Joakim säker på att Swordfight brydde sig om några synpunkter. Robber och Tuscany kunde fortfarande vara i livet, och man övergav inte skadade kolleger. Störst chans att undsätta dem var i skydd av mörkret. Förr eller senare skulle det komma ytterligare helikoptrar. *Search and rescue* måste redan ha börjat söka efter en saknad helikopter. Fast trots att det gått fyra timmar hade de inte hört ett ljud. Visserligen var de amerikanska styrkorna numera högst begränsade sedan man i princip helt dragit sig ur Afghanistan, men *search and rescue* var alltid högsta prioritet på flygbaserna. Fyra timmar var alldeles för lång tid.

Swordfight och Barrelman gick igenom sin utrustning, gjorde några hopp för att kontrollera att de skulle vara helt tysta och att allt var väl förankrat. Sedan smög de tyst över flodbankskanten.

När de försvunnit i nattmörkret viskade Checkmate:

"Joakim, lova mig en sak."

Hon använde hans namn. Det här var personligt.

"Naturligtvis."

"Låt dem inte ta mig till fånga."

Joakim kisade i mörkret mot Checkmate. Han kunde bara ana hennes konturer mot flodbanken.

”Okej, Emma, men det kommer inte att gå så långt.”

Han förstod henne. Blev han själv tillfångatagen skulle hans öde inte bli mycket bättre, men aldrig att de skulle lyckas ta honom levande. Det fanns inte en chans. Men Emma menade allvar.

Skrik och rop följt av eldgivning bröt nattens tystnad.

Joakim gick upp i eldställning och spanade ut i mörkret.

Skottsalvorna från Barrelman var tydliga, långa och utdragna hackande blixtar av mynningsflammor. I ögonblicken av eldgivning lystes formerna av män upp i landskapet mellan dem och fordonen. Kanske spelade skuggornas spel honom ett spratt, men det såg ut som om kanske femtio utspridda insurgenter var på väg mot floden. Flera öppnade eld, och i skenet av eldgivningen såg han kroppar som föll.

Han tog sikte på konturen av en man, som blinkade fram och tillbaka i ljuset från mynningsflammorna. Var det rätt att öppna eld? Det skulle röja den egna positionen. Men när Checkmate öppnade eld gjorde han detsamma, korta stötar om tre skott i taget. Han var osäker på om han träffade, men bytte mål och sköt igen. Rop och skrik. Barrelmans kulspruta slutade skjuta, och han hann uppfatta korta enkelskott från Swordfights automatkarbin, innan även den tystnade.

Skott slog ner runt dem. Plötsligt skrek Checkmate till.

”Helvete! Träffad, men okej”, fräste hon och fortsatte skjuta ut i mörkret. Hennes ansikte lystes upp av den dämpade mynningsflamman, och han skymtade hur något mörkt rann nerför hennes ena kind.

Automatkarbinen klickade till när den hakade upp sig på sistaskottspärren och han laddade sitt sista magasin. Någonstans därute låg ammunitionslådan som han hade tappat. Han hade gott om tomma magasin att ladda och ladda kunde han göra med förbundna ögon. Men även om de hade haft lådan, hade de inte haft tid att ladda om de tomma magasinen.

”Slut! Jag har slut!” skrek Checkmate.

Hon drog sin Glock och började backa nerför flodbanken.

Joakim sköt sina sista skott mot ljudet av en röst, innan automatkarbinen hakade upp på sistaskottspärren igen. Snabbt slog han fram slutstycket från upphaket och avfyrade det sista skottet. Sedan drog även han sin Glock och klev bakåt. Sida vid sida retirerade de mot floden. Genom kängorna kunde han känna när de kom ut på de grövre stenarna i den torra flodbädden.

När en ficklampa tändes öppnade de två operatörerna eld samtidigt. Ficklampan föll till marken och lyste upp sidan av flodbanken. I ljusskenet såg de hur man efter man hoppade över kanten.

Någon ropade instruktioner, och konturerna av männen började sprida ut sig runt dem. Joakim sköt tre skott mot den närmaste, som skrek till och föll ihop. Någonstans hördes en mörk röst skratta till och ropa någonting. Flera män öppnade eld, och kulorna slog ner runt fötterna på dem.

Det brände till i vänster smalben, men han höll sig stående. Smärtan var som en dov, pulserande värk, och benet kändes blött. Han hade alltid undrat hur han skulle reagera om han blev träffad. Hälften av alla människor föll bara ihop så fort de blev träffade av ett skott, oavsett hur allvarlig skadan var. I SOG-träningen hade han fått lära sig att fortsätta obehindrat även om han blev skjuten, men något facit på utbildningen fanns förstås inte. Men nu visste han. Han föll inte ihop som en trasdocka. Utbildningen fungerade, eller så var det medfött.

”Kom igen då! Vågar ni inte!”

Han tryckte av tre skott mot vad han trodde var den närmaste mannen, men möttes av skratt. Emma sköt flera skott med sin Glock innan hon började skrika högt. Det hördes att hon var kvinna, och runt dem ledde insikten till nya rop och skratt.

”Det har varit ett tveksamt nöje att jobba med dig, Jocke. Farväl!”

Joakim hann inte svara förrän Emmas pistol smällde till en sista gång. Skottet lät dovt och dämpat och följdes av ett blött ljud.

Emmas kropp föll ihop intill honom samtidigt som hans Glock hakades upp i tomt läge. Blixtsnabbt lät han magasinet falla till marken och laddade omedelbart nästa magasin. Männen i mörkret runt honom rusade framåt när de hörde pistolen laddas om.

Joakim fick iväg tre skott innan han tacklades omkull på marken. Pistolen flög ur handen på honom, men han fick upp sin kniv och högg mot kroppen ovan honom. Desperat försökte han komma upp på fötter igen. Något hårt träffade honom i ansiktet.

Allt blev svartare än natten.

19.

E-post

Från: C INS <c-ins@mil.se>

Datum: den 25 augusti, 09:32
Till: C <c@mil.se>
Ämne: Har sökt per telefon

Vi behöver prata.

Generalmajor Mats Guldh, C Insatsstaben
Operativa Insatsstaben, Bålsta

Från: C INS <c-ins@mil.se>

Datum: den 25 augusti, 11:13
Till: C <c@mil.se>
Ämne: Var är du, akut

Vi har sökt dig per telefon och e-post. Var är du? Jag har skickat en patrull till din bostad. Detta är akut. Säkra system fungerar ej, kan ej ta kvalificerat hemligt via e-post ens via FMIP. Möjligt cyberangrepp pågående, enligt samlad bedömning FRA och MUST.

Generalmajor Mats Guldh, C Insatsstaben
Operativa Insatsstaben, Bålsta

Från: C INS <c-ins@mil.se>

Datum: den 25 augusti, 12:01
Till: C <c@mil.se>
Ämne: Ring på säker linje

Högsta prioritet.

Generalmajor Mats Guldh, C Insatsstaben
Operativa Insatsstaben, Bålsta

Error: Kan ej nå utgående mailserver. smtp.fmip.mil.se existerar ej. Vänligen kontrollera inställningarna.

20.

Anna Ljungberg

25 augusti, fredag

Anna gav upp och kröp ut ur duntäckets varma omfamning. Det gick helt enkelt inte att somna om. Hon måste veta.

Brösten hade ömmat och spänt hela natten. Det var en känsla hon inte haft sedan de tidiga tonåren. Mensen var också försenad. Kanske var det ett rent sammanträffande och inget att oroa sig över? Det hade ju trots allt kommit några få droppar blod i förra veckan, flera dagar för tidigt.

Hon ställde sig framför helkroppsspegeln i badrummet. Brösten såg större ut. Hon vred sig i profil och kände på dem. Definitivt större, och hårdare. Och ömmande. Det gjorde nästan ont bara hon försiktigt rörde vid dem.

Med dunkande hjärta gick hon bort till toaletten och drog ner trosorna för att kontrollera bindan. Nej, mensen hade inte kommit än. Hon var tre dagar över tiden.

Vad skulle hon göra? Det borde ju inte vara någon fara. De hade ju bara haft oskyddat sex vid ett tillfälle. Visserligen tre gånger samma kväll, men det var väl per dygn som spelade roll, inte hur många gånger i följd? Kändes logiskt. Risken måste vara minimal. Hon hade försökt att köpa dagenefterpiller, men alla apotek hade haft problem med kortbetalningen, och hon hade inte velat förnedra sig och gå till en klinik för att få akuta p-piller eller tjata till sig fakturabetalning.

Det var inget att stressa upp sig över. Än. Hon skulle köpa ett graviditetstest. Sedan kunde hon gripas av panik, men inte nu. Klockan var kvart över sex på morgonen, lika bra att ta en snabb dusch och gå till jobbet.

Anna sträckte på sig och gäspade. Hon gillade det hon såg i spegeln.

Passerkortsläsaren fungerade inte. Tack och lov jobbade hon i en lite äldre byggnad, där det gick att låsa upp med nyckel. I de nyare byggnaderna var passerkortet en förutsättning, och om läsarna inte fungerade gick det inte att komma in.

Korridoren var tom. Hon var först på jobbet, trots att klockan hunnit bli sju innan hon lämnade lägenheten, efter ett tappert försök att äta frukost. Hon saknade helt matlust och kände sig snarare illamående. Men det gröna teet var gott.

Hon gick till fikarummet och hällde upp varmvatten i sin Buffymugg. De ekologiska tepåsarna förvarade hon i sitt låsta skrivbord. Kolleger kunde bli frestade. Väl tillbaka vid arbetsplatsen började hon att surfa igenom nyheterna. Stort strömavbrott i Stockholm och Solna, inklusive Nya Karolinska och kontoren på Östra Karolinska. Alla planerade operationer inställda, akutfall uppmanades söka sig till S:t Görans sjukhus eller Södersjukhuset. Det betydde att även stockholmarna i EMOIDS-projektet hade strömavbrott just nu. Hon skulle få vara ifred. Skönt! Det här började nästan bli en vana.

Det hade varit väl många strömavbrott sista tiden och det hade blivit en snackis i fikarummet, de få gånger hon fikade med de andra. Klagade de inte på strömavbrotten, gnällde de över bilar på verkstan eller trasiga telefoner. Så mycket gnäll, så snart efter semestern. Å andra sidan hade sommaren nästan regnat bort, vilket kanske förklarade gnället.

Några snabba googlingar senare var listan över de senaste veckornas strömavbrott lång. Hon skrev in platser och datum i en textfil och gjorde motsvarande sökningar på engelska. Listan över strömavbrott blev allt längre. Med sin gamla gymnasiefranska och högstadietyska, kompletterad med Google Translate, gjorde hon samma sökningar på tyska och franska.

Det här var intressant.

Tre timmar senare hade hon en lista med hundratals rapporter om den senaste månadens strömavbrott i olika orter i Sverige, resten av Norden, länder omfattade av engelskspråkiga media, samt i Frankrike och tysktalande länder. Gick hon tillbaka till juli och juni var rapporterna om avbrott ovanliga och sporadiska. Helt klart hade de blivit allt tätare och även återkommande. Bara här i Göteborg hade det, enligt nyheterna, varit ett tjugotal lokala strömavbrott, varav hon själv kunde minnas tre. Tanken på det hon tillbringat med Carl slog hon genast bort.

Det var fortfarande nästan helt tyst i korridoren. Några enstaka kolleger i andra projekt hade anlänt, men det var fortfarande ovanligt glest med folk. Vart hade alla tagit vägen? Antagligen någon konferens eller kick-off som hon inte blivit inbjuden till.

Egentligen borde hon jobba, men eftersom ingen ringde och tjatade på henne från Karolinska fick hon idén att använda strömavbrotten som ett test av EMOIDS. Strömavbrotten spred sig förstås inte på samma sätt som en smittsam sjukdom, men systemet kunde ge en snygg kronologisk visualisering över avbrotten. EMOIDS, *Emergency Mapping of Infectious Diseases System*, var ju ändå till för att rapportera in fall av smittsamma sjukdomar och få en visuell kartläggning av spridning i intensitet och tid. Hon kunde lägga in varje strömavbrott som en patient. Det var ändå bara testcykler och verifiering som återstod innan hennes del av projektet var klart. De automatiserade testen var redan färdigkörda, så övningen kunde vara ett test av användargränssnittet. Gick helt klart att ursäkta som arbete.

Hon började mata in tidpunkter och orter för strömavbrotten.

Vid lunchtid gick hon bort till godisautomaten när det slog henne att hon ännu inte ätit frukost. Det enda som såg gott ut var kexchoklad. Hon brände alla sina mynt och återvände till arbetsplatsen med ett halvt dussin kexchokladkakor och en ny kopp tevatten.

Någon gång under eftermiddagen hade hon matat in alla strömavbrott och satte igång att söka efter fler. Många länkar fungerade inte, flera nyhetssajter verkade vara nere, men det gick oftast att få upp informationen via Googles cacheminne.

Första gången hon tittade ut genom fönstret hade det redan blivit kväll. En enda kaka kexchoklad återstod. Kontoret var återigen tyst. Hon kände sig svettig.

Hon tittade på klockan. Halv åtta. Apoteket hade stängt. Gick det att få tag på graviditetstest någon annanstans? Hon borde ringa Carl, men tänk om hon råkade försäga sig? Hur skulle han reagera då? Varför hade han inte ringt? Borde han inte visa lite mer intresse?

Hon rullade igenom listan av strömavbrott på skärmen och tryckte på körknappen. Det fick duga med över femhundra inmatade punkter med data.

En karta över Skandinavien visades på skärmen. Det var juni. Enstaka strömavbrott dök upp. Kartan zoomade ut och visade Europa när ett strömavbrott markerades i Nice, på franska Rivieran. I början av juli expanderade kartan till en världskarta, då ett strömavbrott i USA och ett i Australien krävde visning av hela världen. Mot slutet av juli dök det upp prickar nästan samtidigt i Europa, tätare och tätare.

Anna pausade, drog tillbaka datumet till i början av augusti och zoomade ner på Europanivå. De första strömavbrotten dök upp i Göteborg och Stockholm, tätt följda av London. Hon pausade animationen och klickade på London. Hon kom ihåg att hon hade matat in ett strömavbrott på Gatwicks flygplats. Hon lät körningen fortsätta på låg hastighet. Halmstad, Växjö, Köpenhamn, Oslo, Frankfurt, Paris. Fler strömavbrott i London, som spred sig över södra England, samtidigt som det blev allt fler strömavbrott i Sverige. Umeå, Luleå, Jönköping och allt fler småorter. Kartan zoomade ut av sig själv. New York. Dubai. Sedan fler prickar i Europa. Anna zoomade in igen. Berlin. Amsterdam, Rom. Cypern. Kanarieöarna. Kartan zoomade återigen ut. Thailand. Bangkok, Phuket, Koh Samui. Tokyo. Kapstaden. Buenos Aires. Sydney. När ett första strömavbrott drabbat orterna dök allt fler avbrott upp i anslutning till den första störningen och spred sig utåt.

Det här var omöjligt.

Anna insåg mycket väl vad det var hon såg. Hon tog upp EMOIDS loggfiler och kontrollerade. Nej, det som visades var hennes data över strömavbrott, ingenting annat. Annars såg det nästan exakt ut som den av systemets testdatakörningar som var tänkt att användas som demonstration vid användarnas utbildning för att visa hur en smittsam sjukdom spreds med flygresenärer över jordklotet. Visserligen började det hela i Asien i testdatamängden, medan Annas strömavbrottsepidemi började i Sverige och London. Förloppet var i princip detsamma, men mycket, mycket snabbare.

Fast strömavbrott var inte smittsamma. De spred sig inte som en sjukdom, så det här var inte möjligt. Enligt projektets smittskyddsläkare spred sig ingen sjukdom så här fort. Det fanns alltid inkubationstider, och när folk väl blev sjuka slutade de att röra på sig, vilket hämmade spridningen, som borde ta månader. Strömavbrotten på skärmen spred sig som en löpeld.

Det fanns ett visst brus i form av spontana strömavbrott utan synlig koppling till spridningen. Hon antog att det var den normala frekvensen av strömavbrott, men hon borde söka längre bak i tiden för att få fram en normalbild. Men det här gick inte att bortförklara som slumpmässiga avbrott; spridningen var för geografiskt tydlig och de rapporterade avbrotten för täta.

Anna körde vidare visualiseringen, som hon pausat i mitten av augusti. När den stannade med dagens strömavbrott fanns det prickar på alla kontinenter, i de flesta huvudstäder och på viktiga knutpunkter för flyget. En del områden, speciellt i Asien och Sydamerika, gapade tomma, medan stora delar av Afrika hade prickar. Antagligen handlade det om språkförbistring. Med sin engelska och franska fångade hon in mycket av Afrika, liksom Indien och Pakistan, men speciellt i Sydostasien, Kina och Sydamerika hade hon få rapporter om strömavbrott. Kanske kunde hon använda Google Translate till att söka på mandarin, spanska och portugisiska? Samtidigt hade hon säkert bara skrapat på ytan. Det var helt orealistiskt att hon hade fångat in alla strömavbrott. I Afrika var väl ett strömavbrott inte ens en nyhet? *This is Africa!*

Hon gick in på de stora svenska nätleverantörernas hemsidor.

E.On:s hemsida svarade inte, men bara hos Fortum och Vattenfall fanns ett femtiotal aktuella strömavbrott inrapporterade. I nyhetssökningarna hade hon hittat nyheter om tre. Det var alltså ännu värre än vad hon hade fått fram med hjälp av Google och EMOIDS, åtminstone i Sverige. Rimligtvis gällde detsamma även andra länder.

Vad orsakade det här? Vad kunde slå ut strömmen på ett smittsamt sätt? Ingenting. Det var förstås helt omöjligt. Kanske det handlade om datorproblem. Allting var ju digitaliserat i dag, inklusive styrsystem. Kanske det var de där feltillverkade mikrochipen? Men fel sprider sig inte som en sjukdom, de uppstår slumpmässigt och borde uppkomma tätast där det finns flest system. London, ja, men Sverige var ett litet och glest befolkat land. Det var osannolikt, men förstås inte omöjligt, med så frekventa avbrott så tidigt i Sverige.

Anna var ingen expert på it-säkerhet, men hon hade plockat upp ett och annat från studiekamrater som numera jobbade i sektorn. Hon var systemutvecklare, ingen okunnig amatör. Det kunde omöjligt vara ett datavirus. Datavirus spreds via Internet och följde inte flygrutter. Hon hoppades att elbolagen inte hade kopplat upp sina styrsystem mot Internet, men det skulle inte förvåna om de hade gjort just det.

Men Internet förklarade inte EMOIDS visualisering av spridningen. Det såg helt klart ut som en fysiskt spridd smitta. Om det nu handlade om ett datavirus, hur kunde det sprida sig med folks fysiska resor? Hon började fundera på möjliga felkällor. Det var nog så enkelt att det var på spektakulära platser, som stora städer, som strömavbrotten hamnade i nyheterna. Alltså handlade det hela om en *bias* i nyheterna och allt var inbillning.

Anna skakade på huvudet. Hon började få huvudvärk, kanske lika bra att ge upp och gå hem. Hon borde ringa Carl. De hade inte träffats på två dagar.

Hennes Iphone var svart, inte ens när hon tryckte på knapparna visade den svarta skärmen någon symbol med uppmaning om laddning. Hon tittade på sin egen spegelbild i den nedsläckta skärmen.

Telefonen var dammig och hon torkade rent den med T-shirten. Det var även smuts i ladduttaget. När hon blåste på den virvlade ett moln av finkorniga partiklar ut i rummet och fick henne att hosta till.

Telefoner. Alla hade mobiltelefoner i dag. De flesta hade med sig elektronik när de reste. Ett datavirus kunde spridas fysiskt den vägen. Men inte ens det var möjligt. Datavirus var specifika för specifika operativsystem eller programvaror. I värsta fall, om det handlade om virus riktade mot processorer eller mikrochip, drabbade de bara specifika processorer, och dessa var helt olika i skilda system. Ett styrsystem hade andra processorer än en persondator. En mobiltelefon hade inte samma processor som en dator. En mobiltelefon kunde inte smitta en dator bara genom sin blotta närvaro. Det handlade om olika operativsystem, olika programvaror och olika processorer. Dessutom behövde de kopplas ihop på något sätt. Hur skulle en mobiltelefon kunna smitta ett styrsystem för elnätet? Helt omöjligt, men ändå hade hon data visuellt framför sig på skärmen. Antagligen hade hon missat någonting.

Hon satte mobiltelefonen på laddning och började skriva ut kartorna. En kartbild per vecka. Även på papper syntes det tydligt att spridningen av strömavbrotten gick exponentiellt allt snabbare.

Konstigt, det syntes ingen laddningssymbol på hennes Iphone. Hon kontrollerade kontakten och kopplade loss telefonen. Uttaget var smutsigt igen. Hon harklade sig. Halsen kändes irriterad.

Plötsligt slocknade datorn och skärmen blev svart. Fläkten fortsatte att surra, men hårddisken varvade ner och stannade.

Med ens var allt självklart. Det var omöjligt, men självklart. Hon behövde bara någon som kunde bekräfta det hela.

Hon lyfte sin fasta telefon och tryckte in nollan för att komma förbi växeln. Eriks hemtelefonnummer kunde hon utantill, trots att de inte hade setts sedan hon i vintras kommit på honom med en halvnaken kvinnlig chalmerist i hans rum på Institutionen för tillämpad fysik och nanoteknik. Den gången var det inget snack om saken. Studenten var halvnaken och när Anna öppnade dörren till Eriks rum tittade han upp från den fylliga studentens barm.

Egentligen borde hon ringa Carl.

Istället slog hon Eriks hemtelefonnummer. Måtte han vara hemma.

”Erik.”

”Hej, det är Anna. Anna Ljungberg.”

Hon kände att hon rodnade som en liten skolflicka.

”Hej, Anna. Det var ett tag sedan.”

Ingen idé att bry sig om några artigheter. Erik brydde sig inte, och det gjorde inte hon heller.

”Kan vi träffas? Direkt! Det är viktigt, mycket viktigt. Du vill veta det här.”

”Vadå? Du är väl inte gravid? Det skulle du sagt tidigare.”

Erik lät rentav orolig, det var sju månader sedan sist. Anna kände att hon var tyst lite för länge. Vad skulle hon svara på det?

”Nej, det här har med din forskning att göra. Vi måste ses. Nu.”

”Okej, okej.”

En kvinnlig röst sa något i bakgrunden.

”Hum, vi kan träffas på mitt kontor i morgon.”

Det fick duga.

”Bra, då ses vi i morgon. Klockan åtta.”

Telefonen knäppte till och blev tyst. Anna klickade på klykan, men det kom ingen signal. Den fasta telefonens LCD-display visade en felkod.

Det spelade ingen roll, Erik skulle vara på jobbet i morgon.

Anna stoppade sin Iphone i väskan och rafsade åt sig kartutskrifterna.

I dörren stannade hon till, vände tillbaka och hämtade den sista kexchokladen och påsarna med te.

21.

Magnus Svensson

25 augusti, fredag

Magnus halsinfektion verkade inte ge med sig. Hostan gav blodsmak i munnen. Å andra sidan hade han bara varit hemma i två dagar. Egentligen var planen att vara tillbaka på jobbet nu. Det var ju lönefredag, och han hade tänkt lämna in telefonen på reparation. Men Lenas landstingslön kom in först på måndag, sedan landstinget flyttat löningen en dag förra året, så rent tekniskt var det inte full lönehelg.

Egentligen var han inte så värst sjuk, digitaltermometern visade ingen feber, men det hade varit problem med pendeln även i går, och nu hade också Lenas bussar börjat strula. Det var enklast att vara hemma. Han kunde betala månadens räkningar, samla ihop all fallfrukt och passa på att handla inför helgen. Utan bil fick det bli på Ica Supermarket i Åsa, inte Maxi inne i Kungsbacka. Dessutom kunde han hämta barnen tidigt, Moa från dagis och Mia och Max från fritids. Det skulle säkert uppskattas, även om de bara skulle kasta sig över sina datorer.

Efter att ha läst färdigt skvallret på Aftonbladet, som designat om sin hemsida till en minimalistisk sida med enbart text med de senaste nyheterna och reklam, kopplade han upp sig mot Swedbank. Hemsidan såg ut som vanligt, men när han klickade på symbolen för Internetbanken uppe i högra hörnet hände ingenting. Webbläsaren stod bara och snurrade. Han försökte upprepade gånger, men Internetbanken svarade inte. Antagligen var det många som ville betala sina räkningar just i dag, och servern var nog överbelastad?

Tidigare hade han och Lena varit kunder i Nordea, och där gick Internetbanken ner runt löning varje månad, men sedan husköpet i Åsa hade de Swedbank, vars Internetbank normalt var problemfri.

Magnus bestämde sig för att försöka igen senare och gick ut för att samla ihop fallfrukten i sopsäckar. Förhoppningsvis skulle de snart ringa från verkstaden och meddela att bilen var lagad. Säckarna måste transporteras till tippen, det såg inte bra ut med svarta sopsäckar på tomten. Murre följde intresserat hans arbete men tappade till slut intresset och tassade tillbaka till trappan vid ytterdörren.

Grannarna Andersson hade fortfarande inte kommit hem från Thailand. Uppfarten var öde och gräset behövde klippas. Men de hade bara bett om hjälp med blomvattning och tömning av brevlådan. Dessutom var det Lena som hade fått förtroendet. De kunde gott få skämmas lite. Typiska översittare med mycket pengar, dyra kläder och fina viner. Vem dricker Amarone för trehundra kronor till grillat? Om de nu stannade längre i Thailand och ville ha gräset klippt kunde de faktiskt höra av sig.

När han gick in igen kändes luftvägarna bättre av stunden i friska luften. Han fällde upp locket på den bärbara datorn. Skärmen gapade svart. Ibland hände det att datorn inte fattade att locket hade öppnats, så han upprepade proceduren, varefter han tryckte på tangentbordet. Datorn vaknade inte. Inte ens då han pressade in strömbrytaren reagerade datorn. Det måste vara en riktigt hård krasch. Jävla Windows!

Han drog ur elkabeln, vände på datorn och plockade ur batteriet. Ett moln av finkornigt damm virvlade ut. Han borde dammsuga datorerna lite oftare.

När batteriet var tillbakamonterat och strömförsörjningen återställd tryckte han på strömbrytaren. Nu borde problemet vara löst. Datorn klickade till, fläkten gick igång och hårddisken rasslade. Skärmen tändes, men slocknade direkt, och både fläkten och hårddisken varvade ner och tystnade.

Helvete!

Inte bara bilen och telefonen. Nu hade även datorn gått sönder. Det här var inte sant!

Huvudvärken kom smygande.

När inte heller Max dator fick kontakt med Internetbanken bestämde han sig för att gå och handla istället. Något var allvarligt fel. Var det fabrikationsfelen på mikrochipen som spökade även för datorerna?

Regnet hade upphört och solen tittade rentav fram mellan molnen. Vädret var klart ute över havet. Det skulle bli en fin eftermiddag, kanske en riktigt fin helg. Det fick bli grillat varje dag i helgen. Bäst att passa på, så här i slutet av augusti kanske det var sista chansen. I värsta fall fick de väl grilla ute och äta inne. Bäst att göra slut på sommarens sista grillkol medan de hade möjlighet.

Han promenerade bort till Ica. Den friska luften gjorde det lättare att andas. Det brukade vara så. När man väl gick ut blev man frisk. Nästa vecka skulle han tillbaka till jobbet.

Trots att det var fredag var det tomt på bilar på livsmedelsaffärens parkering. Fast de flesta brukade inte handla lokalt. Kanske var det alltid så här? Dessutom var det ju fortfarande arbetstid och kundanstormningen kom nog först på eftermiddagen.

Det var få kunder i butiken och bara en kassa var bemannad. Flera hyllor var länsade, och det var glest i de hyllor som fortfarande hade varor uppställda. Tydligen var han alldeles för tidigt ute. Leveranserna för veckan hade antagligen inte kommit än och han såg ingen personal packande upp varor ute i butiken.

Han började arbeta av inköpslistan. Grönsaksdisken var nästan helt tom. Inga grönsaker på inköpslistan fanns, men han tog några paket förkokt majs att ha till grillen. I köttdisken fanns bara några charkuterier, inget färskt kött, inte ens en flintastek. Han plockade på sig de sista paketen grillkorv. Kanske inte det roligaste, men barnen skulle inte klaga om de slapp flintastek eller entrecote. Han fick komplettera med frysta hamburgare när han gick förbi frysdisken.

Även mejerihyllorna gapade nästan helt tomma. Både mjölken och grädden var slut, men veckans förbrukning av Bravojuice fanns, liksom barnens favorityoghurt. Samtidigt som han lade ner de två juicepaketen i kundvagnen började en äldre kvinna intill honom, med en redan överfull kundvagn, plocka på sig juicepaket efter juicepaket. Varför inte göra detsamma? Det fanns ju bara några få paket kvar. Tanten blängde surt på honom, muttrade något och gick bort till hyllorna med sylt och saft, där hon fortsatte förse sig med de sista kvarvarande burkarna. Hennes kundvagn var nu proppfull med mjöl, socker, ris, syltburkar och saftflaskor.

Lika bra att han tog några flaskor saft också. Fanns det ingen mjölk hemma skulle barnen klaga. Saft kunde få dem på bättre humör. Tanten blängde återigen surt på honom. Hamburgarna var slut i frysdisken, men han lyckades komma över några pack med folköl att ha till grillkorven. I de tomma bröddiskarna saknades korvbröd, men det kunde han försöka baka. Hur svårt var det? Mjöl och torrjäst hade han redan plockat på sig, och recept fanns ju på Internet. Fast Lena sa alltid att färsk jäst var bäst, men den var slut i affären.

Han visste inte riktigt hur det gick till, men när han nådde kassan var kundvagnen full med varor som kunde vara bra att ha. Mest torrvaror och burkar som hade lång hållbarhet, då det var ont om färskvaror. Det fanns inte en chans att han kunde bära hem allt i kassar. Gick det att låna kundvagnen och köra tillbaka den senare? Det måste gå, han hade ju stoppat i en tia för att få ut vagnen ur stället.

Tjejen i kassan log och skakade på huvudet när han började lasta upp varorna på bandet.

”Du är inte den första som fyller vagnarna i dag. Lika bra att passa på, lönehelg och allt.”

”Varför är butiken så tom? När får ni in kött och mjölk?” undrade Magnus.

Tjejen slog ut med händerna.

”Vet inte, du får fråga chefen. Vi har inte fått en enda leverans sedan förra veckan. Chefen säger att han inte kan få tag på leverantörerna och att de automatiska beställningarna inte fungerar. Annars läggs order automatiskt när lagren är under vissa nivåer. Vi har ju bara produkter för några dagar här i butiken. Dessutom har det varit ovanligt många kunder den här veckan. Du brukar väl inte handla här så ofta heller?”

Magnus skakade på huvudet.
"Nej, bilen är sönder. Brukar handla på vägen hem från jobbet."
"Maxi?"
Magnus rodnade och svarade inte.
"Det blir 2 655 kronor", konstaterade kassörskan efter att ha scannat alla varor.
Magnus plockade fram kortet men blev hejdad direkt.
"Kortbetalningar fungerar inte sedan i onsdags. Vi har inte kontakt med banken. Chefen skulle få hit en servicetekniker, men ingen har dykt upp. Hemskt ledsen, men du måste betala kontant."
Han hade bara två hundralappar i plånboken. Hemma hade de inga sedlar. Möjligen hade Lena några hundralappar i handväskan.
"Ojdå, jag har bara tvåhundra. Kan jag lämna påsarna och komma tillbaka?"
"Visst, ställ vagnen där."
"Var finns närmaste uttagsautomat?"
"Det finns en hos Swedbank i Frillesås, annars får du prova Kungsbacka. Hade du handlat här varje vecka hade chefen kanske gett dig kredit tills kortsystemet fungerar igen. Vi har en lista, men den är bara för våra storhandlande stamkunder."
Det var minst en mil fram och tillbaka till Frillesås. Magnus behövde gå tillbaka och hämta cykeln. Det fick vänta. Han fick nöja sig med saft, grillkorv, öl, torrjäst och ett paket mjöl. När han börjat ställa tillbaka resten av varorna kom en man i 80-årsåldern fram till honom.
"Grabben, jag övertar allt som är kvar i din vagn. Gå du hem till din familj, och tag hand om er."
Mannen såg skrattretande allvarlig ut, som om han menade något speciellt. Självklart att de skulle ta hand om sig. Vad annars?
Magnus ryckte på axlarna, lämnade över den fortfarande nästan fulla kundvagnen, tog sin enda matkasse och började gå hemåt.

22.

http://www.huvudstadsbladet.se/

Servern kan ej hittas.

Webbsidan http://www.huvudstadsbladet.se kan ej öppnas, eftersom webbläsaren inte kan hitta servern.

23.

Maria Rödhammar

25 augusti, fredag

Maria gav upp och stoppade ner den bärbara datorn i väskan.

Varken Facetime eller Skype hade fungerat. Skype gav åtminstone omfattande och detaljerade felmeddelanden, men Facetime bara ringde och ringde utan att något hände. Linus Internetuppkoppling borde redan vara aktiverad i nya lägenheten i Växjö, nu när hon inte kunde hälsa på honom i hemmet. Hon fick prova igen i kväll.

Kanske hade Eskil redan åkt iväg till Växjö med barnen? Antagligen var det därför ingen av dem svarade på mobiltelefon. De hade åkt tidigt och befann sig säkert på en småländsk landsväg utan täckning.

Hon packade ihop sin portfölj, lämnade övernattningslägenheten och började promenera till riksdagshuset.

Stockholm var nästan helt bilfritt, och det var inte många fotgängare ute, trots att det var lönefredag. Med gles trafik borde taxi till riksdagen bara ta några minuter, men hon föredrog att gå nu när det var uppehållsväder. Gatorna borde krylla av shoppare, men de flesta affärer hade satt upp skyltar om stängt. Något var på tok. Hade den ekonomiska nedgången verkligen slagit så hårt mot affärerna över sommaren? Det var ju den inhemska konsumtionen som var den ständiga räddaren av landets ekonomi. Så här kunde det inte fortsätta. Utan affärer, ingen konsumtion. Antagligen skulle det hela hamna på näringslivsutskottets bord, och oppositionen skulle tjata om företagarvänliga reformer.

Riksdagshusets massiva stenfasad tornade upp sig framför henne.

Hon drog passerkortet i dörrens kortläsare, inget hände. En av säkerhetsvakterna kom fram till henne.

”Passersystemet är sönder. Kan jag få se kort och legitimation?”

Maria kände inte igen vakten, men hans kollega hade hon sett förut. En kort sekund funderade hon på om den andra vakten visste vem hon var och kunde släppa in henne ändå. Antagligen följde vakterna bara regelverket, så hon bestämde sig för att inte säga något.

Maria räckte över passerkortet och höll fram sin legitimation. Säkerhetsvakten granskade den och henne noga. Helt annorlunda än om man handlade på kort i butik. Där brydde de sig bara om förekomsten av legitimation, inte vems legitimation det egentligen var. Fast när hade hon ens behövt lämna fram legitimation i en butik senast?

Vakten låste upp dörren och släppte in henne.

Det brukade vara behagligt svalt och friskt inne i den massiva stenbyggnaden, men i dag kändes luften instängd. Det luktade fukt, nästan som i en källare.

Riksdagshuset var ovanligt tomt. Normalt började aktiviteten återställas efter skolstarten. Nu var det dessutom snart lönehelg. Riktig fart blev det först en bit in i september. Personalen verkade dra ut på semestern i år.

Hon fick låsa upp dörren till sitt arbetsrum för hand. Inte heller här fungerade passerkortet, men hit hade hon åtminstone egen nyckel.

”Maria Rödhammar!”

Hon vände sig snabbt om.

En ung man, som hon inte kände igen, iklädd en strikt men enkel mörk kostym, kom mot henne med en portfölj i ena handen.

”Jag har ett dokument till dig. Vi går in på ditt rum.”

Artig och stilig ung herre. Rak i ryggen också. Som Eskil i yngre dagar.

Mannen stängde dörren efter sig.

”John, försvarsdepartementet.”

De tog i hand. John öppnade portföljen, tog upp en mapp och räckte över den.

”Du är väl införstådd med vad kvalificerad hemligstämpel innebär?”

Maria nickade.

Det var mycket ovanligt att hon fick ta del av hemligstämplat material. Mappen sa ingenting om innehållet. Efter att socialministern, i samband med ett statsbesök på Rosenbad, fotograferat den förre utrikesministern när denne bar på hemligstämplade papper med upphandlingsuppgifter om granater från Raytheon och lagt ut bilden på Instagram, hade rutinerna ändrats. Alla hemliga handlingar skulle nu förvaras i mappar som endast tydliggjorde att det handlade om hemliga handlingar och vilken säkerhetsklass. Visserligen rådde det fotoförbud på Rosenbad, men den gamle socialministern var partiledare för ett regeringsparti, och fadäsen hade tigits ihjäl.

Orden på mappen var tydliga i rött med dubbla röda ramar runt. *Sekretess. Enligt 15 kap. 2 § offentlighets- och sekretesslagen. Av synnerlig betydelse för rikets säkerhet. Kvalificerat hemlig. Frågan om denna handlings utlämnande ska prövas av chefen för försvarsdepartementet. Försvarsmakten. Sweden Armed Forces. Hemlig / Top Secret.*

”Du får läsa det här i egenskap av ordförande i näringsutskottet. Detta är kvalificerat hemliga uppgifter som riskerar att röja svensk underrättelseförmåga och analysförmåga samt vårt underrättelseläge vad beträffar angriparens agerande. Källan är den militära underrättelsetjänsten MUST.”

Maria öppnade mappen och började skumma igenom den relativt tunna rapporten. Vad menade han med angriparen?

”Varför får jag det här?”

”Du får detta för att få en alternativ bild till vad mupparna på Svenska Kraftnät har kommit fram till och gått ut med. Avbrotten i infrastrukturen beror varken på slump eller dåligt underhåll. Vi ser ett mönster med ökande intensitet och spridning. Vi misstänker att det föreligger ett omfattande cyberangrepp mot inte bara Sverige utan även EU:s och USA:s infrastruktur, speciellt elnät och teleinfrastruktur. Vi kan inte gå ut med detta publikt, då det röjer vår analysförmåga. Vi har fått MSB att uttrycka sig lite generellt.

Ställföreträdande statsministern vill inte skapa oro, och försvarsministern och statsministern stöder det beslutet från sina sommarhus, men alla håller inte med om slutsatsen. Cyberangreppen, som vi inte kunnat identifiera, har lett till omfattande störningar även inom och mellan myndigheter, liksom inom departementen. Det är extremt svårt att kommunicera just nu. Även Sveriges Radio och Teracom har problem. För tillfället kan vi inte få ut information på ett bra sätt, och tills alla med säkerhet kan få samma information avvaktar vi med att gå ut med en publik varning. Du träffar snart representanter för elbolagen och måste ha kännedom om det här. Det är av högsta vikt att du får dem att skärpa säkerheten. Skäll gärna ut dem och kräv att de gör extra översyn av sina system. Helst att de kopplar bort sig från Internet, så att de här it-angreppen kan få ett slut."

Maria kände sig illa till mods. Hon tog inte order från regeringen. Hon tillhörde riksdagen, representerade svenska folket. Med försvarsdepartementet hade hon normalt absolut ingenting att göra. Hon harklade sig.

"Hur vet du vilka jag ska träffa?"

John bara stirrade på henne.

"Jag vill ha med mig mappen tillbaka, när du har läst den."

Han visade inga tecken att vilja flytta sig ur rummet.

Maria tog på sig läsglasögonen och satte sig ner.

24.

Anna Ljungberg

26 augusti, lördag

”Du ser annorlunda ut på något sätt.”

Erik sträckte fram handen mot Anna, samtidigt som hon såg hur hans ögon gled ner mot hennes byst. Det kändes pinsamt att skaka hand. Fram till den där dagen i februari hade de haft sex som kaniner. Nu skakade de hand som flyktigt bekanta.

Förhållandet med Erik hade varit enkelt. Bägge tyckte om att vara hemma, titta på film, prata eller bara sitta i var sitt hörn av soffan och läsa. Och, förstås, ha sex hela tiden. Anna hade verkligen trott att hon och Erik hade något. Men så var det alla dessa unga och yppiga storbystade studenter.

Erik klädde sig annorlunda. Inga jeans, utan strukna byxor. T-shirten var ersatt av en struken skjorta. Fast han visste inte hur han skulle föra sig i klädseln. Han såg ut som ett barn i vuxenkläder. Det var inte han som hade vare sig köpt eller valt kläderna. Det var Den nya som hade gjort det. Fanns inte en skjorta i Eriks garderob när de hade varit tillsammans.

Chalmeristnollor med nollbrickor i olika storlekar kom pratandes gående ner längs korridoren och Anna klev in i Eriks rum och stängde dörren bakom sig.

Hon satte sig tvekande längst ut på besöksstolen i hans rum. Hon visste att åtminstone hon och Erik använt den till mer än besök, men till skillnad mot Den nya hade hon alltid sett till att låsa dörren först.

”Så hur är det?” undrade Erik.

Tröttsamt. Det där skitsnacket var inträнat, hon visste hur Erik egentligen var.
"Skippa artigheterna. Ingen av oss bryr sig om dem."
Erik lutade sig framåt och såg med ens intresserad ut.
"Vad vill du?"
Lika bra att ta tjuren vid hornen direkt. Hon plockade fram kartutskrifterna, bredde ut dem på skrivbordet och förklarade sedan strömavbrottens utbredning och hur de spred sig som en sjukdom.
"Det där är omöjligt. Datavirus fungerar inte så."
Anna nickade.
"Jag vet, men det är inget datavirus."
Hon plockade upp sin Iphone, som hon hade i en förseglad fryspåse. Mängden små partiklar i påsen var redan påfallande stor, trots att mobiltelefonen bara legat i påsen sedan kvällen innan.
"Det är någon form av fysiskt angrepp. Ser du dammet i påsen? Det var inte där i går. Min telefon håller på att falla sönder invändigt. Sannolikt är det smittsamt på något sätt, baserat på kartorna. Dammet sprids med all elektronik vi bär runt på. Jag tänkte direkt på dig. Någon form av nanoteknik."
Erik höll försiktigt upp påsen mot ljuset.
"Fortfarande omöjligt, nej, osannolikt. Sådan teknik existerar inte. Det är jag ganska säker på."
"Har du upplevt några problem med elektronik den sista tiden?"
Erik nickade eftertänksamt.
"Ja, datorn hemma har pajat. Maggis mobiltelefon. Flera kolleger. Bilar på verkstan, men det var väl fabrikationsfel?"
Så Den nya hade ett namn. Margareta. Tantnamn. Dålig klädsmak har hon också.
"Du kan väl ändå kontrollera. Ni har ju utrustningen. Det lär väl gå fort. Du är faktiskt skyldig mig det."
"Är jag?"
Erik verkade förvånad. Han rynkade pannan och såg orolig ut. Sociala grejer var inte direkt hans starka sida. Inte hennes heller, men det verkade han inte ha förstått. Hon chansade. Går det så går det.

”Ja, du bedrog mig med, vad hette hon? Madeleine? Då är man skyldig sitt ex en gentjänst.”

”Magdalena. Okej, jag tittar på det här, så hörs vi.”

Anna tog tillbaka sina utskrifter och lämnade Erik med påsen med hennes Iphone.

Hon bestämde sig för att inte gå tillbaka till jobbet. Lika bra att leta reda på ett apotek. Hon hade trehundra i kontanter.

Det borde räcka till ett graviditetstest.

25.

Filip Stenvik

27 augusti, söndag

”Jag behöver en kopp kaffe.”

Linda fnittrade när hon rullade av Filips svettiga, nakna kropp. Det kändes genast svalare när svetten började dunsta och kylde ner hans överkropp, som Linda hade vilat sitt huvud och sina alldeles för perfekta bröst mot.

”Oroa dig inte, jag kan brygga själv.”

Filip tittade efter henne. Helt naken gick hon ogenerat ut genom den öppna sovrumsdörren och svängde övertydligt på höfterna. Han var osäker på hur gammal hon var, kanske tjugofem, säkert tjugotre. Studerade gjorde hon i alla fall. Han hade flörtat med henne många gånger på caféet, men det hade aldrig gått längre än så. Å andra sidan flörtade han med alla snygga tjejer i lämplig ålder. Man kunde aldrig veta när det betalade sig, och den här gången hade det blivit jackpot.

De hade stött ihop av en slump, och Linda hade frågat om caféet var öppet. Tydligen var alla hennes favoritställen stängda. Frågan hade blivit en diskussion, diskussionen ett samtal, samtalet ett spontant förslag att han kunde brygga en espresso åt henne hemma hos sig. Det var ju bara att ta färjan från Barnängen till Luma.

Linda hade tackat ja med ett leende och rört sig på ett sätt som Filip mycket väl kände igen.

Espresson hade lett till fler samtal och Linda skrattade åt alla hans skämt. Han hade låtit henne röra vid armtatueringarna, som sträckte sig in över skuldrorna och bröstmusklerna, och när hon lekfullt försökte ta av honom tröjan för att se resten hade leken slutat i sovrummet.

De hade knullat två gånger. Något annat än ett knull var det inte, åtminstone inte än. Filip behövde vila en stund, kanske sova lite, innan de kunde fortsätta. Han var inte tjugofem längre. Fast ville Linda ha en kopp kaffe var det knappast sömn hon tänkte på. Han drog på sig kalsongerna och följde efter henne ut i köket.

”Säkert att du ska ha en kopp kaffe? Kom tillbaka till sängen och vila lite istället.”

”Vad är det här?”

Linda hade öppnat högskåpet och tittade frågande på honom.

Fulla hyllor med konserver, torrvaror, som pasta, ris och mjöl, paket med värmeljus och stearinljus och många andra *preps* fyllde skåpet från golv till tak.

Filip lade armarna i kors. Inte igen. Det slutade alltid så här.

”Bara lite mat och annat som är bra att ha.”

Brösten var kanske inte så perfekta, de hängde slappt när hon böjde sig fram. Hon sträckte på sig och höll upp en av de tio femlitersdunkarna med T-röd.

”Är du en sådan där prepper? Survivalist? Var har du ditt zombiekit?”

Hon fnittrade.

Filip kände att han började rodna.

”Zombieapokalypsen är bara ett internt skämt. Klarar man den, klarar man vad som helst.”

Linda slutade fnittra. Hon log inte ens. Plötsligt medveten om sin nakenhet höll hon T-spritdunken framför skötet och lade den andra armen tvärs över sina återigen perfekta bröst.

”Så du har garderoben full med vapen. Yxor och knivar och sånt.”

Var han så förutsägbar? Ja, han hade en del klingor i klädkammaren. Och i vapenskåpet, förstås.

”I vapenskåpet, det står i klädkammaren.”

Filip ångrade omedelbart att han alls öppnat munnen. OPSEC, aldrig avslöja något. Linda hade klätt av honom naken på några sekunder. Tänk om hon berättade för alla sina kompisar? Det skulle hamna på Facebook. Den galna baristan i Hammarby Sjöstad som hade skåpen fulla med konserver och garderoben full med vapen i väntan på zombieapokalypsen.

"Varför håller du på med sånt här? Fan, jag som lovat mig själv att aldrig dejta psykon mer."

Hon trängde sig förbi honom i köket. Han klev åt sidan med händerna defensivt lyfta med handflatorna utåt. Hon höll sig så långt borta från honom som tvåans lilla långsmala kök tillät.

"Se dig omkring, Linda! Vår infrastruktur håller på att falla samman. Det handlar inte om zombies. Tänk på alla strömavbrott. Tåg som stoppar på grund av nerrivna ledningar. Parasiter i dricksvattnet. Har du inte läst nyheterna de senaste åren?"

Linda fnös.

"Vi har ju ett försvar. Staten sköter kriser. Det finns inget att oroa sig över."

"Totalförsvaret är nerlagt sedan över tio år. Det finns ingen beredskap. Ingen samordnad krisledning. Hundratals myndigheter, företag och kommuner ska samordna med varandra utan ledning, inga förråd, inga planer. Ansvarsprincipen gäller, alla ska klara sig själva. Civilförsvaret finns kvar som en klubb för närmast sörjande. Det ekonomiska försvarets alla förråd är sålda. Allt är *just in time* i dag. Det räcker med ett sabotage för att folk ska svälta inom några dagar, om de inte dör av förgiftat vatten först. Läser du inte nyheterna? Allt går sönder just nu. Det är strömavbrott hela tiden. Bilar går sönder på grund av feltillverkade mikrochip. Allt faller samman."

Ett stön hördes inifrån sovrummet, där Linda höll på att klä på sig.

"Faan! Psykfall. Dumt, Linda, dumt."

Linda vräkte upp ytterdörren och Filip följde efter.

"Ta det lugnt. Kom in igen, Vi hade något, det kände du också."

Linda klev in i hissen, och innan hissdörrarna stängdes räckte hon ut tungan mot honom. Han kunde se sin nakna kropp spegla sig i metalldörrarnas grå dysterhet.

Aldrig att han tog hem en tjej igen. Nästa ragg fick bli hemma hos tjejen. Han slog handflatan hårt mot pannan. Så himla dumt! Varför hade han inte bryggt den där jävla espresson själv?

Med ett klick slocknade hallampan och en kompakt tystnad sänkte sig över lägenheten. Strömmen hade gått.

Han slog sig ner framför datorn. Växelriktaren till datorutrustningen vägrade att fungera, så han bytte den mot den kraftigare växelriktaren till kylen och frysen. Han kunde ställa tillbaka den senare. Maten klarade en stund utan kylning, speciellt frysen.

Nu hade datorn och bredbandsroutern strömförsörjning via växelriktare och batteri, men varför hade den mindre växelriktaren slutat fungera? Den hade varit dammig. Kanske hade en säkring mot överhettning löst ut? Slarvigt att inte dammsuga ordentligt. Han fick se till att blåsa rent kylens och frysens dyra växelriktare innan han ställde tillbaka den.

I handen höll han en handskriven lapp med Lindas mobilnummer. Hon skrev ner det efter att de knullat första gången. Hon hade sagt att han knullade som en gud och att han gärna fick höra av sig. Han kanske skulle ringa och förklara? Hon borde ha lugnat ner sig vid det här laget. Kunde han övertala henne att inte berätta något för någon eller skulle han framstå som ett pucko?

Nåja, ett telefonsamtal kunde inte göra saken värre. Han lyfte luren på sin fasta telefon. Helt tyst. Inte en ton. Strömavbrott slog inte ut fast telefoni. Telestationerna hade nödström för åtminstone några timmars drift. En större kabel måste ha grävts av, eller så var det en brand i någon kabeltunnel. Det hade hänt förr. Fast bredbandet fungerade. Å andra sidan var det fiberbredband, kanske från en helt annan telestation.

Han skrev in Huvudstadsbladets adress i webbläsaren. Servern gick inte att hitta. Han provade andra sajter. Några fungerade. Flera visade förenklade webbsidor och meddelade att de körde på tillfällig utrustning. Det handlade säkert om de där mikrochipen igen. Antagligen var det inte något som *just in time*-samhället var anpassat till. Det skulle säkert ta dagar innan all drabbad utrustning var utbytt.

Rubrikerna på nyhetssajterna handlade om strömavbrott. På

ledarplats spekulerades det i cyberangrepp och på annan plats uttalade sig Vänsterpartiets partiledare om att nyliberalismens och kapitalismens krav på ständigt stigande profit var orsaken till att landet höll på att klappa ihop fullständigt.

Lika bra att gnälla av sig på Swedish Prepper.

Forumet kom upp på skärmen. Åtminstone en sajt som fungerade som vanligt. Men han kunde inte skriva om Linda. Googlade hennes kompisar om det hela kunde hans forumpseudonym röjas. Då var det helt kört.

Det hade inte kommit in några nya inlägg sedan han senast var inne på morgonen. Ovanligt, men forumet hade inte fler läsare än att det ibland var glest mellan inläggen. Det här var väl en sådan dag. Folk hade säkert annat för sig, nu när de fått lön?

Ett tag övervägde han att skriva en kommentar i en gammal diskussionstråd om OPSEC, men beslöt sig för att låta bli. Tidpunkten kunde röja honom. Det fick vänta i några dagar, eller om någon annan tog upp ämnet igen.

Enda sättet att avreagera sig var nog att ta en ordentlig löprunda. Kanske milen?

Han stängde ner datorn och modemet och kopplade ur den stora växelriktaren. Det var dammigare än han trodde nere i hörnet bredvid arbetsplatsen. Växelriktarens utblås var rejält nersmutsat av ett finkornigt, grynigt damm. Han blåste bort smutsen och gick ut i köket för att koppla in den till kylens och frysens batteri.

Växelriktaren vägrade starta. Någon säkring måste ha gått. Tur att han hade extra säkringar till växelriktarna. Alltid förberedd! Men nu behövde han ta den där löprundan.

Maten skulle inte bli dålig av en halvtimmes löpning. Han kunde byta säkringar senare.

När han sprang nerför trapporna tyckte han sig höra bultanden och rop, men han var redan så uppe i varv att han inte undersökte det hela närmare.

26.

Magnus Svensson

28 augusti, måndag

Magnus lyfte upp och kramade Moa, som greppade tag om honom, hårt, med både armarna och benen. Den treåriga dottern hade redan blivit tung.

”Bär mig till bilen, pappa!”

”Bilen är på verkstan, älskling. Vi ska gå till dagis, men vi måste skynda oss, så pappa hinner med tåget.”

Mia och Maximilian höll på att ta på sig skorna och allvädersjackorna. Mia tog det lugnt, som vanligt. Metodiskt och noggrant snörade hon skorna. Magnus kunde inte låta bli att le. De flesta barnskor hade kardborrband, men Mia hade lärt sig att snöra själv och Lena köpte alltid riktiga skor till henne. Den äldre Max, däremot, brydde sig inte ens om att dra åt kardborrbanden när han lirkat runt med fötterna tills skorna satt som han ville.

Lena hade redan skyndat iväg till busshållplatsen, eftersom det var hans tur att lämna barnen i dag. Sedan skulle han minsann sätta sig på tåget och åka till jobbet. Dosan till Internetbanken låg i ryggsäcken, så att han kunde betala månadens räkningar från jobbdatorn. Hemma fungerade inte ens bredbandet längre.

Ute i den fuktiga morgonluften drog han ett djupt andetag. Halsen kändes betydligt bättre efter helgens utomhusaktiviteter i sensommarvädret.

”Skynda på nu, så följer jag er till skolan!”

Max hoppade nerför trappan och sprang före till skolan. Han

började bli stor. Redan nio, och allt mer självständig. Klart att han inte ville att pappa skulle följa honom. Men Mia måste ha vuxensällskap till förskoleklassen, en sexåring fick inte gå själv, inte ens i Åsas villaidyll. Det var Magnus och Lena överens om. Dessutom hade skolan bara varit igång i två veckor efter sommarlovet.

Det kändes rätt trevligt att gå med barnen till skolan. Varför hade han aldrig gjort det förut?

Moa nöjde sig till slut med att gå utan att bli buren, och höll Magnus hårt i handen, hela vägen till de äldre syskonens skola. Max gick en bra bit framför pappa och syskon. När han såg skolan skyndade han på stegen och försvann efter att ha viftat hej då.

Skolgården var full av lekande barn, men många stod i grupper, fortfarande med sina skolväskor, och såg vilsna ut och någon lärare syntes inte till. Lena och Magnus hade, precis som för Maximilian tre år tidigare, fått strikta instruktioner att barn i förskoleklass alltid måste lämnas över till en lärare eller fritidspedagog och inte bara släppas lösa på skolgården.

Antagligen satt personalen och drack kaffe eller förberedde dagens lektioner. Fast det var ovanligt. Det brukade finnas fyra, fem lärare eller fritidspersonal ute på skolgården. Men inte i dag. Magnus bestämde sig för att följa med Mia in.

”Hallå!”

Inget svar. Utan att ta av sig skorna gick Magnus vidare in i lokalerna, fortfarande med Moa i handen.

”Var är alla, pappa? Är det inte skola?” undrade Mia.

”De andra barnen är ute och leker. Jag letar efter fröknarna.”

Lokalen var tom. Det fanns inte ens några jackor i lärarnas kapprum. Var fanns personalen?

Mia hade redan gått ut för att hinna leka innan klockan ringde in.

Magnus vinkade till henne där hon försynt stod och pratade med några andra flickor. Klockan började bli väl mycket, och han måste förbi dagis med Moa, innan han kunde rusa vidare till tåget.

Magnus gick fram till skolvaktmästaren, som höll på att skruva på en åkgräsklippare som stod stilla mitt på gräsmattan.

”Har du sett några lärare?”

”Inte i dag. Jag låste bara upp. Är du bra på el? Batteriet är laddat, kortsluter jag polerna får jag gnistor, men den vägrar starta.”

Magnus ryckte på axlarna.

”Ingen aning, måste vidare. Dagis.”

På dagiset mötte åtminstone en dagisfröken upp, men hon såg inte glad ut.

”Jag blir ensam i dag. Om du kan ha Moa hemma vore jag jätteglad. Det är redan tio barn här, och jag klarar inte fler.”

”Kommer det inte vikarier?”

”Jag vet inte. Rektorn är inte här, hon har inte ens ringt. Jag har försökt ringa både henne och mina kolleger, men telefonen kopplar inte fram. Både Brittas och Evas bilar gick sönder i förra veckan. Det har varit problem med bussarna, vet jag, så de kanske kommer senare. Själv bor jag ju här i Åsa, men Britta och Eva måste pendla. Vad är det som händer?”

”Pappa, kan jag inte följa med dig till jobbet? Snälla! Jag ska vara jätte-jättetyst!”

Magnus hukade sig ner framför Moa. Varför inte?

”Det blir en jättelång dag. Vi måste åka tåg och buss.”

Moa nickade entusiastiskt och gav sin pappa en hård och lång kram.

En timme senare gav de upp.

Tåget kom aldrig. Han kunde gott fortsätta att vara sjukskriven. Varken Volvo eller konsultbolaget hade hört av sig och utgick nog från att han fortfarande var sjuk. Moa kunde inte dölja sin besvikelse men blev glad när han sa att de kunde vara hemma och leka istället.

När Magnus öppnade ytterdörren stod Lena, Mia och Max i hallen.

”Hej, pappa! Våra lärare kom inte. Pelles lärare skickade hem oss, otur för Pelle. Enda klassen i dag.”

Maximilian såg nöjd ut.

Lena ryckte på axlarna.

"Jag väntade i nästan två timmar på bussen. Ingen information alls. Nu skiter jag i det här. Tänkte fixa allt som inte blev gjort i helgen. Vi kan väl ta en riktigt härlig storstädningsdag? Själv då?"

Hustrun kramade om honom och gav honom en kort puss på munnen.

"Pendeln kom inte i dag heller. Städa låter jättekul, verkligen."

"Glöm inte att du och jag ska leka, pappa."

Magnus kramade om Moa.

"Självklart, vi kan leka hur mycket som helst."

Men räkningarna måste betalas, hur nu det skulle gå till utan Internetbanken? Kanske åtföljdes de upprepade strömavbrotten av strömspikar eller störningar som skadade all elektronisk utrustning. Nu hade ju inte bara de mer känsliga telefonerna och datorerna lagt av utan även mikrovågsugnen och torkskåpet.

På eftermiddagen, precis när Lena skulle lasta in den sista tvätten i torktumlaren, gick strömmen. Magnus fick ta tvättkorgen och gå ut och hänga kläderna på tork i eftermiddagssolen.

Dagens lunch hade bestått av ris, lite grönsaker och en konservburk med chili con carne, som Lena hittat i ett av skåpen, men till kvällen fick det bli grillat om inte strömmen kom tillbaka. Det fanns fortfarande grillkorvar och Magnus egenbakade knöliga, men ändå goda, korvbröd kvar. Han kunde använda den sista grillkolen.

Maximilian kom ut till Magnus vid tvättlinorna, som normalt bara användes för att hänga ut lakan på vädring.

"Pappa, jag har tråkigt. Nu kan jag inte spela Xbox heller", klagade Max, vars dator slutat fungera i helgen.

Magnus tittade på Max. Det var ingen liten kille längre. Han skulle säkert bli lika lång som Magnus. Blotta tanken på Max som tonåring gav honom ångest.

"Hjälp mig att hänga tvätt, så kan du cykla över till Emil eller någon annan kompis sedan."

Tillsammans hängde de upp resten av tvätten, och när Max

precis cyklat iväg dök en av Mias lekkamrater upp, eskorterad av sin mamma Annelie.

”Kan Isabella vara här och leka en stund? Jag hämtar henne före middagen. Behöver få jobbat lite hemma.”

”Självklart! Jag känner mig lite krasslig men är på bättringsvägen. Det smittar säkert inte längre”, svarade Magnus.

Annelie suckade.

”Samma här. Någon sorts halsinfektion. Brukar bli så runt skolstarten, eller hur? Är ni hemma bägge två?”

Hon nickade och vinkade till Lena, som kom ut på trappan.

”Bilen är på verkstan, och bussen och tåget kom aldrig i morse. Så vi har ledigt.”

På något sätt kändes det befriande, trots att de hade städat hela dagen. Magnus försökte inte tänka på de ekonomiska konsekvenserna. Nästa lön skulle innebära rejäla sjukavdrag. Och hur skulle det gå för Lena? Oanmäld frånvaro? De hade trots allt räkningar att betala på huset.

”Vilket lustigt sammanträffande. Ingen av våra bilar startade i morse. Fungerar er telefon?”

Annelie och hennes man hade nästan precis samma problem som Magnus och Lena. Telefonen fungerade inte. Datorerna hade lagt av. Annelies tv hade slutat fungera redan före strömavbrottet. Lustigt, minst sagt.

Strömmen kom inte tillbaka till kvällen.

När Annelie och Nils, hennes make, kom för att hämta Isabella föreslog Lena att de skulle grilla tillsammans. Annelie gick hem och hämtade lite kött, grönsaker och vitlöksbröd som hon hade i den strömlösa frysen och Magnus tog fram en flaska vin, trots att det var måndag.

Det blev en mycket trevlig kväll, men vid åttatiden måste Annelie och Nils gå hem och lägga Isabella.

Nils gick i förväg med en övertrött Isabella, men Annelie dröjde sig kvar och betraktade tyst Magnus och Lena, där de stod på trappan.

Efter en stund tog hon ett djupt andetag och började prata.

”Nils vill inte prata om det här och säger att det inte är något att oroa sig för. Men tycker ni inte att något är underligt? Allting går sönder. Strömmen är borta. Telefonerna och Internet har slutat fungera. Det ska inte vara så här. Detta är inte det liv vi lånade till när vi flyttade hit. Något är riktigt fel. Eller är jag bara fånig?”

Magnus utbytte en snabb blick med Lena.

”Det är inget att oroa sig över. Bara något tillfälligt strul. Hade det varit något allvarligt hade myndigheterna berättat det. Det är bara lite otur.”

Annelie skakade på huvudet och gick efter sin make i mörkret.

Utan vare sig tv, datorer eller tv-spel som lockade var det inga problem att lägga barnen. Max fick låna husets ficklampa och lade sig för att för en gångs skull läsa sig till sömns. För att vara på den säkra sidan satte Magnus i tre nya AAA-batterier i LED-ficklampan.

Lena och Magnus gick ut igen. I skenet av ett värmeljus satt de och pratade om allt möjligt i den friska kvällsluften, med ett ljus från husets förråd av Ikea-värmeljus brinnande i en hållare på bordet mellan dem.

Augustikvällen blev snabbt allt kallare under den molnlösa himlen och framåt tiotiden räckte det inte längre med en extra tröja eller filt. När de gick in omslöts de av villans mer kompakta mörker. Barnen hade somnat, Max med boken i handen. Ficklampan hade trillat ner på golvet och fungerade inte när Magnus testade den. Lena ledde honom till sängen och de älskade tyst och länge i det svaga ljuset från stjärnorna och halvmånen.

Efteråt tog de en dusch tillsammans. Även om strömmen hade gått fanns det fortfarande varmvatten kvar, men när vattnet började bli kallare klev de ur duschen och torkade långsamt av varandras kroppar. Lena smekte hans kind.

”Vi går ut, vi tar en promenad ner till stranden. Barnen sover.”

Magnus kunde inte se Lenas ansikte i mörkret, men han kände att hon log. De klädde på sig famlande i mörkret och gick ut i den tysta natten.

Ute var natthimlen stjärnklar. Inte ens ljusen från Ringhals kärnkraftverk tvärs över fjorden störde Vintergatans prakt. Magnus kunde inte komma ihåg när han sist såg en så fantastisk stjärnhimmel.

De höll varandra i handen och letade sig långsamt genom det kolsvarta villaområdet och ner mot stranden. Här och var lyste levande ljus, men annars var det nattsvart. Murre följde dem de första hundra meterna, men försvann sedan in i ett buskage.

När de nådde stenstranden innan Stenuddens båtplats stod de tysta och kramades i flera minuter. Magnus förde tillbaka Lenas hår och gav henne en kyss, och Lena ledde upp honom i skogen och de älskade igen, på strandskogens knastrande underlag. Magnus kunde inte komma ihåg när de senast älskat två gånger samma dag. Det måste ha varit innan barnen föddes.

De satt och höll om varandra i skogsbrynet och tittade ut över vattnet. Månen och den stjärnklara himlen speglade sig i havsytans små krusningar. Lena rös till och Magnus kramade henne extra hårt.

Det hade varit en perfekt kväll som han skulle komma ihåg resten av livet.

27.

Peter Ragnhell

28 augusti, måndag

”Jag fick er på foto, snutjävlar! Nu åker ni dit!”

Killen skrattade och började backa undan.

Peter släppte den misstänkte mannen, som föll bakåt och blev sittande på grusgången.

”Se till att han inte går någonstans”, sa han till Anders och Patrick och pekade på mannen på marken.

Med raska steg gick han fram till den unge killen, och innan grabben hann reagera hade han ryckt mobiltelefonen ur handen på honom.

”Vad fan gör du? Jag vet mina rättigheter. Ge hit telefonen!”

Egentligen borde han slå ner killen och förstöra telefonen, men det kunde vara roande att pröva kollegernas snällare arbetsmetoder ibland.

”Du stör vårt arbete. Du verkar påverkad. Vi får nog ta med dig till station för drogtest.”

Grabben skakade tyst på huvudet och tog ett steg tillbaka.

”Får jag tillbaka min mobbe då?”

Peter såg på telefonen. Skärmen var inte låst, så han knappade fram bildarkivet.

Bilderna fick honom att rygga till. Foton på fem nakna killar och en tjej. De hade sex. Nej, de våldtog henne. Det här var inte frivilligt. Våldtäkt var ännu vidrigare än hustrumisshandel, och det här var rentav en gruppvåldtäkt. Inte som när han läxade upp Ida lite bryskt, hon bad ju om det med sitt eviga gnäll.

Mobiltelefonens skärm blev till ett gytter av pixlar i olika färger och slocknade sedan tvärt. Han tryckte på alla knappar, men inget hände.

Snabbt sträckte han ut handen, fick tag i killens tröja och höjde telefonen demonstrativt.

”Vad fan var det där? Vem var tjejen?”

”Äh, en polares flickvän. Horan bad om det när hon dumpade honom.”

”Upp mot trädet, sära på benen. Anders!”

Peter började visitera grabben. Han var ren. Inga droger, ingen kniv.

”Vad är det?”

”Det finns bilder på en gruppvåldtäkt i telefonen. Kolla om du kan få igång den.”

Killen började protestera.

”Har ni haft sönder telefonen nu? Den var faktiskt ny.”

Grabben verkade först vilja fortsätta protestera, men tystnade tvärt. Anders hostade till och skakade på huvudet.

”Nej, den verkar stendöd. Inte ens någon laddningsindikator.”

”Ropa hit en bil som får ta honom till station. Säg till att den misstänkte behöver omplåstring också. Han ramlade.”

”Vadå, jag har inte ramlat?”

Det fick räcka nu. Den jäveln var skyldig. Peter dunkade killens ansikte hårt mot trädstammen upprepade gånger.

”Jo, det har du visst”, fräste Peter mellan skriken.

”Jag får ingen kontakt med Femtio. Jävla Rakel! Fan, nu dog hela radion.”

Peter lämnade över den misstänkte till Anders, som knäade honom mellan benen. Killen sjönk ihop på grusgången och höll för sitt blodiga ansikte. Varken Peters eller Patricks radio fungerade, och både Anders och Patricks privata mobiltelefoner var helt döda. När Peter ringde upp ledningscentralen från sin telefon möttes han av ett felmeddelande.

”Det finns ingen abonnent på numret. Hänvisning saknas.”

Vad i helvete? Det gick inte ens att nå ledningscentralen! Han hade hört snacket i fikarummet. Bilar som gick sönder, elektronik som slutade fungera. Någon pratade om cyberangrepp och det hade mumlats om hemligstämplade rapporter om cyberterrorism. Alla hade varit överens om att något var på gång, men ledningen gjorde inget.

”Patrick, kolla om vår begåvning har en mobiltelefon.”

Han pekade på den misstänkte mannen som Patrick hela tiden haft sittande vid sina fötter. Den misstänkte hade mycket riktigt en mobiltelefon.

”Ring 112.”

”Något är fel. Den säger att det inte finns någon abonnent på numret”, konstaterade Patrick.

Det här var riktigt illa. Radioapparaterna fungerade inte. Det gick inte att ringa vare sig 112 eller ledningscentralen direkt. Något stod definitivt inte rätt till. Det här kunde inte vara en slump.

Peter harklade sin irriterade hals.

”Vi får väl köra in dem själva.”

Eller inte. Det finns alltid möjligheter i förändringar.

Ingen kunde ringa SOS Alarm. Det gick inte att nå ledningscentralen. Antagligen gällde felet alla. Ingen kunde larma. De kunde spara en hel del pappersarbete och samtidigt göra en samhällsgärning, helt riskfritt. Peter tittade på Patrick och Anders. Som alltid var de på samma våglängd som han, inte som de flesta andra kolleger. Bägge nickade instämmande och tittade ner på Peters fotled.

Peter drog sin reservpistol från hölstret på fotleden och riktade den mot den unge våldtäktsmannen. Pistolen, en jugoslavisk CZ-99, hade han tagit från en misstänkt och den gick inte att spåra tillbaka till honom själv.

”Vad gör du, Peter?” undrade Anders och steg bort från killen med händerna lyfta i protest. ”Jag vill inte få blod på kläderna.”

Peter satte den första kulan i skrevet på killen. Det kändes passande. Mannen på marken bakom honom började skrika för full hals, men Peter snurrade snabbt runt och sköt honom i huvudet.

Den unge grabben kved av smärta och höll sig för skrevet.

Nästa kula satte Peter i ena knäet på killen, som skrek till och började gråta.

”Snälla! Jag kan berätta allt.”

”Inte intresserad.”

Den fjärde kulan gick in i huvudet. Han missade tinningen, men det fanns inte en chans att killen skulle överleva.

Anders nickade gillande, men Patrick harklade sig.

”Vad gör vi med kropparna?”

”Inget. Det här skulle vi gjort mycket tidigare. Kom igen! Vi har mer att rätta till.”

Trion gick tillbaka mot bilen.

Volvon vägrade starta. Illa. Den skulle knyta dem till platsen. Peter testade bilens Rakelradio. Stendöd. Nåja, de kunde hävda att de hört skott och skyndat till platsen.

”Vi får ringa in det här. Ser inte bra ut med biljäveln annars. Spärra av brottsplatsen så länge, så att det syns att vi har varit här och arbetat korrekt.”

Efter att ha spänt upp polisens blåvita band mellan träden runt de två kropparna började de att gå. Alla de mötte hade mobiltelefoner med svarta skärmar eller döda batterier, och inte förrän efter en timme mötte de en gammal tant med fungerande mobiltelefon. Tantens telefon hade ingen täckning, men Peter provade att ringa nödsamtal till 112. Telefoner skulle leta rätt på någon annan operatör med täckning vid samtal till 112, men allt han fick var ett felmeddelande.

De fick gå till närmaste lokala poliskontor. Här och var stod det övergivna bilar utmed vägen, och trots att det var eftermiddag såg de bara en enda bil som faktiskt rullade, men den var för långt bort för att de skulle lyckas stoppa den.

En skylt på poliskontoret konstaterade kort: ”Stängt på grund av strömavbrott. Vid nödsituation ring 112.”

28.

Gustaf Silverbane

28 augusti, måndag

Den nylagda asfalten på F 6:s gamla flygfält hade marknadsförts som en stor försvarssatsning i Skaraborg och Västsverige av den förra regeringen, men sanningen var att flygfältet som skulle serva specialförbanden höll på att förfalla. De tunga Globemaster- och fullastade Herculesplanen slet hårt på asfalt och betong, och till slut hade situationen blivit ohållbar.

Gustafs och Emils patruller stod uppställda på plattan utanför SOG:s hangar.

Det mesta var redan lastat och fastsurrat i de två Galtarna, men de sju operatörernas personliga utrustning låg uppradad på marken framför Gustaf Silverbane. Emil Eriksson hade samma majorsgrad som Gustaf, men befälet över de två patrullerna föll på Gustaf. Han var äldre, hade varit med i SOG redan på SSG-tiden, hade fler utlandsmissioner och fler vändor till Affe i bagaget.

Naturligtvis hade alla packat sin personliga utrustning korrekt, men det var ändå rutin att som ansvarigt befäl kontrollera att allt var på sin plats. Den gamla floskeln ”förtroende bra, kontroll bättre” gällde även specialförbandsoperatörerna.

De två prickskyttarna hade sina H&K G36K över bröstet och var sin psg-90 framför sig på den av augustiregnet blåblänkande asfalten. Framför kulspruteskyttarna stod två ksp-90, och sjukvårdarna hade sina traumaväskor. Framför Emils personliga utrustning stod en radio med lång räckvidd, en FAC-pekplatta och en belysarenhet för attackflyg. Detsamma fanns upplagt framför Gustafs tomma plats, där även hans ryggsäck och en satellittelefon väntade på honom.

Egentligen fanns det strikta utrustningskrav och klädkoder, men SOG-operatörerna tog sig som så många andra specialförband stora friheter. De flesta hade egna shemagh-halsdukar i olika rutmönster, även om de brittiskt grön- och svartrutiga dominerade. Gustafs egen var grå och beige. I övrigt var det högst personliga ryggsäckar med unika kombinationer av extra fickor. Även utrustningen på stridsvästarna, som satt åtdragna över de keramiska kroppsskydden, var väldigt individuell. För en utomstående kunde de två skäggiga patrullerna, med sina varierande personliga utrustningar, uppfattas som nonchalanta, men de var de bäst tränade operatörerna i det svenska försvaret.

Allt hade kontrollerats både en och två gånger extra. Speciellt kommunikationsutrustningen och all elektronisk utrustning, ner till minsta sikte. Gustaf hade läst en kvalificerat hemligstämplad rapport om havererad kommunikationsutrustning, och de två patrullerna hade fått byta ut tre av åtta personliga radioapparater och siktet på ett av prickskyttegevären. Allt hade rengjorts och för säkerhets skull hade batterier bytts ut. Hela dagen hade gått åt till extra funktionskontroll av all utrustning och viktiga timmar hade spillts. Men nu fungerade allt som det skulle.

Mikael Andersson, Gustafs patrulls prickskytt, nös till i sin svarta, fingerlösa handske.

”Bullseye, har vi problem?”

”Svar nej, chefen. Bara en nysning.”

”Okej, är alla på topp? Om ni känner att ni inte kan producera etthundratio procent är det ingen som klandrar er om ni står över den här gången. Men det är bråttom, säg till direkt så att vi kan ta in ersättare.”

Gustaf kände själv av halsen, men han hade som vanligt sprungit milen i morse på normal tid och var inte orolig.

Gruppen tittade tyst på Gustaf.

”Är ni redo!”

”Redo!” svarade de sju operatörerna i kör.

”Gott! Höger, vänster om och allt sådant tjafs.”

Uppställningen löstes upp. Erik stoppade in en snus och räckte fram dosan till Gustaf, som tog emot och stoppade in en själv. Lika bra att passa på. Att sitta på en Globemaster till Affe var visserligen bättre komfort än ombord på en vrålande Hercules, men det var inte civila bekvämligheter som gällde ombord.

Gustaf försökte slå bort tankarna på familjen. Han hade skickat deras hemliga kodfras till Chris via sms så fort beskedet om insats hade kommit på morgonsamlingen. *Vi gör tacos i kväll när jag kommer hem.* Det var egentligen mot reglementet, men ingen kunde veta. Efter varje snabbinsats bytte de kodfrasen till något annat oskyldigt, så att ingen som lyssnade kunde lägga mönster. Trots allt hade NSA tillgång till Apples system, och ett sms mellan två Iphone var i själva verket ett Imessage som gick via Apples avlyssnade servrar. Annars diskuterade han och Chris aldrig jobb över Internet.

Christina skulle också få beskedet på det vanliga sättet, via ett personligt handskrivet brev från Gustaf som skulle överlämnas av någon av de andra inom SOG. Fruarna och flickvännerna skulle sedan samlas för att prata ut och snacka skit om sina män över en bit mat, som firman bjöd på, medan barnen lekte och vände upp och ner på en av familjernas hus. Så skulle de hålla på varje kväll tills männen återvände, åtminstone när det gällde oplanerade snabbinsatser. Vid längre planerade utlandsmissioner var förfarandet ett annat.

Gustaf plockade upp sin Iphone en sista gång. Imessage hade fortfarande inte gett någon leveransbekräftelse. Det var inget att göra åt. Situationen var akut, och de måste flyga omedelbart. I sämsta fall kom Chris hem och Buzzard eller någon av de andra stod och väntade med brevet.

Hasses och Augusts patruller var försvunna i Affe. Alla kommunikationer var brutna med Afghanistan. Insatsledningen hade inte lyckats få kontakt med amerikanerna, inte ens via Washington. På nyhetssidan var det också tyst, så vad som egentligen pågick i Afghanistan var helt okänt. Även försvarets egna telenät, FTN, och datanätet FMIP hade drabbats av driftstörningar. Man misstänkte ett omfattande cyberangrepp, men Gustaf hade inte läst några detaljer kring det.

Gustaf hade som vanligt sprungit till jobbet. Flera av kollegerna, som hade långt att köra, hade dykt upp för sent till morgonsamlingen, svettiga efter att ha cyklat istället för att ha kört bil.

En officer från Insatsstaben hade tydligen anlänt på en privat motorcykel tidig morgon och anmält sig i vakten på Karlsborgs fästning. Med sig hade han skriftliga handskrivna order på M-blanketter, inklusive en generell beredskapshöjning till gul krisberedskap. Två patruller skulle skickas till Afghanistan, upprätta samband via satellittelefon och söka kontakt med de saknade patrullerna. Antagligen var det koordinerade cyberangrepp även i Afghanistan och inget att jaga upp sig för. Det hela var egentligen ren rutin och en höna av en fjäder. Men man kunde aldrig veta. Om talibanerna eller al-Qaida låg bakom, vilket var sannolikt eftersom även Afghanistan hade drabbats, så skulle insurgenterna knappast vila på hanen under ett sådant informationsvakuum. Dessutom hade insatsledningen i Stockholm tappat kontakten med Hasse och Alfred redan innan cyberangreppen inleddes.

Något hade definitivt hänt patrullerna.

Så nu var de beväpnade till tänderna och de två Galtarna fullpackade med ammunition och utrustning. Återstod bara resan. Varje minut var viktig, varje timme kunde vara avgörande.

Några år tidigare hade Gustaf själv blivit isolerad med sin patrull. En IED hade skadat deras Galt, och det hade varit långa timmar innan hjälpen kom. Men de hade trots allt kunnat meddela sig med omvärlden och haft en surrande drönare som ständigt skydd. Kollegerna hade varit försvunna i flera dagar, varför hade förstärkningar inte skickats ner omgående? Varför hade inte Afghanistans egna lokala trupper skickats ut? Varför denna fördröjning?

Till slut hade insatsledningen i alla fall skickat en separat ordonnans till F 7 Såtenäs, och nu väntade de på att en fulltankad Globemaster, för tillfället i Sverige från den ordinarie basen i Papá, skulle komma och plocka upp dem för direkt transport till Affe. Den borde vara här snart, om nu inget hade hänt som försenade dem ytterligare.

ÖB hade beordrat beredskap gul inom hela Försvarsmakten, det vill säga ren krisberedskap. Störningarna i den svenska infrastrukturen var nu så omfattande att det bara kunde handla om ett medvetet angrepp. All kontinuerligt tjänstgörande personal hade kallats in från ledigheter, och en fullständig utrustningskontroll pågick på alla förband. Allt skulle göras redo. För SOG, som alltid höll den beredskapsnivån, innebar höjningen bara att de hade gått igenom utrustningen en extra gång och att all ledig personal hade kallats in. På eget initiativ kunde ÖB bara beordra ytterligare en högre nivå, beredskap röd. Den motsvarade det som tidigare kallades givakt, och då skulle även tidvis tjänstgörande personal aktiveras och förband börja grupperas ut runt om i landet. Beredskapen var då bara ett steg under ren krigsberedskap.

Han blundade och koncentrerade sig. Trängde bort tankarna. Aldrig spekulera om sådant man inte vet. Allt vi vet är att all kontakt med patrullen förlorades för tre dagar sedan, och att det verkar pågå ett cyberangrepp. Allt annat är spekulation. Släpp det! Spekulation leder till osäkerhet, oro, stress och sänkt stridsvärde.

”Då var det dags, gott folk! Välkomna ombord på Papá Fritidsresor! För krigsturisten i dig!” ropade Erik glatt när det enorma transportflygplanet dök fram ur de regngrå molnen och lämnade virvlande grå slöjor bakom sig.

Med ett växande muller kom Globemastern in lågt över Vättern, vinglade till, tog lite höjd och närmade sig snabbt stranden. Plötsligt vinglade planet till igen, lutade allt kraftigare och girade rakt mot plattan där patrullerna stod uppställda.

”Helvete! Spring utav bara helvete!”

Gustaf började instinktivt springa bort från planet, men avbröt tvärt reflexen när träningen slog in: man springer inte bort från något, man springer åt sidan. I ögonvrån såg han hur Erik lyfte upp en kulspruta. De andra var redan på flykt undan det störtande transportplanet.

”Kingfisher, släpp ksp:n, för helvete!”

Erik reagerade direkt på kodnamnet, släppte kulsprutan och sprang för livet.

Gustaf var inte säker på vad som träffade honom först, tryckvågen från explosionen eller värmen från eldmolnet. Allt han tänkte på var Chris, Elin och det ofödda barn som han bara hade sett som en svartvit ultraljudsbild.

Reflexmässigt höll han andan och knep ihop ögonen. Svalde han den brinnande luften skulle lungorna brännas sönder. Inte ens när han träffade asfalten öppnade han luftvägarna utan började rulla runt för att släcka elden. Han måste överleva det här.

Plötsligt blev han blöt och iskall och någon vände runt honom. Gustaf öppnade ögonen och mötte Bullseyes blick.

Sekunden därefter riktade kollegan om brandsläckaren och sprang bort mot SOG:s hangar, som nu var ett brinnande inferno av eld och rök.

29.

Anna Ljungberg

28 augusti, måndag

Anna väcktes av att det bankade på ytterdörren.

I mörkret sprang hon ut till badrummet och kräktes i vad hon hoppades var handfatet.

Bankningarna fortsatte.

”Ja, jag kommer!” ropade hon ilsket.

Vad var klockan? Ute började det ljusna, men utan ström fungerade inte klockan på kökets mikrovågsugn. Hon hade antagligen försovit sig. Utan mobiltelefon hade hon ingen väckarklocka, inte ens en gammal batteridriven. Vem hade en sådan i dag?

Hon tog på sig morgonrocken, försökte rätta till håret i hallspegeln och kikade ut genom säkerhetshålets lins. Utanför stod en man som hon mycket väl kände igen, trots att han hade ett vitt munskydd för ansiktet. Skit samma hur hon såg ut, det var bara att öppna.

”Godmorgon, Erik. Vad vill du?”

Erik, rufsig i håret, hostade till under det enkla munskyddet.

”Morgon? Klockan är ett. Du ser ut som skit, Anna. Lunch? Jag bjuder. Skynda dig.”

”Du ser ut som skit själv. Vad hände med byxorna och skjortan?”

”Har inte tid för sånt tjafs. Jag var bara hemma och bytte i natt. Vi har jobbat hela helgen. Det här är stort. Jag behöver mat. Kom nu!”

Han verkade inte bry sig om att hon bara hade på sig en morgonrock. Anna orkade inte heller med något mer småprat, utan gick tillbaka till sovrummet och drog på sig gårdagens kläder igen.

Brösten ömmade fortfarande. Förhoppningsvis kunde hon hitta ett öppet apotek på vägen, de hon prövat under lördagen hade alla satt upp skyltar om stängt på grund av it-problem. Hon rafsade av ren vana åt sig sin handväska, även om hon inte behövde den till mobiltelefonen.

”Vart ska vi?” undrade hon på väg nerför trappan.

”Jag behöver äta något. Vi cyklar till Roxanne, på Victoriagatan. De har vedeldad pizzaugn. Strömavbrott.”

”Varför har du ansiktsmask?”

”Förklarar senare.”

Anna låste fast sin Scott med det kraftiga bygellåset i en gatuskylt en bit ovanför restaurangen.

Flera bord stod utställda på trottoaren utanför restaurangen, men det verkade inte vara helt fullsatt. En lukt av pizza och vedrök nådde hennes näsa. Illamåendet försvann tvärt och hon började darra av hunger.

De andra lunchgästerna tittade misstänksamt på Eriks vita ansiktsmask.

”Jag bjuder.”

Det var ingen fråga, utan ett konstaterande.

Utan ström fungerade inte restaurangens kortautomat, men han hade kontanter. De beställde var sin pizza och satte sig vid ett av utomhusborden. Erik verkade otålig. Anna kunde inte påminna sig att hon någonsin hade sett honom så rastlös. Själv var hon bara hungrig. När maten kom in gläntade Erik snabbt på masken när han tog sina tuggor.

Anna kände sig genast bättre efter att ha ätit några bitar pizza och tog upp frågan igen.

”Så varför ansiktsmasken?”

”Vill inte sprida smittan mer än nödvändigt. Det här är fantastiskt. Vi har jobbat dygnet runt. Hade jag inte haft kolleger som sett detsamma som jag, hade jag nog ansett mig vara galen. Men vi är överens om det vi har sett. Detta är kanske världshistoriens största vetenskapliga genombrott. Jag pratar om Nobelpris här, garanterat."

Anna lyfte på ögonbrynen.

"Synd bara att någon annan ligger bakom det hela."

Fick man äta mozzarella om man var gravid? Hur var det med parmaskinka? Gällde förbudet bara om den var rå? Hennes mamma borde ha koll, men numera bodde hon i ett torp inne i skogen uppåt Ljungskiletrakten. Fungerade inte telefonen fanns det inga råd att få den vägen. Anna hade åtminstone ärvt en låda med guld- och silvermynt av pappan, men resten hade morsan plöjt ner i torpet. Hon hade bara varit där en gång. Svårt att nå utan egen bil. Hon borde ta med och presentera Calle någon gång.

Tanken på pojkvännen, fadern till hennes eventuella barn, fick henne genast att skämmas. Hon hade inte pratat med honom på flera dagar, och här satt hon med Erik.

Erik fortsatte.

"Jag tittade på dammet i mikroskop. Det blev tydligt direkt. Kolleger har kollat i elektronmikroskop. Vi pratar om en fullständig innovation. Självreplikerande energiutvinnande nanomaskiner med viss intelligens och samarbetsförmåga. Aerovorer. Någon har definitionsmässigt skapat artificiellt liv. Inte dna-baserat liv, även om de främsta byggstenarna är kol och till viss del kisel. Naturligtvis fullständigt omöjligt, men det vi såg var på riktigt."

Anna lade ner besticken. Hon hade misstänkt något liknande. Nanomaskiner som skadade elektronik, men knappast artificiellt liv.

"Artificiellt liv? Man vad är liv?"

"Oberoende, kan utvinna energi ur omgivningen, fatta egna beslut och, framför allt, föröka sig på egen hand."

"Varför?"

"För att man kan? Jag vet inte, jag vet inte ens vem som gjort detta. Det här är mer avancerat än all publicerad grundforskning och alla patent på området som jag känner till. Visserligen påminner delar om vår egen forskning, exempelvis nanostrukturer för utvinning av solenergi, artificiell fotosyntes. Men det här är så mycket större. Vi kallar nanoorganismerna för nanomiter. De kan utvinna energi ur låggradig värmeentropi, liksom ur hög värme, men också bränna kolväten. Vi är inte helt säkra, men de verkar kunna ta upp energi ur elektriska fält. Jag kan tänka mig att det finns forskning på olika delar av den här teknologin, men här är allt i samma nanomaskin, dessutom en självreplikerande sådan som med grundläggande processorkapacitet kan nätverka med andra nanomaskiner på korta avstånd, både via mikrovågor och direkt sammankoppling."

"Men varför? Vad är syftet?"

"Syftet är rätt tydligt: att slå ut all elektronik. Nanomiterna angriper mikroelektronik. Modernare mikroelektronik är så fin att det inte krävs någon större åverkan för att göra ett chip eller en processor obrukbar. Äldre mikroelektronik tog längre tid när vi testade i labbet, men då pratar vi om teknik från 80-talet eller tidigare. Man hittar fortfarande sådan i äldre bilar. Även 70-talsfordon har mikroelektronik, man får nog gå tillbaka till 60-talet för att hitta något som är utan sårbar mikroelektronik."

"Så det handlar om att slå ut elektronik? Vem skulle vilja göra det?"

Erik skakade på huvudet.

"Ingen aning, kan bara lägga fram hypoteser. Inte mitt område. Sådan här teknik måste bygga på år av grundforskning och sådan blir alltid publicerad. Men det här innehåller delar som jag aldrig sett publicerade. De enda med resurser nog kan vara militären. I USA, förstås, kanske kineserna. Nanomiterna är levande vapen, de kan ha smitit på egen hand från en kontrollerad miljö. En sak är säker, får vi inte stopp på det här förändras allt. Miljarder människor kommer att dö. Allt, även bränsle- och energiförsörjning i u-länderna eller jordbruket, är beroende av mikroelektronik i dag."

Hade det inte varit Erik skulle Anna ha utgått från att personen framför henne drev med henne. Men Eriks ögon var gravallvarliga. Hon kände igen blicken, även om skyddsmasken dolde munnen.

"Men varför inte använda nanomiterna till att döda människor direkt istället? De kan väl borra sig in i oss och skada vitala organ?"

"De kanske är framtagna som ett ofarligt vapen att sätta in mot en tekniskt kvalificerad motståndare. Eller så kan vårt immunförsvar bekämpa nanomiter. Jag forskar inom nanoteknologi, inte biomedicin. Vi har inte testat nanomiterna mot immunförsvar. Hur gör man det? Nanomiterna kanske inte är färdigutvecklade? Buggar eller otestade? En sak är i alla fall säker, elektronik har inget immunförsvar."

Erik drabbades av en hostattack.

"De angriper i alla fall svalget. Jag har dem i halsen, det kliar och irriterar men verkar någorlunda ofarligt. Än så länge. Vi provade att odla dem i saliv. Tillväxten är fantastisk. De använder döda celler och andra rester i saliven till att replikera sig, att fortplanta sig. Även om de, via artificiell fotosyntes, kan utvinna koldioxid ur luften för att bygga kopior, eller för den delen angripa kretskort, är det framför allt i en miljö motsvarande munnen och svalget som de fortplantar sig. Och eftersom de förökar sig fritt i våra munnar och vi saknar immunförsvar mot dem är smittspridningen blixtsnabb. Jag vet inte, kanske kommer de att angripa oss. De har bara inte fått någon signal om det än."

"Signal?"

"Ja, vi detekterade svaga mikrovågssignaler i våra experiment. Nanomiterna kan sätta sig samman i större kluster, bland annat för vad vi tror är större beräkningsenheter, men också som mikrovågsantenner. De flesta av nanomiterna är passiva och förökar sig bara eller är med i kluster. De angriper inte någonting, de äter kolväten och bygger nya nanomiter. De väntar. Vi lyckades aktivera dem genom att skicka olika mikrovågor mot de petriskålar som vi körde experimenten i. Från att kanske en tiondel varit aktiva blev alla aktiva. Efter signalen slog de sig först samman, sedan upplöstes klustren och alla började rusa runt. Sedan knäcktes petriskålen och allt gick åt helvete. Hela vårt nanolabb är utslaget nu. Elektronmikroskop för miljoner. Nästan ingen elektronik fungerar längre. Dessutom gick strömmen i hela centrala Göteborg tidigt i morse, men det är inte vårt fel. Vi kör vidare med gamla, optiska mikroskop, och vi har några gamla sändare som vi testar. Finns det en signal för att aktivera dem kan det finnas en signal för att stänga av dem."

Erik pratade blixtsnabbt, hans ögon glödde.

Anna svalde den sista biten pizza. Konsekvenserna var enorma. Att allt i samhället förutsatte mikroelektronik höll hon med om. Hon hade gamla kursare som jobbade med butikssystem där allt beställdes via datorer, *just in time*. Det fanns helt enkelt inte rutiner för manuella beställningar längre, och om fordon angreps skulle inte ens mat kunna köras ut från producenter eller lager. Lager som dessutom var i ständig rörelse på vägar, flygplan eller fartyg.

”Varför är de inte aktiva?”

”Spridning. Är de fullt aktiva slås det mesta ut innan de hunnit spridas.”

”Men då borde inte någon vara aktiv?”

”Vi funderade på det ett tag. Det logiska, om man ser nanomiterna som ett vapen, är att det finns en strategi för spridning. Enskild utrustning går sönder och lämnas in för reparation. Där smittar man annan utrustning och smittan sprids. Till slut börjar man rutinmässigt kontrollera utrustning, och smittar den. Titta på återkallningen av bilar. Först när aktiveringssignalen skickas iväg slås allt ut. Kanske kommer aktiva nanomiter även att angripa människor och våra halsinfektioner övergå i något värre, vilket vore synd med så värdefull teknik.”

Anna greppade direkt.

”Det här skulle i princip kunna ge oss oändlig tillgång till energi. Självreplikerande energiutvinning, oavsett om källan är värme, solljus eller kolväten.”

Erik nickade.

”Precis! Vi har redan material för vetenskapliga avhandlingar i åratal framåt och en massa idéer om hur man kan bygga ut det här. Synd bara att vi inte har någon fungerande utrustning längre. Även om vi hittar en signal för att stänga av dem, är skadan redan skedd. Det är redan för sent. Nu återstår bara det totala sammanbrottet. Skickas en tillräckligt stark signal kommer allt som är smittat men fortfarande fungerar att slås ut. Fast det verkar som om det mesta redan är utslaget. Om inte annat via strömavbrott.”

Erik lade armarna i kors.

”Takten för nanomiternas förökning är fjärrstyrd. Det finns teoretisk forskning på aerovorer, eller grå massa, som visar att dessa med exponentiell förökning skulle kunna ta över hela jorden inom någon timme. Nanomiterna har alltså en inbyggd mekanism för begränsad förökning, kanske rentav begränsad livslängd för att hindra att planeten helt ödeläggs. Kanske är det förklaringen till att de inte angriper människor fysiskt. Tillväxttakten kunde varit enormt mycket högre, men den har begränsats.”

Anna kände hur hjärtat började slå fortare. Men barnet, då? Hon fick nog utgå från att hon var gravid. Nu hade hon ju kräkts också.

”Vi måste stoppa det här. Vi måste få ut informationen snabbt. Sprida sanningen. Vad kan man göra nu när varken Internet eller telefoner fungerar?”

Erik började spotta ur sig meningar igen. Han nästan snubblade på sina egna ord.

”Till att börja med behöver man bryta strömmen till allt. Enklaste sättet för en nanomit att hitta till elektronik är elektromagnetiska fält. De söker sig också till värme, från vår kroppstemperatur och uppåt, dock ej extremt hög värme. Vi har provat. Tyvärr verkar de klara både höga temperaturer och kyla, även om kyla får dem att bli långsammare eller rentav frysa fast. Däremot bör nanostrukturer vara känsliga för ultraviolett strålning, men då krävs det ett starkare solljus än det de kan ta energi från. Stänger man av strömmen till allt kanske det går att sanera viss elektronik om man belyser den med extremt kraftigt UV-ljus. Vi har inte kunnat verifiera den hypotesen, och nu har vi varken ström eller UV-ljus. Nanomiterna verkar också gå på lukt eller något annat. Vi provade dem på lösa mikrochip, och de sökte upp även dem.”

Erik tystnade. Han verkade fundera.

”Jag känner en gammal kursare som jobbar på Svenska Kraftnät nere på Stampen. Kom!”

De cyklade genom det nästan trafiktomma centrala Göteborg. På Avenyn stod övergivna bussar och spårvagnar hela vägen från Kungsportsplatsen upp till Poseidon. Antalet cyklar i rörelse var fler än hon var van vid. Efter bara några minuter kom de fram till Nya Ullevi och Svenska Kraftnäts lokaler i Vattenfalls gamla kontor.

Någon hade stoppat en gatsten i dörröppningen. I det kolsvarta trapphuset trevade de sig i dunklet upp till sjätte våningen, där det gick att urskilja texten Svenska Kraftnät på en anonym kontorsdörr. Erik bankade hårt på dörren. Efter en stunds väntan öppnades dörren av en man i 50-årsåldern och de klev in i ett upplyst kontorslandskap.

En man tvärs över rummet ropade.

”Vi har tjugo minuter kvar på UPS:en. Dieselverket vägrar starta automatiskt. Stäng ner all onödig utrustning.”

Febril aktivitet rådde i kontorslandskapet, där ett tjugotal män och kvinnor jobbade. På en hel vägg projicerades kartor över Sverige. Södra Sverige och Västsverige hade mer detaljerade kartor, men en karta visade hela landet. Stora områden var röda, liksom streck över till grannländerna. Anna gissade att strecken visade det svenska stamkraftnätet.

”Edvin!”

Erik rörde sig mot en man i 30-årsåldern som stod vid ett upphöjt bord framför de stora projektionerna. Edvin vände sig mot Erik när han hörde sitt namn.

”Tjenare Erik, vad gör du här? Vi har det lite stressigt nu. Hur kom du in?”

”Rakt på sak, Edvin. Ni måste stänga ner hela kraftnätet.”

Edvin började gapskratta.

”Det gör nätet av sig självt nu. Vi försöker bara göra det kontrollerat.”

Han pekade på kartorna på väggen.

”Alla export- och importkablar är nere. Vi har tappat kontakten med dem, och det sista vi vet är att inga grannländer skickar eller tar emot ström. De verkar nedsläckta, de också. Alla våra kärnkraftverk har nödstoppats på grund av allvarliga driftstörningar eller strömavbrott, så kraftverken måste över i avställningsdrift. Flera stora vattenkraftverk har stannat eller slutat mata ström. De behöver komma igång. Dammarna är överfulla efter den regniga sommaren. Vattenreservoarerna är fyllda till nästan hundra procent inför vintern, så kraftverken måste börja tappa av om det här avbrottet håller i sig. Alla vindkraftparker och de flesta andra kraftverk har slutat mata, så vi försöker balansera och stänga ner kontrollerat medan det finns viss kraft kvar."

Ytterligare områden och linjer blev röda på skärmen.

"Där tappade vi stamnätet hela vägen från Gävle till Stockholm och Örebro. Fan! Maria, kolla om du kan få kontakt med Stockholm", ropade Edvin till en äldre kvinna och vände sig sedan till Anna och Erik igen.

"Jag vet inte vad som händer. Vi har haft driftproblem de senaste veckorna. Styrsystem som havererat. För säkerhets skull skickade vi ut reparatörer och gjorde extra översyn av alla noder, men det har inte hjälpt. Allt verkar gå ner nu, i princip samtidigt. Ärligt talat vet vi inte vad som händer. Vi får ingen information utanför vårt eget fibernät."

Den äldre kvinnan kom över till Edvin.

"Min dator slocknade tvärt. Telefonerna är döda. Det går inte att nå Stockholm."

"Se till att få ut reparatörer till alla knutpunkter som finns här i Västsverige. Vi måste få upp systemen. Låna någons telefon."

Erik bröt in.

"Nej, ni måste stänga ner allt. All aktiv elektronik angrips. Vi kan minska angreppen om strömmen bryts."

Fler rop hördes i lokalen. Framför Edvin slocknade hans egen bildskärm.

"Helvete! Vår UPS ska inte lägga av redan."

Han ställde sig med armarna i kors och tittade upp på kartskärmen. Flera röda linjer började blinka rött.

"Vi har förlorat kontakten med systemen helt. Bara vårt eget område kvar."

Kraftledningslinje efter kraftledningslinje blev röd även på den västsvenska kartan, varefter de strax började blinka.

”Fan, nu åker hela skiten.”

Alla projektioner och datorer slocknade tvärt. Med ens blev det märkligt tyst i rummet, det enda som hördes var det svaga suset av datorfläktar som varvade ner. Till sist var det helt knäpptyst.

Anna kände lukten av bränd elektronik. Hon behövde andas frisk luft och började gå mot dörren.

Ute i trapphuset kräktes hon upp hela lunchpizzan.

DEL II

Ilska och förhandling

30.

Filip Stenvik

28 augusti, måndag

Hissdörrarna var uppbrutna och hissen stod fortfarande mellan första och andra våningen. Ingen post i dag heller. Det hade faktiskt gått en vecka sedan han fick något brev sist. I dag kunde brevbäraren i och för sig vara försenad, det var inte alltid posten hann komma innan han cyklade till jobbet.

Filip satte på sig cykelhjälmen och spände med extraremmen fast sin Kato över ryggen, så att axelväskan inte skulle skumpa runt när han cyklade till jobbet.

Ute var det spöklikt tyst. Så här dags brukade det inte vara mycket biltrafik i Hammarby Sjöstad, men inte ens trafikmullret från mynningen på Södra länken nådde fram. Tvärtom hördes fåglar som kvittrade och vågor som kluckade i Sickla kanal och Hammarby sjö.

Framme vid Skanstull såg han inte en enda bil i rörelse. Det var gott om cyklister och fotgängare, men situationen kändes obehaglig. Folk tittade konstigt på varandra. Ingen gick försjunken i sin smartphone eller isolerade sig från omvärlden med hörlurar. Små grupper av människor stod och pratade. Men det mest slående var den totala frånvaron av biltrafik.

Plötsligt hördes en motor accelerera och avlägsna sig längre norrut på Söder. Diskussionerna avbröts. Fotgängarna stannade upp. Folk såg sig omkring. Flera började springa i riktning mot motorljudet.

Något var fruktansvärt fel.

Filip cyklade vidare. Skansbron var helt bilfri, undantaget en polisbil som stod till synes övergiven mitt på klaffbron över Hammarbyslussen. Motorstoppet kunde inte ha skett på en sämre plats, men varken bärgare eller poliser syntes till.

Cykeln skakade till när Filip vek av från cykelbanan och lade sig mitt på bron. Känslan var befriande. Han svepte förbi polisbilen och började trampa allt fortare. Vägen var hans. Inga bilar, i alla fall inte i trafik. Övergivna eller dubbelparkerade bilar fanns det däremot gott om. På tre ställen såg han parkeringsvakter skriva lappar för hand.

På insidan av cafédörrens glas hade Gunilla satt upp en handskriven skylt: *Stängt på grund av tekniska problem. Välkommen tillbaka i morgon.* När han tog upp mobiltelefonen för att ringa chefen var den stendöd.

Återstod bara att vända hemåt igen över ett bilfritt Söder.

Det luktade sex, kaffe och gammal mat i lägenheten när han öppnade ytterdörren. Några timmar utan fungerande ventilation räckte tydligen för att få allt att lukta. Tur att augustivädret inte var sämre än att det gick att vädra. Han öppnade alla fönster och ställde balkongdörren på vid gavel. I sovrummets dunkel rev han upp sängkläderna, slängde dem i tvättkorgen och bäddade rent. När han nu skulle kunna tvätta?

Trycket i kökskranen var svagare än vanligt. Hade vattenverket också problem? Han visste vad han skulle göra i så fall; tappa upp vatten i badkaret.

Eftersom badrummet saknade fönster hakade han av sin Nitecore från nyckelknippan för att få lite ljus, men ficklampan tändes inte när han vred om den. Bytte han inte batterier på alla ficklampor i förra veckan? Så snabbt laddar moderna batterier inte ur. I mörkret satte han i badkarsproppen och vred på kallvattenkranen. När dånet från vattnets trummande mot badkaret bröt tystnaden gick han ut i hallen för att hämta ficklampan i axelväskan.

Även 4Sevens-ficklampan vägrade lysa.

Det här var inte rätt.

Han skyndade runt i lägenheten och samlade ihop alla ficklamporna.

Inte en enda fungerade.

Med de batterier som stod redo på laddning i väggladdare såväl som solcellsladdare bytte han batterier i alla ficklampor. Inget hjälpte. Solcellsladdarens laddningsindikator lyste inte ens.

I lägenhetens nu friska luft kände Filip sig svettig.

Ur ett skåp i klädkammaren plockade han fram sin batteridrivna bordsradio, satte sig i fåtöljen på balkongen och vred på radion. Den knäppte till och ett tryggt brus rullade mot honom. Radion fungerade, trots att han inte kunde minnas när han sist hade kontrollerat batterierna.

Det var en enkel radio, utan förinställningar, och med bara två vred. Ett vred för volym och av- och påsättning och ett för radiofrekvensen. Det måste finnas information om strömavbrottet på radion. Och var det dessutom problem med vattenförsörjningen måste man gå ut med information om var folk kunde få tag på vatten. Hemska tanke att folk skulle börja ta vatten ur Strömmen eller Stockholms andra vattendrag. Ytvattnet var smutsigt, speciellt mitt inne i stan efter hundratals år av utsläpp och föroreningar från den växande staden. Så vitt Filip kände till tog Stockholm Vatten sitt vatten från åtta meters djup längre upp i Mälaren. Dessutom renades det innan det skickades ut i vattenledningarna.

Filip drog ut radions meterlånga antenn och vred in P4 Stockholms frekvens. Allt som hördes var ett brus. Han försökte igen, men långsammare. Samma resultat. Han rattade in andra kanaler. Bara brus. Han bytte över till mellanvågsfrekvenserna. Samma sak. Inte en enda sändning. Även långvågsbandet gav bara brus.

Han lutade sig tillbaka. Att strömmen gick, att alla bilar fick motorstopp, att elektronik och datorer lade av, att hans avancerade ficklampor slutade fungera, allt det gick att bortförklara på något sätt – dåligt underhåll, havererande mikrochip, cyberattacker, virus.

Men det gick inte att förklara att alla radiokanaler tystnat. Sändningsstoppet i Stockholm kunde bero på strömavbrottet, men han borde få in någon annan radiomast längre bort, även med dålig mottagning. Utländska kanaler. Radion var en kritisk samhällsservice- och informationskanal även med Sveriges avskaffade totalförsvar och det sista som skulle sluta fungera om något hände. Men nu sände inte ens internationella mellanvågs- eller långvågskanaler. Det var helt tyst i etern.

Något var inte allvarligt fel, allt var rent åt helvete fel! TSHTF. *The shit has hit the fan*, skiten har träffat fläkten, som det hette i preppkretsar. Varför hade han inte sett det tidigare? När han tänkte efter hade tecknen funnits där hela den senaste veckan.

Filip rusade till badrummet. Badkaret var halvfullt, ur kranen kom nu bara en liten rännil.

Han låste ytterdörrens två lås, satte för kedjan och den extra haspen, stängde balkongdörren och alla fönster utom sovrumsfönstret, som han lämnade på glänt. Så låste han upp vapenskåpet, laddade .30-06 Sako-studsaren men lät bli att föra fram en patron i loppet innan han ställde in den i vapenskåpet igen. Sedan satte han ihop hagelbocken och bar den och en kartong med US 00-patroner till sovrummet. Kortbyxorna bytte han mot ett par rejäla svarta M90-kopior med fickor och satte fast Fällkniven F1, Leatherman Xti och Maxpedition M2 med diverse småprylar i bältet, som också var ett dolt penningbälte med tvåtusen kronor i diverse sedlar och fyra små brittiska sovereign-guldmynt dolda innanför dragkedjan på insidan.

Lägenheten behövde fräschas upp. Han borde städa medan det var ljust ute. Värma lite vatten från badkaret och svabba rent. Det gällde att hålla hygienen. Vad skulle han göra med maten i kylen och frysen nu när nödströmmen inte fungerade? Antagligen fick han slänga det mesta, men först skulle han festa upp det som fortfarande gick att äta.

Med ett stort leende gick Filip ut i köket och lyfte fram vattendunkarna och spritköket.

Dags att bugga in.

31.

Anna Ljungberg

28 augusti, måndag

Med armarna runt knäna satt hon på trottoarkanten på Folkungagatans allé och tittade ut mellan träden bort mot polisstationen och tingsrätten på andra sidan Fattighusån. Varför inte bara gå bort till polishuset och säga som det var? De måste förstå. Eller skulle ta henne för galen och bura in henne? Sätta henne på droger? Vad skulle hända med barnet?

Erik satte sig bredvid henne.

”Hur är det med dig?”

Anna ryckte på axlarna.

”Mår bara illa. Det blev för mycket helt enkelt.”

Erik hostade till och tittade på sina naglar.

”Ja, det är rätt mycket att ta in. Detta förändrar allt. Jag måste tillbaka till Chalmers. Vi behöver fortsätta att titta på det här. Det är en helt fantastisk upptäckt.”

Han började skratta.

Anna skakade på huvudet och gav honom en kram.

”Iväg med dig! Jag klarar mig.”

Det sista hon såg av honom var när han cyklade söderut mitt på den övergivna Skånegatan. Det såg ut som om han höjde handen i en vinkning innan han försvann runt ett hörn.

Hon dröjde kvar sittande på trottoarkanten i säkert en halvtimme. Inte en bil passerade, och staden var tyst. Endast avlägsna röster och måsars skrik bröt suset från alléns träd. Strömmen kom säkert tillbaka snart. Allt var nog bara någon form av graviditetspsykos och en dålig dröm.

Till slut reste hon sig. Träsmaken från den hårda trottoaren gjorde att hon ledde cykeln längs Stampgatan, bort mot Drottningtorget. Fattighusåns smutsbruna vatten följde hennes vandring. En övergiven spårvagn stod med vidöppna dörrar. En mamma med barnvagn kom emot henne.

Hon kunde väl pröva?

Anna stannade mamman med barnvagnen.

”Strömmen kommer aldrig tillbaka. Nanomiterna har tagit över. Ingen elektronik kommer någonsin fungera mer. Allt är förstört.”

Mamman tittade förskräckt på henne och gick vidare utan att säga ett ord.

Hon försökte med fler personer, men inte ens när de svarade trodde de på henne.

”Är du helt knäpp?”

”Pucko!”

”Galning!”

”Låt mig vara!”

Till slut gav hon upp. Folk ville helt enkelt inte lyssna, ville inte veta. Leva i sin lilla bubbla av förnekelse. Hon behövde hitta ett annat sätt att nå ut. Sätta upp lappar, ordna möten. Men hon måste tänka på barnet. Mamma visste vad som behövde göras. Reflexmässigt öppnade hon handväskan för att ta fram telefonen, men kom på att hon hade gett den förstörda telefonen till Erik. Fingrarna rörde vid ett kuvert i handväskan. Calles presentkort på Femmans Sport. Varför inte? Hon kunde ta med sig Calle till mamma. De kunde ta cyklarna, tälta på vägen.

Nordstadstorget var nästan helt nedsläckt. Det enda ljuset var dagsljuset, som strömmade ner över gågatorna från takfönster eller den stora glasfasaden, som reste sig upp bakom Anna. Två väktare höll på att dra igen entrédörrarna in till Femmanhuset.

”Vi stänger nu. Öppnar igen när strömmen är tillbaka.”

Anna bet sig i tungan för att inte svara att strömmen aldrig skulle komma tillbaka.

”Snälla, jag ska bara ner till Femmans Sport. Känner Maria.”

Nödlögnen var en ren chansning. Maria var ett vanligt namn.

Den yngre av de två väktarna log.

”Bäst du skyndar dig. Kom upp direkt om de hunnit stänga. Och se upp i mörkret.”

Anna log tillbaka och skyndade in. De flesta butiker hade bommat igen, i dunklet kunde hon skymta personal innanför igendragna glasdörrar eller galler. Andra butiker var öppna, till synes helt övergivna. Inne i en klädbutik brann några stearinljus, men annars var det nästan helt mörkt. I skuggorna letade hon sig fram till rulltrapporna och började treva sig neråt. Ett svagt flammande ljus spred ett orange sken därnere.

Det var synd att kalla det ljust inne i Femmans Sport, men dussintals ljuskällor brann inne i butiken. Det luktade en blandning av sprit, fotogen och stearin, men butiken var fortfarande öppen, och det fanns personal i rörelse.

En ung tjej gick henne till mötes.

”Vi har stängt. Kassan fungerar inte.”

Anna höll upp sitt kuvert.

”Jag har ett presentkort på femtusen. Behöver köpa en komplett campingutrustning och en ryggsäck, som jag kan ha på ryggen när jag tar cykeln. Kläder, spritkök, fotogenlampa, vattenfilter, allt. Ingen elektronik.”

I skenet av fotogenlampor och stearinljus deltog alla tre i personalen med att plocka ihop det hon behövde.

Till slut frågade en av de två killarna.

”Ingen av vår elektronik fungerar och då har vi all utrustning du kan tänka dig. Inte ens det vi har haft inlåst fungerar mer än några minuter. Varför vill du inte ha någon elektronik?”

Äntligen en som faktiskt undrade!

”Ni kanske tror att jag är galen, men ni borde se till att lämna stan. Strömmen kommer aldrig mer tillbaka. Ingen elektronik fungerar. Allt är förstört av angrepp av nanomaskiner. Kolla!”

Hon plockade ner en elektrisk campinglykta från en hylla och höll den framför en fotogendriven stormlykta. Med en lätt utandning fick hon dammet på campinglyktan att virvla runt i ljusskenet.

”Det som ser ut som damm är resterna av den elektronik som nanomaskinerna tuggat sönder. Tittar ni noga efter hittar ni damm på allt som gått sönder. Öppna apparaterna så ser ni garanterat ännu mer damm inuti.”

Hon hörde jakande svar från butikspersonalen.

”Det stämmer. Allt som gått sönder har varit dammigt, både här och hemma. Varför har ingen gått ut med det här?”

”Jag vet inte. Internet är nere, telefonerna fungerar inte, strömmen har gått och alla transportsystem står stilla. Även om man visste orsaken, skulle man inte kunna sprida informationen”, svarade Anna.

En av de anställda reagerade direkt.

”Fan! Vad säger ni? Har ni fått någon lön? Nu tar jag ut lönen i utrustning och frystorkat och drar. Du ska göra något liknande, va?”

”Jag ska hälsa på min mamma. Behöver prata lite med henne”, sa Anna.

Personalen släppte ut Anna genom personalutgången, som anslöt till de långa lastgator som löpte i underjorden under Nordstan. Hon var helt nertyngd av utrustning, men ryggsäcken satt fint på kroppen. Det var inte obekvämt, bara tungt. Med en fotogenlykta som enda belysning vandrade hon ensam vidare mot utgången.

Hon hade hört talas om de underjordiska lastgatorna, men aldrig sett dem själv. Breda esplanader, där fyra lastbilar lätt kunde få plats i bredd, för att magiskt kunna få konsumtionsvaror att uppenbara sig över natten i hundratals butiker. Mörkret omslöt den bubbla av ljus hon bar på och det luktade betong. Enstaka övergivna lastbilar stod i mörkret. Vid en golvbrunn reflekterades fotogenlampans sken av en vattenpöl. Hon befann sig under älvens vattennivå, och pumparna fungerade inte längre. Utan ström skulle lastgatorna och källarvåningarna på alla hus runt köpgatorna i Nordstan förr eller senare översvämmas.

Det hade låtit underligt, men när hon pluggade hade en väg- och vattenstudent envist hävdat att hela Nordstan var byggd som ett enormt betongskepp i den göteborgska leran och hölls stabil genom ett avancerat system av pumpar. Om strömmen skulle brytas en längre tid skulle hela stadsdelen få allt värre slagsida och slutligen kantra i leran, om inte hela konstruktionen bröts sönder först.

Till slut nådde hon en stor port och öppnade den persondörr som fanns intill porten. Ljuset flödade mot henne. Hon ströp fotogenlyktan och började gå uppför rampen och ut i Göteborgsluften under Götaälvbron.

”Calle!”

Till slut tröttnade hon på att skrika och kastade en näve grus mot det som förhoppningsvis var Calles fönster på andra våningen. En gardin fladdrade till och hon skymtade pojkvännen i bar överkropp. Han sken upp i ett leende, försvann in i lägenheten och dök upp i ytterdörren.

Någon hälsning behövdes inte. Anna kramade honom hårt, och han svepte bak hennes blonda hår och kysste henne lätt på munnen.

”Porttelefonen fungerar inte. Jag har saknat dig.”

Pirrandet i magen kände hon igen; hon ville ha honom, nu. Fast det fanns viktigare saker att göra. Hade hon väntat så här många dagar kunde hon vänta några timmar till.

”Jag också. Men vi behöver prata.”

”Okej, prata på.”

”Inte nu. Nu ska vi hälsa på min mamma.”

”Bor inte hon i typ Ljungskile?”

Anna visste vad hon skulle säga.

”Javisst! Du har ju tjatat om att vi ska ut och campa, vad sägs om en cykelcamping? En eller två nätter i lugn och ro, sedan är vi framme?”

”Jag behöver plugga.”

Calle lät tveksam, men ögonen lyste på honom.

”Kan vi inte ta bussen istället? Eller hyra en bil?”

”Nej, vi drar nu. Nu eller aldrig. Jag har allt jag behöver. Man eller plugghäst?”

Hon pekade på cykeln och ryggsäcken. Calle började le och gjorde honnör.

”Jävligt uppfattat, tjejen! Ge mig några minuter att packa.”

Anna följde med honom upp i lägenheten och satte sig vid köksbordet i väntan på att han blev klar. Ryggsäcken hade han redan packad och undanstoppad under sängen. Borde hon berätta? Eller skulle han idiotförklara henne? Han hade rätt att veta.

”Calle, lova att inte flippa ur nu? Jag har en sak att berätta.”

Hon kände på magen.

”Nej, två saker.”

Varken Anna eller Calle hade några kartor på papper. Hur långt det var till hennes mamma kunde Anna bara gissa. Förhoppningsvis hittade hon dit igen; sist hon var där hade hon kört hyrbil och att det tog ungefär en timme att köra. Hon mindes att hon hade svängt av motorvägen vid Stora Höga och fortsatt gamla E6:an för att nå stugan, som låg intill den gamla övergivna Europavägen.

Frågan var bara hur man bäst cyklade dit?

I Shellmacken vid Centralstationen lyckades de köpa en vägatlas för en tredjedel av de kontanter de hade kvar.

”Ärligt talat skiter jag i kassaapparaten. Chefen sa att jag skulle stänga och gå hem, nu när strömmen är borta. Har ni kontanter är kartboken er.”

”Strömmen kommer aldrig tillbaka igen.”

Calles röst var gravallvarlig, och killen bakom disken nickade.

”Skulle inte förvåna mig. De senaste två veckorna har varit jävligt underliga. Vi har knappt fått några leveranser. Vart är ni på väg?”

”Vi drar från stan. Du borde göra detsamma.”

Killen nickade. Hans blick sökte över de nästan tomma butikshyllorna.

Götaälvbron var en enda stor trafikstockning av stillastående spårvagnar, bussar och hundratals bilar, men på cykelbanan var det inga problem att ta sig fram. Att döma av mängden bilförare som tittade under öppnade motorhuvar, diskuterade med varandra eller förgäves försökte ringa hade många fått stopp alldeles nyss.

Signalen Erik hade talat om hade gått ut. Vilande nanomiter måste ha aktiverats.

I höjd med Brantingmotet stannade Calle cykeln och tittade upp mot tillfartsrampen till motorvägen.

”Varför ta omvägen över Säve och en massa backar? Varför inte ta den platta och närmaste vägen?”

Han nickade upp mot motorvägen.

Anna rynkade pannan och drog ett djupt andetag. Luften var frisk och utan avgaser. Staden var tyst. De enda ljud som hördes var tickandet från cyklar som passerade på cykelbanan, och en och annan irriterad ringklocka.

Naturligtvis.

Hade alla nanomiter aktiverats fanns det antagligen ingen biltrafik. Motorvägen var den närmaste vägen att ta sig ut ur staden, och på den slapp de alla backar som cykelvägarna gick över.

Hon nickade.

Med den lätta västanvinden i ryggen gick det snabbt att ta sig upp längs Götaälvdalen till Kungälv. Ibland fick de byta fil för att ta sig förbi de fåtal bilar som stannat mitt på motorvägen. De stora trafikstockningarna verkade koncentrerade runt moten. Värst var det vid Tingstadstunneln, som var full av stoppade bilar och en strid ström av fotgängare höll på att ta sig ur tunneln när paret cyklade förbi.

Den enda fungerande bilen kom ikapp dem vid Bäckebolsmotet, där den gjorde misstaget att svänga av. Strax därefter stannade den bakom kön av stillastående bilar. Medan Calle och Anna cyklade förbi började Volvon tuta på den stillastående kön, för att sedan backa. Den kom några meter innan motorn tvärdog.

För att slippa uppförsbacken upp till bron över Nordre älv lämnade de motorvägen innan Kungälv. Under murarna till Bohus fästning stannade de för att fika och vila en stund.

Anna mådde illa och knaprade bara pliktskyldigt på de kex Calle hade med sig. De hade inte ens cyklat två mil än. Det fanns inte en chans att Anna skulle orka åtminstone fyra mil till på en dag, så de bestämde sig för att slå läger för natten en bit nordväst om Kungälv. Cyklarna låste de fast vid motorvägens viltstängsel. Calle tog fram ett multiverktyg och klippte sönder nätet, där de tog sig in i skogen till en ensam liten skogstjärn, som syntes på kartan ett hundratal meter ifrån vägen.

Svettiga och varma av tre mils cyklande med packning klädde de av sig vid sjökanten. Calle dök i och kom skrattande upp till ytan sekunder senare.

”Kom, Anna! Det är kallt, men härligt!”

Anna tvekade. Var det okej att bada som gravid? En så enkel fråga, men ingen som visste. Allt som behövdes var Google, men den tiden var förbi. Hon borde ha köpt en bok om graviditet. Men mamma visste svaren. Bara en dag till på cykel.

Till slut övertalades hon av Calles skratt och dök i. Kylan kom som en chock, varenda nerv i huden skrek i protest, men så kallt var det ändå inte. Hon skrattade högt.

”Underbart!”

Calle simmade fram och slöt henne i sina armar.

”Anna. Jag älskar dig.”

Hennes hjärta slog dubbelslag, han hade aldrig sagt de orden till henne förr. Hon vågade inte svara.

Med darrande läppar tystade hon honom med en blöt, djup kyss. Carl förde henne varsamt in till vattenbrynet. Hon kände hur han hårdnade.

Anna hade aldrig älskat utomhus förut, och trots att skogen var enda vittnet kändes det lite för offentligt.

Å andra sidan hade hon aldrig älskat i ett tält heller. Så mycket var nytt.

32.

Magnus Svensson

29 augusti, tisdag

Villan var spöklikt tyst. Magnus sträckte sig efter sänglampan och klickade upprepade gånger på strömbrytaren. Elen var fortfarande inte tillbaka.

Golvet var kallt och han lät fötterna glida in i tofflorna. När han drog gardinerna åt sidan möttes han av Murres anklagande blick. Katten satt på fönsterbrädan, gav ifrån sig ett utdraget jamande och började krafsa på rutan.

”Ja, ja, du ska få komma in.”

Vanligtvis gick det inte att bara öppna dörren från sovrummet och ut till trädäcket utanför. Skalskyddet var aktiverat och om han bara öppnade dörren eller fönstret skulle larmet börja ljuda och larma hit väktare. Han fick gå till ytterdörren och larma av först, men larmets kontrollcentral gav i dag inte några ljud ifrån sig. Murre kände till rutinen och sprang in så fort Magnus öppnade ytterdörren. Katten var vid matskålen i köket sekunder senare. Ännu ett anklagande jamande förklarade att det behövdes ny kattmat. Snabbt fyllde han på med en skopa torrfoder. Det fanns kattmat för ytterligare en vecka.

Lena kom hasande ut i köket. Hon var rufsig i håret, men sken som en sol när hon gled fram till Magnus och gav honom en djup kyss.

”God morgon, älskling. Tror du barnen är vakna än?”

Hon tog honom i handen, drog in honom i badrummet och låste dörren.

Morgonsolens strålar bröt in genom det frostade badrumsfönstret. Genom speglarna och det vita kaklet var badrummet förvånansvärt ljust. Det kaklade golvet var iskallt när Magnus tog av sig tofflorna för att gå in i duschen. Golvvärmen fungerade inte. Han vred på kranen, och Lena gled in bakom honom och lät händerna mjukt stryka honom över magen och låren.

Några svaga strålar vatten kom ut ur duschmunstycket, för att sedan avta och dö ut. Till slut droppade det bara enstaka droppar.

”Nej! Inte en vattenläcka. Jag måste kolla var.”

Han föste bryskt undan Lenas händer och gick bort till handfatet. Samma sak där. Först kom det en liten stöt med vatten, men sekunden efter bara några droppar.

”Var inte en sådan tråkmåns, Magnus!”

Lena stod naken i duschen, men han ignorerade henne. Det kunde vara en vattenläcka. Det kunde bli dyrt. Han rusade runt i huset, men det var likadant överallt. Det kom inget vatten ur kranarna någonstans. Han ställde sig på alla fyra under bänken i tvättstugan för att titta på vattenmätaren. Räkneverket stod stilla. Felet låg alltså inte i huset. Det här var kommunens problem, inte hans.

Han skyndade tillbaka till badrummet och hustrun, men nu hade Maximilian vaknat och satt på toaletten.

Lena nöp honom i sidan när hon drog på sig morgonrocken för att gå ut i köket.

”Skyll dig själv, det var du som tyckte att vattnet var viktigare.”

Att ordna frukost blev problematiskt. Det fanns inget vatten att koka kaffe och te på, mjölken var slut sedan förra veckan, och den saft som fanns kvar från gårdagens grill räckte bara till ett glas åt varje barn.

”Pappa, saften är varm. Blä!”

Moa lade demonstrativt armarna i kors och vägrade dricka. Magnus smuttade lite på glaset.

”Älskling, den är bara lite ljummen. Strömmen gick ju igår, så kylskåpet är inte kallt längre. Den går bra att dricka.”

”Blä!”

”Då tar jag den!”

Maximilian ryckte åt sig glaset och svepte det direkt. Moa började skrika.

”Mamma! Pappa! Max tog min saft!”

Lena strök den yngsta dotterns hår och blängde ilsket på Max, som tittade bort.

”Du sa ju att du inte ville ha.”

Mia satt tyst, smuttade på sitt saftglas och stirrade på smörpaketet.

”Mamma, smöret har smält. Det är äckligt.”

Lena vände sig till Magnus.

”Jag ger upp. Det är dina barn.”

Hon gick tillbaka till sovrummet. Magnus hörde hur hon slängde sig på sängen och plockade i högen av böcker på nattygsbordet.

Magnus var torr i munnen och sneglade på Mias fortfarande halvfulla saftglas.

Det tog nästan en timme att få i barnen saft och smörgåsar med smält smör, svettig ost och korv som luktade misstänkt. Allt drickbart som fanns kvar till honom och Lena var en halvfull bib nederst i den annars tomma vinhyllan, men de kunde knappast börja morgonen med att dricka vin.

Magnus tog två äpplen i fruktkorgen och gick till sovrummet.

”Äpple?”

”Jag är fortfarande sur.”

”Inte så sur som det här äpplet.”

Lena log och tog äpplet.

”När tror du strömmen och vattnet är tillbaka?”

”Ingen aning. Telefonen fungerar inte. Ska försöka kolla om de säger något på radion.”

”Vi kan alltid pressa äppelsaft. Svärmors gamla mustpress står väl kvar i garaget? Eller har du slängt den?”

Magnus skakade på huvudet. Pressen stod kvar. Visserligen rätt dammig, men det gick att torka rent. De hade pratat om att börja göra egen äppelmust på högarna av äpplen, och fått ta över den gamla handskruvade pressen. Fast åren hade gått och de hade aldrig gjort slag i saken.

Han tittade på sitt armbandsur. Klockan hade stannat på halv tre.

Ingen av dem hade ens pratat om att gå till jobbet eller skicka barnen till skolan. Trots att det var tisdag.

33.

Anna Ljungberg

29 augusti, tisdag

Anna kände knappt igen torpet. När hon var där för två år sedan skuggades det av träd och sly, gräset var halvmeterhögt och endast en smal stig ledde fram till det lilla vita huset och de två röda uthusen, men modern hade varit entusiastisk.

Nu såg det helt annorlunda ut.

Odlingsbänkar täckte stora delar av den klippta gräsmattan. En handgräsklippare stod lutad mot en stor hönsgård, som inramade det mindre av de två röda uthusen. Dubbla rader av kaninburar stod i skuggan av några av de få kvarvarande träden. Ett dussin nyplanterade fruktträd gjorde de nu tuktade äldre äppelträden sällskap och flankerades av prunkande bärbuskar, som Anna bara trodde var sly vid hennes förra besök. Brun jord skvallrade om ett nyskördat stort potatisland, som hade sällskap av rader av grönsaker och stora inbjudande gröna blad som skuggade zucchini och pumpor. Hennes mamma hade fortfarande inte skaffat bil, utan det enda fordonet var en cykel med en stor flat cykelkärra kopplad till sig. Fyra bikupor avrundade myllret på tomten.

Från skorstenen på det vita huset steg en liten rökstrimma, liksom från skorstenen på det lite större röda uthuset. Det luktade inte rök utan något annat. Mat, men ändå inte.

Anna ställde försiktigt ifrån sig cykeln på den krattade grusgången och började långsamt gå fram mot den öppna, gröna ytterdörren på husets norra gavel. Huset var så litet att det bara fick plats två fönster på långsidan.

”Anna! Är det verkligen du?”

Modern kom ut ur det lite större uthuset, söder om torpet. Hon hade på sig blå snickarbyxor och en smutsig grå skjorta. Det grå håret var uppknutet med en snusnäsduk och ett smutsigt förkläde täckte magen. Hon såg tio år yngre ut än senast och hade tappat alla tecken på övervikt.

Anna rusade fram och kramade om henne. Tårarna stack i ögonen och hon snörvlade till.

”Mamma!”

”Såja, vännen. Vi har faktiskt pratat i telefon. Jag har försökt ringa, men det är fel på telefonen. Så många veckor är det inte sedan sist?”

Hon tog ett steg tillbaka och betraktade Anna från topp till tå.

”Tidigt, ser jag. Bara några veckor, va?”

”Hur visste du det?”

”En mamma kanske chansar, men jag har inte sett en tår från dig sedan du var elva. Inte ens på din pappas begravning. Och jag har faktiskt plockat upp en del efter fyrtio år som barnmorska. Dina bröst kändes genom kläderna, och du är knappast den som skönhetsopererar sig. Ska du presentera mig för fadern, kanske?”

Utan att tveka började mamman gå bort mot Carl, som hållit sig i bakgrunden, drickande vatten ur sin vattenflaska, men nu sträckte på sig och gick henne till mötes.

”Nej, men så trevligt. Anna brukar inte ta med sig pojkvänner. Gudrun.”

Calle och Gudrun tog i hand.

”Calle. Angenämt. Du har ett fantastiskt ställe.”

”Inte då! Här är långtifrån klart. Jag växte upp på landet, men Annas pappa ville bo i stan. Du vet vad man säger, när man blir gammal går man åter i barndom.”

Gudrun klev bakåt, synade honom från topp till tå och vände sig sedan mot Anna.

”Jag förstår dig, Anna. Hade jag bara varit några år yngre. Själv är jag en torr gammal kärring. Vad säger han om att bli pappa? Ska jag säga grattis eller beklaga?"

Över axeln på mamman kunde Anna se att Calle rodnade. Själv kunde hon inte hålla sig utan började fnittra.

"Men var är min artighet? Ni måste vara hungriga. Kom in, så ska ni få kaffe och kakor. På landet finns det alltid kakor."

Hon lutade på huvudet och kisade mot Anna.

"Te får det bli för din del. Jag bakade igår, men inte visste jag att jag skulle få gäster. Kanske hade jag det på känn?"

I kvällssolen var det stekande hett inne i det lilla huset. Bottenvåningen bestod av ett litet badrum och ett kök, flankerad av en minimal sovalkov. Södra halvan av torpet, med sina två gavelfönster, var ett litet vardagsrum, som dominerade byggnaden. En smal trappa ledde upp till en låg vind. Om Anna mindes rätt bestod vinden av ett enda rum och hade ett litet fönster på varje gavel. Det var nog tveksamt om Calle kunde stå upprätt däruppe, ens i mitten.

"Ursäkta värmen, men jag har haft strömavbrott sedan i lördags. Behöver elda i kökspannan för att laga mat, och det blir lätt alldeles för varmt så här års. Inget som inte lite öppna dörrar och fönster kan ordna."

Mamman dukade fram kakor och kaffe vid soffbordet i vardagsrummet. Anna kände knappt igen några av möblerna. Undantaget en skänk verkade hennes mamma inte ha tagit med sig några möbler från lägenheten. Det mesta verkade antikt, inklusive den alldeles för hårda soffan.

Teet var bittert, men de söta smörkakorna tog udden av beskheten.

"Smöret började smälta, och mjölken höll på att surna, så jag fick baka kakor av alltihop. Ni får klara er utan mejerivaror tills strömmen är tillbaka."

Calle mötte Annas blick.

"Strömmen kommer inte tillbaka."

"Säger du det, vännen? Spökar hormonerna redan? Det är bara naturligt, det går över, ska du se."

Anna förklarade allt som Erik hade berättat för henne.

Modern lutade sig tillbaka i fåtöljen, med virkade vita dukar på ryggstödet och armstöden. Hon tittade ut genom fönstret, medan hon lät ett finger trumma mot sina läppar. Till slut reste hon sig och rättade till kläderna.

”Nåväl, jag kokar mer kaffe. Vi har mycket att göra. Jag hoppas att ni vill stanna. Loftet är ert tills vi kan renovera lillstugan så ni slipper sova med händerna på täcket.”

Efter en middag på kaningryta, potatis, tre sorters lök, morötter och fler färska kryddor än Anna kände till började mörkret falla. Illamåendet var borta, hon kände sig rentav mätt, men trött. Två dagars cykling tog ut sin rätt och musklerna bar henne knappt uppför trappan till vinden.

Övervåningen var sparsamt inredd. I norra änden, över entrén och hennes mammas sovrum, stod några kartonger, hoprullade mattor och tygrullar. Under det södra gavelfönstret skvallrade två madrasser, hoprullade täcken och staplade kuddar om att mamman hade planerat för att någon gång få besök av ett par.

Det var om möjligt ännu varmare på vinden, trots att norrfönstret stod uppställt. Calle fick gå böjd för att inte slå huvudet i takpanelen. De stuvade undan sina packningar, bäddade rent i skymningsljuset från fönstret och kröp ner under täckena. Längs golvet var det åtminstone lite svalare.

Calle muttrade över det knarrande golvet.

”Händerna på täcket, minsann.”

Anna rullade över på sidan och kysste honom på halsen. Sedan de blev ihop hade de haft sex minst en gång varje dag de träffades, förutom under mensveckan, men då hade hon ibland tillfredsställt honom ändå, och mer än en gång hade hon brutit mot sina mensveckoprinciper i duschen. Barnet skulle göra slut på förälskelsens hänryckning, det insåg hon. Men inte än.

Natten sänkte sig och regnet började trumma mot taket. Med värk i hela kroppen och träsmak i baken låg Anna på sidan och tittade på Calles profil i mörkret.

Calle andades lätta, knappt hörbara andetag. Hade han somnat? Hon kysste honom återigen på halsen och strök över hans avslappnade bröstmuskler, stannade till vid bröstvårtorna, innan hon förde handen över hans nu spända mage och ner i kalsongerna. Han höll redan på att bli hård. De fick vara tysta som möss. Inga stora rörelser. Hon började massera honom, lugnt och mjukt till en början, sedan allt intensivare. De kysstes och Calle vände sig mot henne och rörde vid hennes ömma bröst.

Hon satte pekfingret mot hans läppar och viskade, knappt hörbart.

"Händerna på täcket."

På hans andning hörde hon hur han kom allt närmare och i hennes hand växte han sig om möjligt ännu hårdare. Hon kunde inte hålla sig längre och släppte taget för att kunna kränga av sig trosorna. Det fick gå utan rörelser. Hon satte sig grensle över hans ansikte, tog spjärn med ena handen mot snedtaket för att hålla balansen och tog med den andra ett förnyat grepp om honom. Golvet protesterade i ett ensamt utdraget knarrande, men hon brydde sig inte längre.

Försiktigt började han slicka henne, lugnt och metodiskt, precis som hon hade lärt honom. Hon fick koncentrera sig för att inte börja röra sig i takt med hans tunga eller läppar och ökade själv tempot med handen. Han stannade upp med tungan och svällde upp i hennes hand när han kom och hon saktade ner tills han var tom. Tänk om han tröttnade nu? Hon var så nära själv! På hans tvekan började hon röra sina höfter och han började äta igen. Golvet höll tyst den här gången.

Med två starka händer grep han tag om hennes skinkor och höll henne nere när hon , med bägge händerna spjärnande mot snedtaket, kastade huvudet bakåt för att hålla tillbaka skriket, som så gärna ville ut.

Drypande av svett lade hon sig intill honom. Hon var redo att säga det nu.

"Jag älskar dig, Calle. Stanna hos mig för alltid", viskade hon i hans öra.

*

Från fönstret gled kylan in, även om det fortfarande var varmt om fötterna, som låg närmast den fortfarande ljumna murstocken. Calles kropp var varm, och Anna kröp närmare.

Slammer från köket fick henne att till slut dra på sig sockor och T-shirt. Värmen började återvända, tillsammans med en svag lukt av vedrök. Hennes mor nickade från köket och pekade in i det lilla badrummet när Anna kom nerför vindstrappan. En plåthink med uppvärmt brunnsvatten stod redan inne i duschkabinen. Hon kissade, spolade och fyllde på wc:ns vattentank med vatten från kallvattenhinken. Sedan klev hon in i duschen och började tvätta av sig nattsvetten och spåren av nattens tysta kärleksakt med en genomdränkt tvättsvamp. Avloppet ledde till en trekammarbrunn och därifrån till en infiltrationsbädd ute i skogen.

Calle hade redan lovat att för hand tömma trekammarbrunnen när den blev full av avföring framåt vintern och köra bort innehållet till gödselstacken. Gudrun ville använda det hela som gödning till nästa års odlingar.

Anna kramade om och kysste Calle på väg ut till köket. Hembakat bröd med stekt ägg, tillsammans med en kopp av moderns hemmatorkade örtte och ett glas vatten från den handpumpade brunnen väntade på henne.

”God morgon! Ta lite honung, det är utmärkt som pålägg. Helt ofarligt för dig som gravid. Jag hade egentligen tänkt sälja det mesta av honungen, men nu är det som det är. Vi har så det räcker för att inte behöva svälta ihjäl, men tänderna lär ruttna bort. Dessutom behöver bina vinterföda, och jag har inte tillräckligt med socker åt dem för hela vintern.”

Calle slog sig ner vid köksbordet och högg glupskt in på smörgåsarna.

”Har du allt vi behöver för vintern?”

”Jag har tillgång till ved för en vinter. Egentligen för två, men nu måste vi elda i kökspannan på sommaren också. Plus att lillstugan kommer att dra en hel del för torkning av mat och annat. Handpumpen och avlopp fungerar. Åtta höns kommer att ge oss åtminstone två ägg var om dagen, så länge de inte tar vinteruppehåll. En av hönorna har börjat ruva, så jag hoppas att vi kan få fler kycklingar. Höet räcker nog till hönorna om de får potatisskal och andra matrester. Men vi måste nog klippa gräs och köpa hö från någon bonde om kaninerna ska ha mat. Jag får snabba upp aveln och låta Firre betäcka alla honorna, så att vi får kött. Potatis har jag mer än jag behöver, liksom morötter och lök, och andra grönsaker har vi gott om innan frosten kommer. Isakssons, några hundra meter ner längs vägen, har ekologisk odling i växthus. Kryddor torkar vi, och svamp finns i skogen. Mjölk köper jag redan svart från en bonde. Problemet är lagringen. Vi får syra och lägga in, och det bör vi börja med direkt. Vi måste till Ljungskile och köpa socker, salt, ättika och senapsfrö och allt annat som finns kvar. Det var rätt tomt på hyllorna när jag var där sist med bussen. Sedan får Calle börja forsla hit ved för sommaren och vintern omgående. Det kommer att kräva sin karl att få hem den utan maskiner."

Anna avbröt henne.

"Vi har nästan inga pengar. Bara några hundralappar. Det går inte att betala med kort längre."

Gudrun skrattade till.

"Vännen, vad tror du om din mamma? Jag har över tiotusen hemma. Det borde räcka till det som finns kvar i Ljungskile. Jag köper allt jag kan svart av bönderna i området. Ved, fällning och utkörning av träd från min skog, hö, mjölk och annat. Papperspengar kommer nog att bli värdelösa, så det är nog bäst att vi passar på att använda dem medan det går. Tog du med myntlådan du ärvde efter din pappa?"

Anna nickade. Hon hade tagit med sig pappans mahognylåda med mynt.

"Hämta den."

Den mörka träasken innehöll rader av gyllene mynt i olika storlekar, ställda på högkant i fack klädda med röd filt. Modern log ett brett leende.

”Du vet inte vad du har här, va?”

Anna skakade på huvudet.

”Mynt. Pappa samlade på mynt. Jag har ingen aning om vad de är värda. Femtio dollar står det på de kanadensiska och amerikanska. Hundra euro på de österrikiska mynten. Vad en krugerrand är har jag ingen aning om. Men det är väl ändå värt en hel del pengar, tänkte jag, så jag tog med dem. Tio hundraeuromynt är ju ändå ungefär niotusen.”

Gudrun började skratta.

”Du lyssnade aldrig på din pappa. Särskilt inte de sista åren, efter att du flyttat. Han tjatade om banksystemet och pengar ur ingenting. Om hur hela ekonomin skulle gå åt helvete och lade alla sina besparingar på den där lådan. Nej, Anna, vännen, de där österrikiska mynten är inte värda hundra euro. De amerikanska mynten, de med örnen, är inte värda femtio dollar. De kanadensiska lönnlöven är inte värda femtio dollar. Det där är bara siffror för att visa att det är lagliga betalningsmedel, vilket är ett sätt att komma runt en del skatteregler i vissa länder. Googlade du aldrig det här? Stoppade du asken längst ner i en byrålåda och tänkte inte mer på den?”

Anna kände att hon rodnade.

Modern fortsatte.

”Verkligt värde är snarare det trettiodubbla, speciellt i dag. Den där asken är värd kanske en miljon kronor. Vi ska nog passa på att gräva ner den. Kontanter får duga så länge de accepteras.”

Det var ungefär femton kilometer in till Ljungskile. Utan packning kändes det som att flyga fram, särskilt som det mestadels var nerförsbackar. Anna fick dra ner på tempot för att inte lämna Calle och cykelkärran bakom sig. Det skulle bli betydligt tyngre på hemvägen.

Hon hade aldrig varit i Ljungskile tidigare. Det luktade saltvatten och tång och en frisk havsvind ruskade lövträden runt byn. Massor av skränande fiskmåsar flaxade runt de överfulla soptunnorna eller över de sopsäckar som byborna hade ställt ut på gatan. Utan fungerande sopbilar skulle ingen någonsin hämta dem.

Byn kändes annars spöklikt tyst. Inget folk var ute på gatorna, inte ens utanför den lilla Ica-butiken, som var inhyst i en charmig gulmålad äldre trähuslänga. Dörren till butiken stod öppen, och en handmålad skylt med texten öppet stod utställd på den tomma gatan utanför.

Inne i butiken var det mörkt. En äldre man hälsade när Anna och Calle kom in.

"God förmiddag. Vi har inte mycket kvar, och jag tar bara kontanter. Apparaterna fungerar inte, och vi har inte fått några leveranser sedan förra veckan. Alla färskvaror reade jag ut i tisdags. Beklagar. När strömmen kommer tillbaka ska jag beställa nytt."

En torr hosta avbröt honom. Anna log åt mannen, som fortsatte.

"Om jag får säga det, så är något fel. Fel på riktigt. Inte ens radion fungerar."

Anna blev med ens allvarlig. Gubben förstod.

De började fylla två kundvagnar med det de kunde hitta. Salt och ättiksprit fanns det fortfarande gott om, och de länsade hyllorna. Det var värre med socker, men de fick ändå ihop fyra kilo. De enstaka påsar av olika mjölsorter som fanns kvar åkte också med. Anna fyllde hela sin kundvagn med de sista blöjpaketen och andra bebisprodukter. Vad behövde hon egentligen? De borde åka hit igen. I princip allt i butiken kunde vara användbart, men allt tog så mycket plats. De kunde fylla en hel cykelkärra enbart med toalettpapper. Hon skulle sakna toalettpapper.

Calle toppade sin kundvagn med nötter, flera flaskor såpa och tio flaskor klorin.

Gubben i kassan skrockade när de kom till kassan.

"Ni har underliga köpvanor."

"Varför har du så mycket i butiken? Jag trodde att man så här i *just-in-time* bara hade varor för någon dag", frågade Anna.

"Stämmer bra det, men det här är på landet. Jag kan inte ha en massa småleveranser av enskilda paket. Mycket beställer jag kanske en gång i månaden. Det är därför allt blir så dyrt. Lagerkostnader och sånt. Det är bara färskvaror som vi får löpande. Men inte nu längre."

Calle betalade med Gudruns sedlar.

Till slut kunde Anna inte hålla sig längre.

”Ni kommer inte att få fler leveranser. Strömmen kommer aldrig mer tillbaka. Bilarna kommer aldrig att fungera igen.”

Gubben tittade på henne och skakade på huvudet.

”Du skojar, det är omöjligt. Klart att allt börjar fungera igen. Jag vet inte vad som hänt, men en sak är säker: allt kommer att bli som vanligt igen. Strömmen är snart tillbaka.”

34.

Maria Rödhammar

1 september, fredag

Det var kyligt i konferensrummet. Maria sneglade på sitt Omegaur och önskade att hon hade tagit med en kofta. Klockan hade stannat på tio i elva. Batteriet hade tagit slut i den tunna guldklockan. Klockan på väggen stod också stilla. Mötet skulle ha börjat klockan elva, men ingen av representanterna för elbolagen hade dykt upp, trots att klockan måste vara närmare tolv. Hon hade lämnat in en handskriven lista med besökarnas namn till vakten, som skulle skriva besöksbrickor för hand och eskortera upp dem till henne.

Hon hade försökt att ringa mötesdeltagarna, men inte ens de fasta telefonerna i riksdagshuset fungerade. Med strömavbrottet fungerade inte datorerna heller, så e-post var även det uteslutet. Kanske hade deltagarna avanmält via e-post?

Till slut tog hungern överhanden, och hon beslöt att gå ner till restaurangen. Frukosten hade bestått av bara lite bröd och ost.

Dörren in till restaurangen var låst. En handskriven skylt satt fasttejpad på dörren.

”Stängt på grund av strömavbrott.”

Cyberattackerna måste ha varit omfattande. Varken försvarsdepartementet eller MSB hade hört av sig med någon information, och strömavbrottet var nu inne på sitt fjärde dygn. Det delades inte ens ut någon information i riksdagshuset. Nästan ingen personal fanns på plats, och detsamma gällde de myndigheter och departement som Maria besökt till fots. Hon hade inte ens fått tag på näringsministern.

Enligt departementet hade han inte återvänt från semestern på Kanarieöarna.

Situationen var helt ohållbar. Hemma kom det inget vatten ur kranarna, och de flaskor med Loka som hon hade köpt kontant var redan slut. Hur skulle hon ens kunna borsta tänderna i kväll? Hon hade inte duschat på fem dagar. Svettlukten kunde maskeras med parfym, men i dag skippade hon sminket. Sminkservetterna fungerade visserligen, men det blev aldrig riktigt bra om hon inte kunde tvätta sig ordentligt efteråt. Tack och lov att det senaste frisyrbytet var till kortklippt hår.

Hur var det med Linus? Var han på plats i studentlägenheten i Växjö? Det gick inte att ringa till honom. När skulle telefonerna fungera igen?

Om strömmen inte kom tillbaka snart skulle hon ta tåget hem igen. Riksdagen skulle ändå inte öppna förrän om nästan två veckor, och hon behövde faktiskt inte vara i Stockholm. Hemma borde de ha ström. Cyberattacker mot elförsörjning och vattennät kanske var intressant att utföra i Stockholm, knappast i Ljungby. Dessutom hade de ju egen brunn, så om det kommunala vattnet var angripet hade de åtminstone vatten så länge strömmen fungerade.

Maria beslöt sig för att gå ner till vakten.

”Nej, ingen av dina besökare har kommit. De kommer nog inte igenom.”

Vakten nickade ut genom glasdörren och bort mot Riksbron.

Bron var full av demonstranter med plakat i händerna. En linje med poliser i kravallutrustning försökte mota bort dem från riksdagshuset och Riksgatan.

”Vatten och ström eller politiker i Strömmen!”

”Mina barn är hungriga!”

”Ansvar!”

”Nyliberaler eller nyfascister?”

Plakaten var handskrivna med tjocka bokstäver på olika former av kartong eller färgat papper. Nidbilderna var fler än hon kunde räkna. Ett plakat föreställde en man som hängde från en lyktstolpe.

Som vanligt var folk otacksamma, fattade de inte att även politikerna var drabbade? Det fanns ingen gräddfil, nödströmmen fungerade inte ens i riksdagshuset. Dessutom var det regeringen de borde demonstrera mot, inte riksdagen. Situationen var regeringens ansvar.

Flera demonstranter verkade ha brutit upp gatstenar. Medan Maria förstummad blickade ut mot tumultet såg hon hur stenar började flyga genom luften mot de tio poliserna.

”Borde det inte vara fler poliser?”

Vakten slog ut med armarna.

”Förstärkning är säkert på väg. Förslagsvis ger du dig av härifrån medan du kan, ta kulverten bort till Mynttorget och gå ut där. Vi släpper inte ut någon härifrån så länge stenarna flyger i luften.”

”Vet du någon restaurang som har öppet? Jag har slut på mat hemma, och affären är stängd.”

Vakten skakade återigen på huvudet och höll upp en dubbelsmörgås.

”Ingen aning. Jag tog med den här hemifrån. Det blir en massa övertid nu, ska bli gott när strömmen är tillbaka igen. Nästa lön kommer att bli fet. De flesta kolleger dyker inte upp, så jag har kört dubbla pass de senaste dagarna. Har gångavstånd från Söder, tack och lov.”

Lukten av grillad korv och kolrök fick henne att dras till Plattan på Sergels torg. Kön till korvgubbens koleldade grill var säkert hundra meter lång, och en lika lång kö gick till en vagn med kolbakad potatis. Flera män i bylsiga jackor stod på linje med armarna i kors och vaktade gatuförsäljarna.

”Korv med bröd 100:-”

”Bakad potatis med skagenröra 200:-”

Maria skakade på huvudet. Vansinne. Visserligen hade hon tre hundralappar i plånboken, men aldrig att hon betalade tvåhundra för en bakad potatis om det inte var på en finare restaurang. Det måste gå att få tag på mat någon annanstans. Fullständigt sjukt. Hon var ändå riksdagsman, MSB borde se till att hon fick mat. I eftermiddag skulle hon minsann gå bort till MSB, vid Skatteverket på Kungsholmen. De måste ha mat till viktiga personer, som riksdagsmän.

Maria fick låsa upp porten för hand, eftersom kodlåset inte fungerade. På vägen upp till lägenheten stannade hon halvvägs och hämtade andan. Hon kände sig yr och törstig. Munnen var torr och det smakade blod. Huvudvärken bultade allt värre. Förhoppningsvis fick Stockholm Vatten ordning på vattnet snart, så att hon kunde svälja några Alvedon. Nu behövde hon få vila och ta det lugnt. Det var ju eftermiddag, och det fanns en flaska Chianti i skåpet. Att ta några glas på eftermiddagen var ju okej. Aldrig dricka för att bli av med baksmälla. Aldrig dricka före lunch. Aldrig dricka ensam. Men, tekniskt sett var hon ju inte ensam, det fanns andra i byggnaden.

Med sprängande huvudvärk famlade hon med nycklarna till lägenheten, när grannens dörr öppnades. Den gamla tanten i grannlägenheten kom ut, åtföljd av en instängd lukt av urin och otvättade kläder. Det luktade pensionär, men också en söt, obehaglig doft som Maria inte kunde placera. Hon hade lovat sig själv att aldrig bli en illaluktande pensionär. Både hon och Eskil skulle minsann duscha dagligen, oavsett hur gamla de var.

”Fru Rödhammar, när kommer de och hämtar Bertil?”

Tanten nickade inåt lägenheten.

”Vad menar du?”

”Han har börjat lukta, och de svarar inte i telefon. Ska de inte hämta honom? Jag får så ont i ryggen av att sova på soffan.”

Illa till mods följde Maria med tanten in. Lukten i lägenheten var ännu värre, och i sovrummet var stanken fruktansvärd. Maria lyckades hålla tillbaka kräkreflexen och viftade bort flugorna från ansiktet.

I sängen låg tantens make med ögonen fridfullt stängda. Hade det inte varit för att han var kritvit och att ansiktet såg insjunket ut under alla flugor som kröp över honom hade det sett ut som om han sov.

”Vad har hänt?”

”Bertil somnade in för tre dagar sedan, på morgonen låg han där så lugnt. Det var nog hjärtat. Hans medicin hade tagit slut, alla apotek var stängda eller hade slut på hjärtmedicinen, och vårdcentralen eller färdtjänsten svarade inte i telefon. Nu har jag tagit farväl tillräckligt, jag vill att de hämtar honom."

"Jag beklagar förlusten."

Vad skulle hon göra? Vart vände man sig? Hon behövde visa lite ledarskap. Tanten kunde inte ha det så här, det var ovärdigt.

Efter att ha knackat runt i huset fick hon till slut tag på två män som kunde hjälpa till att bära ut Bertils kropp, insvept i ett vitt lakan, till trottoaren utanför. En vit lögn till tanten fick duga. Det kunde inte göra någon skada.

"Den officiella instruktionen är att lägga ut döda kroppar på gatan, tillsammans med en lapp med namn och personnummer. Snart kommer ambulansen och hämtar Bertil. De har mycket att göra nu, men de kommer senare. Jag vet, jag sitter i riksdagen."

Yrseln och huvudvärken blev inte bättre av att gå ytterligare en vända i trapporna. Nu sved det på sidan av ryggen också. Maria hade aldrig känt sig så törstig och svepte i sig två fulla glas med Chianti, innan hon kom på att hon behövde ta Alvedon också.

Hon måste ha somnat på soffan, för när hon vaknade lyste morgonsolen in genom fönstret. Huvudvärken var tillbaka, och törsten. Visserligen var det morgon, men det fjärde glaset rödvin var det enda drickbara som fanns till hands. Hon bälgade i sig det. Badrummet stank av urin, men hon kissade i toaletten ändå. Det kom knappt något kiss alls, bara några droppar, och när hon kissade sved det i ryggen. Om hon köpte en hink kunde hon kanske bära hem vatten från Karlbergssjön eller Brunnsviken och skölja ur toalettstolen med. Vilket vatten var närmast? Det gick väl att dricka svenskt sötvatten? Svenskt vatten skulle ju vara renast i världen. Fast Brunnsviken var väl Östersjön och bräckt vatten? Hon bestämde sig för Karlbergssjön.

Hon letade fram en plastkasse och stoppade ner alla de tomma Lokaflaskorna och begav sig av. När hon kom ut låg Bertils kropp kvar i sin vita svepning. Två kråkor flaxade upp från kroppen och flög iväg. Vedervärdigt! Hon skulle minsann ta upp det här med MSB.

En lukt av brandrök låg över gatan. Någonstans eldades det. I höjd med Tegnérlunden tog stanken av avföring, urin och sopor över. Någon hade kissat mot en husvägg, alldeles intill en hög med soppåsar. Tack och lov började det regna. Det borde skölja rent.

Ett stycke längre bort längs Tegnérgatan gick hon förbi ytterligare två svepningar. Blöta av regnet tecknade de vita lakanen tydligt konturerna av människokroppar.

35.

Magnus Svensson

2 september, lördag

Huvudvärken gjorde att Magnus drog täcket över huvudet. Antingen var han sjuk eller så hade han sovit för länge. Fast han kände sig fortfarande enormt trött. Armarna var matta och han orkade knappt sträcka ut handen mot Lenas mage.

Sängkläderna luktade tack och lov fortfarande nytvättat. De hade haft tur, som hunnit tvätta precis före det nuvarande strömavbrottet. Även om det hade gått fem dagar hade de fortfarande rena kläder. Enligt Lena skulle de klara sig åtminstone en vecka till utan att behöva tvätta.

I dag regnade det äntligen. Han hade ställt ut alla hinkar och kastruller innan de gick och lade sig, och förhoppningsvis hade de fått ihop lite vatten över natten. Annars fick de återigen gå ner till havet och tvätta sig och borsta tänderna efter frukost. Barnen klagade på att saltvattnet sved i munnen, och Magnus kunde bara hålla med.

Hinkarna och kastrullerna visade sig ha fångat upp nästan två liter regnvatten, och Magnus kostade på sig ett iskallt glas innan frukost. Den nypressade äppeljuicen fick honom att bli lös i magen, och han började tröttna på äppelkosten. Han var inte ensam.

”Äpplen, blä!”

Moa vägrade att äta. Mia skalade sina äpplen noggrant, medan Max glupskt tuggade i sig äpple efter äpple.

Själv stirrade Magnus bara på frukten. Blotta tanken på den sötsura, syrliga smaken fick honom att må illa. De behövde riktig mat. Vad gjorde myndigheterna? Varför gick de inte ut med någon information? Radion var stendöd och fungerade inte ens om han bytte batterier. Inte för att han lyckats få in någon kanal när den fortfarande fungerade.

Efter att ha grävt igen hålen i gräsmattan som familjen hade uträttat sina behov i, sökte Magnus sig ner till bycentrum och Ica-butiken. De måste ha fått in mat vid det här laget. Han var inte ensam. En massa människor trängdes bland de övergivna bilarna på parkeringsplatsen. Han kände sig yr och magen morrade. Ingen ville släppa fram honom utan knuffade bryskt undan honom.

"Vänta på din tur!"

Till sist fick han en glimt av vad som pågick: en man och en kvinna hade ställt upp ett bord och sålde potatis, ägg och paket inrullade i brunt papper.

"Tar ni kort?"

"Vi tar bara kontanter. Ingen krita."

Någon muttrade.

"Jävla snåljåpar! De har hur mycket mat som helst. Bondjävlarna får bidrag för våra skattepengar. De borde ge bort maten gratis och inte sälja den svart."

Instämmande mutter spreds i folksamlingen.

"Skattefuskare! Bidragsparasiter! Ge oss vår mat."

Magnus hann inte uppfatta vad som sedan hände. Allt gick väldigt fort. Folkmassan rörde sig framåt under skrik. Bondparet hade inte en chans. Bordet vältes och ägg krossades. Magnus följde med framåt. Plötsligt såg han ett brunt papperspaket på marken, kletigt av krossat ägg. Han plockade snabbt upp det, fick in det under regnjackan och började springa hemåt. Det var faktiskt inte fel. Han betalade skatt, precis som alla andra, och bönderna fick ändå bidrag.

Väl hemma satte han sig att vila ut på trappan. Trots att han bara hade halvsprungit kände han sig helt slut. Törsten tog över, och han drack direkt ur en av kastrullerna på altanen. Det fanns bara en tunn yta av vatten i botten. Han tömde alla hinkar och kastruller innan han kände sig nöjd. Aldrig hade han längtat så mycket efter ett riktigt ösregn som nu.

Trots att han grävt över avföringen, så luktade trädgården bajs. Mer äpplen hade fallit ner på gräset och han tittade bort. Han ville inte äta mer äpplen. Försiktigt vecklade han upp papperspaketet och lutade sig över det för att skydda innehållet mot duggregnet.

Inuti fanns en stor, oskuren mörkröd köttbit. Kanske ett helt kilo? Hungern grep tag om honom. Han kunde ha bitit direkt i köttet, men den lite fräna lukten av rött kött fick det att vända sig i magen på honom.

Grannen Johan kom ut ur grannhuset och började låsa upp sin cykel. Han nickade tyst mot Magnus, som reste sig upp för att gå fram och säga hej. De var ju grannar och det var ett tag sedan de pratats vid sist. Grannfamiljen verkade hålla sig inomhus mest hela tiden och persiennerna var nerdragna mot Magnus och Lenas hus. Det gick inte ens att se om de var hemma.

”Tjena, Johan! Vart ska du?”

Johan flackade med blicken.

”Jobbet.”

”På Ringhals? Har ni ström? Har ni vatten?”

Johan tittade ner i marken.

”Det vore synd att påstå det. Jag har bråttom. Måste tillbaka, var bara hemma och sov lite. Ta hand om er.”

Utan ett hej försvann han iväg på cykeln.

”Lena, vi har kött!”

Magnus höll upp paketet. Lena och alla tre barnen kom utrusande från vardagsrummet, där de suttit och spelat Den försvunna diamanten.

”Jag vill ha hamburgare! McDonald’s!”

Moa lade demonstrativt armarna i kors.

Det fanns gott om kryddor och Magnus kände hur magen protesterade allt mer. Frågan var bara hur de skulle tillaga köttet? De kunde inte gärna äta det rått. Till slut bestämde de sig för att samla ihop kvistar och annat som kunde brinna och lägga i grillen. Köttet tärnades och marinerades i lite matolja. Grillkolen var slut, men genom sparsamt bruk av tidningspapper från återvinningskassarna i garaget lyckades de till slut få fyr på de dyblöta kvistarna. Ingen hade tålamod att vänta på glöd. Matoljan fattade eld och köttet blev snabbt bränt, men det luktade underbart. Maximilian och Mia passade på att lägga några äpplen på grillen.

Moa åt bara en liten köttbit, men slukade ett grillat äpple med god aptit. Snart gapade alla tallrikar tomma, och eftersom det inte fanns något vatten att diska i ställde Lena ut tallrikarna och besticken i regnet. De kunde diska senare.

Nästa dag gick Magnus åter ner till Ica-butiken, men den här förmiddagen stod det inga bönder där och försökte sälja varor. Ica:s glasdörrar och fönsterrutor var sönderslagna, och inne i butikens mörker skymtade tomma, omkullvräkta hyllor.

När Magnus kom tillbaka till villan cyklade grannen Johan just runt hörnet, återigen på väg till arbetet på Ringhals. På yttertrappan stod tre tvåliters PET-flaskor med klart vatten.

36.

Filip Stenvik

2 september, lördag

Fem dagar var allt han klarade.

Efter fem dagar inlåst i lägenheten kände Filip hur det började krypa i skinnet. Trots alla tidningar, böcker och pussel kände han sig rastlös, och dunklet bakom persiennerna gav honom huvudvärk. Att träna räckte inte, oavsett hur många armhävningar, situps eller plankor han gjorde. Mest påträngande var tystnaden. Inte ens någon musik. Upprepade gånger och på alla frekvensband hade han letat efter någon radiokanal, men redan efter ett dygn hade radion slutat fungera.

De enda ljuden var steg och rop i trapphuset eller från andra lägenheter. Inte ens från rören och avloppen hördes något längre. Själv hade han bara varit ute på balkongen för att lägga undan soppåsar med avfall och avföring. Att slösa på vatten genom att spola var det inte frågan om. Han undrade hur andra löste toalettproblemet nu, när vattnet inte ens droppade ur kranarna. Avloppssystemet byggde på ständig vattentillförsel och var beroende av eldrivna pumpstationer. Mellan de fördragna persiennerna hade han sett att grannarna kom med vattenhinkar nerifrån Sickla kanal, men om det var för dryck eller för att spola visste han inte. Förr eller senare skulle avloppen sätta igen. Förhoppningsvis senare.

Men han behövde ut ur lägenheten. Nej, han måste ut ur lägenheten.

Hur såg det ut därute? Hur klarade sig alla andra? Till slut tog nyfikenheten över. Han drog på sig löparkläderna. Antingen kunde han ta sig ett dopp i Hammarby sjö efteråt eller offra en liter vatten från badkaret och torka sig ren med en trasa. För säkerhets skull drog han på sig Katon med all nödvändig utrustning. Med axelväskan över ryggen och åtspänd med extraremmen gick det utmärkt att springa enligt tidigare tester. Ingen idé att ha en EDC om man inte kunde springa ifrån någon.

Innan han låste upp ytterdörren hämtade han soppåsarna på balkongen.

Trapphuset stank av sopor, så Filip gav direkt upp tanken på att ens öppna sopnedkastet. Det automatiserade centralsystemet hade naturligtvis slutat fungera och sög inte längre iväg soporna. Vid sopnedkasten på gården låg högar av soppåsar. Nedkasten ute krävde elektroniska nyckelbrickor för öppning och grannarna hade helt sonika dumpat påsarna. Hela gården var täckt av skräp från söndriga påsar. Kråkor, skator och fiskmåsar hoppade skränande åt sidan när han sprang förbi och stanken var påtaglig.

Lumaparken var också full av skräp. En grupp människor stod runt en grill och verkade laga mat. De blängde ilsket på Filip, som ökade tempot och sprang vidare. Gatorna var förvånansvärt folktomma, det gick till och med att springa mitt i ena körfältet på Hammarby Allé. I en del gathörn hade några få människor samlats, oftast män. Någon ropade något efter Filip, som ignorerade dem och joggade vidare.

Stanken av urin följde honom. Väggar hade kissats ner, och det dröjde inte länge förrän han såg den första avföringen, omgärdad av toalettpappersbitar. Bajset och den milda vinden förde en ojämn kamp om toalettpapperet, som till slut slet sig och drev ner längs gatan.

Vägarna var däremot tomma, undantaget skräp från söndriga soppåsar. Han började istället springa mitt i ena körfältet på Hammarby Allé i höjd med en övergiven spårvagn.

Under ilsket röda Aftonbladetmarkiser såg Filip de första sönderslagna rutorna. Någon hade krossat både rutan och dörren till en liten servicebutik. Under en kort sekund kunde han inne i dunklet se tomma hyllor och skräp på golvet.

Mitt på Skansbron stod polisbilen kvar, trots att det hade gått fem dagar, även den med krossade rutor.

När han kom in på Söder blev lukten av brandrök med ens tydlig. Högar med soppåsar låg staplade utanför en del portar, men det var färre fåglar här än nere i Sjöstaden, och mindre skräp drev omkring med vinden.

Den första kroppen sprang han förbi på Gotlandsgatan. Ett vitt lakan täckte över vad som tydligt var en människokropp vid sidan av en ytterdörr. Ingen hade brytt sig om att tynga ner svepningen, som fladdrade lätt i vinden. En kråka hackade på en gammal rynkig hand, som stack ut där vinden befriat den från den vita stillheten. Fågeln vägrade att flytta på sig när Filip kom springande och han sparkade till den med foten. Skränande hoppade den undan, men återvände till kroppen så snart han passerat.

Uppförsbackarna var nödvändiga för träningen, men han blev allt mer osäker på hur långt han vågade fortsätta. Människor han mötte stannade och tittade på honom, och flera gånger ropade de något efter honom. I början av Vitabergsparken mötte han en annan löpare. En ung man, precis som han själv. Och precis som han själv bar killen en axelväska med kortad axelrem på ryggen. En Maxpedition Jumbo, gissade Filip, komplett med paracordsnoddar i naturfärger. En annan prepper.

De stirrade kort på varandra och nickade igenkännande, sedan försvann de vidare åt var sitt håll.

Längre in i parken fick lukten av brandrök sällskap av stanken av urin och avföring. Remsor av vitt toalettpapper inne bland träden skvallrade om vad parken nu användes till. Filip sprang förbi ett par med tre barn, som alla kom gående ut från träden. Mannen, i skägg, runda glasögon och smutsiga hipsterkläder, antagligen i ekologisk ull, bar en nästan tom toalettpappersrulle i ena handen. Familjen stannade upp och tittade efter Filip. Det äldsta barnet pekade på honom och ropade.

”Han har fått mat, mamma! Se hur gubben springer! Jag vill ha pulled pork!”

Filip skyndade sig runt nästa hörn och satte iväg ut ur parken. När han väl var ute saktade han in och började gå i rask takt, men upptäckte snart att de flesta gick betydligt långsammare än han själv. Många drog benen efter sig, och för att inte sticka ut drog han ner på takten. Han spände om sin Kato och lät den istället vila mot höften, samtidigt som han diskret öppnade dragkedjan till facket i väskans lock, där han hade kniven.

Nere på Ringvägen stod en pizzabagare och sopade undan glassplitter utanför sin pizzeria. Han tittade trött på Filip.

"Idioter! Fattar de inte att jag har slut jag med?"

Filip ryckte på axlarna och gick vidare.

Lukten av brandrök blev allt starkare, men Filip kunde inte se vad det var som brann.

Genom Söders tystnad gick han tillbaka via Tullgårdsparken. Brandlukten fick sin förklaring i korsningen till Östgötagatan, där två bilar stod i brand. En folksamling stod på avstånd och iakttog de brinnande bilarna. Filip ökade takten och fortsatte längs Bohusgatan.

"Var är brandkåren? Har någon ringt brandkåren?" hördes bakom honom.

Folk verkade fortfarande inte förstå. Det fanns ingen telefoni. Inga fordon fungerade. Brandkåren kunde inte komma ens om man gick till brandstationen för att larma. Allt var rent åt helvete.

"Filip!"

En kvinna ropade efter honom. Skit!

Han började återigen springa och, trots blickar och pekande fingrar, slutade han inte förrän han låste upp dörren till lägenheten.

Dunkandet på ytterdörren fick Filip att titta upp från boken. Han hade satt sig i soffan intill fönstret för att få så mycket ljus som möjligt. När det blev för mörkt tänkte han gå och lägga sig eftersom han inte ville slösa med stearinljus i onödan.

"Filip, öppna! Det är Linda."

Dunkandet upphörde en stund och byttes mot knackningar.

Försiktigt lade Filip ihop boken och smög ut i hallen.

”Filip! Snälla! Jag vet att du är där.”

Tyst ställde han sig intill dörren, satte ögat för titthålet och förde först därefter undan skyddet. Det fick inte synas att han tittade.

Utanför stod Linda. Hon var rufsig i håret och osminkad. Hon flackade med blicken och såg sig hela tiden om.

”Filip! Förlåt mig! Ge mig lite vatten och mat, du får göra vad du vill med mig.”

Filip stängde för kikhålet och backade undan. Hon hade kallat honom för galen.

Det gick nästan tjugo minuter innan Linda svärande gav upp och allt blev tyst igen.

Han gick fram till fönstret och kikade försiktigt ut genom en springa i persiennen. Det var mörkt inne lägenheten, och det gick inte att se honom utifrån.

En grupp ungdomar i 20-årsåldern hade samlats på gatan. Han räknade till minst tjugofyra huvuden, ungefär hälften tjejer. Linda anslöt sig till gruppen, gestikulerade med armarna och pekade upp mot hans lägenhet. Filip ryckte instinktivt tillbaka från persiennerna.

När han tittade ut igen någon minut senare hade de flesta försvunnit, men fyra killar stod kvar. Till slut gav även de upp och började gå därifrån. En av dem stannade till och började rota i en soppåse som kom rullande i vinden.

37.

Peter Ragnhell

12 september, tisdag

Armarnas muskler protesterade när Peter vräkte av sig kroppsskyddet och lät västen göra kravallhjälmen sällskap på golvet. Åtta timmar med skölden på vänsterarmen och batongen i högerhanden tog ut sin rätt.

Han var osäker på vad som var värst. Den statiska belastningen från sköldens tyngd eller de snabba explosiva rörelserna med batongarmen. Det var tredje dagen på raken, och läget hade inte blivit ett dugg bättre. Tvärtom hade färre och färre kolleger dykt upp, medan demonstranterna och plundrarna verkade bli fler för varje dag. Enligt devisen ”man skiter inte där man äter” bodde många kolleger inte ens i Göteborg, och sedan allt upphört att fungera var det bara poliser som bodde lokalt som dök upp på jobbet, om ens det.

Pöbeln höll på att vinna, bara i dag hade ett trettiotal kolleger skickats till Sahlgrenskas akut. En fallen kollega innebar att åtta poliser måste avdelas som bårbärare och eskort från förbandsplatsen vid polishuset till sjukhuset. Han hade själv gjort vändan två gånger de senaste dagarna, växlande mellan eskort och bårbärare av två svårt skadade kolleger. Senast var det Edward Larsson, vars hjälm hade krossats av en gatsten. Han hade fortfarande varit vid liv när de, efter fyra kilometer av kaos på Göteborgs gator, till slut kom fram till den överfulla akuten. Antagligen skulle de aldrig ha klarat det om de inte hade haft sällskap av Röda korsets personal. Röda korset verkade fortfarande inge viss respekt.

Lättare skadade fick de skjutsa på en av de cykelkärror som räddningstjänsten hade ordnat fram.

Magen morrade ilsket efter mat. Hur orkade de jävlarna? Varifrån fick de sin energi? Gick de på rent ursinne? Inte kunde de gripa fler heller. Häktet var överfullt, och utan vatten och fungerande toaletter var det för jävligt däruppe. Allt de kunde göra var att ta in jävlarna, skriva ner deras namn och personnummer på papper och skicka iväg dem igen. Tack och hej!

Peter höll upp handen. Den darrade. Han behövde äta. Den torra ostfralla utan smör han hade fått innan läges- och ordermötet räckte inte långt.

Anders måste ha uppfattat läget och sträckte över en Snickers.

”Min sista. Ät och var glad, Peter.”

Patrick räckte fram sin jordnötspåse, och Peter tog en näve. Fungerade utmärkt att blanda med Snickers.

Kommissarie Olsson ställde sig vid den whiteboard som hade släpats fram till fönstret inför läges- och ordermötet, och började skriva upp siffror och tidpunkter på tavlan.

”Ni vet alla hur läget är. Ni har gjort ett hästjobb, men det får bli mer övertid. Vi kör ett pass till om en halvtimme. Det blir inte långt den här gången. Ner till Gårda. Omfattande plundring vid Ica Fokus. Buset har tagit sig in på Liseberg också och har sönder hela stället. Men nu ändrar vi taktik. Konfrontation fungerar inte. Vi provar något nytt.”

Kommissarie Knutsson reste sig och tog över.

”Vi satsar på dialogpoliser nu. Kravallutrustning av. Vi ska samtala med folk istället. Förklara att de stjäl mat från vanligt folk. De måste gå hem, så att vi kan få ordning på det här. Fungerar inte hårt mot hårt får vi prata med dem.”

Skratt och fniss spred sig bland det trettiotal utmattade poliser som satt på de framdragna stolarna.

Peter reste sig tvärt. Det fick vara nog nu. Knutsson och Olsson kunde dra åt helvete.

”Så fan heller! Det jävla buset slår sönder stan, och vi går hungriga.

Vi har alla burit kolleger till Sahlgrenska. Det slutar här och nu. Är det någon som ska ha mat så är det vi. Vi står mellan buset och totalt sammanbrott."

"Amen!"

"Rätt som fan!"

Några av kollegerna satt tysta. Åtminstone en, Andersson, sov av ren utmattning, men de flesta verkade nicka. Alla tittade på Peter.

"Jag säger bara ett ord angående dialogpoliser: förstärkningsvapen."

Det blev knäpptyst, sedan började fler och fler att nicka.

Olsson bröt in.

"Nu lugnar vi ner oss! Jag vet att ni är trötta och hungriga, men vi kan inte eskalera situationen ytterligare. Vi kan väl prata om saken?"

Peter nickade åt Anders och Patrick. Bägge nickade tillbaka och reste sig. Peter följde med dem fram till den vita tavlan. Olsson hann inte reagera, och gubbjäveln fattade aldrig vad som hände förrän han satt med handfängsel på golvet. Knutsson gjorde en rörelse för att dra sitt vapen, men Anders knäckte armen på honom med batongen.

Peter vände sig mot kollegerna.

"Är ni med mig eller mot mig? Vi plockar ut förstärkningsvapen, och sedan stoppar vi plundringen av Fokus och Liseberg. Efter väl utförd insats går vi hem. Med mat till våra familjer. Frågor på det?"

Han såg några skeptiska ansikten. Åt helvete med dem, så länge de inte ställde sig i vägen. De flesta i den lilla skaran var med honom.

I slutändan var de tjugofem män som lämnade polishuset i kravallhjälmar, skottsäkra västar och kravallsköldar mot stenkastning. Alla hade kulsprutepistoler, Heckler & Koch MP-5:or eller polisens gamla version av militärens automatkarbin AK5, CGA5P. Automatkarbinerna stod bara där i bunkern och väntade sedan beredskapspolisen hade lagts ner.

De hade behövt beredskapspoliserna de senaste dagarna. Det var precis för sådant här de hade utbildats. Men hur skulle de ha mobiliserats när ingenting fungerade, inte ens Sveriges Radio?

Det luktade brandrök över Göteborg, och höstregnet kämpade förgäves mot lågorna. Bilar stod i brand längs Fabriksgatan och Åvägen, där Peters poliser ryckte fram på två täter ner mot Fokus.

De mötte de första plundrarna vid bron över till Valhallagatan. Två män med var sin halvfull kundvagn. Knappast något de hade betalat för. Hur skulle hederligt folk få mat?

”Polisen! Stanna!”

Männen började springa med kundvagnarna framför sig.

Det var nu det gällde. Peter måste visa ledarskap.

Han knäppte ner säkringen på automatkarbinen. En 5,56-patron var redan frammatad i loppet. Åt helvete med regelverket. Den här situationen omfattades inte av några regelböcker. Han hade skjutit folk förr, men nu skulle det vara inför andra kolleger än Anders och Patrick. Snabbt ryckte han upp automatkarbinen till axeln och siktade på den närmaste mannen. Rakt mot bålen för största chans att träffa.

De hade varnat nog nu.

Femtio meter var ett enkelt skott. Mannen föll omedelbart ihop som en säck potatis.

Den andre plundraren verkade först inte förstå vad som hade hänt, trots att han skvättes ner av blod. Peter slapp skjuta honom, det ordnade en av de andra kollegerna.

Resten var enkelt.

När de första plundrarna inne på Ica och Systembolaget hade skjutits flydde resten snabbt. Och även om de flesta hyllor gapade tomma blev det i alla fall två matkassar var och så mycket öl och sprit de orkade bära.

Åtta man lämnades kvar för att under Anders befäl vakta Fokushuset och matkassarna, medan Peter ledde resten vidare på gångbroarna över den lervälling som nu var hålet för Västra länken under staden. Utan fungerande pumpning höll hela rännan för järnvägsbygget på att förvandlas till en vattenfylld vallgrav som separerade Liseberg från Svenska mässan.

Pöbeln gjorde ett försök att samla sig och började kasta sten mot dem strax innanför entrén till Liseberg. Idioterna försökte inte ens dölja sina ansikten, väl medvetna om att inga kameror fungerade.

Peter fick kollegerna att bilda linje och försiktigt backa bort från stenarnas räckvidd. Enstaka mindre stenar träffade dem fortfarande, fast de kändes knappt mot skölden. Men det räckte, de hade nödvärnsrätten på sin sida. Det kunde alla se.

Vid en paus i stenkastandet förde Peter snabbt bak skölden på ryggen och tog fram automatkarbinen, knäppte ner säkringen till automateld och siktade rakt in bland stenkastarna. Kollegerna gjorde detsamma.

"Eld!"

Liseberg förvandlades återigen till en nöjespark.

Benen värkte, men lyckoruset bar honom hela vägen hem. Två fulla matkassar och två Systempåsar med öl. Middagen skulle kanske bli tråkig, men han och Ida fick åtminstone äta sig mätta i kväll. De kunde koka riset på franskt källvatten över värmeljus, och påsarna med tinade frysta grönsaker verkade inte ha blivit dåliga.

Peter hade tagit på sig munkjackan över kroppsskyddet, och hjälmen, ammunitionen och tårgasgranaterna hade han i ryggsäcken. Men automatkarbinen gick inte att dölja. På vägen hem behövde han bara använda den en gång.

"Var har du varit! Fattar du inte att jag varit orolig. De skjuter på gatorna!"

Idas spott träffade honom i ansiktet. I skymningsljuset såg hon blek ut. Läpparna var spruckna och håret tovigt, glänsande av fett i det sista dagsljuset. Lägenheten stank och det vände sig i magen på Peter.

"Jag har fixat mat. Åtminstone en som jobbar här."

Hon hade aldrig slagit honom förut. I mörkret såg han aldrig handflatan komma, och först fattade han inte varför det brände till i ansiktet. Sedan kom insikten. Otacksamma kärring!

Han grep tag i hennes hår och drog henne med sig in i lägenheten. Hon följde fogligt med, men verkade förvånad när han släpade ut henne på balkongen istället för in i sovrummet.

Innergården var mörk och stank av sopor, urin och avföring. Kläder hängde från balkongräcken. Solens sista strålar nådde inte över takåsarna. I en och annan lägenhet lyste stearinljus.

”Jag har haft en jävla dag och förtjänar inte det här.”

Han sa det till sig själv, vad Ida tyckte sket han fullkomligt i, om hon ens hörde honom. Hon behövdes inte längre som hans alibi, från och med nu behövde han inte låtsas. Med bägge händerna vräkte han henne över balkongräcket och vände på klacken in mot lägenheten igen.

Det var fem våningar ner. Idas skrik klipptes tvärt av med ett blött och krasande ljud samtidigt som han klev över tröskeln.

Peter plockade upp en öl ur Systempåsen. Flytande bröd. Åter ute på balkongen slog han av kapsylen mot balkongens järnräcke och tittade ut över grannarnas lägenheter och balkonger. Ingen verkade reagera. En kvinna på en annan balkong vände snabbt in och stängde balkongdörren bakom sig när hon fick syn på honom.

Kvällen var tyst. Endast regnets slag mot tak och rutor hördes. Vart skulle folk ringa? Vad skulle de göra? Han var polis. Han var beväpnad. Ida hade bett om det, i praktiken var det självmord. Han hade bara gjort det hon bett honom om.

Ölen var sval som luften här ute och smakade underbart.

38.

Maria Rödhammar

13 september, onsdag

Maria huttrade och drog täcket om sig. Det var alldeles för kallt i lägenheten och hon ville inte gå upp ur sängen, men magen skrek efter mat och halsen kändes helt torr. Hon förde handen mot läpparna, som ömmande hade börjat spricka under natten, och hostade till. Halsinfektionen verkade inte ge med sig.

Till slut tog hon sig upp och klädde snabbt om till de varmaste kläder som tagits med till övernattningslägenheten. Trots att det fortfarande var september var temperaturen i lägenheten bara runt tio grader och parkettgolvet kändes isande kallt.

Det fanns bara en skvätt vatten från Karlbergskanalen kvar i en PET-flaska, och hon svepte snabbt i sig det gulbruna vattnet. Hon hade försökt filtrera det genom ett kaffefilter, men det hade bara blivit lite mindre grumligt. Det var bättre än inget.

Hon tittade reflexmässigt på klockan, som hon av gammal vana lät vara kvar på armen. Fortfarande tio i elva, som alltid. Vad klockan egentligen var hade hon ingen aning om. Nu skulle hon gå ut och hämta vatten och ordna mat, sedan skulle hon till riksdagshuset. Det var tre dagar sedan hon sist var där, vid det här laget måste man ha organiserat något och fått fram information.

Det högg till i magen.

Hon behövde gå på toaletten. Nu! Det fanns inte tid att springa ner till Tegnérlunden. Hon rusade in i det stinkande badrummet och lät diarrén forsa ner i den ospolade toalettstolen. Den dagliga vattenhinken hade hon använt i går morse. Hon borde hämta en hink även på kvällen, men det var så långt att gå.

Det högg fortfarande i magen, men efter en stund kändes det bättre. Toalettpapperet var slut, så hon torkade sig på den sista handduken. Hon hade åtminstone soppåsar att stoppa handdukarna i, så hon kunde tvätta när strömmen kom tillbaka. Kanske fungerade vattnet igen? Hon tryckte ner wc:ns spolknapp, inget hände.

Händerna fick hon skölja av i kanalen.

Med vattenhinken i ena handen och påsen med PET-flaskor i den andra knackade hon på hos granntanten. Tanten hade säkert någon mat, det hade gamla tanter alltid. Maria hade ju ändå hjälpt henne med gubben, vars ruttnande kvarlevor fortfarande låg kvar ute på trottoaren. Hon bankade en gång till på dörren men gav till slut upp och började långsamt gå nerför trapporna.

Hon kände sig gammal. Det var tungt att gå i trapporna, tyngre än det brukade. Hennes ben behövde vila, men törsten var akut.

Ute föll ett lätt duggregn. Över stanken av sopor och urin luktade det fränt av brandrök. Det kändes som om det gick att ta på luften.

I höjd med Sabbatsbergs sjukhus högg det till i magen igen. Hon försökte kämpa emot, trots att hon fick huka sig fram när det högg som värst. Människor hon mötte muttrade och gick åt sidan.

Det hade blivit enklare att ta sig ner till Karlbergskanalen. Nätstaketet mot järnvägsspåren, som spärrade av tillgången till vattnet, var uppklippt på flera ställen, och hon sällade sig till myllret av folk som sökte sig ner till kanalens livgivande vatten.

Man behövde fortfarande klättra en del för att ta sig ner, även om de värsta delarna nu hade provisoriska trappor, byggda av gamla möbler, soptunnor, små containrar och annat som hade släpats dit. Klättrandet fick magen att protestera ännu mer, och till slut kunde hon inte hålla emot längre. Hon rusade åt sidan och hukade bakom den ensamma perrongplattformen, som likt en ö låg utslängd mitt bland järnvägsspåren. Plattformen gav åtminstone lite skydd. Först efteråt upptäckte hon att hon inte var den enda som uträttat sina behov här. Fast många andra verkade fortfarande ha toalettpapper.

Hon fick byta underkläder när hon kom tillbaka till lägenheten. Regnet skulle nog snabbt skölja bort hennes pöl av avföring.

Hon tvättade händerna så gott det gick i kanalen, fyllde toaletthinken och doppade ner PET-flaskorna i det smutsbruna vattnet. Fanns det inte något bättre sätt att filtrera vattnet än genom kaffefilter? En bit bort stod några människor runt en ditsläpad metallpapperskorg, vars eld de matade med buntar av papper. Ovanpå papperskorgen stod en stor blank metallgryta. Det ångade från grytan, och med en soppslev hällde de upp det fortfarande missfärgade och ofiltrerade vattnet i flaskor. Helt meningslöst!

Vattnet var tungt att bära och hon var törstig. Redan innan hon kom fram till Sabbatsbergs sjukhus stannade hon och öppnade en av PET-flaskorna. Hon behövde dricka och vila sig en stund innan hon kunde fortsätta. Att söka sig till sjukhuset var ingen idé. Specialistsjukhusets fönster på nedersta våningen hade, liksom ytterdörrarna, slagits sönder av plundrare och vandaler. Någon sjukhuspersonal syntes aldrig till under de senaste dagarnas vändor ner till Karlbergskanalen. Vid ambulansstationen stod en sönderslagen ambulans med vidöppna bakdörrar.

Efter en stund kändes det lite bättre. Magen gjorde sig återigen påmind, men det högg åtminstone inte. Nu skulle hon hinna hem med vattenhinken till badrummets privata vrå. Sedan måste hon ta sig ut igen för att hitta mat. Mat och toalettpapper.

”Jag har sett dig på tv! Du är politiker, va?”

Maria tittade upp. En man i en beige trenchcoat såg på henne. Skäggstubben höll på att omvandlas till ett smutsigt skägg och håret hade klumpat ihop sig i tovor. I ena handen höll han en tygväska, med den andra fingrade han på något i rockfickan.

”Nej, du blandar ihop mig med en annan. Ursäkta, jag mår inte riktigt bra.”

Hon skakade på huvudet, reste sig och började gå mot övernattningslägenheten. Om hon ändå hade stannat hemma med Eskil och barnen i Ljungby, varför skulle hon åka till Stockholm i förtid?

”Jo, jag har sett dig på tv. När kommer strömmen tillbaka? Var finns maten? När börjar ni dela ut mat? Mina barn skriker efter mat. Lillen håller oss vakna hela natten. Vi måste få mat!"

Mannen följde efter henne och höjde rösten. Fler människor anslöt för att se vad som pågick.

Maria började halvspringa och lämnade folkmassan bakom sig. Med andan i halsen nådde hon till slut fram till sin port. I trappan upp till lägenheten fick hon vila tre gånger.

Efter språngmarschen var vattenhinken halvtom, men det räckte för att skölja rent i toaletten.

Konstigt nog kände hon sig inte svettig av att ha sprungit hem och gått i trappan, utan frös så att hon skakade. Det högg till i magen igen, och hon rusade in på toaletten. Diarrén luktade inte längre, och hon tittade ner i en nästan ren toalettstol. Avföringen var som klar vätska, fast hon nästan inte hade druckit något. Törsten rev i halsen och utan att försöka tvätta händerna i det sista vattnet i hinken rusade hon ut i hallen och bälgade i sig det gråbruna vattnet ur en av PET-flaskorna.

Maria Rödhammar kände sig oerhört trött och bestämde sig för att vila en stund. Hon fick leta rätt på mat och gå till riksdagshuset senare. Huttrande kröp hon ner i sängen utan att byta kläder och svepte om sig de filtar hon hade.

Hon somnade nästan direkt.

39.

Gustaf Silverbane

13 september, onsdag

Gustaf rättade till regnkläderna under kroppsskyddet. Regnet öste ner. Vattnet hade slutat droppa från hjälmen, utan forsade konstant över hjälmkanten. Det fanns åtminstone dieselbrännare i de nödlokaler ute vid flygplatsen som SOG flyttade in i efter flygplanskraschen. Utrustningen skulle hinna torka under avlösningen.

Bredvid honom på den tomma parkeringsplatsen vid hörnet av Kungsgatan och Storgatan stod Erik, Kingfisher, till synes helt oberörd av regnet. Vattnet rann ner längs pipan på kulsprutan, och det såg ut som att om vapnet pissade vatten i en vid stråle. Bakom dem gapade Ica-butikens svarta fönster bredvid de stängda skjutdörrarna. Dörrarna täcktes av två fastskruvade plywoodskivor och det krossade glaset hade sopats åt sidan. En fastspikad skylt, skriven för hand i butiksstil, förtydligade vad som gällde.

”Stängt tills vidare.”

Läget var lugnt. Gustaf tittade nerför Kungsgatan, hela vägen ner till Vättern. Inte en själ ute, förutom två beväpnade soldater från underrättelsebataljonen, som utgjorde en fast postering nere i korsningen Kungsgatan och Strandvägen.

”Kingfisher, förflyttning!”

Gustaf nickade mot två andra soldater, även de från 32:a underrättelsebataljonen, som upprättat sin post runt hörnet, bredvid brevlådorna utanför Ica-butikens utskjutande tak. Fallskärmsjägarna fingrade på sina automatkarbiner och nickade tyst tillbaka.

Femtio meter längre ner, utanför det nedsläckta kommunhuset, stod ytterligare två fallskärmsjägare på post. I enstaka fönster flämtade ljuset från stearinljus eller fotogenlampor.

Efter fyra dagars totalt strömavbrott och informationsvakuum hade plundringarna börjat. Droppen hade varit när en uppretad folkmassa kastade sten mot kommunhuset. Gustaf kunde förstå dem. Vattnet fungerade inte, maten var slut för de flesta, även för många försvarsanställda. De fem poliser som fanns i Karlsborg hade inte haft en chans att lugna folkmassan, och platschefen på polisstationen hade till slut tagit cykeln upp till fästningen, där det hade beslutats att sätta ner foten stenhårt.

Nu stod det beväpnade stridspar med soldater på tjugotre platser i Karlsborg. Därtill hade SOG fyra konstanta fotpatruller som cirkulerade i staden. Lugnet var återställt. Med åttahundra försvarsanställda på en ort med nästan fyratusen boende var det inga problem att lugna ner situationen. Det kommunala vattenverkets personal ute på fästningen hade börjat koka Vätternvatten i stor skala, och vid entrén till fästningen kunde man nu hämta ut rent vatten. Det var ett omfattande manuellt arbete, och än fanns det fortfarande gott om diesel för kokningen. En hel pluton hade kommenderats att bära vatten, och en strid invånarström vandrade nu konstant till och från fästningen. Dricksvattenfrågan var löst och tydliga handskrivna instruktioner om hygien och toaletthantering hade delats ut till alla som hämtade vatten. I möjligaste mån gällde det att minimera risken för att avföring rann ut i Vättern och hamnade i det ytvatten som de nu var tvungna att använda som dricksvatten. Fast avföring skulle brännas, och tunnor för detta fanns utplacerade runtom i Karlsborg, som nu ständigt luktade brandrök.

Att något var allvarligt fel var uppenbart. Hypoteserna om cyberangrepp stämde inte, åtminstone inte som enda förklaring. Ett alternativ var att kärnvapen hade detonerats uppe i atmosfären, och att hela Sverige, kanske hela Europa, var utslaget av elektromagnetisk puls, EMP. Men även militär EMP-skyddad utrustning vägrade att fungera. Attackvektorn var helt enkelt okänd, men det måste handla om en avsiktlig attack.

Regementschefen hade själv fattat beslut om röd beredskap och givakt, men nu gällde full krigsberedskap. All personal hade kallats in, i alla fall de som bodde inom cykelavstånd från Karlsborg. Inga kommunikationer fungerade, varken radioutrustning eller de militära tele- och datanäten. Många tidvis tjänstgörande bodde däremot i andra delar av landet, och hur dessa skulle kallas in visste man inte. Eftersom inga datorsystem fungerade fanns det inte ens aktuella kontaktuppgifter till alla. Oavsett var man nu i skarp krigsorganisation. Stora delar av underrättelsebataljonen och den lätta bataljonens två kompanier var mobiliserade, liksom hela SOG. Fast med avsaknad av direktiv från högkvarteret och utan möjlighet att kommunicera med Stockholm höll man sig fortfarande inom Karlsborg och väntade.

Gustaf kunde nästan ta på lugnet.

Chris mötte honom i ytterdörren med en öm kyss.

”Mår du bra?”

Han lade handen på Chris mage. Hon nickade och log.

”Har Elin somnat än?”

”Hon somnade precis innan du kom. Maten är fortfarande varm om du skyndar dig lite.”

Gustaf tog av sig kängorna och vapenrocken men lät Glocken sitta kvar i hölstret på låret. Om två timmar skulle han vara tillbaka i tjänst. Han tog varje tillfälle att cykla hem. Inte för att han var orolig, men hemma var ändå hemma. Om telefonerna hade fungerat kunde han ha sovit hemma, men med fortsatt högsta beredskap gick inte det. Fästningsklockan skulle ringa om all personal behövde samlas snabbt, men det var osäkert om den skulle höras inomhus och så här långt från fästningen.

Han slog sig ner i soffan framför den sprakande kaminen och började sleva i sig en full tallrik spagetti med lite burkköttfärssås och riven parmesanost. Det gick ingen nöd på familjen. Liksom alla andra i SOG var han ständigt beredd på det värsta. Skulle något katastrofalt inträffa, i yttersta fall fullt krig, kunde Särskilda Operationsgruppen räkna med att bli insatt. Då gällde det att veta att familjens försörjning var säkrad. Chris hade alltid varit med på noterna och de hade mat och förnödenheter för ett halvår lagrade i huset, det enda som saknades var blöjor, nu när Elin var torr. Annars var Gustafs erfarenheter från alla krishärdar han hade skickats till, eller som andra berättat om, att de som alltid klarade sig bäst var de som omgående flydde. Eller de som blev kriminella. Fast skulle det värsta hända i Sverige skulle det knappast finnas någonstans att fly.

Eller hade det värsta redan hänt? Vad var det som pågick? Var fanns en fiende att nedkämpa? Den totala frånvaron av information var frustrerande, men nu var i alla fall kommunens krisgrupp igång efter samlad påtryckning av polisens platschef, regementschefen och underrättelsebataljonens chef. Vattenförsörjningen var det första konkreta som man hade lyckats ordna, tillsammans med lugnet på gatorna. Men det behövdes fortfarande mat till merparten av invånarna. Det fanns inte ens mat till underrättelsebataljonen, flygplatspersonalen och SOG. De militära livsmedelsförråden skulle bara räcka en vecka, och beslutet var att inte röra dessa. Den militära provianten behövdes när man skulle ut på insatser. De flesta bet ihop, men här och var gnälldes det i leden. Inte inom SOG, men många andra hade inte egna förråd hemma.

Chris ställde ett paket med mjukost och ett halvt paket knäckebröd på bordet.

”Frukost och lunch för i morgon. Kommer du hem i morgon kväll också?”

”Om möjligt. Du vet vad som gäller. Låter du Elin vara vaken sent så att jag kan lägga henne i morgon?”

Hon log och rörde lätt vid hans hand.

De älskade tyst på fårfällen framför kaminen. Efteråt rullade Chris bort från honom, reste sig upp och gick ut i köket.

”Sorry, älskling, alldeles för hett för mig!” ropade hon från köket.

Gustaf låg naken kvar i värmen framför kaminen, drypande av svett. I skenet från de dansande flammorna tittade han på sitt mattsvarta, reflexfria armbandsur. Visarna hade stannat på halv elva. Dags för batteribyte eller hade klockan också gått sönder nu?

Han borde skynda sig tillbaka.

Chris stod naken vid diskbänken och drack vatten. Hon räckte fram ett fyllt glas. Den ena av de två vattendunkarna var tom.

”Ska jag ta med mig dunken?”

”Behövs inte. Jag behöver promenaden, kan inte bara sitta inne och hänga. Ska försöka hämta nytt vatten runt lunch. Det brukar vara en hel del folk där och rätt trevligt. Ska vi ses där? Då får du krama om Elin också. I dagsljus. Hon har frågat efter dig.”

”Gott. Så får det bli. Vi möts vid vattenstationen runt lunch.”

”Gustaf, jag älskar dig. Lämna oss inte. Elin behöver dig. Vi behöver dig. Jag behöver dig.”

”Du vet att jag måste.”

Chris lade armarna i kors och tittade ut genom fönstret. Regnet hade slutat slå mot rutan.

”Jo, jag vet. Du måste nog gå nu.”

De kysstes i ytterdörren. Sval luft rusade in i det varma huset. Chris ville först inte släppa honom och till slut måste han försiktigt frigöra sig från henne. Han var redan sen.

Regnmolnen hade spruckit upp, och den stjärnklara himlens myller av stjärnor höll honom sällskap tillbaka upp till flygplatsen. I nattmörkret var det helt tyst.

40.

Maria Rödhammar

September

Strimmorna av dagsljus spretade in genom den nerdragna sovrumspersiennen och stack Maria i ögonen. Eskil stod lutad över henne och log sitt vanliga leende. Hon sträckte ut händerna mot honom, men då drog han sig undan och vände henne ryggen.

”Eskil!”

Någonstans skrattade en röst och någon viskade i hennes öra.

Sängen kändes kall och blöt runt hennes rumpa och det luktade surt. Törsten rev i strupen och de spruckna läpparna sved. Hon behövde dricka, men vattenflaskorna fanns ute i hallen. När hade hon hämtat dem? Hur länge hade hon sovit?

Att sätta sig upp på sängkanten tog en evighet. Händerna darrade när hon tog sig för ansiktet. Huden kändes som sandpapper, och på fingrarna var huden så torr att den spruckit upp i sår.

Till slut lyckades hon resa sig, men redan på sovrumströskeln föll hon ihop.

Med alla krafter skrek hon så högt hon kunde.

”Hjälp!”

Allt som kom ur hennes mun var ett väsande.

Ljuset i hallen var fruktansvärt starkt, och skepnader rörde sig som skuggor runt henne. Det gjorde ont i ögonen, och hon kunde inte se var hon hade ställt flaskorna med vatten. Maria Rödhammar rullade över på rygg på det iskalla golvet. Hon behövde vila och slöt ögonen. Ljuset blev bländande vitt.

41.

Anna Ljungberg

En fredag i september

Anna hade inte förstått hur nära en by mammans torp egentligen låg. Den gamla Europavägen hade dragits för att undvika byar och lämnat Svenshögen till sitt öde, även om byn fortfarande hade en järnvägsstation som höll liv i möjligheterna till pendling. Annars var Svenshögen ignorerad av både den gamla Europavägen och den nya motorvägen, ensam vid Stora Hällungens norra spets, med Ucklum vid den långsmala sjöns södra ände.

Det var inte längre än dryga sex kilometer med cykel. Ville man ta en genväg kunde man följa en grusväg in till en av de små gårdarna som dolde sig för den gamla Europavägen och sedan ta sig några hundra meter genom skogen på stigar, innan man återigen hade grus under fötterna. Den vägen var bara två kilometer.

Till Svenshögen valde trion det senare och ledde cyklarna genom skogen. Både Calles och Annas mountainbikes klarade stigen galant, men Gudrun vägrade cykla med sin gamla cykel på en skogsstig.

Hela gårdagen hade spenderats i lillstugan, tvättandes kläder. Vatten kokades upp på den vedeldade kökspannan och späddes ut med kallvatten, kläder dränktes och masserades i ljummet såpvatten, sköljdes i kallvatten och vreds ur. Ute hade det regnat, så torkningen fick ske på linor över lillstugans varma kamin och kokplatta. Känslan av nya rena kläder, inte bara de underkläder de tvättade flera gånger i veckan, var underbar. Det gällde att se välvårdad ut i dag. Att svettas den långa vägen runt fick vänta till hemfärden.

De kom ut ur skogen på höjderna över det gamla magnifika sanatoriet, vars renovering hade avbrutits tillsammans med allt annat. Över koppartaken glittrade i förmiddagssolen Stora Hällungens vattenyta mellan de allt kalare lövträden.

Anna kände hur pulsen ökade, trots att det var nerförsbacke. Tänk om det inte kom något folk? Ännu värre, tänk om det kom folk? Hon skulle göra sig till åtlöje.

De hade i möjligaste mån delat ut handskrivna lappar om informationsmöte med anledning av strömavbrotten längs hela gamla Europavägen, i Svenshögen, Ucklum och Svartehallen. Mer än en gång hade de blivit bortjagade, men oftast var allt öde. Många hus visade tecken på liv med rök ur skorstenar, men två villor hade varit nedbrunna. Till slut hade hennes mammas skrivarpapper tagit slut och de fick ge upp. Handleden värkte fortfarande efter allt skrivande. Tittade ens folk i sina brevlådor längre? För många var det säkert alldeles för långt till Svenshögen, men det fanns ju alltid cykel.

Gudrun kände någon som hade nycklar. Blev det alldeles för många kunde man stå utomhus.

När de svängde in mot sanatoriet andades Anna ut. Det stod inte mer än ett tjugotal cyklar utanför byggnaden.

Lokalen var halvfull. Ett femtiotal personer hade anslutit. Det luktade direkt illa. Surt. Kanske var det den instängda luften i en fuktig och kall lokal, men efter en stund insåg hon att det var människorna som stank. Männen hade skägg eller lång skäggstubb. Kvinnorna var osminkade. Hår glimmade av fett eller var rufsigt. Nästan alla var bleka och hålögda, och många hade spruckna läppar. Säckig hud hängde på framträdande kindben. Kläderna var ostrukna och smutsiga. Hela församlingen såg ut som ett gäng uteliggare som blivit inlurade till ett väckelsemöte.

Anna tvekade, men tog till slut mod till sig och gick fram. Calle följde med, men höll sig i bakgrunden.

”Välkomna! Jag heter Anna Ljungberg och är dotter till Gudrun Ljungberg. Allt jag begär av er är ett öppet sinne och att ni vill lyssna till vad jag har att säga.”

”Men vem är du? Varför ska vi lyssna på dig? Jobbar du åt kommunen?”

”Ja, vad vet du? När kommer strömmen tillbaka? När ska ni ställa ut färskvattentankar, som ni brukar?”

Folk började nicka och mumla. Hon behövde visa auktoritet och någon form av bemyndigande. En halvlögn fick duga.

”Jag jobbar på smittskyddsenheten på Sahlgrenska universitetssjukhuset och Karolinska institutet. Vi har att göra med en väldigt annorlunda smitta.”

Hon behövde använda termer som de förstod.

”Det handlar om ett virus, ett nanovirus, som angriper elektronik och förstör den. Elektronik har inget immunförsvar. Allt som i någon form är beroende av elektronik slutar att fungera. Det inkluderar fordon.”

Folk satt eller stod tysta. Anna såg till slut nickanden och hur församlingen började prata kontrollerat med varandra. De förstod. Hon kunde fortsätta.

”Allt faller samman. Strömförsörjningen är borta. Varor kan inte köras ut till butikerna. Skörden kan inte tas in. Ni kommer inte åt era pengar på banken. Pengarna kan rentav vara borta. Datorerna är förstörda, och allt som styrs av datorer har slutat att fungera.”

”Vad menar du? Var är mina pengar? Mina aktier och fonder?”

”Ni måste förstå situationen. Vi måste klara oss med det vi har. Vi måste ställa om. Strömmen kommer aldrig tillbaka igen.”

”I helvete heller! Vi behöver bara vänta ett tag till, så fixar det sig. Myndigheterna har en plan och ordnar det.”

Mannen ställde sig upp. Folksamlingen nickade igen.

”Ja, strömmen kommer snart tillbaka.”

”Jag har hört att de delar ut mat i Göteborg.”

”Ja, det har jag också. Mina grannar har gett sig av dit, och de har inte kommit tillbaka. Det finns värme, mat och fungerande el i Göteborg.”

Anna skakade på huvudet. Aldrig att det hade ordnat sig i Göteborg. Det gick ju inte ens att kommunicera. Visst hade det gått nästan en månad, men kanske hade Erik lyckats ordna något motmedel?

Men det skulle inte hjälpa, all förstörd elektronik behövde bytas ut. Fanns det ens intakta fabriker längre?

”Jag kommer från Göteborg, ni har fel.”

Anna försökte låta övertygande, men ingen lyssnade längre.

En kvinna kom fram och började skälla ut henne.

”Du ska inte komma hit och lura i oss en massa lögner. Strömmen är tillbaka i Göteborg. Du borde veta hut!”

Anna skulle precis replikera, när Calle tog henne i armen och drog henne åt sidan.

”Det är ingen idé, älskling. Folk vill inte lyssna. Du har i alla fall försökt.”

Lokalen tömdes, men tre personer satt kvar. En äldre man i blåställ, höga gummistövlar och Arlakeps samt ett par i 40-årsåldern. Kvinnan var gravid. Mannen i blåställ reste sig, gick fram till Anna och Calle och sträckte fram handen.

”Nils Andersson. Jag har mjölkgården några kilometer norr om Gudruns. Jag tror på dig. Förstår inte att folk inte inser vad som har hänt.”

”Tack, äntligen någon.”

”Men jag förstod det redan innan.”

Anna rynkade på pannan.

”Hur då?”

”Den jävla traktorn och den jävla mjölkroboten knäckte gården. Tio miljoner i skulder, och räntorna drog iväg. Veckan före det sista strömavbrottet var fogden här för att inventera och sätta datum för exekutiv auktion. Auktionen skulle ha hållits för två veckor sedan. Finns inte en chans i världen att banken och fogden skulle backa om inte allt gått rent åt helvete. Inte en chans. Vi är fria.”

Han skrattade till men avbröts av en hostattack.

Paret anslöt till gruppen. Mannen tog till orda.

”Nästan samma här. Mitt insulin är snart slut, och det finns inget nytt att få tag på. Vårdcentralen har inte ens öppet längre. Apoteket har plundrats. Polisen finns ingenstans. Får jag inte nytt insulin är jag död innan den första snön faller. Vem ska ta hand om Eva och barnet? Göteborg kanske är vår enda chans, även om jag inte tror på det. Vi kanske ger oss av ändå.”

Nils nickade.

”Fria. På gott och ont.”

Anna öppnade ögonen. Regnet som slog mot vindsfönstret måste ha väckt henne.

Något kändes annorlunda. Luktade annorlunda.

Det luktade rök. Inte den friska lukten av björkved, utan den fräna stanken av brinnande plast.

Hon ruskade på Calle.

”Det brinner!”

Calle kom blixtsnabbt på fötter och rusade nerför trappan iklädd endast kalsongerna. Anna skyndade efter. Luften på undervåningen luktade ännu värre.

”Gudrun!”

Det var kolmörkt, men Calle fick fram tändstickor och tände en fotogenlampa. Luften var dimmig av ångor och rök som verkade komma från köket.

”Mamma!”

Anna rusade mot mammans sovalkov, men Calle stoppade henne och knuffade henne mot ytterdörren.

”Ut! Röken är giftig, tänk på barnet.”

Hon famlade med låset, fick upp ytterdörren. Den kalla regnvåta friska luften strömmade mot henne och hon sprang halvnaken huttrande ut på gruset.

Några sekunder senare bar Calle ut hennes mamma och rusade sedan in igen.

Gudrun satte sig upp och hostade. Hon fortsatte hosta, hesa raspiga uppstötningar. Anna tog henne i sina armar och höll om henne.

Nästa gång Calle kom ut bar han på ett rykande tygbylte som han dumpade i det blöta gräset och stampade på.

”Det var Gudruns mobiltelefon som brann. Nanomiterna måste ha kortslutit batteriet.”

Det blev ingen mer sömn den natten. Calle öppnade alla torpets fönster på vid gavel och tände i kökspannan för att hjälpa till att vädra ur huset. Anna och hennes mamma satt och huttrade i lillstugan, tills stugans lilla kamin hade fått upp värmen.

När gryningen började sprida sitt ljus genom regnmolnen hjälptes de åt att bära ut all elektronik som innehöll någon form av batterier. Det var bäst att vara på den säkra sidan och nästan alla apparater hade batterier som drev någonting, även om alla batterier knappast var kraftiga nog. Det blev en samling med platt-tv, mikrovågsugn, radio, klockradio och disk- och tvättmaskin. Även kylskåpet och ugnen bars ut.

Det lilla torpet kändes med ens rymligare, även om det fanns kvar en svag lukt av bränd plast. Och om några veckor skulle hon och Calle flytta ut till lillstugan.

42.

Filip Stenvik

Slutet av september

Från balkongen såg Filip Stockholm brinna den kvällen.

Redan på morgonen var den fräna lukten av brandrök tydlig när han öppnade fönstret för att släppa in lite frisk luft i den allt unknare lägenheten. Den senaste veckan hade de svarta rökpelarna blivit allt fler, men Filip hade aldrig sett någon faktisk eldsvåda från lägenheten tidigare.

Han hade bara lämnat lägenheten för att hämta upp ytterligare vattendunkar från källarförrådet och samtidigt dumpa bajspåsar ute på gården. Matförpackningarna förvarade han i sopsäckar på balkongen, ingen fick se att det fanns någon med mat i huset.

Allt färre människor syntes i rörelse ute och sopbergen ökade inte, tvärtom. Fåglar och stora råttor trotsade allt vad rädsla hette och hade dessutom fått sällskap av kringströvande hundflockar. En soppåse blev inte långvarig. Inte ens Filips bajspåsar.

Grannarna verkade ha gett upp, de som fortfarande fanns kvar. Inte ens barnen var ute och lekte. Tystnaden bröts bara av hundskall och fiskmåsars skränande. Varje gång han med laddad hagelbock gick till källaren för att hämta mer vatten hade stanken i trapphuset blivit värre. Någon utförde sina behov i trappan. Med ytterdörren sönderslagen behövde det förstås inte vara en granne. Men stanken av urin och avföring hade fått sällskap av lukten av död och förruttnelse. Speciellt från en lägenhet på andra våningen stank det så mycket att Filip pressade sig mot räcket för att hålla sig på största möjliga avstånd.

Med bara några dagar kvar till oktober började det bli kallt, särskilt om nätterna. Värmeljusen gick åt i allt snabbare takt, trots att han bara höll sovrummet uppvärmt. Fast det gick inte att få varmt på riktigt. Det kändes som golv, väggar och tak sög upp all värme, samtidigt som fukten från höstregnen kröp in i lägenheten.

Under veckorna som gått hade han reflekterat över något som han aldrig tänkt på tidigare och som knappt hade diskuterats på Swedish Prepper. När buggar man egentligen ut och överger sitt hem? Det var ju en sak om det var krig eller något liknande, men när fick det vara nog? När skulle han dra till Stenviken? Tänk om strömmen kom tillbaka i morgon?

Med oktober i antågande fanns risken att den första snön snart skulle falla. Bohuslän låg tvärs över landet, och om inte motorcykeln startade fick han ta cykeln eller, ännu värre, gå. Visserligen var han förberedd, men han hoppades slippa just det.

I höstkvällens mörker syntes nu flammorna över taken på Söder. Någonstans på andra sidan om Sofiakyrkans torn slog enorma eldsflammor upp. Rökmolnen, som spred sig över den nu svarta kvällshimlen, lystes upp av lågor, och även på det här avståndet gick det att se hur gnistregnen dansade.

Vinden verkade ligga på från väster. Sjöstaden borde klara sig, åtminstone på den här sidan om Hammarbyleden. Men han kände sig inte säker. Tänk om vinden vände?

Det skulle bli en lång natt.

Han vågade inte gå och lägga sig så länge bränderna höll på. Brann hela stenhus på Söder, eller var det bara vindsvåningarna som fattat eld? Det kändes frestande att bege sig ut för att få bättre överblick. Hur hade det börjat? Antagligen hade någon slarvat med levande ljus eller matlagning inomhus.

Filips farbror hade varit brandman och lärt honom mycket om bränder. En liten brand från en cigarett i en soffa kunde på tio minuter leda till explosiv övertändning av ett helt rum. Det fanns så mycket brännbart i moderna hem, allt från möbler till tapeter och mattor. När värmen blev för hög på grund av en liten brand självantände allt. Branden borde inte sprida sig i nybyggda hus utan stanna inom sin brandcell tills brandkåren anlände. I bästa fall kunde den självdö om byggnaden var tät och inte släppte in nytt syre. Men nu fanns det varken vatten eller brandkår. Eldsvådorna levde sitt eget liv. Och av farbrorn hade han lärt sig att elden var en hungrig best som åt allt om den släpptes lös.

Till slut stängde han balkongdörren. Han behövde gå ner i källaren och hämta mer vatten. Med hagelbocken i ena handen fick han nöja sig med en dunk i taget, mer än så rymde inte den lilla ryggsäcken som han använde för vändorna i trapphuset. Händerna behövde han till hagelbocken och nattlampan med sitt ensamma stearinljus.

Försiktigt kikade han ut i trapphuset genom titthålet. Det var tyst och nästan kolsvart där ute, men han hade inget val. Han låste upp dörren och öppnade med hagelbocken höjd.

Trapphuset var tyst. Stanken slog omedelbart emot honom, och han drog snabbt igen dörren bakom sig.

I nattlampans svaga sken tog han sig ner genom trapphuset. Det fanns ingen anledning att vara tyst, då stearinljuset ändå avslöjade att han var där. Om han hade haft en fungerande ficklampa hade han åtminstone haft två händer fria. Filip intalade sig att om något hände skulle han släppa nattlampan direkt och föra upp hagelbocken.

När det var några trappsteg kvar till entrén började en mörk skepnad som låg på golvet innanför den sönderslagna ytterdörren att morra. Hunden reste sig och morrandet tilltog. Det var ingen stor hund, men den var inte så liten att han vågade sparka undan den. Försiktigt ställde han ner nattlampan på trappan, höjde hagelbocken och tryckte av.

Ingenting hände. Han hade glömt att skjuta fram säkringen, och avtryckaren var helt stum.

Hunden verkade förstå vad Filip höll på med och försvann snabbt ut genom hålet i ytterdörrens glas.

Filip fortsatte ner i källaren. Han behövde inte ta upp nycklarna till dörren in till förråden. Sedan han sist varit nere för tre dagar sedan hade någon brutit upp metalldörren, och den stod nu vidöppen.

Han lät hagelbocken vila över vänster underarm, höll nattlampan i vänster hand och gick långsamt in i källarkorridoren. Nätbur efter nätbur hade brutits eller klippts upp, och skynkena som han hade hängt upp i det egna förrådet för att förhindra insyn var nerrivna. Förrådet var tomt. Alla säckar med ris var borta. Kartongerna med konserver. T-spriten. Och vattendunkarna.

"Fan i helvete!"

Det handlade om nästan en månads mat och vatten. Han hade visserligen kvar mat för åtminstone en vecka i lägenheten, men han skulle behöva hämta vatten ute.

Även om han hade vattenfilter så avgjorde det saken.

Dags att överge stan. Dags att bugga ut till Stenviken.

Hans tankar avbröts av ett ljud längre in i källaren.

"Vem där?"

Ljudet fortsatte. Kläder prasslade i mörkret. Skor rörde sig försiktigt över betonggolvet.

"Jag är beväpnad!"

Ljudet upphörde.

"Det är jag också. Och jag har inga problem att använda vapnet. Igen. Kom till pappa, lille pojk!"

Mansrösten väste i mörkret.

I det svaga ljuset från nattlampan såg Filip en reflektion av kallt stål.

Den här gången kom han ihåg att osäkra och sköt fram säkringen med tummen. Mannen måste ha hört klicket och rusade mot honom i mörkret. Den blanka kniven syntes tydligt i nattlampans sken.

I panik avfyrade Filip bägge piporna rakt in i förrådskorridoren.

Nattlampan for ur hans hand och kraschade mot golvet. Det blev kolsvart, samtidigt som blixtarna från de två mynningsflammorna hade bländat Filip. Han såg ingenting, och det ringde av smärta i öronen. Att ladda om skulle ta för lång tid. Han borde inte ha avfyrat bägge piporna samtidigt.

Han vände och började springa.

Efter vad som kändes som en evighet nådde han sin ytterdörr och började famla med nyckelknippan. Mannen rörde sig nere i trapphuset och ropade.

”Lille pojk! Pappa kommer!”

Rätt nyckel gled in i låset, och med ens var han inne i lägenheten. Snabbt låste och reglade han ytterdörren och backade in i lägenheten. En stank av bajs nådde hans näsa. I mörkret hade han trampat i avföring i trapphuset.

Ljuset från eldsflammorna över Söder dansade in mellan de fördragna persiennerna.

I morgon skulle han överge Stockholm.

43.

Magnus Svensson

Slutet av september

”Han kan jaga möss och ordna egen mat.”

Lena hävdade bestämt att katten visst fångade möss, men att han åt upp dem istället för att ta hem dem. Magnus blundade och räknade till tio. Han hade aldrig sett Murre fånga en enda mus. Någon enstaka gång hade han kommit hem med en fågel, som han stolt ville ta in i huset och förevisa familjen.

Oavsett vilket var kattmaten slut, och det fanns ingenting som katten kunde äta. Moa försökte mata honom med äppelklyftor, men Murre flydde förskräckt. Lena förklarade att katter åt kött, att de inte hade något kött, men att han kunde ordna sin egen mat.

”Men vi äter ju äpplen, mamma.”

Med svansen höjd och spänd strök sig Murre mot Magnus ben. Svansspetsen viftade irriterat, samtidigt som katten kurrade högt och tittade upp mot Magnus, jamande framför matskålen.

Lena hade förstås rätt. Han fick slänga ut katten, den kunde jaga. Själv orkade han helt enkelt inte ta diskussionen. Det var enklare att bara sätta ut katten. Den fick ordna sin mat själv.

Magnus lyfte upp det gråspräckliga djuret, som började trampa med tassarna och kurrande strök sig mot hans ansikte. Han satte ut det på trappan och stängde ytterdörren. Det skulle snart bli mörkt. Till kvällsmat fick det bli äppelpaj special. Kalla äppelskivor med lite socker och kanel över. Vid blotta tanken på att äta fler äpplen kände han sig spyfärdig. Men de hade i alla fall rent dricksvatten.

Grannen Johan lämnade dagligen PET-flaskor med vatten till dem, och i gengäld pressade Lena och Magnus äppeljuice och lämnade tillbaka flaskorna fyllda med juice.

Hungern hade åtminstone gått över. Visserligen kände han sig ständigt trött och matt, men magen skrek inte längre efter mat. Den hade rentav stabiliserat sig. Diarrén hade upphört, men istället hade han blivit förstoppad. Det var så lagom roligt att sitta ute i trädgården över ännu ett grävt hål och försöka pressa ut skiten.

Han kände knappt igen sin egen spegelbild längre. Skäggstubben hade förvandlats till ett tunt skägg, som verkade ha slutat växa. De feta hårtestarna såg allt tunnare ut, trots alla tovor, och kinderna var inte längre runda. Kanske hade han gått ner i vikt, men den elektroniska vågen fungerade inte. Skärpet fick i alla fall dras åt några extrahål för att hålla uppe byxorna. Och när han av gammal vana tog på sig det trasiga armbandsuret fick han spänna åt det två hål tätare.

Magnus visste att han och Lena behövde hålla god min. Föregå med gott exempel och äta maten. Han lade inte upp mer än nödvändigt på den egna tallriken, så att han kunde pressa i sig hela sin portion. Tillräckligt för att pliktskyldigt äta så länge barnen gjorde det.

Allt var rent åt helvete. Något hade hänt. Frågan var bara vad? Han försökte dagligen pumpa Johan på information, men denne sa sig veta lika lite som han själv. Magnus fick åtminstone fram så mycket att det fanns någon form av begränsad reservkraft på kärnkraftverket, men att man hade andra problem och saknade all form av information, trots att man hade ström. Även Johans skägg växte. Grannen verkade ständigt stressad och med tankarna någon annanstans. Han sov inte ens hemma längre, utan kom bara hem för att lämna över vatten till sin familj och till Magnus och Lena.

Magnus hade svårt att somna. Det gick inte att ligga bekvämt. Han gillade inte att ligga på rygg, men när han lade sig på sidan stack knäet honom i låret eller vaden. Att ha knäna mot varandra gjorde direkt ont. Lederna värkte också, så det gick inte att sova på rygg heller. Lena försökte krypa upp mot honom, men han sköt bort henne.

Hon luktade illa. De hade bytt sängkläder, men de sista lakanen stank nu med.

Till slut måste han ha somnat till, för han väcktes av ett krafsande mot fönstret. Omedelbart var han klarvaken, hjärtat bultade i bröstet. Var det tjuvar? Skulle de i nattens mörker ta det lilla som fanns kvar?

Ett utdraget jamande fick honom att lugna ner sig. Det var bara katten, som ville in.

”Få tyst på djuret. Måste sova”, muttrade Lena.

Magnus tog sig ur sängen och drog på sig de smutsiga kläderna. Huset kändes iskallt.

När han öppnade ytterdörren rusade Murre ut i köket, gav ifrån sig ett anklagande skrik och började krafsa på den tomma metallskålen, som slamrade mot golvet.

”Magnus, jag måste få sova. Han väcker barnen.”

Lenas rop från sovrummet lät som ett stön.

I mörkret lyfte Magnus upp den kurrande katten och gick mot ytterdörren. Återigen satte han ut katten på trappan, men innan han lyckades stänga dörren sprang den in igen, och det utdragna klagandet tog åter vid. Något slamrade. Murre hade hoppat upp på den överhopade diskbänken, fast han mycket väl visste att den var förbjudet område.

Lena stormade ut i hallen och höll på att krocka med Magnus.

”Jag skiter fullkomligt i hur, men nu måste det bli tyst! Fattar du inte hur trött jag är?”

”Okej, jag ordnar det. Oroa dig inte.”

Jävla kärring!

Hon kunde väl ordna det själv? Han ville säga emot, men orkade inte. Det skulle bara bli en jävla massa gnäll. Han ville också sova.

Istället lyfte han återigen upp katten och satte ner fötterna i stövlarna och gick ut med djuret i famnen.

Det var Lenas fel. Det var hon som hade veknat inför barnens tjat om att skaffa katt. Det var hon som påstod att katten kunde jaga. Själv gillade han inte ens katter, men det var han som alltid fick lägga upp mat och den som djuret fjäskade för.

Det fanns bara ett sätt.

Barnen behövde inte veta. Lena skulle inte fråga.

Magnus plockade upp en av de stora runda prydnadsstenarna runt villan. Stenen vägde säkert ett kilo och låg bra i handen. Katten var liten. Ett enda slag mot huvudet skulle göra slut på det hela. Bara ännu ett hål i gräsmattan. Sedan fick han också sova.

Han satte ner Murre, som kurrande började stryka sig runt Magnus ben.

Det var inte så mörkt ute som han först trodde. Natthimlen bjöd på ett skådespel när hela himlen glimmade av stjärnor. Var hade stjärnhimlen funnits på stjärnklara nätter förut, innan strömavbrottet?

Om Murre bara kunde stå still skulle det gå fort. Han böjde sig fram, tog ett stadigt grepp om nacken på katten, höjde högerhanden med stenen, siktade och slog så hårt han kunde.

Med ett stumt ljud träffade stenen kattens huvud. Inget krasande hördes, bara dunsen när Magnus släppte stenen.

Smärtan var obeskrivbar och skar upp genom vänsterarmen. Kattjäveln satt fast i hans vänsterhand, tänderna borrade sig in i köttet mellan tummen och pekfingret. Desperat drog han handen åt sig, men katten vägrade släppa taget. Han fick tag om Murres huvud med högerhanden och försökte slita bort djuret. Katten släppte för en sekund sitt grepp, men högg istället till mot Magnus högerhand.

Magnus skrek. Ljudet kom djupt nerifrån magen. Han fick grepp om djurets hals med bägge händerna och klämde allt han kunde. Katten bet ännu hårdare, men det gjorde inte ont längre. Om och om igen drämde han katten mot stentrappan.

Till slut släppte den taget och Magnus kastade djuret ifrån sig. Händerna bultade av smärta.

I ljuset från den stjärnklara natten låg Murre stilla på marken. Det var över.

Katten började röra på sig. Hela djuret ryckte, och började kasta sig fram och tillbaka på gräset. Tassarna ryckte i luften, och svansen piskade, medan ryggen krummade sig fram och tillbaka. Framför

Magnus ögon rullade djuret iväg under vansinniga ryckningar, innan det till slut blev liggande.

Det gjorde för ont i händerna för att använda spaden och Magnus orkade inte gräva en ny grop. Istället slängde han ner Murre i en av skitgroparna och täckte snabbt över med jord. Det bildades en liten upphöjning, som ingen av de andra groparna med bajs eller kiss visade upp. Han spred ut jorden. Det fick inte synas att något var begravt där.

Illamåendet kom hastigt och han kräktes i närmaste buske. Spyan luktade äpple och kanel.

Lena hällde Absolut Vodka på Magnus händer och torkade rent såren så gott hon kunde. Barnen åt ännu en äppelfrukost, den här gången äppelmos. Det var rena festmåltiden. Till och med Moa slevade hungrigt i sig. Fast framöver var det slut på allt socker.

”Vad har du gjort med händerna, pappa?”

Mia rynkade pannan och stirrade på ränderna av blodröda skorpor efter klösmärkena och de ilsket röda svullnaderna kring de mörka prickarna från betten.

Lena och Magnus bytte en blick.

”Jag gick ut för att kissa och snubblade in i rosenbuskarna. Rev mig något hemskt.”

Lena formade ett ord med läpparna och log mot honom.

”Tack.”

Sent på kvällen lystes Åsa upp av ett ljus som dansade mellan villorna och träden.

Magnus var full. Han hade tagit ett glas mot den bultande värken i händerna. Han raglade när han och Lena gick ut på trappan för att se varifrån ljuset kom. Bara ett glas och redan stupfull.

Var det en bil? Kom äntligen myndigheterna?

”Ska vi väcka barnen?”

”Nej, låt dem sova.”

Han kände att han sluddrade. Inte likt honom.

Luften var tjock av brandrök. Fem hus längre ner stod ett grannhus i brand. Enorma lågor strömmade ut ur fönstren och sträckte sina spretande fingrar upp mot himlen i ett dån av vrede.

Lena och Magnus sprang mot branden. De var inte först på plats. Ett trettiotal grannar hade redan samlats ute på gatan.

”Har någon ringt brandkåren?” ropade en kvinna med gäll röst.

Magnus kunde inte hålla sig.

”Är du dum i huvudet? Fattar du ingenting? Det finns ingen jävla telefon. Det finns ingen jävla brandkår. Det finns ingenting.”

Han förvånade sig själv. Men han hade rätt. Allt var borta. Ingen skulle släcka den eld som brann.

Grannarna tittade först förvånat på honom, sedan tittade de bort. Hade inte Lena stått vid hans sida hade han varit ensammast i hela världen. Lena började gråta. Först små snyftningar, sedan öppnades alla luckor. Han kramade om henne i skenet från lågorna.

”Var det någon i huset?”

”Vad gör vi om elden sprider sig?”

Någon skrek att de skulle bilda langningskedja. Men det var trehundra meter till havet, det var det löjligaste han hört.

”Ska ni hälla hinkar på det där? Fattar ni ingenting?”

Elden åt upp huset förvånansvärt fort. Efter ytterligare tjugo minuter föll taket in och lågorna vrålade med förnyad vrede upp mot himlen för att sedan falna.

Genom brandröken fick en lukt av grillat kött magen att kurra på Magnus.

Händerna värkte inte längre. De bultade istället av smärta i takt med Magnus puls. Han kunde knappt röra fingrarna. Svullnaderna runt bitmärkena hade suddats ut och blivit en enda stor ilsket röd svullnad på varje hand. Han skakade av köld. Det var fruktansvärt kallt i det ouppvärmda huset, och han ville bara krypa ner i sängen och dra alla filtar han kunde hitta över sig.

Lena lade handen på hans panna.

”Du har feber.”

Hon rörde vid hans händer, men han ryckte undan dem. Hennes beröring brände.

”Du måste till doktorn, Magnus.”

Måhända var det kallt i huset, men regnet piskade mot rutorna. Aldrig att han gick ut.

”Max, jag tar pappa till vårdcentralen. Du är ansvarig. Förstår du det? Släpp inte in någon, inte ens lekkompisar. Ingen lämnar huset.”

”Visst, mamma! Moa och Mia, kom ska ni få frukost. Det blir äpplen. Med kanel!”

Lena log åt Max och drog upp Magnus ur sängen. Motvilligt accepterade han huttrande att hon drog på honom kläder, trots att kläderna gjorde ont mot den ömma huden. Han orkade inte protestera.

Vägen till vårdcentralen kändes som en evighet. Lena omväxlande drog, knuffade och stöttade honom fram i det piskande regnet. En hundflock tittade upp från en omkullvält soptunna och några sönderslitna soppåsar, men sprang undan när paret närmade sig.

Vårdcentralen var svart som allt annat och verkade övergiven. En handskriven papperslapp satt uppklistrad på insidan av entrédörren.

”Endast kontant eller annan förbetalning. Knacka.”

Dörren var låst. Lena bankade på rutan.

”Hallå! Finns det någon där?”

En sköterska i vad som en gång varit vita kläder dök upp och tittade kisande på dem. Hennes kläder var missfärgade av fläckar och hon såg trött ut. Sköterskan pekade på papperet.

Lena skakade på huvudet.

”Vi har inga kontanter.”

Sköterskan ryckte på axlarna och vände sig om för att försvinna in i vårdcentralens mörker.

”Vänta!”

Lena knäppte loss sitt halsband, höll upp det och dunkade på rutan igen. Hon hade fått guldhalsbandet av Magnus på deras första bröllopsdag. Han borde protestera men orkade inte, utan satte sig ner med ryggen mot vårdcentralens vägg och blundade. Han ville bara sova.

Händer lyfte upp honom och han följde lydigt med. Till slut fick han lägga sig ner på en kall brits. Något frasade under honom. Han låg på papper.

Vårdcentralen luktade inte som vanligt, inte den sterila doften av vårdinrättning, utan en stank av kall fukt, mögel, spyor, urin och avföring. En manlig läkare lutade sig över honom och lyfte upp hans händer. Magnus försökte rycka undan händerna men orkade inte hålla emot doktorns hårda grepp. Kvinnohänder höll ner honom när han försökte sätta sig upp.

”Hur gick det här till?”

”Katt. Han blev biten av en katt.”

Läkaren sög med en väsning in luft mellan tänderna.

”Jag kan ge er mitt näst sista paket paracetamol mot febern. Drick mycket. Innan den här skiten hade jag skickat Magnus till akuten för dropp och uppvätskning. Han är uttorkad och verkar lida av undernäring. Men vad din make verkligen behöver är antibiotika. Antagligen är det pasteurellabakterier från katten som kommit in i lederna i händer och fingrar. Ett alternativ vore amputation av bägge händerna, men jag är inte kirurg, och jag och Agnes har vare sig utrustning eller narkos här. Jag har ett paket amoxicillin kvar. Men det kostar, och då räcker det inte med guldsmycken.”

Lena höjde rösten.

”Vi har inget. Vad kräver du av oss? Vi är faktiskt skattebetalare! Du är doktor. Du ska hjälpa oss!”

”Och jag har inte fått någon lön, kan inte komma hem till Halmstad och har sovit på denna gudsförgätna plats i fyra veckor. Var glad att vi alls tar emot patienter. Ge mig en veckas mat för två och en flaska klorin så får ni antibiotikan. Har ni inte mat att avstå tänker jag inte slösa bort antibiotikan på någon som ändå är för svag för att klara sig. Visa att ni kan sätta mat på bordet!”

Regnet piskade Magnus rakt i ansiktet på vägen hem. Paracetamolen hade redan börjat verka och febern var på väg ner. Han svettades och huden ömmade inte längre, men händerna fortsatte att bulta av smärta.

Lena drog av honom kläderna och fick ner honom i sängen igen. Han somnade nästan direkt.

En doft av choklad väckte honom. Bitter, mörk choklad. Någon satte honom upp och förde en flaska till hans läppar. Kolsyrat vatten med citronsmak bubblade in i munnen och han fick hålla tillbaka en hostning.

”Här! Ät!”

Lena tvingade in en chokladbit i munnen på honom. Den bittra och metalliska chokladsmaken fick honom att vakna till.

”Ta de här.”

Lena höll fram tre piller. Två paracetamol och ett tredje han inte kände igen. Han gjorde som han blev tillsagd och sköljde ner allt med en flaska Loka citron. Lena iakttog honom från sängkanten.

”Choklad, pappa!”

Barnen kom skrattande inrusande i sovrummet. Mia höll stolt upp en Valrhonachokladkaka, bröt varsamt av en ruta och stoppade den i munnen.

”Kom ihåg, mina älsklingar, berätta inte för någon. Det är en familjehemlighet, som ingen i hela världen får veta.”

”Vad har du gjort?”

”Jag har gjort det jag måste. Skulle ha gjort det tidigare. Sov nu, så pratar vi om det i kväll.”

Det värkte fortfarande i händerna, men det högg inte lika mycket av smärta och han kunde röra fingrarna utan att det gjorde ont. Svettig tog han sig ur sängen. Golvet var kallt, precis som huset, men han frös åtminstone inte längre.

Lena satt i köket och läste en bok i det sista dagsljuset, medan barnen verkade skratta och leka i Mias rum.

”Tack, Lena.”

Hon tittade upp från boken och log mot honom. Egentligen ville han inte veta, men han måste fråga.

”Hur gjorde du? Hur fick du tag på mat?”

Lena svarade inte först, utan plockade upp en nyckelknippa ur fickan och lade den på bordet.

”Jag tror inte att Anderssons kommer tillbaka från Thailand.”

Hon tystnade och tittade ut genom fönstret. Efter en stund tog hon till orda igen.

”Jag är en tjuv. Jag tog nycklarna och gick över till dem. Har inte gjort det sedan vattnet slutade fungera. Stal mat och betalade läkaren med. En tablett morgon och kväll, tills paketet är slut. Absolut ingen alkohol under tiden, det sägs göra att antibiotikan inte verkar.”

”Det känns redan bättre.”

”Du sa något när det brann. Det finns ingenting längre. Du och jag måste göra det som krävs för att hålla ihop familjen tills strömmen kommer tillbaka eller hjälp anländer. Vi måste sluta vara Svenssons. Tack för det du gjorde med Murre, men nu kan vi inte slarva mer. Vi och barnen måste komma först. Före alla regler, före all moral och etik. Jag är en tjuv, men jag är ärligt talat jävligt stolt över det. Följ med, så blir vi två.”

I skydd av skymningen smög de över till Anderssons. Lena låste upp tvättstugedörren, och de smög in i det mörka huset. Villan luktade fukt och det var kallt, men annars luktade det inte illa.

”Jävla snobbar! Kom får du se.”

Lena tog med honom ner i källaren. Lukten av fukt och källare var påträngande, men det kändes inte lika kallt där nere. Gillestugan hade inretts till en stor hemmabio med fem svarta läderfåtöljer i en båge framför en massiv duk som täckte nästan hela ena väggen. I andra änden stod en bardisk och fyra läderklädda barstolar. I hyllor bakom disken stod dussintals spritflaskor och likörer. En glasdörr bakom baren ledde in i ett annat rum. Lena tog fram tändstickor och tände en gyllene femarmad kandelaber som stod på bardisken.

”Ölkorv?”

Hon sträckte fram en torkad korv. I dunklet luktade Magnus misstänksamt på korven, men den doftade gott. Han tog ett bett, det smakade rökigt och vitlök. Glupskt vräkte han i sig hela korven. Lena ställde fram en skål på bardisken och hällde i en påse med chilinötter. Magnus tog en näve men kände sig snart mätt.

Lena tog kandelabern och öppnade glasdörren.

”Kom!”

Hundratals vinflaskor reflekterade stearinljusens lågor.

”De har inte bara vin här.”

Lena pekade på ett halvt dussin backar med stora PET-flaskor med kolsyrat mineralvatten. Flera lådor innehöll dussintals paket med chips eller nötter. Intill stod två stora tygsäckar. *Manitoba Cream* var allt Magnus kunde läsa under stearinljusens flackande sken.

”Vetemjöl.”

”Men vi kan inte baka, vi har ingen ugn.”

”Det är inte slut här.”

Hon tog honom med upp till köket.

Köket luktade ruttet. En stor vattenpöl syntes framför frysen.

Lena nickade mot frysen.

”Öppna inte! Jag har plockat ut allt ätbart ur kylen. Täckte för säkerhets skull över det jag inte gav till läkaren, så att det inte syns från fönstret.”

Hon nickade mot en kökshandduk på köksbänken. Magnus drog undan handduken.

Jordnötssmör, flera burkar med sylt. Ketchup, senap. Två oöppnade paket med räkost.

”Det var inga problem att få ihop mat till två personer.”

Hon öppnade skafferiet och pekade på ännu en stor tygsäck.

”Något himla specialris. Har hittat torrjäst också, och det fanns flera burkar surdeg i kylskåpet som verkade okej. Enda ätbara i köttväg är ölkorvarna, men det finns gott om annan mat. Och de har förstås gasspis och gasugn. Går ju inte att laga himla fin mat på el. Extra gasoltuber står i tvättstugan. Det finns massvis med stearinljus, och det står värmeljusstakar överallt.”

Lena slog ut med armarna.

”Vi kan faktiskt baka riktig äppelpaj. Men vi säger ingenting till någon, det här är vårt. Anderssons kan ligga på sin strand i Thailand.”

Magnus nickade.

”Det här är vårt. Nu måste vi tänka på oss själva.”

I fönstret stod en radio. Magnus slog på den och hoppade till när den knastrade svagt och displayen började lysa. Det brusande radioljudet var det härligaste ljud han någonsin hört.

Han började söka av alla frekvenser.

Det enda som hördes på FM-bandet var brus. Ingen sände någonstans. På långvågsbandet tyckte han att det knäppte till på ett ställe och försökte så försiktigt hans stela fingrar tillät att få in signalen, men allt han fick in var ett knäppande. Men det var ändå en sändare. Någon sände fortfarande.

Det kunde bara vara en tidsfråga innan hjälpen kom.

44.

Filip Stenvik

Slutet av september

Istället för den vanliga frukosten med jordnötssmör och sylt på grovt bröd eller knäckebröd tände Filip för sista gången upp spritköket på lägenhetens diskbänk. Efter att riset kokat upp, ställts åt sidan och isolerats med handdukar kokade han upp en hel burk med Felix köttfärssås.

Till maten öppnade han ännu ett paket med färskost och bredde tjocka lager på fyra knäckebrödsmackor. Han behövde alla kalorier som han kunde få i sig, och all kvarvarande mat skulle inte få plats i packningen. Det var fyrtionio mil till Stenviken, men han skulle inte ta den vanliga vägen över Eskilstuna och Örebro utan den evakueringsväg som han sedan tidigare hade planerat använda vid en krissituation. Ibland tog han evakueringsvägen även till vardags. I möjligaste mån skulle han undvika större orter och istället runda Flen och Katrineholm och sedan korsa Tiveden på småvägar, via Askersund. Det stora problemet var broarna över Södertälje kanal.

Om motorcykeln hade lagt av, precis som allt annat, fick han ta cykeln. Det skulle ta minst en vecka att cykla om han höll högt tempo och oktobervädret var samarbetsvilligt. Att gå skulle ta minst det dubbla. Visserligen hade han fortfarande kvar frystorkad påsmat, men inte för tre veckor. Speciellt inte för tre veckor till fots. Med runt 500 kilokalorier per påse samt lite bröd och färskost klarade man sig stillasittande i en lägenhet, men knappast på cykel tvärs över Sverige eller gående med tung packning. Med packning var tre mil om dagen till fots och åtta mil om dagen på cykel väldigt optimistiskt. Bara till Södertälje var det tre mil, och han hade inga planer på att övernatta i närheten av staden.

Sist han kollade hade cykeln varit hel. Han skulle packa ryggsäcken, Katon och mc-väskorna. Fungerade mc:n kunde han vara på Stenviken redan i kväll. Annars fick han hänga väskorna på cykeln.

Efter frukosten borstade Filip tänderna och gick på toaletten. Han slösade bort en hink med badkarsvatten på att använda toaletten och kunde konstatera att avloppet inte hade stoppat upp katastrofalt, åtminstone inte än. Det sista lilla badkarsvattnet använde han till en helkroppstvätt med fuktad handduk.

Han klädde sig omsorgsfullt och kontrollerade mot packlistorna att inget saknades i mc-väskor, ryggsäck, Kato, fickbyxor och jackfickor. Hagelbockens vapenväska spände han fast på ryggsäcken. Studsaren fick bli kvar i det låsta vapenskåpet. Det gick inte att bära två gevär. Om inte mc:n startade måste han omgående dumpa studsaren, och han ville inte återvända till lägenheten en gång till.

Han borde ha åkt till Stenviken långt tidigare. Potatisen skulle ha plockats upp tidigare i september, liksom löken. Men kom han fram till ön innan frosten gick ner i marken fanns det fortfarande hopp. Med de härdiga potatissorterna var han inte speciellt oroad över mögel. Fast blev det minusgrader skulle pumporna och squashen inte klara sig länge, även om brysselkålen, morötterna och purjolöken klarade frosten fint. Fisk, eller sjöfågel, med potatis och lök skulle inte bli vinterns enda kost. Han hade bunkrat ett stort lager med torrvaror och konserver även på Stenviken, så det skulle inte bli något problem att klara vintern. Med veden till kaminen och vedspisen var uppvärmningen och matlagningen inte heller något problem. Och där fanns ett riktigt utedass, så han kunde sluta skita i påse.

Till sist drog han på sig mc-dräkten över de andra kläderna och tog på sig hjälmen. Med ryggsäck, tom vapenväska på ryggen och med hagelgeväret i sin vapenrem över bröstkorgen klev han ut i trapphuset med en mc-väska i varje hand.

Bruna spår i trappan ledde fram till hans lägenhet, tydligt visande var han bodde. Inga andra fotspår ledde fram till dörren och försiktigt smög han nerför trappan. På bottenplanet ställde han ner mc-väskorna och gick ner i källaren med höjd hagelbock. Bruna fläckar i trappan skvallrade om blod, men inga fotspår i blodet ledde tillbaka in i källarförrådet.

Han hade träffat! Mannen verkade inte ha återvänt till källaren, men det gick inte att vara säker.

För att åtminstone få en förvarning sköt han försiktigt igen dörren till förrådskorridoren. Han mådde illa och när han famlade efter nycklarna till garagedörren skakade händerna.

Inne i den mörka luftslussen till garaget såg det tomt ut och Filip hämtade ner mc-väskorna. Med en tändare som enda ljuskälla låste han upp garagedörren och gick in i garaget.

Tändarens flämtande låga lät ljuset vandra över de övergivna bilarna i garaget. Den nakna lågan reflekterades i stora vattenpölar på golvet. Flera bilar hade krossade fönsterrutor, och det knastrade av glas när han försiktigt gick över betonggolvet. En del pölar såg ut att vara decimeterdjupa. Pumpningen av dagvattensystemen hade förstås lagt av, och förr eller senare skulle kanske hela garaget bli vattenfyllt.

Då och då stannade han upp och lyssnade, även om mc-hjälmen dämpade nästan allt ljud.

Motorcykeln stod kvar på sin plats under sin presenning, bara centimeter från närmaste vattenpöl. Hur länge hade det dröjt innan vattnet hade skadat motorcykeln? Veckor? Månader? Han vräkte snabbt av presenningen och hängde upp mc-väskorna.

Det var nu det gällde. Stenviken i kväll eller cykla eller gå?

Med bultande hjärta grenslade han motorcykeln, förde in nyckeln i tändningslåset och vred om. Helt plötsligt badade garaget i ljus från strålkastare och instrument. Den fungerade! Med ett vrål drog motorn igång när han vred om tändningen helt.

Filip fick kliva av innan rampen för att manuellt hissa upp garageporten men vågade inte stänga av motorn. Tänk om den inte startade igen? Långsamt körde han uppför rampen och ut på gatan. Kort övervägde han att stänga porten efter sig men struntade till slut i det.

Han satte fart bort mot Hammarby Allé och Skanstull. Vilken väg var säkrast? E20 söderut borde vara minst folk och bostäder och erbjuda de bästa möjligheterna att köra fort, men han ville undvika Södra länkens tunnlar. Annars var alternativet Huddingevägen och Tullinge och Tumba ner till Södertälje. Men det skulle innebära att han körde genom bostadsområden.

I höjd med den övergivna spårvagnen på Hammarby Allé klev två män ut i gatan framför honom och viftade med armarna, men han var redan på helspänn och svängde upp på asfalten mellan spårvagnsspåren och gasade snabbt vidare mot Skanstull.

Det utbrända skelettet av polisbilen stod kvar mitt på Skansbron, och bortanför den spärrade en hög med bråte av bron. I ögonvrån såg Filip att vägspärren var bemannad och lade sig så brant han kunde i rondellen före Skansbron och accelererade iväg uppför Hammarbybacken, men fick nästan omedelbart göra en undanmanöver.

En kropp låg mitt på vägen. Mörka stråk av blod rann fortfarande nerför asfalten. Armar och ben pekade onaturligt åt olika håll. Ett tiotal kroppar låg längre upp längs vägen och kråkor hoppade skränande undan när han körde förbi. Flera av liken hade legat krossade på asfalten länge. Filip tittade snabbt upp och skymtade en ung kvinna på räcket uppe på Skanstullsbron. Sekunden efter hoppade hon.

Det hade aldrig gått att ta sig ut ur staden med bil. Överallt stod det stillastående bilar, och vid Gullmarsplan var rondellen helt igenkorkad av bilar och bussar. Han fick sakta in och försiktigt navigera mellan fordonen. Vägen bort mot Årsta såg åtminstone tom ut.

Plötsligt krossades en bilruta bredvid honom. Smällen av skottet nådde honom ögonblicket efter. Två män i polisuniform kom springande från Gullmarsvägen. Den ene hade en k-pist i handen, och bägge var klädda i kravallutrustning.

Över det svaga brummandet från motorcykeln hörde han ropen.

”Stanna! Polis!”

Polisen med kulsprutepistolen stannade och höjde vapnet. Hans partner fortsatte att sprinta mot Filip, som med ett skutt girade in bakom den övergivna bussen. En sista snabb sväng runt en Volvo med krossade rutor och han var fri från gyttret av fordon och gasade iväg mot Årsta.

Alla rutor på Värmdö gymnasiums trista grå putsfasad var krossade, och papper och skräp täckte marken mellan byggnaden och trafikleden. Filip höll nästan hundra kilometer i timmen när han nådde fram till nästa rondell, efter att enkelt ha kört förbi två övergivna bilar på trafikleden. Han fortsatte vidare på Johanneshovsvägen.

Det var inte hållbart med ett så ryckigt tempo. Han måste spara på bränslet och köra försiktigare. Polisen hade skjutit efter honom. Polisen! Han hade inte gjort något, bröt inte ens mot några trafikregler. Förutom fortkörning, förstås, men det var ju efter att de skjutit mot honom. Motorcykeln väckte helt klart uppmärksamhet.

När han saktade in för att svänga av på Årstavägen såg han fler kroppar. I två prydliga rader hade ett trettiotal lik radats upp på grässlänten utanför Pizzeria Årsta och täckts med vita skynken. Kråkor hoppade runt bland svepningarna och de flesta skynkena var sönderhackade.

Ett av höghusen längre ner på Årstavägen var ett utbränt skelett där tomma svarta fönster hade gråtit tårar av sot upp längs en tidigare orangerosa fasad. På trottoarerna utanför de flesta hus låg det kroppar under vita skynken och erbjöd en fest för fåglarna.

En stor råtta rusade över vägen framför honom och han fick hålla tillbaka impulsen att tvärbromsa.

Längre upp längs vägen var alla butiksfönster sönderslagna och flera parkerade bilar hade brunnit. När Årsta centrum närmade sig kunde han se människor i rörelse, människor som stannade till när de hörde ljudet av motorcykeln. På håll såg det ut som om det pågick någon form av marknad; bord var framställda och säkert hundratalet personer hade samlats.

Bråte och bilar hade flyttats fram och spärrade av Årstavägen på andra sidan rondellen. Två män med gevär stod på var sitt biltak. En av dem höjde en hand i ett stopptecken. Filip blev genast osäker. Han hade tänkt ta Årstavägen för att alldeles efter Årsta centrum svänga vänster ut mot Södra länken. Sedan kunde han följa trafikleden efter tunnlarna ut till E20 och fortsätta söderut mot Södertälje. Skulle han vända och ta en annan väg?

Männen höjde sina jaktgevär och siktade rakt mot honom. Bägge studsarna hade kikarsikten. Han hade inte en chans att komma undan på den spikraka Årstavägen. Det var kört.

Han saktade in och stannade mitt i rondellen, men lät motorn vara igång medan han tog av sig hjälmen och sträckte upp händerna.

”Jag vill bara passera ut till länken.”

”En dags mat eller motsvarande för att komma in på marknaden. Du vet reglerna. Tjuvar och bedragare får sitt straff.”

Mannen pekade åt vänster och en grässlänt, där två avlånga jordhögar prydda med enkla hopspikade kors skvallrade om att något eller någon hade begravts.

En folksamling började bildas på andra sidan vägspärren. Folk tittade oförstående på hans motorcykel. En hand åkte upp i luften och viftade med en fet bunt femhundralappar.

”Hur mycket vill du ha för motorcykeln?”

Han kunde inte stanna. Antingen vända om och leta sig ut någon annanstans eller betala och fortsätta. Här sköt de åtminstone inte efter honom.

Filip sträckte sig bak till ena motorcykelväskan och tog fram en konservburk och ett halvkilospaket pasta.

”Här är en dags mat.”

Männen sänkte sina gevär. Den ene hoppade ner från biltaket och gick fram till Filip.

”Det duger. Du kan komma in.”

”Jag ska bara igenom.”

”Vart är du på väg?”

Ingen idé att säga mer än nödvändigt.

”Söderut.”

Mannen nickade.

”Broarna i Södertälje är spärrade. Det kommer att kosta en dags mat att passera dem. Hoppas du har något att betala med. Och kör jävligt fort genom Botkyrka även om bron innan Botkyrka inte ska vara avspärrad. Var fick du tag på en fungerande motorcykel?"

"Min egen. Har inte använt den sedan i juli. Har stått under en presenning."

"Då får du skynda dig. Du har kanske några timmar på dig. Allt slutar fungera efter ett tag. Vi har stoppat handel i fungerande elektronik här, för det blir alltid bråk när saker går sönder efter några timmar. Nu har jag sagt mitt, nu får du dela med dig. Information kan vara värdefullare än mat ibland."

Vad hade han att berätta? Bränderna på Söder måste ha synts även i Årsta.

"Massor med hoppare från Skanstullsbron."

"Då skulle du se broarna på Essingeleden eller Västerbron. De flesta har slut på psykofarmaka. Har du någon medicin alls, så sitter du på guld. Andra klarar helt enkelt inte av läget. Kom med något bättre."

"Två poliser sköt nyss efter mig vid Gullmarsplan."

Mannen nickade.

"De kommer inte hit igen, men tack ändå. Då vet vi var vi har dem."

Filip passerade genom marknadsplatsen, omringad av gamla och unga som stirrade på motorcykeln, och släpptes ut genom vägspärren på andra sidan, där ytterligare två beväpnade män vaktade. En minut senare var han ute på Södra länken.

I hundra kilometer i timmen passerade han motorvägen genom Botkyrka, och för att komma över bron vid Södertälje fick han ge bort ytterligare ett pastapaket och en burk med köttbullar. Han kunde klara sig utan maten. Till kvällen skulle han vara i säkerhet på Stenviken.

Fyra timmar senare, när han precis hade tagit sig runt ringleden runt Askersund, började motorvarningslampan att lysa.

Mitt i Tivedens mörka skogar dog motorn.

45.

Peter Ragnhell

Oktober

”Ska vi gå in? De har inte gett ifrån sig några livstecken sedan i går kväll.”

Det rykte fortfarande ur de tunnor med skräp som de hållit igång hela natten för att hindra piketjävlarna från att i tysthet smita ut i skydd av mörkret. Torget var täckt av skräp. Övergivna bord från den improviserade marknadsplats som hade uppstått stod fortfarande kvar. Ingen hade brytt sig om att försöka släpa undan kropparna, inte ens nattetid. Fiskmåsar och kråkor slogs om de sex kropparna från tre handlare, en piketjävel och två kolleger, som låg utspridda över torget.

Peter kisade och höjde kikaren mot Börsen vid Gustaf Adolfs torg. Inte ett livstecken, men han och det hundratal kolleger som följde hans direktiv hade blivit lurade förr.

Det var bara piketen som hade vågat sätta sig upp mot honom, men nu var de sista operatörerna inringade. Hela kvarteret var omringat. Han hade skickat upp kolleger med automatkarbiner på alla tak.

Peter och hans gäng hade lugnat ner läget på gatorna. De var faktiskt samhällsbärare som upprätthöll lag och ordning, speciellt i centrala Göteborg och på posteringar vid stadens infarter. De hade snabbt och effektivt tagit hand om det mesta av den organiserade brottsligheten, men Aspvik och de andra i de nordöstra jävla stadsdelarna återstod. Han skulle ta itu med dem härnäst, även om de så skulle gå dit till fots.

Det verkliga kvittot på att de hade lyckats var de två handelsplatserna, den ena på Kungstorget utanför Saluhallen och den andra här, på Gustaf Adolfs torg. Köpare och säljare kunde mötas. Resurser kunde användas effektivt. Och tio procent i avgift på allt man tog med sig in till handelsplatserna var fullt rimligt för ordning och reda. De egna förråden började bli angenäma, och alla hans män kunde äta sig mätta. Försök till andra marknadsplatser hade de slagit ner snabbt och effektivt. Det gick inte att ha en svart börs där folk inte betalade skatt. Tio procent var ändå en rejäl sänkning jämfört med skattesystemet. Ingen bokföring behövdes heller. Betala eller försvinn.

Fast magsjuka hade blivit ett allt större problem. Själv hade han drabbats av den värsta jävla rännskita han varit med om, men det hade åtminstone gått över. Dessutom satt de på ett ordentligt medicinlager, som säkrats upp från olika apotek. Som samhällsbärare var de egna prioriterade.

Det hade bara varit två grupper om totalt åtta operatörer på plats i Göteborg när allt släcktes ner, de övriga hade aldrig dykt upp. Vad Peter visste bodde alla på annan ort, ofta inte ens i Göteborgsområdet utan ännu längre bort. Inte skita där man äter. Som alla andra ville operatörerna kunna röra sig fritt utanför jobbet.

De hade knäppt två av de åtta piketjävlarna när de försökte stoppa Peter och de allt fler anslutna kollegerna dagen efter att de hade återställt ordningen på Liseberg. De andra sex försvann och hade inte setts till sedan dess. Det gick rykten om att piketen låg bakom att kolleger dödats eller försvunnit, men det var bara rykten. Självklart hade många kolleger gett upp och återvänt till sina familjer.

Till slut hade piketens sista sex operatörer gjort bort sig på Gustaf Adolfs torg. Peter hade inte lyckats få fram detaljerna, men de hade slagit ner en kollega och försökt prata med en annan, när de blev upptäckta. Sedan hade kulorna börjat hagla och resulterat i sex döda, varav en piketjävel och två kolleger, och minst tjugo skadade civilister och en skadad kollega.

Fast det hade det varit värt. Nu hade de piketoperatörerna inringade på Börsen sedan tre dagar. Förra försöket att storma slutade med en skjuten kollega, som bara räddades av den skottsäkra västen. Frågan var bara om de hade mat och vatten? Visst hade de vätskefack i ryggen på sina stridsvästar, men knappast för tre dagar. Lite rännskita på det, och det var bara att valsa in.

Kollegerna verkade tveksamma. Peter måste visa ledarskap igen. Utan radio fanns det bara ett sätt att fatta nödvändiga beslut: att gå i första ledet, som det anstod kungen av Göteborg. Han visste vad folk kallade honom, men ignorerade det. Äntligen gjorde han sitt jobb fullt ut, utan byråkrati och en massa jävla politiskt korrekta sillmjölkar.

”Okej, Anders, vi går in. Hur många är vi?”

”Sexton.”

Inte fler? Det krävdes tjugo man för att täcka in och bevaka Börsen och ett dussin man för att bevaka handelsplatsen på Kungstorget. Posteringarna vid stadens infarter drog också folk. De behövdes för att mota bort alla flyktingar som sökte sig till Göteborg med alla möjliga vanföreställningar om mat, el och sjukvård. I helvete heller! Inte en jävel skulle in! Norrut var det enkelt med broarna. Värre var det öster- och söderut. De stoppade många, men det var bara att smita genom skogen eller ta någon småväg. Staden svämmade över, och när folk upptäckte att det varken fanns mat, vatten eller värme blev det nya upplopp. Men han och kollegerna satte ner foten och uppfostrade folket med varmt bly. Varje gång blev det enklare. Folk hade helt enkelt ingen ork längre. Nu räckte det oftast att skjuta varningsskott.

”Då kör vi!”

Peter viftade med armarna, hoppades att skyttarna på taken skulle uppfatta att de gjorde ett nytt stormningsförsök och satte sedan av runt hörnet och upp längs Östra Hamngatan. Det var inte optimalt, men träden i allén och resterna av de sönderslagna spårvagnskurerna gav visst skydd. Och när som helst kunde de söka skydd inne i någon butik. Alla fönster var redan krossade.

Något kändes fel, men Peter kunde inte sätta fingret på det. Stora sprickor löpte i asfalten längs Östra Hamngatan. Lutade vägen? Det kändes som att springa på skrå i en backe. Antagligen inbillning. Han kände sig fortfarande yr sedan magsjukan. Att springa på trottoaren var ingen idé. De flesta gatstenarna hade brutits upp under upploppen och kvar fanns bara regnblöt sättsand, och de måste rusa framåt fort som bara helvete.

Peter hade automatkarbinen mot axeln. Träningen tog över och han höll pipan riktad snett framåt mot marken för att inte riskera att skjuta någon oskyldig. Fast här fanns inga oskyldiga. Han höjde vapnet, siktade mot Börsen och fortsatte framåt.

I hörnet av den breda trappan som ledde upp till de fem pelarflankerade entrédörrarna gick han i eldställning. Kollegerna, ledda av Anders, rusade förbi och in genom den närmaste dörren, som stod öppen. Han hörde rop och skrik inifrån byggnaden, men inga skott. Efter någon minut gick han själv in i foajén. Senast han varit därinne var då han som ung polisaspirant skrev på kondoleanslistan efter Anna Lindhs död. Krossat glas krasade under hans kängor. Det fanns blodspår i hallen. Åtminstone en av piketpoliserna måste ha blivit sårad vid eldstriden på torget. Då var de nog bara fyra.

Kollega efter kollega återvände.

”Helt tomt. De är spårlöst försvunna.”

”Inga kroppar?”

”Nej, en del blod, men ingen kropp.”

Peter skakade tyst på huvudet och gick ut på trappan. Nu kunde han i alla fall öppna marknaden igen. Och med piketen ur bilden, i alla fall för stunden, kunde han ta tag i Glenn Aspvik. Det var dags för en insats mot nordöst.

46.

Magnus Svensson

Oktober

Ute piskade regnet mot rutorna, havsvinden ven runt knuten och kvicksilvret kröp ner mot några få plusgrader. Ändå var det inte längre kallt i sovrummet på morgonen. Nu sov hela familjen i Lenas och Magnus sovrum. Moa och Mia mellan föräldrarna, även om både Max och Mias sängar hade släpats in i sovrummet. Ibland kröp Mia över till sin säng, när hon tyckte att det blev för varmt. Max hade protesterat mot att sova i samma sovrum som de andra – det gjorde ju bara bebisar – men Lena och Magnus hade helt sonika burit in hans säng, och han hade motvilligt följt efter.

Tillsammans höll de sovrummet varmt, och varje morgon öppnade Magnus ögonen utan att vara vare sig frusen, törstig eller hungrig. Tillsammans med mineralvattnet och utväxlandet av äppelmust mot färskvatten räckte regnvattnet gott och väl. Särskilt efter att de hade satt ut även Anderssons grytor och hinkar för uppsamlande av vatten. De behövde inte ens gå ner till stranden för att borsta tänderna längre, även om det behövdes för att tvätta sig. Han och Lena hämtade saltvatten i hinkar och värmde i kastruller på Anderssons gasspis, så nu kunde familjen tvätta sig i varmt vatten inomhus.

Magnus låg vaken i sovrummets värme och funderade. Hur skulle de göra när vintern kom? Då fick de smälta snö, men de måste ha värme i huset. De bar redan dubbla sockor, underställ och tjock tröja inomhus, och hans fingrar blev lätt stela. Svullnaderna var helt borta, men en bultande värk fanns fortfarande kvar.

Hur lång tid kunde det egentligen ta för myndigheterna att få ordning på situationen? Magnus hade tappat koll på veckodagar och datum, men det borde ha gått ungefär en och en halv månad nu. För varje dag som gick kom de trots allt en dag närmare återställning av strömmen, så vintern borde inte bli problematisk. Någon borde ha koll på datumet och det måste gå att hitta en papperskalender att markera dagarna på.

Han drog på sig sina ullsockor och smög ut i köket. Det öppnade paketet med räkost, burken med jordnötssmör, den färdigpressade äppelmusten och syltburken hämtade han in från kylan ute på kökstrappan. Gårdagens nybakade bröd ställdes fram tillsammans med diskade tallrikar och glas. Det skulle bli en riktig frukost. Visserligen alldeles för söt, men det var ju så man åt frukost på kontinenten.

När han såg Johan genom köksfönstret drog han på sig ytterkläderna, tog PET-flaskorna med äppelmust och gick ut.

Deras överfulla soptunna hade vält och de sönderslitna soppåsarna gjorde grannarnas sopor sällskap. Hundarna var ett problem. Var fanns kommunens jägare? Och ägarna? Han hade åtminstone tagit sitt ansvar för Murre. Ett uppgrävt hål i gräsmattan fick honom att rycka till. Murres grop var förstörd. Enstaka vita ben syntes på gräsmattan, och han skyndade sig att med stövlarna sparka ner de små benen i gropen och skyfflade över lite ny jord. Barnen fick inte se. Jävla hundar! Någon granne måste ha en bössa.

Johan stod med hela familjen ute på garageuppfarten. Bägge tonårsbarnen och Tora hade sina cyklar fullpackade med cykelväskor. Alla bar ryggsäckar på ryggen och Toras cykelkorg var lastad med en väska.

”God morgon. Äppelmust?”

Johan skakade på huvudet.

”Nej, det behövs inte. Vi drar nu, och ni borde göra detsamma. Så fort som möjligt.”

Han pussade Tora på kinden.

”Stick före ni, jag cyklar ikapp.”

Magnus rynkade på pannan.

”Vad menar du, vart ska ni sticka?”

”Mot vinden. Det blåser från nordväst, så vi drar norrut. Allt kommer att gå åt helvete på riktigt, det är bara en tidsfråga. Timmar kanske.”

Johan pekade mot sydväst och Ringhals kärnkraftverk på andra sidan bukten. Han fortsatte att prata, snabbt och knappt utan uppehåll.

”När strömmen gick skulle alla reaktorerna nödstoppas och gå ner i avställningsdrift. Vi fick över tvåan, trean och fyran på avställningsdrift, men i ettan vägrade systemen att fungera. Vi kunde inte nödstoppa. Allt slutade fungera. Inte ens nödströmmens batterier och dieselaggregaten fungerade. Växelriktarna för batterierna fungerade inte och aggregaten vägrade starta. Pumparna fungerade inte. Ettan var nära att koka torr, och vi kunde inte ens larma. Tre timmar utan kylning är allt som behövs för en härdsmälta. Men vi lyckades få liv i ett dieselaggregat för hand. Styrelektroniken fungerade inte, men vi byggde runt den. Sedan har vi kämpat med att hålla dieseln igång. Dessutom behövde vi pumpa in vatten till bränslebassängerna. Trean hade just bytt bränsle, och det var fortfarande varmt och riskerade att koka bort vattnet. Men dieseln var aldrig till för att köra en hel månad, det fanns bara diesellager för tre dagar. Vi har slangat vartenda dieselfordon vi hittat och kämpat som bara helvete med att hålla igång strömmen och pumparna, men nu är det slut på både bränsle och reservdelar. Ettan löper amok och kommer att koka torr, och då har vi en härdsmälta. Tvåan, trean och fyran är fast i avställningsdrift, och till slut kommer de också att koka torra och smälla.”

”Men filtren? Kraftverkets tidning har ju sagt att vi har filter som klarar av en härdsmälta, det ska vara ofarligt.”

”Filtren klarar ett dygns härdsmälta, om det inte blir en vätgasexplosion, sedan måste man få stopp på det hela. Men det finns ingen räddningstjänst. Inga förstärkningar. Inget vatten. Inga helikoptrar. Vi kan inte ens skicka ut varningar. Det finns ingenting!”

Johan skrek det sista högt.

”Ettan kommer att bränna på tills bränslet är slut, det kan handla om månader eller år. Jag är bara tekniker på reservkraften. Vi har jobbat dygnet runt för att hålla dieseln igång, men nu går det inte längre. Tjernobyl och Fukushima fick man i alla fall stopp på. Det sista kylvattnet kan bli vätgas om värmen blir för hög, och då smäller hela skiten. Stick! Stick så långt ni bara kan!”

Han satte sig på cykeln och stack iväg efter familjen.

Hade Johan tappat förståndet? Så illa kunde det väl ändå inte vara? Kärnkraften var ju ofarlig. Skulle det vara på allvar skulle man larma. Det var bara att vänta tills strömmen kom tillbaka. Nu hade de det ju riktigt bra. Så illa kunde inte strålningen bli. Den skulle stanna i reaktorn.

Magnus gick in igen och satte sig vid frukostbordet. Lena tittade på flaskorna med äppelmust.

”Dög den inte längre?”

Magnus ryckte på axlarna.

”Johan har blivit knäpp. Han drog med hela familjen. Nu äter vi frukost.”

47.

Gustaf Silverbane

Oktober

”Nej, ni kan inte ta mina kor!”

”Vi tar dem inte, vi köper dem. Tjugo stycken.”

Gustaf skrev under blanketten och lämnade över den till bonden, som stirrade oförstående på papperet. Tjugo kor innebar åtminstone ett kilo kött per invånare i Karlsborg. Problemet var att slakta och få hem köttet. Det fanns tillräckligt med erfarna jägare bland de män och kvinnor som kommunen hade ordnat fram, men det var åtta kilometer till Karlsborg. Miljö- och livsmedelsinspektörerna på kommunen hade protesterat över att man bröt mot lagarna om livsmedelshantering och slakt, men till slut hade de gett med sig. De var hungriga, som alla andra.

”Det här är en skuldsedel. Jag vill ha pengar.”

”Köttet kommer att säljas, sedan kan du komma in och få din betalning. Kommunen hjälper dig bara med distributionen. Du får ta upp dina bryderier med kommunen. Folk är hungriga, det är bara att gilla läget. Kan vi hjälpa dig på något annat sätt?”

”Jag behöver skydd. Det har varit idioter här och snokat. Stal ägg och potatis.”

”Det kan vi ordna. Om du kan inkvartera två man, ger vi dig permanent skydd.”

Gustaf hade bara mandat att sätta ut vakter på två gårdar, men den här gården hade så pass många djur, plus en uppsättning med fler höns än vad bonden själv behövde, det visade skylten nere vid vägen om ägg till salu på. Det fanns till och med ett tiotal ton uppallad potatis som väntade på försäljning och transport. Och ute på fälten verkade det mesta inte ha skördats. En traktor med utrustning efter sig stod övergiven mitt ute på en potatisåker, omgiven av ruttnande potatisblast.

Det var ett skitjobb, men nu räckte det inte med att bara hålla ordning på gatorna i Karlsborg. De behövde få igång ett stadigt flöde av mat och ved. Tyvärr hade de flesta gårdarna inte fått in skörden innan allt havererat. Förr i tiden hade det funnits civila beredskapslager för att hantera månader av bruten livsmedelsförsörjning, men det var för så länge sedan att Gustaf inte ens hade varit myndig.

Särskilt barnen hade redan blivit undernärda, och kön var lång på vårdcentralen, som inte kunde göra något annat än ge goda råd och trösta. Allt var slut, även vätskeersättning och dropp. Sjukdomar hade börjat härja, men enligt orienteringen handlade det än så länge inte om något allvarligt. Däremot uppgick dödsfallen redan till nästan hundra invånare. Gustaf memorerade inte uppgifterna, de saknade taktisk betydelse, men det handlade mest om sjuka äldre utan hjärt- eller astmamedicin, en del yngre diabetiker, någon enstaka blödarsjuk. Flera spädbarn hade dött av lunginflammation. Ett av dem var dotter till en kollega på SOG. En ung man hade gått bärsärkagång och blivit ihjälskjuten av en fallskärmsjägarpost. Senare framkom det att medicinen hade tagit slut och att han hade drabbats av paranoid psykos. En stackars psykiatripatient. Tyvärr fanns det flera soldater och officerare på fästningen, mest bland Afghanistanveteranerna, som i tysthet tuggade piller mot posttraumatisk stress, och nu hade psykofarmakan tagit slut. Två hade redan begått självmord. Den ena hade skjutit sig i huvudet efter att ha börjat gråta på mässen. Den andra hade dränkt sig på grunt vatten i Vättern. I sig en enorm viljeprestation, synd att han inte hade använt den viljan till att leva. Han hade behövts.

Bland civilisterna hade en man skjutit sin fru och de tre barnen och med vapnet höjt sedan gått fram till en postering; självmord via soldat. Bassarna från en av spaningsplutonerna på underrättelsebataljonen mådde tydligen skitdåligt av det inträffade, men det var inte deras fel. De skulle inse det förr eller senare.

Samtidigt vägrade vårdcentralen lämna ut uppgifter om vilka som gick på psykofarmaka. Den medicinskt ansvarige läkaren hade förklarat att det handlade om patientsekretess och att den inte var förhandlingsbar. Dessutom fanns de flesta journaler bara på dator. Ansvaret för dödsfallen vilade på sjukvården, men man hade ändå satt ut posteringar utanför vårdcentralen och det stängda apoteket.

Problemet var alla bråkstakar. Polisstationen saknade häkte, och till slut hade man beslutat att inhysa de gripna på fästningen tills de lugnat sig. Men de psykiskt sjuka gick inte att lugna.

De var inte utbildade för sådant här, men man var överens om att se insatsen som en fredsskapande insats, men det fanns ändå stora skillnader. Det här var grannar, vänner, kolleger.

Allt skulle förhoppningsvis bli bättre när det började komma in mat regelbundet. Folk blev lugnare med mat i magen. Frågan var bara hur det såg ut på andra orter? Med sina knappt fyratusen invånare, varav var femte var militär, var Karlsborg unikt i Sverige. Dessutom var det en liten och hanterbar ort. Enligt de ordonnanser som Undbat skickat med cykel till Skövde var situationen betydligt sämre i den större staden, även om garnisonen där hade lyckats få läget under någorlunda kontroll. Plundringarna hade upphört för stunden, men det hade varit regelrätta strider norr om staden. Utfallet hade varit förutsägbart; beväpnade tokar mot tränade soldater. Men Skaraborgs regemente hade fått en man sårad, och han hade avlidit på det strömlösa sjukhuset efter en operation utan ordentlig belysning, narkos eller möjlighet till blodtransfusion.

En vind blåste upp. Gustaf rös och gick bort till Kingfisher, Bullseye och Bandaid, som satt vid ladugårdsväggen och roade iakttog hur jägarna försökte locka bort en av korna från en öppnad ensilagebal på gårdsplanen.

”Bullseye, Bandaid, ni upprättar postering här. Ni blir avlösta i morgon av två av Undbats bassar som får ta över posteringen permanent. Signalraket om ni behöver hjälp. Frågor på det?”

Bullseye flinade.

”Antar att de har färskt käk? Några stekta ägg skulle sitta fint.”

De kramade om varandra innan patrullen delades.

När gården försvunnit runt en krök på vägen ekade ett första, ensamt skott från koslakten över nejden.

48.

Magnus Svensson

Oktober

Magnus plockade upp en sten från stranden och kastade mot hundflocken som följde efter dem på promenaden längs strandkanten. Tyst skingrades hundarna men formerade sig igen lite längre bort. För säkerhets skull hade han med sig en trädgårdsspade. En yxa hade sett alldeles för aggressivt ut, men en spade kunde han alltid bortförklara om någon undrade.

Moa kunde inte hålla sig borta från det iskalla havsvattnet utan sprang upprepade gånger ut i vattnet med sina stövlar, med vatten skvättande runt benen. Lena sa till henne varje gång, men Magnus kopplade bort. De hade inte varit ute på en nöjespromenad på veckor. Familjen hade helt enkelt inte orkat tidigare.

Det var få andra människor ute, de flesta hade hälsat och inte sett ett dugg misstänksamma ut. Fast alla såg lite smalare ut, hade ovårdat hår och smutsiga kläder. Själva hade de åtminstone tvättat säng- och underkläder i varmt vatten från Anderssons gasspis, men att tvätta resten fick vänta tills strömmen kom tillbaka.

”Titta, pappa!”

Max pekade mot horisonten och kärnkraftverket på andra sidan bukten. Skorstenarna och reaktorbyggnaderna brukade normalt sticka upp precis över horisonten, men nu skymdes de av ett brunt damm- och rökmoln som snabbt sköt upp mot himlen. Molnet stannade upp, och fasta delar såg ut att lösgöra sig och falla tillbaka, medan molnet långsamt bredde ut sig.

Fan, Johan hade haft rätt. Något hade exploderat på kärnkraftverket.

"Vi måste härifrån! Fort! Lena, jag tar Moa!"

Ett muller rullade in över vattnet.

Han rusade ut i vattnet och svepte upp dottern. Kylan från havsvattnet trängde in genom gummistövlarna, och Moas stövlar var iskalla genom hans jacka. Moa skrattade högt.

"Pappa, du är tokig! Gör det igen!"

Magnus svarade inte utan började rusa hemåt med dottern i famnen. Lena, som höll Mia i ena handen, sprang i förväg tillsammans med Max.

De lät barnen ta av sig och springa in i huset när de kom hem. Lena tog honom åt sidan och viskade tyst.

"Vad ska vi göra?"

"Vi måste sticka! Packa det vi kan ta med oss och dra. Säg till barnen att vi åker bort några dagar."

De fick fram ryggsäckar och började packa. Nytvättade underkläder, extra byxor och tröjor. Mat måste finnas i Göteborg, men Magnus packade ändå ner mat och vatten för några dagar. Hans ryggsäck blev snabbt full. Lena och han hade sovsäckar, men barnen fick nöja sig med filtar och var sin liten kudde. Vad skulle de ha på sig? Det var ändå höst, så regnkläder och stövlar eller kängor fick det bli. För säkerhets skull slängde han ner några värmeljus, tändstickor och en fickkniv.

Moa hade ingen egen cykel och Magnus ryggsäck var för stor, så hon skulle få åka i Lenas cykelstol.

Det blåste från nordväst. Vinden gjorde det tungt att cykla, men det sista de ville var att få medvind från kärnkraftverket. Det var åtminstone nästan platt hela vägen till Kungsbacka, men det var långt. Alldeles för långt. De hade inte ens nått infarten till Tjolöholms slott när Mia stannade.

"Jag orkar inte mer!"

"Vi måste fortsätta, älskling. Det är en bit kvar till Göteborg."

Lena mötte Magnus blick. Han lät henne hållas. Visst var det en bit kvar, hela vägen dit var det mer än fyra mil. De hade kanske kommit en halv. Men i Göteborg skulle de vara tillräckligt långt bort från kärnkraftverket. Naturligtvis skulle det finnas mat och internationell hjälp där.

Mia sköt näsan i vädret och lade armarna i kors.

”Jag vill åka bil. Varför åker vi inte bil? Som vi alltid gör.”

Lena log sitt bästa leende och öppnade munnen, men blev avbruten av en fräsande Max.

”Därför att inget fungerar längre. Fattar du ingenting, jävla skitunge!”

”Max!”

Magnus stirrade sonen rakt i ögonen och höjde ett varnande pekfinger.

”Skit ner dig, pappa! Jag är ingen barnunge. Ringhals har exploderat. Vi flyr för livet. Jag har faktiskt lärt mig något i skolan. Jag kan läsa, vet du.”

Lena blev röd i ansiktet och skrek åt sonen.

”Nu ber du om ursäkt, Max! Så säger du inte till din pappa!”

”Jag säger bara som det är!”

Max vände sig bort och började cykla vidare norrut på den övergivna asfaltsvägen.

”Jag är ingen skitunge! Det är Max som är en skitunge! Jag cyklar inte mer.”

Mia darrade på rösten och tårarna rann nerför hennes kinder. Hon stod rak i ryggen med armarna i kors.

Till slut gick hon med på att fortsätta om hon fick hålla i Magnus pakethållare.

Trots kylan dröp Magnus av svett när de nådde krönet innan tunneln under motorvägen och backen ner mot Fjärås station. Max stod och väntade på dem.

”Vad långsamma ni är?”

Moa började fnittra från barnstolen bakom Lena.

”Skitunge!”

Även Mia började skratta.

*

Bensinstationen vid Fjärås station var ett utbränt skelett och det luktade fränt av bränd plast och metall. Flera hus i den lilla byn var nedbrända, och på en parkering stod ett dussintal utbrända bilar. Magnus kunde se människor i rörelse. Kanske borde han stanna och varna för explosionen på kärnkraftverket, men efter pausen hade familjen bra fart i nerförsbacken och han ville fortsätta. Det var trots allt inte så långt kvar till Kungsbacka.

Mellan Fjärås och Kungsbacka fick de sällskap av fler människor, antingen ensamma eller i grupp. Alla med någon form av packning. De flesta hade ryggsäckar, men en och annan drog på en resväska med hjul. Ingen verkade gå åt andra hållet. Rätt självklart, det var ju i Kungsbacka som kommunen hade sitt huvudkontor. Det var där polisstationen fanns. Där fanns brandstationen. Där fanns förstås hjälpen.

Till slut nådde de krönet på Varbergsvägen och blickade ut över Kungsbacka. Två rökpelare steg upp mot himlen, och luften var mättad av brandrök och sopstank. Fiskmåsar, kråkor och skator skränade bland sopor och avfall, som drev runt i nordanvinden. I övrigt låg staden tyst framför dem.

Långsamt började de rulla neråt på infartsleden. Lägenhetslängorna på höger sida låg till synes öde. Här och var hängde det kläder eller sängkläder på balkongerna. Förutom alla som med väskor och ryggsäckar var på väg norrut, mot centrala Kungsbacka, syntes inga människor till. När de närmade sig bensinstationen vid rondellen och Inlagsleden såg de hur en barnfamilj stoppades av en grupp skäggiga män. Under skrik och handgemäng öppnade de familjens väskor och vräkte ut innehållet.

Lena, som höll täten, svängde snabbt åt vänster, in på leden, och bort från rondellen.

”Fort! Följ mamma! Ta tag i pakethållaren, Mia! Nu går det fort!”

Max ställde sig på pedalerna och cyklade allt han kunde efter Lena. Magnus lår skrek till i protester när den extra vikten från Mia och hennes cykel tyngde ner honom och han fick trampa för två, men nerförsbacken gav dem tack och lov snabbt fart.

Männen brydde sig aldrig om dem, men nu var familjen på väg ut ur stan. Lena kunde välja att svänga ner mot centrum igen, men istället fortsatte hon i full fart ut mot motorvägen. Magnus stannade till på bron över järnvägen. Han behövde vila, men Lena och Max fortsatte. Mia skrattade till och pekade på en skylt vid motorvägen.

”Snälla, vi kan väl äta på McDonald's? Snälla, pappa, snälla!”

”Jag tror inte att det är öppet, älskling.”

I skymningen, efter lunch och fler pauser än Magnus kunde räkna, nådde de till slut Kållered. Här och var på motorvägen stod övergivna bilar, bussar och lastbilar. Ikea:s varuhus låg öde med krossade rutor. Vinden hade mojnat och en stank av avföring gjorde soplukten sällskap.

De fick navigera mellan stora vattenpölar och stillastående fordon på motorvägen. Under en motorvägsbro, med berg som reste sig upp en bit bort åt varje håll, blev de till slut stoppade av fyra poliser. Hjärtat bultade i bröstet på Magnus; äntligen skulle de få hjälp. Någon form av boende och matutskänkning måste ha organiserats vid det här laget.

Vid sidan av vägen låg berg av övergivna väskor och ryggsäckar. En kvinnlig polis, i en massa tung utrustning och med en k-pist hängande över magen, klev fram mot dem.

”Vänd om! Göteborg är avspärrat, ni kan inte komma vidare.”

Hon lät trött. Hennes tre manliga kolleger var alla skäggiga och uniformerna var smutsiga. Något plingade till när Magnus satte ner foten för att kliva av cykeln. Han tittade ner, flera tomma patroner låg på motorvägens asfalt.

”Men vi behöver mat och tak över huvudet. Vi kommer från Åsa. Vi måste komma in.”

”Ni och alla andra. Det kommer folk från Varberg, rentav från Falkenberg och Halmstad. Vänd om! Det finns inget här.”

Lena bröt in.

”Det säger ni bara för att slippa dela med er.”

Kvinnan tog ett grepp om k-pisten, stirrade på Lena och knäppte sedan till ett reglage på vapnet.

”Ohörsamhet mot ordningsmakten, alltså?”

”Men Ringhals har exploderat!” skrek Max gällt.

De manliga poliserna tittade upp och gick fram till cyklarna.

”Vad är det ungen säger? Stämmer det?”

Polismannen pekade på Magnus, som nickade.

”Ja, Ringhals har exploderat. Vi måste bort, så långt som möjligt. Mot vinden.”

Poliserna tittade på varandra. Till slut harklade sig en av dem och spottade.

”Ragnhell kan dra åt helvete! Vill han stoppa folk får han fan göra det själv. Nu sticker jag.”

De andra instämde och poliserna vände sig om för att börja gå norrut mot Göteborg.

Den kvinnliga polisen vände sig om och log ett snett leende.

”Välkomna till Göteborg!”

49.

Filip Stenvik

Oktober

Efter den första natten i sovsäck, i en bivack gjord av en vattentät poncho, övergav Filip all packning i motorcykelväskorna. Om han ransonerade skulle maten räcka nästan hela vägen, men han var osäker på om han verkligen skulle orka hålla tempot med tre mil om dagen om han inte fick äta full ranson. Enligt den inritade rutten på papperskartan var det nio dagar fram till Lilla Edet. Den tionde dagen borde han nå Stenviken, med obegränsat med mat, värme och en riktig säng. Antagligen kunde han klara den sista dagen utan mat. Det skulle ju vara målgång.

Med lite tur kunde han ordna lite mer mat på vägen. Han skulle ju bara vandra cirka nio timmar om dagen, pauser inräknade, så det fanns tid över. Inom två dagar skulle han nå Västgötaslättens jordbruksbygder, och något borde det finnas att äta där, om det så bara var fallfrukt eller oskördade veteax. Vete gick att plocka, tröska ur kornen för hand, lägga i vatten i några timmar och sedan koka gröt av. Här och var borde det också gå att gräva upp potatis.

Från motorcykeln hade han sett oskördade sädesfält med övergivna skördetröskor och traktorer, liksom potatisåkrar där blasten hade fått vissna utan att slås och antagligen hade dragit med sig röta ner i potatisen. Allt ruttnade bort, om det inte handlade om härdiga äldre sorter. Ett år hade Filip själv gjort misstaget att sätta några av de kommersiella sorterna, som Bintje och King Edward. Utan besprutning hade han förlorat nästan hela skörden, och de potatisar som inte var fördärvade ruttnade snabbt i jordkällaren på Stenviken. Efter den läxan hade han hållit sig till kommersiellt lågavkastande, härdigare potatis.

Tivedens regntunga skogar var öde och han såg inte en själ förrän vid Undenäs, där två kor mötte honom på vägen. Kossorna ignorerade honom och betade lugnt vid vägkanten. Resten av besättningen höll sig kvar ute på ängsmarkerna på rätt sida om elstängslet, vars trådar rivits ner på flera ställen. Att döma av komockorna på vägen rörde sig djuren fritt i området.

Filip vågade inte gå genom byn, utan bestämde sig för att gena över fälten. Till en början klev han motvilligt över elstängslet, även om strömmen garanterat var bruten eftersom korna redan rivit ner tråden. Minnet av kyssar från elstängsel släppte man inte så lätt, men kunde korna kunde han.

Halvvägs förbi byn lämnade han den inhägnade betesmarken och klev återigen över ett strömlöst elstängsel och in på oslagen vallodling. Flera kor hade redan insett att gräset var mindre brunt och dessutom längre på andra sidan och betade redan nu av det som skulle ha blivit deras vinterfoder. En traktor med slåtterbalk stod stilla i andra änden, närmast vägen, efter att ha slagit bara några få meter av det nu knähöga gräset.

Den natten slog han läger vid en sjökant, några hundra meter från vägen. Efter att hundar skällt på honom nära några hus vid sjön hade han skyndat vidare och hittat en plats långt från närmaste bebyggelse. Han hörde röster ute på vägen och vågade inte tända sin Kelly Kettle för att värma vatten.

Middagen fick bli större delen av en burk jordnötssmör.

Under nästa dags vandring började skogen luckras upp och landskapet plana ut. Det var betydligt lättare att gå nu när han hade nått Västgötaslätten. Alla småvägar gjorde det enkelt att undvika samhällen och byar, även om han vid ett tillfälle fick vända när en vägspärr med varningsskyltar om beväpnad vakthållning spärrade av en gård.

Han korsade Göta kanal vid Jonsboda. Caféet intill bron var

övergivet och dörren stod öppen. Snabbt skyndade han över den smala kanalen. Tack och lov hade ingen kommit på tanken att upprätta en spärr vid bron.

På kvällen uppenbarade sig ett litet falurött torp som en färgglad gåva från den höstkala lövskogen, som omslöt grusvägen han gick på. Torpet verkade helt övergivet, och björk- och eklöv hade samlats på trappan.

Filip bestämde sig för att chansa. Efter att ha letat runt en stund i det undflyende dagsljuset hittade han en rostbrun spade och bröt upp dörren. Lukten av fukt och mögel kunde han leva med. Han rullade ut sovsäcken på den tomma sängens musätna madrass och somnade omedelbart.

Det var i den sängen han hörde den första skottlossningen sedan Stockholm.

Han var inte säker på om det första skottet hade väckt honom, men när han kommit upp ur dvalan handlade det inte längre om enstaka skott, utan om kraftig eldgivning, rappa stötar av skott. Filip drog på sig kläderna och smög sig fram till ett fönster. Mellan de kala träden såg han stråk av spårljus som på andra sidan om åkrarna och den skyddande skogen ilsket stack iväg mot den stjärnklara natthimlen i olika riktningar.

Ur benfickan fick han upp kartan och plockade fram tändaren för att få lite ljus. Tidan. Skottlossningen kom från byn Tidan, ungefär fyra kilometer bort. Han hade gjort rätt som även undvikit byarna.

Efter vad som kändes som en evighet slutade eldgivningen, men han kunde inte somna om. Till slut gav han upp och packade efter bästa förmåga ihop med ett värmeljus som enda belysning. Enligt de självlysande visarna på hans armbandsur var klockan fyra, och så fort som möjligt ville han lägga avstånd mellan sig själv och Tidan.

I gryningsljuset öppnade till slut skogen upp sig till ljudet av rinnande vatten. Grusvägen övergick i asfalt och framför honom flöt Tidans å. En smal enfilig bro sträckte sig över till andra sidan via en liten ö, omsluten av det flödande vattnet. Mellan de kala träden syntes resterna av två hus på var sin sida om vägen över den lilla ön.

Murstockarna reste sig anklagande mot den mulna morgonhimlen. Det steg fortfarande rök ur ruinerna.

Filip tvekade och spanade upp- och nerströms. Ån var kanske hundra meter bred och om möjligt ville han slippa simma till andra sidan i det kalla, bruna vattnet. Någonstans måste han oavsett passera över en bro. Tystnaden var påträngande, men inga ljud gjorde den fräna lukten av brandrök sällskap.

Även om det kunde uppfattas som fientligt tog han fram hagelbocken ur vapenväskan och började försiktigt gå över bron med vapnet höjt.

Den första kroppen låg precis på andra sidan bron, omgärdad av soppåsar intill en omkullvält, grön soptunna. En man i 50-årsåldern med svårt sargat huvud.

”Hallå?”

Han fick inget svar.

Till slut vågade han sig in på tomten och plockade på sig fallfrukt. Det nedbrunna huset omgärdades av en välskött trädgård i höstvila. Upphöjda odlingsbäddar i sina ramar samsades med bärbuskar och fruktträd. Längs det fortfarande oskadade garagets södervägg reste sig ett hembyggt växthus. Tomma tomatplantor skvallrade om att växthuset inte hade något att erbjuda längre.

Det fanns oskördade morötter i en av drivbänkarna och han drog upp elva morötter och rev åt sig ett rejäl knippe persilja. Han kände sig som en tjuv som stal från en kyrkogård.

På väg över ön, tuggande på frisk persilja och med fickorna fyllda med äpplen och morötter, kunde han inte undgå att kasta en blick in i ruinerna av det förkolnade boningshuset. Resterna av flera kroppar, en längre och flera kortare, låg tätt tillsammans innanför ytterdörrens stentrappa. Förkrympta muskler och fett hade bränts in i skeletten, och den längsta kroppens bruna kranium tittade anklagande på honom.

Han rusade därifrån, ville inte stanna en sekund i onödan. Stenviken fanns fortfarande långt därborta och väntade på honom. Han brydde sig inte om att utforska de nedbrända byggnaderna på andra sidan vägen. Ön måste ha varit perfekt. Det borde finnas gott om fisk i ån, men med de fasta broarna var vattnet bara en illusion av skydd. Stenviken hade i alla fall ordentligt med vatten på alla sidor och ingen broförbindelse, så länge vintern inte blev kall och isen lade sig.

Vid nästa, kortare bro över till fastlandet låg ytterligare en kropp bortkastad som en trasdocka. En man i Filips ålder, skjuten med flera skott i ryggen. Ett flugfiskespö låg bredvid honom på bron.

De följande dagarna gick Filip upp när gryningen började utkonkurrera de magnifika, stjärnklara nätterna. Han hade aldrig sett en sådan stjärnhimmel förr. Sedan gällde det att gå så långt som möjligt innan det blev helt ljust. Han tog pauser mitt på dagen och fortsatte på eftermiddagen och så länge som det gick kvällstid. Det var visserligen svårare att navigera efter kartan, men mörkret erbjöd skydd och trygghet. Kom någon kunde han sticka rakt ut på ett fält eller in i en skog och lägga sig ner. Utan belysning kunde ingen hitta honom. Alla var blinda i mörkret, inte bara han själv.

Tre dagar senare passerade han Nossebrotrakten och Västgötaslätten gav upp och övergick i skog. Maten var nästan slut, trots att han pallade äpplen så fort han såg ett övergivet hus. Byggnader som inte verkade öde skyndade han sig istället förbi. Försöken att gräva upp potatis från fälten hade bara gett ruttna rotfrukter och han hade ganska snart gett upp. Vete gick bara att plocka i dagsljus, men kornen var ofta mögliga. Dessutom måste han visa sig ute på öppna fält för att skörda, och efter att ha hört rop undvek han att visa sig stillastående i dagsljus.

I morgon eftermiddag skulle han nå Lilla Edet. Det var den minsta orten som hade bro över Göta älv. Alternativen, Vänersborg och Trollhättan, hade aldrig varit aktuella. Alldeles för stora städer, alldeles för mycket folk. Han kunde försöka låna eller stjäla en båt någonstans i älvdalen och ta sig över, men det var antagligen ännu farligare än att försöka gå genom Lilla Edet. Sedan var det bara en dag kvar ut till Stenviken, en dag utan mat.

Han hade åtminstone obegränsad tillgång på vatten. Med ett

ordentligt filter nedpackat i Katon var det inga problem att ordna dricksvatten. Att filtret fungerade korrekt var tydligt. Magen var fortfarande i perfekt form. Så länge han hade vatten orkade han ta sig vidare på kroppens reserver. En dags vandring till Stenviken utan mat skulle han klara. I värsta fall kunde han dumpa ryggsäcken och gå den sista biten med bara hagelbocken och Katon. Ryggsäcken kunde han alltid hämta senare, efter att han hade fått mat och vilat ut i stugan på den egna ön. I alla fall någorlunda egna. Det var knappast någon risk att brorsan var där. Han satt nog och svalt inne i Göteborg och väntade på att staten skulle rädda familjen.

När han passerade Koberg arbetade folk ute på fälten. Män och kvinnor tittade upp från sina sysslor, men Filip stirrade ner i marken och gick raskt vidare. Ingen stoppade honom, men han kände blickarna i ryggen. Det började regna, för första gången dagtid sedan motorcykeln gått sönder. Flera nätter hade regnet slagit mot hans bivack, men hittills hade han haft turen att inte behöva vandra i regn.

Över fält med vissnande vall eller ruttnande spannmålsodlingar tog han sig förbi Upphärad och Sjuntorp och kom ut på motorvägen mellan Göteborg och Trollhättan en bit söder om Torpabron.

Lukten av eld och rök blev starkare när han närmade sig Lilla Edet. Från staden steg det upp rökstrimmor mot skyn i oktoberregnet, som efter ett tag uppslukades av himlens grå dysterhet.

En lukt av sopor och avföring låg över nejden när han lämnade motorvägen och började gå in i staden. Överallt låg papper och annat blött skräp, uppvaktat av fåglar och lösspringande hundar i flock. Var det regnet som fick folk att hålla sig inomhus? Å andra sidan kantades vägen mest bara av trista lager- och industrilokaler efter de första villorna.

När Göta älv uppenbarade sig svämmade vattnet nästan ända upp till vägen. Filip hade passerat här många gånger på motorcykel, men vattnet hade aldrig stått så här högt. Kraftverket måste vara stängt och fördämningen hann inte med flödet. Bruset av älvvatten som tvingade sig över den låga fördämningen hördes tydligt.

En vibration kändes i marken. Filip kunde inte placera varifrån den kom, men det kändes som om åskan gick långt bort i fjärran, precis på gränsen till vad som var hörbart. Han fortsatte att gå ner mot bron, men kastade en blick över axeln. Längre upp från älvdalen såg det ut som om dimma höll på att rulla ut sig, trots att det redan regnade.

Han vände sig om igen. Vattnet hade nu trängt upp på vägen och dolde de vita strecken på asfaltsvägen. Så hade det inte varit bara sekunder tidigare.

Känslan av åska var inte längre bara en känsla.

Ett muller rullade över nejden. Fast i motsats till åska tonade det inte ut utan tilltog i styrka. Ljudet kom uppifrån älvdalen, där dimman närmade sig och växte sig allt högre mot de regntunga skyarna. Ljudet av forsande vatten tilltog.

Bron som bredde ut sig i en vid båge åt höger över älven låg bara några hundra meter längre ner, nedanför fördämningen. Ljudet av forsande vatten tilltog och Filip började springa. En snabb blick över axeln visade att vattnet nu gick halvvägs upp över vägen och snabbt fortsatte att stiga.

Industribyggnader skymde nu sikten mot älven och Filip sprang så fort han kunde med ryggsäcken på ryggen. Till höger om honom föll älven undan, när han passerade fördämningen. Hela älvfåran var vit av frustande vatten. Den annars så stilla älven var nu en vit fors. När han kom upp på bron vällde nu vattnet över fördämningen och mullret blev allt kraftigare. Bortom industribyggnaderna runt dämmet rullade dimmolnet snabbt närmare.

Filip var halvvägs uppe på bron när fördämningen brast med en knall. För ett ögonblick såg det ut som om vattnet lugnade ner sig och det våldsamma fallet över dammens kant förvandlades till en ilsken fors. Han fortsatte att springa. Framför honom sprang fler män och kvinnor, lämnande fiskespön efter sig.

När han var mitt uppe på bron träffade dimman industrilokalerna vid den brustna fördämningen, och ur dimman bröt en massiv, flera meter hög vattenvägg fram och slet med sig de gamla tegelbyggnaderna, som åter blev tusentals tegelstenar istället för en hundraårig helhet.

Mitt i älven gick bron över en ö med en stor, blå plåthall, lika hög som bron.

Det var kanske tvåhundra meter kvar till land. Filip krängde snabbt av sig ryggsäcken, ryckte till sig vapenväskan och sprang för livet. Vattenväggen träffade plåthallen, som knycklades sönder och kastades mot bron. Ljudet var öronbedövande och bron skakade till när resterna av plåtbyggnaden och flodvågen träffade brovalvet.

Brons skyddsnät räddade Filip från att träffas av byggnadsdelar, men en springande fiskare framför honom klipptes tvärt av på mitten av en stor takplåt. Flodvågen var nästan lika hög som bron, och kaskader av vatten kastades upp på körbanan, som nu skakade under hans fötter. Medan Filip sprang uppenbarade sig sprickor i asfalten som snabbt växte sig bredare och längre.

Han kom ut på klaffbron över slussen. Vattennivån höjdes snabbt och skulle snart svämma över klaffarna. Flera människor stod på torra land bortom brofästet och gestikulerade. Kanske ropade de något, men det gick inte att höra någonting över det vrålande mullret.

Framför ögonen på honom, bara några meter längre fram, började brons två klaffar vrida sig från varandra, det kändes som han sprang i uppförsbacke och hela världen började vrida sig. Vatten, först som en rännil, sedan som en hård tackling, började forsa runt hans fötter.

Han stapplade framåt och med en kraftansträngning kom han över på den andra klaffen. Han vågade en snabb blick över axeln. Bakom honom försvann resten av bron i vattnet, och ersattes av vattnets vita, frustande vansinne.

Han nådde fast mark men slutade inte att springa. Hela älvdalen fortsatte att svämma över, och vattnet jagade både honom och folksamlingen vid brofästet upp på högre mark.

Till slut orkade han inte springa längre. Vattnet tycktes ge upp vid de första villorna, en bit från den gamla älvfåran. Villan närmast den ursinniga älven slets loss och följde med vattnet söderut.

Dämmet vid Helvetesfallet och Trollhättans kraftstationer måste ha rasat samman. Hade man inte tappat av vatten där sedan strömavbrotten började? Eller var det kraftverksdammen vid Vänerns gigantiska vattenreservoar som hade gett upp? Vattenmängden var enorm och verkade inte mattas av.

Filip kisade i skymningen söderut utmed älvdalen, mot Göteborg.

50.

Magnus Svensson

Oktober

Göteborg stank värre än Kungsbacka. Här konkurrerade hundflockarna inte bara med fiskmåsar om soporna, utan även med stora råttor.

Soporna var bara toppen på isberget. Trots allt satte bristen på transporter och nya varor ett tak för mängden sopor. Värre var det med allt människobajs, som dessutom blandades ut i de vattenpölar som bildades överallt i det ständiga regnandet. Dagvattenbrunnarna verkade ha slutat fungera. Vatten samlades i mer eller mindre stora sjöar istället för att rinna av. Kanske var det höstlöven som satte igen avloppen, eller så fungerade pumpstationer inte längre?

Fast värst var liken. På många håll syntes nygrävda gravar, men alla kroppar togs inte om hand. Ibland var de inte ens övertäckta, eller så hade svepningen blåst bort. Hundar, fåglar och råttor gjorde sitt bästa för att ta hand om kvarlevorna, men tydligen kunde kroppar bli för gamla även för dem. Trots att det var oktober och nätterna var kalla fanns det flugor överallt.

Någon hjälp fanns inte att få. Första natten sov de i trapphuset i ett lägenhetshus som verkade övergivet och någorlunda rent. Fast stanken från vattnet som hade översvämmat hela källaren och låg som en spegel strax under entréplanet blev för mycket, och innan det ens hade hunnit bli gryning gav sig familjen åter ut på gatorna.

Regnet hade inte gjort uppehåll under natten, men lyckades ändå inte skölja bort stanken, som låg över staden. Möjligen flyttade sig skiten till närmaste vattenpöl. De hade fortfarande kvar lite mat och mineralvatten från grannarnas förråd, men snart skulle de behöva mat och fylla på med vatten. De skulle behöva tvätta sig också.

I mörkret hittade de först inte cyklarna, men i det första gryningsljuset insåg Lena och Magnus vad som hänt. Alla fyra cyklarna hade stulits under natten, trots att de hade varit fastkedjade och låsta.

Den andra kvällen fick både Moa och Lena diarré. De hade inte druckit av något av stadens vatten, men Magnus antog att de råkat röra vid något olämpligt. Det fanns heller inget vatten rent nog att tvätta sig i innan de åt av den sista maten.

Efter att försiktigt ha frågat sig runt fick de tipset att gå till marknadsplatserna innanför vallgraven. Men väl där krävde poliser med automatvapen att de betalade i natura för att komma in på marknaden, och de hade inget att avvara. En man i 30-årsåldern erbjöd dem mat om de följde med honom, men han tittade så obehagligt på Mia att Lena och Magnus skyndade vidare.

Den natten sov de i en bil på översta planet i parkeringshuset i Nordstan. V70:n hade bara en krossad ruta, och den satte de för med en handduk. Sedan sov familjen tätt tillsammans i Volvons nerfällda bagage.

I soluppgången var P-huset förvånansvärt torrt. Magnus kunde först inte sätta fingret på det, det var bara en känsla av obehag. Sedan insåg han att vattnet hade runnit av parkeringshuset, eftersom hela byggnaden verkade luta svagt. Frånvaron av vattenpölar kändes befriande.

För första gången sedan de kom till Göteborg såg det ut att bli fint väder.

Götaälvbron var igenkorkad av stillastående fordon, bussar, bilar och spårvagnar, många med krossade rutor, men på cykel- eller gångvägarna var det inga större problem att ta sig över bron. Älven verkade nästan helt tom på båttrafik. En Danmarksfärja hade drivit och stoppats upp först när den strax innan bron kolliderat med barken Viking, som hade krossats under färjans massiva skrov. De raserade masterna omfamnade Danmarksfärjan i en sista kram, medan barkens vita skrov hade satt sig på älvens botten, brutet på mitten.

Några segelbåtar var den enda trafik som syntes i hamnen, men inga båtar verkade ligga vid kaj. Istället rodde man fram och tillbaka med jollar och roddbåtar.

Ett rytmiskt bultande kändes i bron. Magnus tittade ner över räcket. En av Älvsnabbenfärjorna låg herrelös i älven och slog mot några av bropelarna.

I skymningsljuset stod mängder med fiskare längs älvens stränder med metspön eller kastspön i händerna. Trots att bron var nästan tjugo meter hög fanns det fiskare även på bron. En av dem, en äldre man, log och nickade när familjen kom gående.

”Bättre fiske mitt ute i älven. Börjar bli utfiskat längs stränderna. Inte alla som vågar stå här på bron.”

”Varför skulle de inte våga?”

Mannen blev med ens allvarlig.

”De säger att bron är överbelastad, att den inte klarar full belastning dygnet runt. Den skulle ju rivas. Och Älvsnabben gör det inte precis bättre. Men vad gör man inte för lite fisk?”

Magnus tittade uppåt älvdalen. Älven ringlade bort och försvann ur synhåll mellan bergen på Hisingen och upp mot Gårdsten. Angeredsbron syntes i uppehållsvädret. Solen hade inte gått ner än, men det var redan kallt. Det kändes som om det skulle bli frost. De behövde någonstans att sova. Någonstans varmt och torrt. Någonstans med mat och rent vatten. Lena och Moas magsjuka skulle bara bli värre om de inte fick tag på rent vatten.

Stanken från centrala Göteborg märktes inte uppe på bron, och luften kändes rentav frisk. Magnus hoppades att det kunde börja blåsa igen från norr, så inte vinden kantrade över helt och drev upp Ringhals utsläpp mot Göteborg.

Staden var inte längre tyst här uppe på bron. Magnus trodde först att det var inbillning, men här uppe brusade det faktiskt som förr i tiden. Det ständiga bruset och mullret av trafik, ett svagt, men ständigt närvarande buller. Fast vid närmare eftertanke lät det mer som åska.

”Pappa, titta! Båten kör!”

Mia pekade mot vattnet. Älvsnabbenfärjan hade lösgjort sig från bron och höll på att driva utåt hamnen, först långsamt, sedan allt snabbare.

Mullret ökade i styrka och började få en riktning. Det kom uppifrån älvdalen.

Ett dis kom rullande ner mellan bergen och Angeredsbron syntes inte längre.

”Det har blivit fasligt strömt.”

Den gamle mannen började veva in sitt metspö.

Magnus kisade mot diset. Han såg flera träd rycka till och försvinna. Åskan var inte längre åska utan ett muller av saker som krossades och slogs sönder.

”Spring!”

Någon ropade och pekade. Några fiskare släppte sina fiskespön, andra stod och stirrade och några började lugnt och metodiskt veva in sina fiskelinor.

Lena tog tag i Magnus arm.

”Vi måste bort från bron!”

Magnus bara stod och stirrade. Det var helt omöjligt. Det kunde inte vara sant. Han kunde inte röra på sig. Framför hans ögon knycklades först en plåtbyggnad ihop i fjärran innan den sveptes in i diset. Förlamningen släppte.

”Spring!”

Lena tog Max i handen och började springa nerför bron, mot Hisingen. Magnus svepte upp Moa i famnen, tog Mia i ena handen och sprang efter.

Götaälvbron var längre än han trodde. Så många gånger hade han kört över den, men att springa med barnen kändes som en evighet.

Dånet var nu fruktansvärt. Metall förvreds, trä knäcktes, byggnader krossades eller rasade. Bron rörde sig under deras fötter, skakande i en protest mot det strömmande vattnet.

Precis när de fick fast mark under fötterna bröt flodvågen fram mellan byggnaderna vid sidan om dem. Snabbast rörde den sig nere vid älven och träffade Götaälvbron med full kraft. Vågen var inte mer än några meter hög, men bron gnisslade till i en sista klagande protest, föll ihop som ett korthus och vräkte ner bilar, bussar och spårvagnar i de vita, skummande vattenmassorna.

En tegelbyggnad till höger om Magnus kollapsade, men vågen var nu bara en meter hög och svämmade inte över övergivna bilar på parkeringsplatserna vid husen. Bilar som inte varit i rörelse på nästan två månader började snällt och fogligt driva med vattnet.

Det fanns högre mark längre fram, borta vid trafikleden.

Plötsligt sprang han i vatten. Först var det bara plaskande kängor mot en tunn hinna som rann fram över asfalten, men vattnet steg snabbt och forsade snart runt hans fötter. Kraften i vattnet förvånade honom, och han fick kämpa för att inte tappa balansen. Mer än en gång fick han dra upp Mia på fötter där hon sprang efter honom, hårt hållande i hans högerhand.

”Pappa! Hjälp!”

Vattnet nådde dem nu till knäna. Lena med Max i handen sprang strax framför honom, men bakom honom drog Mia allt tyngre i hans arm. I mullret av forsande vatten började Moa glida ur hans famn. Det var fortfarande mer än tio meter till torr mark.

Han släppte inte Mia mer än någon sekund för att få ett bättre grepp om Moa.

När han vände sig om för att åter ta tag i Mias hand var allt han såg ursinnigt vitt forsande skum och hans hand grep i tom luft.

51.

Filip Stenvik

Oktober

”De första dagarna hände inte så mycket. Sedan började vi snacka ihop oss. Något var fel. Kommunen drog ihop ett möte utanför kommunhuset och försökte organisera så att alla skulle dela med sig. Men något vatten kunde de inte ordna. Allt skulle ordna sig så fort strömmen kom tillbaka.”

Leif smuttade på tekoppen och fortsatte.

”Allt höll väl ytterligare en vecka. Själva gick vi upp till vårdhemmet med mat till gamlingarna. Men efter en vecka var det kört. Plundringar, skottlossning, bränder, demonstrationer. Hela skiten föll ihop. Sedan började ryktena. Fick någon höra att det fanns mat någonstans drog hela stan dit. Stackars den som drabbades.”

Filip skakade på huvudet.

”I Stockholm började plundringarna redan efter några dagar. För stort för att organisera eller samordna eller ens informera.”

Nina skakade på huvudet och tittade på honom.

”Jag kan inte fatta att du har gått hela vägen från Stockholm. Du skulle passa här, men vi har vår regel: en säng och ett mål mat, och sedan vidare. I början försökte vi avvisa folk, men det blev kostsamt. Alla vände inte utan fajt. Lättare att förklara situationen för någon som har mat i magen. Så tyvärr, du får gå vidare i morgon.”

Filip log mot paret över de två värmeljusen på matbordet. Ljudet av barnens lek från vardagsrummet störde inte utan kändes tvärtom hemtrevligt. Familjen hade tagit emot honom efter att dammen rasat och hjälpt honom att torka kläderna.

”Ingen fara, jag förstår precis. Jag är tacksam över att få sova i en säng och torka kläderna. Jag är ändå hemma i morgon, ska bara ut till kusten. Har ni vägarna förbi norr om Ljungskile, finns det alltid en säng och ett mål mat även där.”

Leif kliade sig i skägget och fortsatte.

”De två poliser som bodde på orten försökte stoppa det hela. Det blev riktigt fult. De hade inte en chans, och utan sjukvård gick det som det gick. Men folk hade redan börjat dö. Gamlingarna på vårdhemmet, folk som behövde njur- eller hjärtmedicin. Granndottern hade diabetes, hon klarade sig i tre veckor. För att inte tala om magsjukorna. Alla kokade inte sitt vatten. Vi har i alla fall gasspis, men snart är gasen slut. Vi får hoppas att strömmen kommer tillbaka innan dess. Johnssons längre ner på gatan förlorade alla sina tre barn i magsjuka. Äldsta var sex år. Ingen hämtade kropparna. De begravde barnen i trädgården och försvann sedan. Sedan kom uppgiften att mat, vatten och värme fanns i Göteborg. Att staten hade upprättat läger. De flesta som inte redan hade lämnat stan gav sig av. Kanske finns det mat och vatten i Göteborg, men det är långt att gå. Så vi stannade. Före strömavbrottet bodde nästan femtusen personer här i Lilla Edet. Vad jag vet är vi bara sexton familjer kvar här i Ström och Östra Berg, på vår sida älven. Det tredubbla på andra sidan älven, men utan bron kan det lika gärna vara Göteborg. Aldrig att jag ger mig ut i båt i det vattnet. Närmaste bro finns väl i Trollhättan eller Kungälv? Om de har klarat flodvågen, vill säga.”

Leif tittade ut genom fönstret. I kvällsmörkret gick det inte att se ner till älven, men dånet hördes fortfarande.

”Vänerns dammar i Vargön måste ha gett vika, inte bara de i Trollhättan. Vattnet verkar inte sluta forsa.”

Filip åt upp det sista av pyttipannan. Små köttbitar, potatistärningar, lök och trattkantareller. Han hade gärna saltat och pepprat mer, men teg. Gratis är gott, och bara att sitta vid ett bord och äta med riktiga bestick på tallrik var fantastiskt. Och det var bara en dagsmarsch kvar till Stenviken.

”Allt vi får tag på som räcker till mer än en familjemiddag ska delas med de andra. En bonde en bit söderut har potatis som vi får plocka om han får behålla hälften av skörden själv. Köttet delar han på, han har börjat slakta sin kobesättning. Har inte tillräckligt med vinterfoder. Köttet håller sig några dagar i kylan utomhus. I gengäld turas två personer med gevär om att ständigt vakta hans gård. De flesta som är kvar har egna jaktvapen, så även vi har ett par på roterande patrull. Ninas tur i morgon. Andra gången."

Villan saknade kamin, men Filip frös inte i sovsäcken. Det var ändå varmare att sova inne i ett isolerat hus än ute i oktobernatten. Han somnade till dånet från den befriade och vilda Göta älv.

Att gå till Ljungskile tog bara fyra timmar, trots regnet. Två timmar senare gick han nerför backen mot Åsebukten, och mellan Orust och fastlandet uppenbarade sig Stenviken en knapp kilometer ut i Havstensfjorden.

Filip rättade till regnponchon. Nina och Leif hade gett honom lite kokt potatis och ett ägg till frukost, men efter dagens marsch rev hungern i magen på honom. Han tog upp vattenflaskan ur Katon och svepte i sig det sista vattnet. Han behövde inte filtrera mer nu, brunnen på ön var ren. Bara en roddtur på sjuhundra meter kvar, sedan hade han sin egen säng, vedspis, kamin och mat för hela vintern.

Hans träeka låg på sin plats vid den lilla bryggan som han och Anton fortfarande samsades om. Men Antons plastbåt var försvunnen. Filip plockade upp sin lilla monokulära Silvakikare ur Katon och spanade mot ön. Antons båt låg förtöjd vid bryggan. En rökstrimma steg ur skorstenen på den vita kaptensvillan. Var Anton verkligen där? Han kunde inte se någon människa på ön. Skulle han vänta tills det blev mörkt? Hungern avgjorde, han kastade loss och började ro. Hagelbocken var framtagen och laddad, men han lät den vara bruten, för vapensäkerhetens skull.

Anton och hans jävla svåger Andreas mötte upp vid bryggan.

"Brorsan! Vad glad jag är att se dig!"

Filip fick en kram. Han kunde inte dra sig till minnes när de ens tagit i hand senast.

”Ja, trevligt.”

Han försökte låta positiv. Svågern stod med armarna i kors och nickade tyst.

”Har du familjen här?”

”Javisst, alla här är. Andreas familj också. De är uppe i villan.”

Filip hade ingen lust att träffa vare sig Antons eller Andreas familjer. Han ville över till sin stuga och började gå mot sin halva av ön. Han borde ha rott bort till stranden istället, då hade han åtminstone torkat framför kaminen med en bit mat först.

Anton och Andreas följde efter honom till stugan.

”Hur fungerar dina solceller?”

Vad menade de?

”Bra, hoppas jag.”

När Filip tog fram nycklarna för att låsa upp ytterdörren märkte han att den var uppbruten.

”Vad fan har ni gjort?”

”Vi behövde lite grejer. Du hade ju el. Men den fungerar inte längre. Fungerade första dagen, sedan dess är allt stendött.”

Vad hade de gjort? Hade de haft sönder allt?

Han ställde ifrån sig hagelbocken, slängde Katon på golvet och rusade bort och öppnade elskåpet. Ett moln av damm virvlade mot honom, och han började hosta. Han borstade rent växelriktaren, men även solcellsregulatorn var stendöd. Inte ens tolvvoltssystemet fungerade. Han skruvade loss elkabeln från solcellerna och höll den mot jorduttaget. Inte en gnista.

”Var det så här dammigt?”

”Nej, det var inget damm när vi kom hit.”

Jävla idioter! Han rusade ut, fick fram stegen och klättrade upp på taket.

”Vi har redan kontrollerat solcellerna. Vi trodde att det kanske var något fel på dem när strömmen slutade fungera.”

Under solcellspanelernas glas fanns inte längre den vanliga blå solcellsfilmen. Den verkade ha vittrat sönder, och ett gråblått damm var allt som syntes bakom panelerna. Vad i helvete hade hänt sedan han var här i juli?

Nåja, det var ingen fara. Han kunde klara vintern utan el. Elen var bara en lyx för lite belysning och elektronik fungerade ändå inte. Värme och matlagning hade han ved till, och han hade ett lager på tvåtusen stearinljus och lika många värmeljus samt fotogen för minst ett år.

”Fungerar de?”

”Nej, panelerna är helt förstörda. Vet inte vad som kan ha hänt.”

”Inget du kan fixa?”

”Nej.”

Filip började klättra nerför stegen.

”Synd.”

Anton lät bister.

Det gick inte att ta miste på klicket när hagelbocken fälldes ihop.

När Filip vände sig om siktade Andreas rakt på honom med hagelgeväret. Anton hade tagit fram en morakniv som han höll krampaktigt i högerhanden. Knogarna var vita.

”Vi behöver nycklarna till vapenskåpet.”

”Jag har inga vapen därinne.”

”Nej, men du har ammunition. Ge hit nycklarna nu, brorsan.”

”Jaha, vad gör ni annars?”

Andreas sköt fram säkringen och osäkrade hagelbocken.

”Vi får nycklarna vare sig du vill eller inte. Död eller levande, du väljer själv. Hit med nycklarna så kommer du från Stenviken levande.”

Filip stoppade ner handen i fickan och slängde över nycklarna. Det fanns inget alternativ.

Väl nere på marken började han gå tillbaka mot ingången.

”Nej, Filip. Andra hållet.”

”Men jag behöver min väska.”

Han pekade på Katon innanför ytterdörren. Anton skakade på huvudet.

”Nej, den behöver vi. Du är bara en belastning. Din mat räcker inte åt oss alla hela vintern. Du är inte välkommen här. Det är min ö, jag är äldst, den skulle ha varit min.”

Filip började gå mot bryggan och ekan. De var bara två. De hade inte muddrat honom. Han hade fortfarande sin F1 i bältet. Kanske om han var snabb? Anton kunde han ta, men Andreas höll sig fem meter bort med hagelbocken och hade fortfarande inte säkrat den.

”Inte till bryggan”, sa Andreas med ett hånflin.

”Nej, just det. Ekan stannar här. Du simmar.”

”Men ni sa ju att jag fick lämna ön.”

”Ja, lämna ön får du, men inte i ekan. Du har väl inte glömt hur man simmar?”

Filip protesterade, men det var lönlöst. Till slut började han vada ut i vattnet på stenstrandens näs, där ön delade sig i hans halva och Antons mindre halva med kaptenshuset.

Oktobervattnet var iskallt.

”Jag kommer att dö.”

Andreas skrattade till.

”Inte vårt problem, du lämnar ön levande. Inte vårt fel om du inte är en riktig viking.”

Andreas höjde hagelbocken och siktade rakt mot Filips ansikte. Fötterna hade redan börjat domna. Han kunde inte stå stilla i det iskalla vattnet. Istället sprang han ut i vattnet. Hur mycket tid hade han? Hur länge klarar man sig i den här temperaturen?

När det iskalla vattnet nådde honom till låren kastade han sig framåt och började crawla. Genast insåg han sitt misstag. Han borde ha tagit av sig kängorna men vågade inte stanna upp nu. Kämpande för livet simmade han mot fastlandet, sjuhundra meter bort. Bakom sig hörde han hånskratten.

Hur länge han hade simmat visste han inte, men när en bitande smärta brände till i knäet förstod han att han hade nått land och i kvällsmörkret vadade han huttrande upp på fast mark. Skakande kastade han sig omkull på en strandäng. De iskalla kläderna stramade runt honom medan regnet hånfullt slog mot honom utan paus.

Desperat började han kränga av sig kläderna, knölade ihop dem i famnen och sprang inåt land. I mörkret anade han en bod eller lada. Han sparkade in dörren, tog sig in och slängde kläderna på golvet. Med skakande händer och stela fingrar letade han fram byxorna och fick upp höger benficka, där han hade en liten mikrofiberhandduk. Snabbt vred han ur handduken och började växelvis torka sig och vrida ur handduken. Han måste bli torr så snabbt som möjligt, annars skulle han frysa ihjäl. Han trevade sig fram och hittade några flytvästar och vad som verkade vara en filt. Han lade sig naken på västarna, drog filten över sig och somnade direkt av total utmattning.

52.

Peter Ragnhell

November

Vid den nedbrunna Statoilmacken alldeles före Hjällbo stod en ensam kvinna med armarna i kors mitt på vägen. Hon bar en rosa sjal med diskreta mönster svept över axlarna, byxor och en tjock svart jacka med fuskpäls runt handlederna. Hon var barhuvad, och det välvårdade korpsvarta håret var svept bakåt i en lång tofs som hon lät hänga fram över ena axeln.

Kvinnan gjorde inte minsta ansats att flytta på sig, trots att Peter hade sina sista nitton kolleger med sig, däribland Patrick och Anders. De kunde gott ignorera henne, bara ännu en jävla blatte som gjorde sig märkvärdig.

Göteborg var förlorat. Hela centrala stan runt Göta älv var översvämmad. Byggnader närmast älven hade rasat eller slitits med av flodvågen. Östra Nordstan och många andra hus som stod på lera såg ut att luta. En del fasader och byggnader hade rasat, och rasen fortsatte. Tingstadstunneln stod under vatten och Götaälvbron fanns inte längre. Alla deras förråd hade översvämmats. Det var dags att dra till högre mark, bort från stan. Men han kunde inte låta Aspvik komma undan. Oavslutat arbete. Först Aspvik, sedan dra.

Utan förvarning höjde kvinnan ena handen i ett tydligt stopptecken och ropade hans namn.

”Peter Ragnhell, du är inte välkommen här. Vänd tillbaka!”

Peter kunde inte hålla tillbaka ett skratt, men höjde ändå handen och gjorde halt.

”Lilla vän, kliv åt sidan.”

”Jag är inte din vän. Mitt namn är Nahirin Itani. Jag talar för oss alla.”

Det började dyka upp människor på vägen bakom Nahirin. Först enstaka, sedan fler och fler. Snart var de hundratals, och fler fortsatte att strömma till.

Peter knäppte med fingrarna, och kollegerna spred ut sig på linje med automatvapnen redo. Folkmassan var stor, men han visste att den skulle upplösas, som alla andra gjort, så fort det första skottet föll.

Peter drog upp sin Sig Sauer ur hölstret och riktade den mot kvinnan. Utan att blinka stirrade hon honom rakt i ögonen.

”Jag känner sådana som dig. Små män med stora vapen.”

”Ni behöver skydd mot brottsligheten. Ordning och reda.”

Kvinnan fnös.

”Här har gängen haft ihjäl varandra de senaste veckorna. De sista tog vi själva hand om. Vi kom inte till Sverige för att förtryckas eller leva i skräck för män med vapen. Vi kom hit för att leva i tolerans, fred och frihet. Ni erbjuder inget av detta. Vi kom hit för att slippa sådana som du.”

”Glenn Aspvik, vi kan ta hand om honom åt er.”

Kvinnan viftade med handen.

En man lösgjorde sig ur mängden och ställde en enkel träningsväska framför fötterna på Peter. Sedan ställde han sig bakom kvinnan, som nickade åt väskan.

”Säg hej till Glenn Göteborgare.”

Peter böjde sig fram och drog långsamt upp väskans dragkedja. Glenn Aspviks avhuggna huvud stirrade tillbaka på honom.

”Vi klarar oss själva tills strömmen kommer tillbaka och allt fungerar igen. Jag talar för alla norr om Gråbovägen, hela vägen upp till Rannebergen och Lövgärdet.”

Peter skrattade.

”Aldrig att ni klarar er själva. Alla religioner och folkslag. Ni behöver sådana som oss som kan hålla ordning på era tusenåriga tvister.”

”Alla religioner och folkslag står här bakom mig. Syndafloden har kommit, och vi är arken.”

Hon höjde armen och knöt näven.

Från den ständigt växande folkmassan klev flera personer fram. Peter kunde se en kvinnlig svensk präst, en ortodox präst, en man med kippa på huvudet och flera skäggiga män, som han antog var imamer.

”Nu bygger vi ett eget samhälle, baserat på frihet och respekt för Gud, och fritt från ert förtryck. Vi bygger det tillsammans. Det kommer inte att bli lätt, men vad har du någonsin byggt i ditt liv?”

Peter höjde åter pistolen mot Nahirin.

”Ni är mördare. Rättvisa ska skipas.”

Smällen var stenhård och pistolen flög ur handen på honom. Handflatan dunkade av smärta och det skar som knivar i fingrarna. Peter skrek till och tog sig för handen medan ljudet av ett skott ekade över vägen.

”Helvete!”

”Rättvisan är redan här. Nästa skott är dödande. Lägg ner era vapen.”

Hans kolleger började röra sig. Folkmassan var nu säkert över tusen personer stor, män, kvinnor och barn. Smutsiga och ovårdade stod de tätt tillsammans, men med raka ryggar.

Det fanns ingenstans att ta skydd. De stod mitt på en asfaltsväg som var omgärdad av viltstängsel. Han och kollegerna hade gått rakt i fällan. Visserligen kunde de öppna eld mot folkmassan och springa framåt och söka skydd bland folket, men församlingen stod åtminstone hundra meter bort. De skulle bli slaktade om de ens försökte. Å andra sidan kanske Nahirin bluffade. Men hon hade trots allt en träffsäker prickskytt med inskjutet vapen. Knappast någon jävla gängmedlem som aldrig får möjlighet att öva utan att någon hör skotten.

Peter synade inte bluffen.

”Lägg ner vapnen.”

Kollegerna lade ner sina k-pistar och automatkarbiner. Peter gjorde detsamma.

Från buskagen till vänster om vägen reste sig fyra piketpoliser i full mundering med sina k-pistar höjda, iklädda skottsäkra kroppsskydd och hjälmar med nerfällda visir. En operatör hade ett vitt bandage om ena armen, men ingen av dem hade ett prickskyttevapen. Någonstans låg ännu en skytt dold. De klippte upp viltstängslet och ryckte fram med höjda vapen och började sparka undan kollegernas vapen.

Ledaren stannade framför Peter.

”Ragnhell, du har mycket att svara för. Du borde skjutas på plats som den hund du är, men vi är inte som du. Se på dig! Kungen av Göteborg har bara tjugo man som följer honom. Lägg ner era pistoler och all ammunition så får ni fri lejd upp och ut över Angeredsbron. Ni kan få Hisingen, men ser vi er här eller på fastlandet igen får du smaka på din egen medicin. Ni kan hoppas på att strömmen inte kommer tillbaka, för när allt fungerar igen ställs ni till svars och buras in. Allihop. Hoppas de kastar bort nyckeln.”

Peter var tvungen att säga emot.

”Så det har alltså gått så långt att ni samarbetar med jävla blattar.”

Piketoperatören fnös.

”Vi samarbetar med dem som gör rätt för sig. Här har människor kommit från skitförhållanden, som inte är mycket bättre än det vi har nu. Många har växt upp utan ström, telefoni och rinnande vatten. Det kommer inte att bli lätt, men här har vi åtminstone en chans att bygga något stabilt tills strömmen kommer tillbaka.”

”Då får vi hoppas att strömmen inte kommer tillbaka. Men jag kommer tillbaka. Det kan ni vara säkra på.”

Peter log och nickade sedan.

”För oss över bron.”

Femton kolleger gick över Angeredsbron. Fem valde att stanna. Han kunde klara sig utan dem, de var mesar som aldrig hade skjutit ett skott. De trodde väl på förlåtelse. Hade de inte sett Aspviks huvud?

Peter tittade ut över älvdalen. Göta älv var frisläppt från sina bojor. Vattnet gick hela vägen från Gårdstensbergets branter och över till kullarna på andra sidan. Av motorvägarna på bägge sidor av älven syntes bara enstaka lyktstolpar som hade trotsat flodvågen och nu reste sig som protesterande fingrar, i trots mot älvens förnyade storhet. Byggnader hade försvunnit eller sargade förvandlats till öar. I riktning mot Göteborg hade köpladorna svepts bort, och av Ikea:s massiva byggnad syntes inte ett spår. Långt in på Hisingen och söderut sträckte sig höga rökpelare från brinnande byggnader mot himlen.

En rysning for längs Peters ryggrad. De gick mitt på en bro. De var till synes helt obeväpnade, och på det här avståndet hade de ingen möjlighet att försvara sig. Han försökte behålla värdigheten och gick i rask, behärskad takt, men känslan att någon siktade på honom gick inte att skaka av sig. De kunde skjuta ner dem alla femton, avrätta dem som djur. Det fanns ingenstans att gömma sig.

Piketen hade inte visiterat dem. Så fort de befriats från sina synliga vapen svepte folkmassan fram och de bokstavligen föstes vidare. Peter hade fortfarande kvar sin CZ-99 på fotleden. Flera av kollegerna hade också undanstoppade personliga vapen samt knivar, batonger och pepparsprej. De kunde återvända till fastlandet över Älvsborgsbron. Men det fick bli senare. Till våren. Först behövde de skaffa tyngre vapen.

I solnedgången över ett dränkt Göteborg blåste en iskall vind in från havet, bärande lukt av brandrök, sopor, död och förruttnelse.

Vintern verkade komma tidigt i år.

53.

Gustaf Silverbane

November

Överste Dan Stridén sköt cigarrasken över mahognyskrivbordet.

”Cigarr? Kubanska. Säkert sista chansen på länge.”

Gustaf skakade på huvudet.

”Nej, tack. Farligt för hälsan.”

”Skyll dig själv.”

Översten lutade sig bakåt i läderstolen och blåste ut ett stort rökmoln. Kylan hade börjat krypa in genom stenväggarna, och det var inte mycket varmare inne än ute. Naturligtvis rådde rökförbud i alla offentliga lokaler, men Stridén struntade högaktningsfullt i detta.

”Major Silverbane, eller ska jag säga Viper? Gustaf, kanske?”

”Viper duger gott. Det här är väl ett tjänsteärende, Dan?”

Gustaf betonade överstens förnamn och lät namnet hänga kvar i den cigarrstinkande luften.

”Nåväl, allt jag säger stannar förstås i detta rum.”

”Naturligtvis.”

”Dina kolleger har återvänt från utflykten till Stockholm. Två av dem.”

Bara två? Fyra kolleger hade lämnat.

Gustaf kunde inte dölja sin nyfikenhet och lutade sig intresserat framåt.

Eagles patrull hade skickats till Stockholm för att upprätta kommunikation, få order från högkvarteret och samla in en lägesbild. Det hade gått nästan två veckor, och Gustaf hade inte hört att de var tillbaka. Å andra sidan hade han varit ute och övertalat bönder att börja leverera mat in till Karlsborg under beskydd. Eller snarare beskyddarverksamhet.

”Eagle lyckades inte upprätta kontakt med högkvarteret. Vid Södertäljebroarna fick de forcera sig förbi insurgenter som krävde tull. Därefter mötte de kolleger från Livgardet vid Essingebroarna. Det hela urartade och skott avlossades. Eagle och Boone fick omgruppera, då livgardisterna fick undsättning och inte ville diskutera situationen som civiliserade människor. Nike och Flowchart betalade tyvärr det yttersta priset.”

Stridén stirrade kryptiskt på Gustaf, som inte gjorde en min. Nike och Flowchart. Niklas Niklasson och Filip Hammarström. Många år i gruppen, Niklas längre än han själv. Bägge gifta och hade barn. Niklas äldsta var redan i tonåren. Vad hade hänt? Skjutna av livgardister i Stockholm? Vad var det som pågick?

”Jävligt uppfattat. Har familjerna underrättats?”

Översten nickade tyst.

”Vi ligger dock lite lågt med det här. Eagle och Boone förföljdes aggressivt fram till utkanten av Flen, där de fick förföljarna på andra tankar. Sammanfattningsvis, och efter samråd med regionstaben och garnisonsledningen i Skövde, söker och tar vi tills vidare inte längre order från Stockholm. Vi ska koncentrera oss på att stabilisera läget här i Västra Götaland. Situationen i Stockholm är fruktansvärd, och vi kan knappast räkna med någon hjälp därifrån. Halva Söder har brunnit och är jämnat med marken. Enligt Eagles handskrivna rapport är läget värre än i Sarajevo under Balkankrigen. Tänk dig Sarajevo, fast utan el, mat, avlopp, brandförsvar, nödhjälp, FN, media och dricksvatten.”

Stridén fingrade på en bunt handskrivna papper på skrivbordet.

”Så vad gör vi nu?”

”Som du säkert har märkt kommer det allt fler flyktingar till den trygghet och stabilitet som vi har byggt upp här. Vi börjar dock få slut på bränsle till dieselbrännarna och det är vattenreningen och skolorna som ska prioriteras. Alla dagis är redan stängda, och kommunen har beslutat att lägga ner vårdhemmen. De fåtal äldre som fortfarande är vid liv ska placeras hos sina egna familjer eller, om de inte har släktingar lokalt, hos andra familjer. Flyktingar får sova i skolorna och klara sig på den värme som finns. I övrigt är det av största vikt att vi får folk att stanna kvar i sina hem och inte komma hit. Skövde Garnison och Skaraborgs flygflottilj på Såtenäs försöker tillsammans med hemvärnet från Skaraborgsgruppen att säkra upp orter och landsbygd runt Skaraborg, men de är förstås kraftigt underbemannade. Själva går vi på knäna. Vi skickar Jonas Swärd och de två kompanierna ur 7:e lätta bataljon för att få tag på Örebro-Värmlandsgruppen samt fortsätta till centrallagret i Arboga."

Gustaf skakade på huvudet.

"Det är långt till Arboga utan fordon. Varför så många?"

Stridén flinade.

"Cykelskytte. Har de inte egna cyklar finns det fortfarande hundratals i gamla förråd. Så länge snön inte faller borde det bara ta några dagar. Dessutom behöver de cykelkärror för att få med sig allt hem från lagret. Sovsäckar och filtar till flyktingar. Sjukvårdsmateriel och annan utrustning, som fotogenlampor, fotogen, fler dieselbrännare, frystorkad mat i mängder. All skit vi behöver finns i centrallagret. Därav antalet man."

Regementschefen lutade sig tillbaka och tittade tyst på Gustaf.

"Skövde har inte lyckats upprätta kontakt med Bohusdalgruppen. Det är där du kommer in."

Gustaf lutade sig tillbaka. Patrull. Inget mer övertalande av bönder alltså.

"Vi kan avvara en spaningspluton från Undbat och en pluton fallskärmsjägare. I övrigt får du din egen patrull. Övriga SOG behövs till annat. Ni ska upprätta kontakt med bataljonschefen för Bohusdalgruppens 40:e hemvärnsbataljon och se till att dessa lugnar ner situationen i sitt område samt följer order från regionstaben i Skövde. Vid behov ska ni lugna ner situationen längs vägen. Är detta något du kan acceptera? Jag ställer frågan öppet, utan order, då ni i SOG rent formellt lyder under ÖB och insatsstaben, inte Regionstaben.

Stockholm har dock visat sig ovilliga att samverka med utskickad SOG-patrull. Så vad säger du?”

”När ska vi börja?”

”Ni avtågar i övermorgon. Läget är lugnt fram till Skövde, ni bör klara en snabbmarsch dit på en dag. Där fyller ni på förråden, och sedan får ni klara er själva. Bataljonschefen bor i Marstrand, så det är en bit att gå. Rekommendation är att undvika Trollhättan och Vänersborg, de är för stora städer att lugna ner på egen hand. Såtenäs hade folk där för tio dagar sedan, och läget var minst sagt kaotiskt. Kraftverksdammarna hade börjat svämma över eftersom de inte längre tappas korrekt.”

Gustaf kliade sig i skägget. Han borde passa på att ansa det innan avmarsch och klippa håret. Skulle han raka av sig allt? Risken att skära sig var stor. Rakapparaten fungerade inte heller. Två SOG-kolleger låg febersjuka av infekterade enkla sår och det fanns ingen antibiotika. Det ryktades om amputering om inte vårdcentralen lyckades häva infektionerna genom enklare ingrepp och rengöring.

Han nickade.

”Svar ja. Jag accepterar.”

Stridén sköt över två kuvert, förseglade med vaxstämplar och med kvalificerade hemligstämplar på framsidan.

”Dina order och order till 40:e bataljonen. Läs i lugn och ro, och återkom.”

”Det kommer handla om några veckor. Kanske hela vintern.”

Chris lade armarna i kors och vände sig mot fönstret för att titta ut i nattmörkret. Med det fladdrande ljuset från stearinljusen, som speglade sig i fönstret, gick det inte att se ut, men det hindrade henne inte från att vända honom ryggen.

Efter vad som kändes som en evighet svarade hon.

”Jag trodde att du skulle stanna här hos oss nu. Så kommer du med detta. Vi behöver dig mer än någonsin. Jag behöver dig.”

”Du kommer inte att vara ensam. De andra tar hand om dig.

Förråden och veden räcker hela vintern. Det här är inte konstigare än en vanlig mission."

Chris vände sig hastigt om och lade bägge händerna på magen.

"Det här är annorlunda."

Hon slog ut med armarna.

"Allt är annorlunda."

Gustaf gick fram för att krama om henne, men hon vek undan.

"Lova att du är tillbaka innan magen är färdig."

"Jag lovar."

Chris visste bättre än att fråga efter närmare detaljer. En hemlig order var en hemlig order. Han kunde inte beskriva vad de skulle göra. Gå till Marstrand, överlämna order till hemvärnsbataljonschefen och utreda möjligheterna att få igång transporter av bränsle från raffinaderierna i Göteborg eller Lysekil. Det senare var den svåra biten, men kanske den viktigaste. Långt ifrån alla byggnader gick att värma upp med ved och bränslet till dieselvärmarna var på upphällningen. Men det skulle krävas fordon för att få hit bränsle i tillräckliga volymer, och än hade man inte hittat några fungerande motorfordon.

Tårarna rann nerför Chris kinder.

"Förlåt, det här är bara inte sant. Du ska vara här nu. Det skulle inte vara så här."

"Jag vet, men nu är det så. Vi har det fortfarande bra, det är vår plikt att hjälpa andra. Din uppoffring är större än min. Jag ska bara ut och gå, du ska ta hand om Elin och magen."

Chris torkade ansiktet och omfamnade honom. Gustaf borrade in ansiktet i hennes hår. Rufsigt och fett. Det luktade vedrök och veckor utan riktig tvätt, men det doftade ändå gott. Det doftade Chris.

Morgonsolen hade inte nått över fästningsvallen när manskapet började vandra ut genom valvet. På kolonn, med två meters mellanrum mellan varje soldat och fem meter mellan varje patrull, tågade de nertyngda av full packning och beväpning förbi Gustaf och Bullseye, som stod med ryggen mot vallens grässlänt.

Gustaf lät armarna vila mot sin automatkarbin. Det tyngde lite extra på axlarna att göra så, men det skulle bara kännas skönare när han tog bort armarna. Packningen vägde nästan femtio kilo. Ingen radioutrustning fungerade, så vare sig radio eller ackar togs med, vilket lättade på vikten. Detsamma gällde mörkerutrustning med tillhörande batterier. Istället hade de extra ammunition, signalraketer och lysraketer. Rödpunktssiktena var avmonterade och vapensmederna hade utrustat alla vapen med fasta sikten, som nu var inskjutna.

I början var det ovant att inte ständigt ha en radio i örat, men det hade snabbt blivit en vana.

Den begynnande vinterkylan gjorde att Gustaf saknade de gamla aktiva hörselskydden, men han nöjde sig nu med öronproppar. Tillräckligt för att inte få hörselskador, men inte mer än att han fortfarande skulle höra de andra. De flesta hade gjort detsamma. När adrenalinet pumpade stod man annars ut med smärtan från skottlossning i öronen. Skulle man strida tyst gällde ändå bara handsignaler, så hörselskydd var inte ett problem om det blev aktuellt.

De var bara utrustade med lätta vapen, ingenting tyngre än kulsprutorna. Behov av pansarvärnsvapen eller granatkastare fanns förstås inte. Det värsta de skulle träffa på var civilister med jaktvapen, insurgenter. Som en fotpatrull i Affe, fast där man kan språket och kulturen.

En svag vind fläktade i ansiktet och Gustaf kände med handen på den begynnande skäggstubben. Han kanske inte skulle ha slätrakat sig utan behållit skägget som skydd mot den kommande vintern? Men det här var inte Afghanistan. Det här var ändå Sverige. Det var en markering. Här var det inte nödvändigt med skägg. Dessutom skulle det snart vara på plats igen.

Han drog på sig handskarna, nickade åt Bullseye och tillsammans gick de ner för att ansluta till den nästan sextio man starka kolonnen, som nu sträckte sig över vallgraven, förbi vattenstationen, där folk köade med hinkar och vattendunkar, och hela vägen ner till Vättern.

Solen bröt upp över fästningsvallen och den vita frosten började glimma i gräset när is åter blev till vatten.

54.

Filip Stenvik

November

Filip vågade inte stanna till utan gick så fort benen bar. Byxorna och kängorna var fortfarande blöta, men under den grå filten som han hade svept om sig började tröjan kännas åtminstone lite torr. Han frös så han skakade. Värst var det med fötterna. Förr eller senare måste han vila.

Hungern rev i magen. Han hade inte ätit någonting sedan Nina och Leif gett honom frukost i Lilla Edet, två dagar tidigare. Lilla Edet var närmare än Göteborg. Kämpade han på kunde han vara tillbaka där någon gång efter skymningen. Törsten var värre än hungern. Han hade stannat och druckit där han hittat vatten som verkade okej. Soporna och stanken av avföring runt Ljungskile gjorde att han bara gick rakt genom byn. Kanske borde han ha tiggt mat och vatten av någon, men han vågade helt enkelt inte.

Gårdagens regn hade övergått i sol, men det var bitande kallt. Det skulle bli frost till natten. Förhoppningsvis skulle den fuktiga vägbanan inte bli isbelagd förrän han var framme i Lilla Edet. Han gick redan för långsamt och ville inte tänka på hur det skulle vara med ishalka.

Till slut var han tvungen att stanna. Han frös inte längre, var bara så trött.

Han såg sig omkring men kände inte igen sig. Det var ingen idé att plocka fram kartorna ur benfickan. Simturen hade förstört dem, och de hade gått i bitar när han hade försökt veckla ut dem. Det var bättre att lämna dem i fickan tills han kunde torka dem framför en brasa.

Han kände sig yr. Filip satte sig ner vid vägkanten och allt blev svart.

”Hur är det med dig, pojk?”

Världen gungade och rösten åtföljdes av hårda rytmiska slag. Allt var fortfarande mörkt, men luktsinnet började återvända. Det första han kände var lukten av kött. Saftigt grillat kött. Sedan kom en lukt av häst. Hästskit!

När ljus trängde in genom ögonlocken öppnade han ögonen.

”Här! Ät och drick! Jag vill inte ha några ruttnande lik på mina marker.”

En gaffel med ett rejält köttstycke och en stor PET-flaska fylld med vatten trycktes i händerna på honom.

Filip satte sig upp. Han befann sig bland små vita ensilagebalar på flaket till en hästvagn. En man i sextioårsåldern satt på kuskbocken och en kraftig brun häst var spänd för vagnen, som till det lugna rytmiska klapprandet av hovar fortsatte längs en asfaltsväg. En bit längre fram syntes en grupp gårdsbyggnader på och runt en liten kulle.

”Så har du ett namn? Jag heter Nils Andersson.”

Mannen sträckte fram handen.

Filip tog emot handen och mumlade ett svar mellan tuggorna.

”Filip Stenvik.”

”Vart var du på väg?”

”Lilla Edet.”

”Då missade du att svänga av till Backamo. Så Filip, varför la du dig att dö just här? Det kommer att bli frost i natt, antar att du ville dö så fort som möjligt när du lägger dig i ett dike med blöta kläder.”

Filip skakade på huvudet och stammade med klapprande tänder fram ett svar.

”Nej, jag vill inte dö.”

”Bra! Du verkar stark och vältränad. Varifrån kommer du?”

”Stockholm.”

Nils fnös till.

"Kan du något? Kan du slakta och ta ur en kviga om du får värma dig framför spisen med lite mat i magen först?"

Filip nickade. Han hade sin jägarexamen och hade gått extra kurser i urtagning och styckning. Genom åren hade han dessutom tagit ur tre rådjur. En kossa borde vara detsamma, fast större.

Nils flinade.

"Vi får väl se."

Kvigan stod tjudrad inne i en höghall i den faluröda gamla ladan. Eftermiddagssolen sken rakt in genom de öppna grönmålade dubbelportarna. Från taket, åtta meter upp, hängde ett rep med slaktkrok från en talja och ett block. Betonggolvet var rensopat, men mörka fläckar skvallrade om vad som hade hänt där tidigare.

Nils sträckte fram en svart avlång bultpistol till Filip, som nu var klädd i ett varmt och torrt blåställ. Hans egna kläder hängde på tork framför vedspisen inne i det vita huset.

"Här skjuter du henne med bultpistolen."

Nils pekade på en punkt mellan kvigans öron.

"Det kallas bedövning. Bulten slår in i hjärnan på henne, orsakar en svullnad och omedelbar medvetslöshet. Hon vaknar inte förrän svullnaden går ner, om du träffar rätt. Annars får vi problem. Sedan sticker du henne här med dolken, hela vägen in till skaftet, och drar snabbt ur den igen. Stickhålet måste vara djupt för att nå halspulsådern, det här är inget litet lamm."

Nils pekade på en plats på kvigans hals och kliade sedan djuret under hakan.

"Resten vet du. Skär upp buken, ta ur våmmen och tarmarna. Runka tjocktarmen tom, snör åt och skär av. Ännu viktigare är matstrupen, så ingen våm kommer ut i buken och förstör köttet. Snör åt och skär av, sedan drar vi ur lungorna och hjärtat. Hjärta, njurar och lever ska separeras ut. Det är också mat, även om vi har gott om kött."

Filip spände upp bultpistolen, satte den mot kons huvud och tryckte av. Inget hände. Nils började asgarva.

”Bra, bra. Ville bara kolla att du hade det i dig. Ingen tvekan, det är bra. Mindre risk att du gör fel då. Och jag har inte lust att göra allt själv.”

Nils tog tillbaka bultpistolen, skruvade isär den och satte i en patron.

”Sådär, nu kör vi på riktigt. Akta dig när hon faller, vi har inte tid med några krossade pojkar här. Kom ihåg, stick djupt.”

Filip spände åter upp bultpistolen och tryckte av. En dämpad, skarp smäll hördes och det luktade krut. Kvigan kollapsade direkt på betonggolvet.

”Fort, stick henne!”

Han fick lyfta bak det tunga huvudet för att komma åt, satte den dubbeleggade dolkspetsen mot stickhålet och tryckte till allt han kunde. Den rakbladsvassa klingan gled rätt in i kon, som en varm kniv genom smör. Filip ryckte ut kniven direkt. Han var inte beredd på den kaskad av blod som sprutade ut ur den fallna kvigan och de lånade gummistövlarna färgades snabbt röda.

Nils fäste köttkroken i rep runt kvigans bakben och började långsamt hissa upp kroppen från betonggolvet. Därefter rullade han fram en stor metallback under den halvt upphissade kvigan.

”Låt gravitationen göra jobbet åt dig.”

Filip tog upp ett snitt vid kvigans bröstben och sprättade med dolken sedan försiktigt upp buken. Han var noga med att inte skada våmmens jäsande svamp- och bakteriehärd. Om maginnehållet i kons magar läckte ut skulle kontaminerat kött snabbt bli oätligt, rentav giftigt. Annars var grundregeln att djur är smutsiga på utsidan, rena på insidan. Det gällde att arbeta inifrån och ut.

Till slut var buken uppskuren tillräckligt, och våmmens magar vällde ut ur buken, släpande tarmpaketet efter sig. I motsats till att ta ur ett skjutet rådjur var det hela helt blodfritt och såg mest ut som en välsorterad charkdisk på Söder. Han arbetade bort det gödsel som fanns i tarmen och snörde åt tjocktarmen med snören Nils räckte över. Ett sista snabbt snitt och hela tarmpaketet klafsade ner i trådbacken, ryckande med sig levern. Med en morakniv plockade Nils ur lever och njurar från gyttret av inälvor i backen. Det såg ut som om inälvorna levde, där de vred sig fram och tillbaka, men Filip visste att det handlade om gaser och fortsatt jäsning.

Filip skar upp diafragmans tunna mellanvägg och sträckte in högerarmen i lungutrymmet. Han fick ett ordentligt grepp om lungorna och drog allt han kunde för att få ut både hjärta och lungor. Sedan var det bara att knyta åt matstrupen och skära av den för att de sista delarna av kvigans innanmäte skulle falla ner i backen.

”Se där, du vet vad du håller på med, Filip. Då ska vi bara flå henne, sedan får hon hänga till sig en vecka.”

När de var klara tog Nils med honom till en handpumpad brunn på andra sidan bostadshuset, där de tvättade av sig den värsta sörjan av fett, kroppsvätskor och enstaka blodspår.

Nils tittade bort mot solen som höll på att gå ner bakom granarna på andra sidan den närmaste åkern.

”Så här är det. Jag behöver hjälp. Det finns bara vinterfoder till en fjärdedel av mina kor, och alla nya mjölkdjur går bara att mjölka med den förbannade roboten, som är stendöd. Spenarna är för korta. Mina gamla SRB går däremot att mjölka för hand. Så vi behöver slakta ur fyrtiofem djur till. Sedan måste resten ha vatten. Brunnen kommer inte att räcka, så det blir att gå ner till bäcken. De ensilagebalar jag hann ordna innan traktorn gick sönder måste hem. Potatisen måste upp, de sorter som ännu inte ruttnat. Vi behöver bli av med köttet. Ved ska fixas för nästa vinter. Till sommaren blir det lieslåtter och hässjning. Min pojk lär inte dyka upp, jävla stockholmare. Aldrig att han går tvärs över landet för att hjälpa sin gamle far. Så du har ett jobb om du vill ha det. Allt jag kan ge dig är jobb från gryning till skymning och allt vi kan göra när det är mörkt. Sju dagar i veckan, året om. Du får bo i grabbens stuga. Du får mat, värme och vatten så länge du jobbar. Vad säger du?”

Filip nickade. Han kunde jobba. Han sträckte fram handen.

”Tills strömmen kommer tillbaka.”

”Du är inte härifrån, så du har inte hört.”

”Vadå?”

”Strömmen kommer aldrig mer tillbaka.”

55.

Magnus Svensson

November

Vattnet hade dragit sig undan en del, men Göta älv låg fortfarande flera meter högre än normalt. Större delarna av industriområdena en bit upp längs älven stod ännu under vatten, med ruiner blandade med hus som stått emot älvens kraft.

Magnus stod vid den nya strandkanten vid Rambergets fot och tittade ut över vattnet. Radio- och tv-huset var till synes intakt, som en ö i älven, som nu var över en kilometer bred, men han visste att det bara var en illusion. Han hade vadat ut till byggnaden i det iskalla vattnet för att leta efter Mia, liksom till alla andra byggnader på de forna kajerna, om inte annat bara för att hitta hennes kropp. Men bland de allt mer uppsvullna kropparna som fångats upp av huset hittade han inget barn. Alla fönster på tv-husets bottenvåning var krossade, och älven rann nu rakt genom byggnaden, som ståndaktigt ändå vägrade att ge upp.

Hungern kände han inte längre av, men kylan var desto värre. Lena hade släpat ihop vrakdelar och tänt en brasa som åtminstone torkade kläderna där han stod i röken och värmde sig. Trots att han var torr huttrade han.

”Du måste äta, Moa!”

Lena försökte truga i Moa en av de skorpor som Magnus hittat på radiohusets övergivna andra våning.

”Blä!”

Max lade ännu en blöt träbit på brasan. Magnus gissade att den splittrade brädan hade varit en del av något hus.

De första dagarna hade de inte varit ensamma i förödelsen. Man hade hjälpt varandra så gott det gick. Frågat om någon hade sett något. Utbytt information. Delat på en brasa eller en bit mat, om man hade tur. Men allt eftersom dagarna gick hade de som sökte efter anhöriga blivit allt färre. Ingen hjälp kom.

Det var verkligen kört. Förhoppningarna om utländsk hjälp och att strömavbrotten bara var ett svenskt problem grusades. Aldrig att omvärlden passivt skulle titta på när stora delar av Sveriges näst största stad sköljdes ut i havet. För att inte tala om vad som hänt uppströms. Vänerns fördämningar måste ha brustit, och Sveriges största sjö höll nu på att fritt flöda ut i Västerhavet.

”Magnus. Det är dags. Vi måste få riktig mat till Moa. Mia är med änglarna nu.”

Lenas röst stockade sig när hon först lade bägge sina händer på Magnus axlar bakifrån. Hon lät händerna glida ner runt hans mage och kramade honom hårt.

Bara en dag till. Det var han som hade släppt taget. Det var hans ansvar. Det var hans fel. Inte Lenas. Hon skulle aldrig förstå. Mia kunde fortfarande finnas där någonstans.

Lena fortsatte mumla bakom honom.

”Vi är en familj. Vi måste hålla ihop och vi kan inte stanna här. Finns det ingen mat i stan, så finns det kanske mat på landet.”

Magnus vände sig om och kramade om sin hustru. Hennes hår luktade rök, som allt annat. Det var ändå en angenäm lukt, inte helt obehaglig. Han var trött på stanken i Göteborg. Älven lämnade ruttna, svullna lik efter sig när den långsamt drog sig bort. Strandlinjen hade flyttat sig flera meter tillbaka sedan i går. Om några veckor kanske den rentav var nere vid den gamla kajkanten. Skulle det bli lättare att hitta Mia då?

Kanske kunde de komma tillbaka till våren? Mias halsband skulle de känna igen.

”Det är mitt fel. Jag släppte taget.”

Han kunde inte hålla tillbaka tårarna, men ögonen kändes torra och det sved när han äntligen släppte fram gråten.

Magnus föll ner på knä och Lena följde med, fortfarande med armarna om honom.

”Jag vet, Magnus. Jag vet. Men nu går vi. Vi har två barn till att ta hand om. Mia finns med oss, alltid. Här inne.”

Hon lade sin hand på hans bröstkorg.

Äntligen grät de tillsammans. Det hade gått så många dagar. Han hade varit så ensam.

De vandrade norrut på Tuvevägen. Magnus bar Moa i famnen. Hon kändes kall genom kläderna och var blek i ansiktet. Oftast sov hon, när hon var vaken hade hon långt mellan orden.

Nordre älvs utlopp hade också svämmat över och vattnet stod långt upp på fälten närmast älven, men att döma av allt vrakgods på åkrarna höll det på att dra sig tillbaka. Det visade sig att järnvägsbron över Nordre älv var oskadd och på järnvägsrälsen gick de över till fastlandet igen. De var långt ifrån ensamma om att söka sig norrut och följde först utan tanke de andra vandrarna. De flesta verkade fortsätta in mot Kungälv, men Magnus och Lena var överens om att det knappast skulle finnas något att äta där heller. Istället tog de sig på småvägar norrut genom skogarna och sov över i ett övergivet litet uthus. Det luktade fukt och mögel men skyddade åtminstone mot den nordanvind som hade börjat friska i.

På morgonen var marken täckt av ett tunt lager snö.

Magnus kunde inte komma ihåg när det senast kom snö i november. Vintern kom tidigt i år.

DEL III

Depression

56.

Filip Stenvik

Vinter.

Det var den femtonde och sista vändan från bäcken och upp till korna. Varenda muskel i armarna protesterade, trots att det knappt var tio liter bäckvatten i varje hink.

De två tonåriga grannpojkarna, Leon och Mikael, följde tätt efter honom med sina hinkar. Därmed skulle badkaren åter vara fyllda. Totalt handlade det om över åttahundra liter vatten per dag. Sedan bäcken hade börjat frysa igen gick korna inte själva dit efter vatten, oavsett hur mycket de försökte locka dem. Varje dag inleddes med att först hacka upp ett rejält hål i isen och sedan bära upp vatten till korna vid ensilagebalarna och det enkla nybyggda vindskyddet. Mjölkkorna stod kvar uppe i ladan och fick vatten direkt från den handpumpade brunnen. Dessutom frös inte vattnet lika lätt inne i ladan. Eftersom höet och hösilaget var slut fick de istället rulla dit de halva tonnet tunga ensilagebalarna. Oftast gick plasten sönder några hundra meter innan gården, och sedan var det skottkärra som gällde för den spruckna balen. Beträffande köttdjuren, kvigorna, tjurarna och kalvarna var det enklare att låta dem äta direkt ute på vallåkern, där de övergivna ensilagebalarna låg kvar, väntande på den traktor som aldrig skulle köra igen.

Vid behov skars en ny ensilagebal upp direkt ute på åkern och den vita plasten strippades bort, så korna fick äta direkt på plats. Att elstängslen inte fungerade var inget problem. Nils kor höll sig där de hade mat och vandrade inte iväg.

På vägen tillbaka till ladan rullade de med sig en ensilagebal. Det var fortfarande tungt trots att de var tre man och tjälen låg i marken. Värst var den sista uppförsbacken upp till gårdsplan. De skar sönder balen och körde löst ensilage i flera vändor skottkärra istället. Kom det mer snö än den centimeter som låg på backen skulle det bli ännu tyngre, rentav omöjligt att få hem fler balar. Kanske kunde de snickra ihop någon form av pulka?

Nils hade åtminstone lovat att med mer snö skulle de slippa bära vatten.

”Korna kommer att börja äta snö när den ligger djupt nog, och då slipper vi vattenproblemet.”

Filip var tveksam. Korna trampade snabbt sönder marken och det blev lerigt runt den ensilagebal de för tillfället åt från. Det skulle inte finnas någon ren snö i närheten för korna att äta. Antagligen skulle de få bära vatten hela vintern. Koslakten skulle fortsätta vintern ut för att få vinterfodret att räcka. Det var nog så illa att behöva rulla hem ensilagebalarna allt längre sträckor. Nils hade haft goda förhoppningar om att få igång grannens gamla Ferguson, men motorn vägrade att starta, antagligen bränsle-luft-gnista-problem. Dessutom visade den sig ha en trasig topplockspackning.

”Kanske hade det gått att svetsa, men utan el, ingen svets.”

Helst skulle de slaktat ut allt betydligt snabbare, men de kunde inte lagra kött och hade inte tid att röka eller torka allt. Det räckte inte med några minusgrader, och köttet blev snabbt dåligt av att omväxlande tinas och frysas när temperaturen gled upp mot nollan dagtid. Istället fick slakten ske i den takt som grannskapet efterfrågade kött. Tack och lov fanns det gott om grannar, och köttet gick åt.

Det luktade nylagad mat när de kom in på gårdsplanen. Nils syntes inte till, och efter att ha borstat av sig den värsta skiten gick trion in i mangårdsbyggnadens värme.

”Härligt, mamma och syrran!”

Leon och Mikael slog sig ner vid köksbordet och kastade sig över grytorna med ångande nykokt potatis och köttfärssås.

Det tog alldeles för lång tid att laga mat, tid som tvunget måste gå till gårdssysslorna. Vedspisen måste tändas, vatten måste hämtas in, potatisen skulle skalas, löken hackas, inlagda tomater måste hämtas från matkällaren och köttet finskäras. I det här fallet även malas med en gammal handvevad köttkvarn, som Nils hade hittat i ladan. Sedan måste vatten kokas upp och allt skulle diskas. Dessutom behövdes eftermiddagsfika för att orka arbeta fram till mörkrets inbrott. Därefter var det dags att börja med middagen. Ann-Britt och dottern Maria fick jobba heltid med att förse dem med mat, från frukost till middag, inklusive att mjölka korna och fördela ut mjölken till övriga grannar. Å andra sidan fick Leon och Mikaels familj obegränsat med mat och ingen klagade. Filip behövde inte elda för matlagning i sitt hus, och kvinnorna såg till att det aldrig blev kallt. Nog för att Filip och hennes söner hade mycket att göra, men hur deras mamma och syster hann med allt förstod han inte.

”Har du sett Nils?” frågade Filip Ann-Britt.

”Han mådde inget vidare och gick upp.”

Filip lade upp mat på en tallrik och gick uppför trappan till Nils sovrum.

Bonden låg i sin säng och hade extra täcken över sig.

”Hur är det, Nils? Vill du ha en bit mat?”

”Inget vidare, Filip. Fryser som fan. Ann-Britt trodde att jag hade feber. Har ont i ryggen och behöver springa på toa hela tiden. Det är åtminstone inte njursten, då hade jag inte kunnat pissa alls. Njursten har jag haft många gånger förr. Jag behöver nog bara vila.”

”Jag ställer maten här så länge.”

När Filip kom upp efter lunch sov Nils. Han hade inte rört maten. Det luktade urin i sovrummet.

57.

Peter Ragnhell

Vinter.

Peter stampade av den värsta snön från kängorna på den sopade trappan.

Spåren till och från vedboden och den handpumpade gamla brunnen samt den rensopade trappan visade att huset var bebott. De skulle få sova inomhus i värmen i natt. Som vanligt var frågan bara hur länge maten skulle räcka till femton man.

Han försökte kväva huttrandet genom att slappna av. För att se officiell ut hade han tagit av sig de civila överdragskläderna och kroppsskyddet, och både han och Anders såg nu ut som vanliga poliser, om än orakade och smutsiga. Kollegerna höll sig som vanligt dolda i terrängen och låg redo med älgstudsare om skiten skulle braka loss. Men det hade inte hänt än.

Fast jaktvapen skulle inte räcka. De behövde bättre grejer. Automatvapen.

Upplägget var lika enkelt som genialt. Var och varannan bondjävel på landet hade skjutvapen, och med vapenlicens kunde de inte förvägra polisen vapeninspektion. Påstod man att hushållet inte hade någon licens var det ändå fritt fram. Ingen utan skjutvapen kunde sätta sig upp mot dem när de stormade in. Några hade försökt med tillhyggen eller knivar. I ett fall en yxa, men den gubbjäveln hade Peter skjutit direkt.

Det fanns inget som adrenalinruschen och med huden pirrande klev han fram till ytterdörren och bankade med knuten näve.

”Polisen! Öppna!”

En gardin som rörde sig bekräftade att någon var hemma. Peter nickade barskt mot fönstret och höll upp sin polisbricka. En kedja rasslade på dörren och dubbla lås klickade upp innan den öppnades och värmen från ett vedeldat hem rullade mot honom. Den skäggige mannen var i fyrtioårsåldern och klädd i svarta fickbyxor och tjock ylletröja. Militär modell på byxorna. Jaktkläder hängde på krokar i hallen. Fullträff!

”Peter Ragnhell, polisen. Ursäkta att vi stör så här på eftermiddagen, men vi ska inspektera ditt vapeninnehav. Mycket skit nu tyvärr, så vi måste säkerställa att inga vapen är på villovägar.”

De skakade hand, efter att mannen tittat noga på polisbrickan ännu en gång.

”Roger Johansson. Kan jag få se legitimation också?”

”Självklart.”

Peter och Anders lämnade över sina id-kort, och mannen jämförde noggrant fotografierna med deras ansikten.

”Ni har skaffat skägg.”

”Tiderna, du vet. Onödigt att slösa varmvatten på rakning.”

Roger kliade sitt eget skägg och tittade sig om utanför.

”Jo, jag vet. Antar att ni vill följa med ner i bunkern direkt. Har ni gått hit?”

”Det får bli så numera.”

”Ni behöver inte ta av er skorna. Kom med ner!”

Roger gick före nerför källartrappan i hallen, tog fram en tändare och tände veken på en fotogenlampa. Källarhallen badade i det fladdrande gula ljuset. En tung bankvalvsdörr tog upp den bortre kortsidan av rummet.

”Har inte fått något besked om alla licensansökningar och överlåtelser som jag har skickat in. Ska det verkligen behöva ta ett år att få sälja ett enda vapen? Snart får jag lägga ner, det blir för dyrt att sitta med hundratals bössor och vänta på era handläggare. Lagerkostnader, ni vet. Räntan må vara låg, men det kostar att ligga ute med så här mycket pengar.”

Peter kvävde ett leende. En jävla vapenhandlare. Antagligen ett samlarpervo. Ville man ha udda vapen var det enda sättet att bli vapenhandlare numera. Samlarlicenser kunde man glömma. Peter bytte en tyst blick med Anders och knäppte ljudlöst upp hölstret till sin CZ-99. Samlaren hade åtminstone inte tittat på pistolen. Då hade han direkt sett att det inte var polisens ordinarie Sig Sauer.

”Det blir en del papper att titta på. Jag hade gett er en bättre sammanställning om datorn fungerat, men ni har väl med er en lista, antar jag?”

”Jo, vi har en lista med oss.”

Peter kunde inte hålla sig, utan började le fånigt när Roger famlade med nycklarna i det flammande skenet från fotogenlampan.

”Jävla politiker! Jag har blivit sittande med två dussin automater efter det att lagarna ändrades och sportskyttarna inte får licens på dem längre. Är ett helvete att få dem exporterade. De flesta finns fortfarande kvar. Å andra sidan har banken inte hört av sig om räntan på några månader, så vem klagar?”

Peter nickade och höll tillbaka ett leende. Äntligen!

”Ja, ett elände det där. Säljer du ammunition också?”

”Naturligtvis. Speciellt till sportskyttet. Jaktammunition finns ju alltid i jaktbutikerna, men till de här grejerna är det ju lite andra kalibrar.”

Roger drog bak den tunga bankvalvsdörren och klev in genom den halvmeterdjupa passagen. Han höll upp fotogenlampan medan Peter och Anders följde efter.

På dubbla hyllor täcktes alla väggar av vapen. Det handlade om minst ett hundratal skjutvapen. Mest olika jaktvapen, men sådana hade de redan. Ett öppet säkerhetsskåp innehöll ett tjugotal pistoler, mest Glock. Lådor med ammunition stod prydligt staplade i ett hörn, en del öppnade och med kartonger avlägsnade, andra till synes orörda. Längs en av väggarna stod de riktiga troféerna.

Peter visslade till. Roger började le, när han såg hur de stirrade.

”Fina grejer, men det är dyrt att ha dem här. En del är förstås mina, har inte fått tydliga besked ifall jag kan ha dem kvar i väntan på export. Licens har jag ju.”

Automatkarbiner, den amerikanska civila versionen av M-16, AR-15, tyska G36 i olika versioner samsades med k-pistar av olika märken, mest Heckler & Koch, men Peter kände även igen en Uzi.

”Du borde ställa ner fotogenlampan. Känns nervöst med all ammunition. Vi vill ju inte att du ska tappa lyktan. Nu vill vi se alla papper och kontrollera alla vapennummer.”

Han log mot Roger, som suckade och ställde ner fotogenlampan på bordet mitt i bunkern.

Peters leende blev bredare.

”Tack!”

Snabbt drog han sin pistol och osäkrade. Äntligen! De första två kulorna satte han i bröstet på vapenhandlaren. Dumt att stila med ett huvudskott med så mycket ammunition i rummet. Först när kroppen låg stilla på golvet sköt han den tredje kulan, i huvudet.

Peter vände sig mot Anders.

”Hämta de andra. Allt vi behöver finns här. Få ut kroppen och dra igång vad Roger här nu har att bjuda på från skafferiet.”

Han plockade ner en G36 från vapenstället, spände tillbaka slutstycket och tryckte av. Klicket kändes gudomligt.

Vapenhandlaren hade ett imponerande matförråd. Tillsammans med det rådjur som de hittade på hängmörning i ett rum i källaren räckte maten för de femton männen i hela tre dagar. Vattnet från den handpumpade brunnen var fullt drickbart, även om snöstormen som blåste upp den andra dagen gjorde att de höll sig inomhus så mycket som möjligt. De enda vändorna ut blev efter just vatten och den ved som höll värmen i huset via en gammal, självcirkulerande kökspanna. Alla rum i huset var varma, trots att vinden ven runt knutarna så att huset skakade. Peter kunde inte minnas när han sist sov i ett rum med varma element.

Stormen höll i sig i två dagar, och sedan var det dags för dem att dra vidare, nu betydligt bättre beväpnade än tidigare. Enda nackdelen var bristen på magasin. Peter fick nöja sig med två magasin till sin automatkarbin, men plockade på sig så många små kartonger ammunition som han orkade bära. Nu hade han åtminstone sextio skott i magasin, sextioett med en patron i loppet på automatkarbinen. En Glock gick ner i pistolhölstret och hans gamla jugoslaviska pistol flyttades ner där den hörde hemma, på vaden. Samtidigt var det bättre än med de jaktvapen de nu övergav. Bara Anders behöll sitt jaktvapen, en älgstudsare med inskjutet kikarsikte. Studsarna och hagelbössorna hade inga extra magasin, högst tre eller fyra skott kunde avlossas innan man var tvungen att ladda om för hand.

Snöstormen hade bildat vågformade, halvmeterdjupa snödrivor. Det var nästan omöjligt att se var vägen gick, om det inte vore för vägstolparna som fortfarande stack upp ur drivorna. Det var tungt att vandra och de fick turas om att ta täten och spåra. På något sätt kröp snön in överallt, inte bara i de nu iskalla kängorna.

De skulle inte orka långt i den här snön, men det behövdes inte heller. Snart luktade det vedrök och ett hus skymtade en bit längre fram. Fanns det ved fanns det antagligen mat och vatten. Om inte annat kunde de smälta snö. Peter krängde av sig vapen och kroppsskydd och valde en av kollegerna att följa med honom fram.

De behövde inte leta efter vapen längre, men arbetsgången var ändå utmärkt för att avgöra om någon i huset var beväpnad. Pirrande av tillförsikt gick Peter fram mot huset. Förhoppningsvis blev det lite motstånd. Han såg fram mot att inviga sin nya Glock.

58.

Magnus Svensson

Vinter.

De tiggde sig fram så gott det gick. Oftast blev de ivägkörda, flera gånger av människor med jaktvapen. Ibland fick de en bit mat. För barnens skull, hette det.

Många hus var övergivna och de bröt sig in i fler än Magnus kunde hålla ordning på. Ibland fanns det lik i husen och lukten av död fick dem att backa undan. Någon mat fanns nästan aldrig att finna, men ibland kunde de sova i sängar eller på soffor. Hungern drev dem hela tiden vidare och de stannade inte kvar mer än högst en natt på varje plats.

Familjen satt i baksätet i en övergiven bil som skydd mot det lätta snöfallet. Det var kallt och rutorna immade snabbt igen på Volvon. Magnus hade slagit in förarens sidoruta för att låsa upp bilen, och glassplittret i framsätet började få sällskap av gnistrande snöflingor.

Kexpaketet var inte mycket, men Max åt åtminstone.

”Titta, glassmörgås, Moa!”

Maximilian stoppade i sig ett kex med snö på, men Moa tittade bort och borrade in huvudet i Lenas famn.

”Vill inte ha. Blä!”

Lena försökte.

”Du måste äta, Moa. Bara ett kex. Pappa smälter snö åt dig.”

Muggen var iskall i Magnus händer, men snön höll sakta på att smälta. Det skulle åtminstone bli en halv mugg vatten till Moa.

”Varför då? Kex är äckligt.”

”Man kan inte bara äta sådant som är gott. Man måste äta.”

”Varför då?”

Lena darrade på rösten när hon svarade. Magnus kunde inte avgöra om hon egentligen ville skrika eller gråta. Själv ville han bara skrika åt Moa, och pressa ner kexen i munnen på dottern. Men varje gång han försökte tvinga i henne mat spottade hon bara ut allt.

”För att det är farligt att inte äta och dricka.”

Svaret var knappt hörbart.

”Jag vill sova.”

Moa borrade åter in huvudet i Lenas famn.

Magnus tittade på kexen. Det var inte mycket som han och Lena fick dela på, men det vattnades redan i munnen på honom. Fyra torra kex var. Det räckte inte. De måste ha mer mat. Hur länge kunde de hålla på så här?

Det var fortfarande inte mer än några centimeter snö på marken, men det kändes allt tyngre att gå. De vajande träden vägrade flytta på sig och ge dem öppen mark eller ens ett hus. Trots att det kändes som om de gått i en evighet verkade de aldrig komma någonstans. Magnus hade ingen aning om var de var. Vännerna Sara och Fredrik bodde i Ljungskile, men han var osäker på om de ens var på väg åt rätt håll. De senaste dagarnas blåst hade fått snö att fastna på många vägskyltar, och efter ett tag orkade Magnus inte sätta ner Moa för att putsa bort snön från varenda skylt de passerade. Inte heller kunde de gå längs motorvägen, för där fanns inga hus som de kunde tigga hos eller bryta sig in i.

Varje gång han lyfte upp Moa kändes hon allt kallare. Satte han ner henne satte hon sig bara i snön. Till slut orkade hon inte ens klamra sig fast vid honom när han lyfte upp henne. Dessutom hade det börjat blåsa rejält, och sikten försämrades snabbt i den tilltagande snöstormen. De behövde söka skydd, men det gick inte ens att se var vägen gick. Lena snubblade och föll ner i diket, men fick hjälp av Max att ta sig upp, medan Magnus tyst stod med Moa i famnen. Hon verkade sova.

Det syntes spår i snön. Snöstormen höll på att täcka över fotspåren, men flera personer måste ha passerat där tidigare under dagen. Men åt vilket håll? Fortsätta längs vägen eller följa spåren in i en glänta i skogen? Eller var det en väg? Magnus kunde inte avgöra. Nu gick det inte att se längre än femtio meter.

Dånet från vinden tilltog och träden svajade fram och tillbaka i försök att kasta av sig vind och snö. Någonstans ifrån hördes ljudet av trä som krossades när grenar bröts.

Magnus stapplade till i vindbyarna. Vid tvekan om vilket håll han skulle gå åt började en snödriva byggas upp mot hans ben. Det var nog säkrast att fortsätta längs vägen. Det måste finnas ett hus någonstans, om det så bara var ett övergivet ruckel.

”Vi måste komma in någonstans!”

Lena svarade på hans rop, men han hörde inte exakt vad när hennes röst dränktes av snö och vind.

Om vägen ändå hade varit skottad? I drivorna över vägen kunde snön vara en halvmeter. Magnus gjorde sitt bästa för att ta upp ett spår åt Max och Lena, men han var så trött. Magen morrade argt och snart måste han få vila.

Så småningom uppenbarade sig en lite större snödriva på vänster sida om vägen, nästan två meter hög. Det var inte mycket, men den skulle åtminstone ge lite lä. Han satte sig tungt ner i snön med ryggen mot drivan. Ett ihåligt ljud av plåt slog emot honom över stormens dån.

Magnus släppte ena armen runt Moa och slog mot drivan. Det var en översnöad bil. Han satte ner Moa i snön och började snabbt borsta bort snön runt ena dörren. Måtte den vara olåst! Att hitta en sten att slå sönder rutan med skulle vara omöjligt i det här vädret. Annars hade han bara en multitool.

Till slut hittade han ett handtag och drog allt han kunde. Inget hände. Handtaget rörde sig inte ens. Han tog ett nytt grepp runt det iskalla handtaget och drog en gång till. Dörren for upp med en smäll och snö yrde in i mörkret inne i bilen.

Han vände sig om och ropade till Lena och Max, som fortfarande inte hade nått fram till honom.

”Skynda er!”

Tillsammans kröp de ihop i baksätet och drog igen dörren bakom sig. Moa reagerade inte alls, men Magnus höll fortfarande om henne när han somnade.

Magnus vaknade med ett ryck, hackande tänder i kylan. Vinden ven fortfarande runt dem och oväsendet från stormen överröstade allt. Fast det var inte ljudet som hade väckt honom utan ljuset. Genom det igensnöade fönstret syntes ett litet ljus i mörkret.

59.

Anna Ljungberg

Vinter.

Mannen borstade av sig snön där han stod i värmen innanför ytterdörren på Gudruns stuga.

”Min granne Eva ska föda. Gudrun är väl barnmorska?”

”Jag är pensionär, men visst har jag förlöst några barn i mitt liv. Gå till jobbet, förlös några barn, gå hem. Det har väl blivit några tusen genom åren. Jag slutade räkna för länge sedan.”

Hon vände sig till Anna.

”Lika bra att du och Calle följer med. Till våren är det er tur. Bättre lektion kan jag inte tänka mig.”

De tog på sig sina varmaste kläder och begav sig ut i snöovädret. Evas granne visade vägen och turades om med Calle att spåra i den allt djupare snön. Mörkret hann falla innan de hunnit gå de tre kilometerna på den övergivna gamla Europavägen, och den sista sträckan fick Calle tända fotogenlyktan. Sikten föll trots det snabbt. För att inte tappa bort varandra gick de tätt tillsammans i den tilltagande stormens tätnande snöfall.

Evas hus var varmt, och det brann fortfarande i kaminen när de klev in genom ytterdörren.

”Hennes make dog för två veckor sedan. Diabetes. Insulinet tog slut till sist. Jag och frugan har hjälpt henne så gott vi kunnat sedan dess.”

Gudrun nickade eftertänksamt.

”Ni måste koka vatten. Jag behöver rena handdukar, soppåsar och trasor. Är det Evas första barn?”

Grannen nickade.

”Se om ni kan hitta nål och tråd också. Och en vass sax. Koka både nålen och saxen i vatten.”

Ett utdraget skrik hördes från övervåningen, och Gudrun satte fart uppför trappan.

”Vad ska hon heta?”

”Moa. Hon heter Moa.”

Eva tittade inte ens upp utan strök den nyfödda dottern över kinden. Det mesta av blodet var borttorkat och bebisen sov lugnt, insvept i filtar.

”Eva behöver mer vatten. Kan du hämta, vännen? Hon har förlorat en del blod, men behövde bara sys med fem stygn. Det kunde ha varit värre, mycket värre.”

Barnet såg så fridfullt ut. Anna ville lyfta upp bebisen, men vågade inte störa. Hennes egen bebis rörde sig som fjärilar i magen, avundsjuk på att dess mamma tittade på ett annat barn. Men Moa var så liten, så underbar. Det kändes som om Annas egna bröst spändes och gjorde sig redo att ge mjölk och näring till ett nytt liv. Hon blundade, bröt förtrollningen och skyndade sig istället ner för att fylla på karaffen med dricksvatten.

Grannarna lovade att turas om att se till Eva och Moa och att hjälpa till med allt som behövdes i hushållet. Gudrun skulle göra hembesök för att kontrollera modern och barnet och tids nog försöka dra stygnen när Eva läkt ihop ordentligt.

Tillsammans gick de tre tillbaka norrut i natten, ledda av Calle med fotogenlampan. Han fick spåra i den djupare snön som nu helt dolde deras gamla fotspår. I oväsendet från vinden i träden undrade Anna om de ens skulle hitta hem igen. Kanske borde de ha stannat hos Eva? Hon frös i alla fall inte, även om snön verkade ha förmåga att hitta in i varenda springa i klädseln. Nästa gång borde de ha med sig någon form av skidor eller åtminstone snöskor.

Calle stannade till.

”Spår i snön. Någon har gått här sedan vi passerade.”

Han famlade med något i sin klädsel. Anna hörde ett metalliskt klickande innan han fortsatte framåt i snön till han nådde en översnöad bil. En av dörrarna till bilen verkade ha öppnats, då lagret av snö var tunnare på bakdörren.

Calle räckte över fotogenlampan till Anna, som fick hålla den i bägge händerna för att den inte skulle svaja i blåsten. Med vänster hand öppnade han försiktigt dörren, medan han i det dunkla ljuset höll något i den andra handen.

I det flammande skenet från fotogenlampan syntes en barnfamilj som hade trängt ihop sig i baksätet. En man, en kvinna och två barn. En kille i tioårsåldern blinkade mot dem i sin mammas famn, i pappans armar en låg liten flicka, kritvit i ansiktet och helt stilla.

”Snälla, vi har inte gjort något.”

Calle skakade på huvudet.

”Ni kan inte stanna kvar här.”

Han stoppade ner något innanför jackan och vände sig mot Anna och Gudrun.

”De kan inte stanna här. De kommer att frysa ihjäl. Lillstugan är färdig att flytta in i.”

Anna ville först skaka på huvudet, men Calle hade naturligtvis rätt. De kunde inte lämna barnfamiljen ute i kylan och snöstormen. De hade inte ens ordentliga vinterkläder.

Gudrun tog till orda med hög röst för att överrösta stormen.

”Det blir knapert, men Isakssons har gott om potatis och Nils Andersson har kött. Vad heter ni?”

Mannen i familjen svarade med en knappt hörbar harkling.

”Svensson. Lena och Magnus. Det här är Max och Moa.”

Han sträckte fram den lilla flickan till Gudrun, som tog henne i sin famn.

Gudrun strök bak flickans hår från det kritvita ansiktet.

”Kom nu, det är inte långt. Det föddes en ny Moa i kväll. Vi begraver er Moa i morgon. Beklagar sorgen.”

60.

Filip Stenvik

Vinter.

”Oxar, Filip.”

Nils stönade fram orden från sängen. Filip rynkade på näsan, gubben kunde inte längre hålla tätt, än mindre stå upp på grund av smärtorna i ryggen. Maria fick ständigt byta handdukar under honom. Nykokade handdukar hängde på tork överallt i huset.

”Oxar?”

”Kastrerade tjurar. Arbetsdjur. Mycket kraftigare än hästar. Växer upp snabbare, lättare att träna. Inte tio år för att få en ordentlig arbetshäst, bara två eller högst tre år för en oxe.”

Nils verkade yra, men Filip tog sig ändå tid att lyssna, samtidigt som han försökte få honom att äta.

”Jag trodde att man hade hästar förr i tiden?”

Nils skakade på huvudet.

”Nej, det är bara på film. Finns ju inga tränade oxar för filminspelningar. Sverige hade fler oxar än hästar innan traktorerna tog över. Hästarna var dessutom ofta militärens. När jag blir frisk ska vi låta tjurkalvarna växa till sig, kastrera dem och sedan köra in dem.”

Han stönade igen och slöt ögonen. De tidigare så runda kinderna var insjunkna, och huden var i det närmaste grå, rentav blåaktig i tonen.

”Hur kör man in en oxe?”

”Hur fan ska jag veta det? Hur svårt kan det vara? Vi får prova oss fram. Fungerar det inte är det gott om kött på en vuxen oxe.”

”Så du vet inte?”

”Filip, lova mig en sak. Ta hand om gården tills min son kommer från Stockholm.”

”Jag lovar, men du är snart på benen igen.”

Till slut gav Filip upp försöken att få Nils att äta. Han behövde ut i skogen och med hjälp av de två hästarna fortsätta köra hem nästa års ved. Traven med stockar började så smått växa sig stor på gårdsplanen. Klappret från Leons klyvande av veden med yxan hördes genom fönstret.

I skymningen återvände han från skogen, just när Maria kom ut med fler handdukar att koka i det stora bykkaret bakom huset. Handdukarna var röda av blod.

Kylan hade tillfälligt brutits och sprittermometern på Nils hus visade plusgrader. Snön höll på att förvandlas till slask och gårdscentrum var en enda lervälling. Så fort det hade blivit plusgrader hade Filip fått Leon och Mikael att hacka sönder isen i bäcken, och köttdjuren, kvigorna och kalvarna gick nu återigen och drack själva. Det blev mer tid över till de andra sysslorna, men våren var knappast här redan. Det skulle bli kallt igen.

Filip lutade sig mot dynggrepen. En fördel med att ha bara mjölkdjuren installade var att de inte behövde mocka så fruktansvärt mycket. Det var illa nog att den automatiska utgödslingen inte fungerade och att de för hand fick lyfta på gallren för att grep för grep eller spadtag efter spadtag skyffla bort gödseln. Fast mjölken gick åt, och ingen granne fick med sig mjölk hem utan en halvtimme med grepen, men det räckte inte. Till våren skulle de dessutom tvingas få ut all gödsel till odlingarna, skottkärra efter skottkärra.

På uppfarten till gårdscentrum stannade en man till och verkade tveka, men tog sedan mod till sig och fortsatte framåt. Filip iakttog den vinterklädde vandraren. Mannen hade en stor ryggsäck med sovsäck och liggunderlag, rejäla kängor och pälsmössa på huvudet. I handen bar han en svart läderväska. Snart skulle han vara inom talavstånd.

Mannen tog av sig pälsmössan. Han såg ut att vara i 40-årsåldern, hade en hög hårlinje och gråa inslag i det halvblonda håret.

”Jag känner matlukt. Har ni plats för en ensam vandrare vid ert bord?”

Filip tittade tyst på mannen och fingrade på grepen. Det fanns ingen anledning att säga emot. De hade mat nog, och så länge folk vandrade vidare utan bråk var det inga problem. Tillsammans kunde han, Mikael och Leon få iväg mannen om han började bråka. Fast erfarenheten var att med ett mål varm mat i magen, gick flyktingarna vidare utan knussel. Lilla Edet-metoden fungerade.

”Beror på vem som frågar.”

”Alexander Genåker.”

”Varifrån kommer du, Alexander?”

”Göteborg.”

”Det är middag snart, och vi har plats vid bordet.”

Nils skulle antagligen ändå inte äta något. Gubben pratade knappt längre, även om han försökte hålla god min. Sedan två dagar kissade han blod och blev allt blekare.

Middagen bestod av en gryta på nötbog, potatis, morötter och lök. Alexander högg hungrigt in på maten. När han verkade lugna ner sig började Filip förhöra honom. Det var enda sättet att få några nyheter.

”Så varför lämnade du Göteborg?”

”Situationen blev helt ohållbar. Jag och kollegerna kämpade på så länge vi kunde. Men vårt yrke bygger på laboratorietester och medicinering. Vi kunde inte ens skicka patienterna vidare någonstans. Redan första veckan hade vi slut på i princip allt. Samtidigt började magsjukdomarna härja. Allt vi kunde göra var att uppmana patienterna att dricka endast rent, helst kokat vatten. Hunger vänjer man sig vid, men törst är en av våra starkaste drifter, kanske den starkaste efter andningen, starkare än sexdriften. Folk dricker vilken skit som helst när de är riktigt törstiga. Hade vi kunnat ta tester hade vi säkert hittat både Giardia, Shigella, E. coli, Clostridium difficile och annan skit. Jag är övertygad om att kolera också bröt ut. De enstaka fall som funnits i Sverige i modern tid har aldrig varit något större problem med fungerande avlopp, men nu gick allt åt helvete. Det blev en ond spiral. Inget vatten, inget avlopp. Och när redan uttorkade och undernärda personer drabbades av olika magsjukdomar eller parasiter kunde det gå fort. Lägg till alla infektioner och allt annat vi inte längre kunde behandla. Hjärt- och diabetessjuka dog i takt med att medicinerna tog slut. Ingen tog ansvar för kropparna. Jag uppmanade anhöriga att bränna liken, men det skedde sällan. Mot slutet blev folk helt desperata. Jag gav mig av innan älvens fördämningar brast, och har vandrat runt sedan dess."

"Så du är läkare?"

Alexander nickade.

"Jag var allmänläkare och kunde skriva ut medicin, nu har jag bara en läkarväska. Allt jag kan skriva ut numera är goda råd. Fast jag kan skära upp bölder, göra rent och sy ihop sår, lägga förband och spjälka brutna ben."

Filip drog upp Alexander från bordet och förde honom till Nils sovrum.

Efter att han undersökt Nils noga skakade Alexander på huvudet och tog med Filip ut ur rummet.

"Han har inte långt kvar. Det är antagligen njurbäckeninfektion. En lätt urinvägsinfektion som vandrat upp till njurarna. Njurfunktionen har nästan upphört helt. Normalt hade jag hävt det hela med vanlig antibiotika, men när det har gått så här långt krävs det intensivvård. Det enda som återstår är att lindra plågan. Jag kan stanna och ta hand om honom den sista tiden."

Nils somnade in redan den natten, och de begravde honom på en skogbeklädd kulle med utsikt mot gården.

Tjälen hade bara gått ur den översta decimetern av jorden, och de hade fått hacka sig genom ytterligare en decimeter tjäle innan de kunde gräva på djupet. En enkel sten fick markera platsen. Filip lovade sig själv att ge Nils en finare sten, med namn och datum, när han hade tid över. Nils hade aldrig berättat när han var född, men personnumret borde stå på någon gammal räkning. Dödsdatum kunde han åtminstone hacka in för hand.

Det skulle behövas ytterligare hjälp på gården, och eftersom Filip nu kunde flytta in i mangårdsbyggnaden skulle stugan stå tom. Medan alla sex gick tillbaka till gårdscentrum passade han på att ställa frågan till Alexander.

”Om du inte har något emot tungt arbete, kan du ta över lillstugan. Jag tror att grannskapet skulle uppskatta att få goda råd utskrivna på recept. Vad säger du?”

Alexander log.

”Det låter fint. Jag är trött på att vandra och vintern blir nog lång. Bara jag kan ta emot patienter vid behov.”

Till slut var de tillbaka till gården. Filip suckade. Begravningen hade varit ett kort avbrott, en möjlighet till stilla reflektion. Visst kunde han tänka obehindrat medan han jobbade, men för första gången på länge hade han känt frid där i skogsbacken.

Slaget träffade honom hårt över ryggen och fick honom att falla framåt i leran.

”Ner! Ner på knä! Polis!”

Svartklädda män strömmade ut ur ladan och mangårdsbyggnaden. Filip försökte torka bort leran ur ansiktet för att se bättre, men hans händer drogs bryskt upp på ryggen och låstes fast med ett par handklovar. Någon tog tag i hans hår och drog upp honom på knä.

Alla sex radades upp på knä i leran, samtidigt som tungt beväpnade män samlades framför och bakom dem. Filip försökte räkna dem men kunde inte se hur många som stod bakom. Det var kanske femton man, beväpnade med k-pistar, hagelbössor och militära automatkarbiner. Ledaren fräste fram en order och pekade på Alexander där han lerig satt på knä på gårdsplanen.

”Erik!”

En av poliserna drog sin pistol och gick fram till Alexander. Han höjde pistolen mot läkarens huvud och tryckte av. Maria skrek till av smällen, och när Alexanders kropp föll omkull i leran började Leon gallskrika högt.

Ledaren drog själv sin pistol från hölstret och gick fram till Leon med höjt vapen.

”Nej! Stopp!”

Filip ropade och försökte ställa sig upp. Något hårt träffade honom i ryggen och han föll återigen framåt ner i leran. Spottande kall lera och gödsel vred han huvudet mot ledaren och fortsatte.

”Sluta, snälla! Vi har mat. Ta allt ni vill ha!”

”Det är just det vi gör.”

Han höjde pistolen mot Leon igen.

”Skjuter ni oss har ni mat i dag, kanske en vecka. Låter ni oss leva och ni har mat varje gång ni kommer förbi. Djuren måste tas om hand.”

Ledaren sänkte återigen pistolen, gick fram till Filip och satte kängan på Filips bröst.

”Så när vi kommer tillbaka har ni mat till oss? Varför skulle vi lita på er? Har ni vapen i huset?”

Filip försökte skaka på huvudet men fick bara mer lera i ansiktet.

”Nej, inga vapen. En bultpistol till slakten. Knivar. Redskap vi behöver för att ni ska få mat.”

”Du ser din vän där? Vi var skonsamma mot honom. Sviker ni oss så kommer du att böna och be om att få ett skott i huvudet.”

Ledaren pekade på Alexanders kropp och tog bort kängan från Filip, som mödosamt reste sig.

Poliserna tog mangårdsbyggnaden, lillstugan och de närmaste grannarnas hus i besittning. Filip och alla grannfamiljer fick sova på höskullen eller ladans loge, och arbeta under ständig beväpnad övervakning. En granne som försökte smita till skogs blev skjuten i ryggen.

Värmeböljan gav till slut upp efter en vecka och med iskylan kom snön tillbaka, tillsammans med isvindarna från norr. Filip, Leon, Mikael, Ann-Britt och Maria sov tätt ihop på logen för att hålla värmen.

Den morgonen gav sig poliserna äntligen av mot söder. Innan de uppslukades av skogen syntes de som en rad svarta prickar mot den vita snön.

61.

Gustaf Silverbane

Vinter.

”Gustaf, vad utgör grunden för vårt samhälle?”

För tillfället utgjorde Gustaf och Bullseye kön och gled över till att använda personnamn. Även om fallskärmsjägarna och spaningssoldaterna visste vad som gällde, var det onödigt att låta dem få några personnamn. Utåt var Gustaf och Mikael alltid Viper och Bullseye, inget annat. Gustaf skulle tilltalas som Viper eller möjligen chefen, inte ens militär grad användes. Man visste aldrig vad mannarna kunde råka säga någon gång. Facebook och Google skulle finnas kvar när strömmen kom tillbaka och allt åter fungerade. Men varför tog det så lång tid?

”Vad menar du, Mikael? Ekonomisk tillväxt?”

Gustaf gick för tillfället baklänges och höll uppsikt bakåt. Den tunna snön på asfaltsvägen var helt borttrampad, smält under femtionio par fötter före honom, och det var ingen risk att halka. Samtidigt var det jobbigt att ta kön. När man gick i täten bestämde man tempot, medan det blev allt ryckigare ju längre bak man gick. Även om alla var yrkessoldater behövdes det helt klart mer marschträning för att undvika det ojämna tempot längst bak.

”Visst, ekonomisk tillväxt. Fast grunden är ömsesidigt beroende och medföljande välstånd samt en önskan om organisation. Samhällen uppstår alltid, så fort man är tillräckligt många människor. Vi vill alla ha ordning, vi är självorganiserande flockdjur. Ekonomisk tillväxt ger välstånd, men det som driver tillväxten är teknologi. Numera förlitar vi oss helt på teknologi för våra ömsesidiga beroenden, vår ordning och vår organisation. Eller rättare sagt *kunde* förlita oss på."

"Och nu fungerar ingenting längre. Jag förstår vart du vill komma."

Mikael nickade.

"Den moderna demokratin uppstod egentligen först när välståndet blev stort nog. Teknologi har blivit en förutsättning för demokrati. Ju fattigare och mindre utvecklat land, desto mindre demokrati."

Mikael höjde sitt prickskyttegevär och spanade tillbaka längs vägen genom kikarsiktet.

"Du har fel, Mikael. Det finns något annat som samhället bygger på, och alltid har byggt på: våld och tvång, eller hotet och löftet om våld och tvång."

"Exakt. Det är också en form av självorganisation, där den starka parten tvingar fram ordning. Våld och tvång är allt som återstår tills strömmen återvänder och kommunikation och transporter åter börjar fungera."

Gustaf var inte säker på att han höll med. Mikael hade en poäng, men trots allt var det med hot om våld och tvång, rentav tillämpat våld, som de hade hållit Karlsborg stabilt. Och det fanns alltid frivillighet. Han hade varit i tillräckligt många u-länder och sett nog med misär för att inse att frivilligt samarbete existerade även utan teknologi. Mikael hade åtminstone rätt om självorganisation. Även den fattigaste u-landsby var organiserad. Fast det de än så länge hade sett här på Västgötaslätten ingav inget större hopp. När teknologin rycktes undan återstod ofta bara våldet.

"Chefen!"

En av fallskärmsjägarna från förtruppen kom springande tillbaka till huvudkolonnen och signalerade med handsignaler att Gustaf snabbt skulle framåt.

Gustaf sträckte upp handen och gjorde halt på hela kolonnen. Soldaterna gick ner på knä, med vapnen riktade ut i terrängen, varannan man åt vänster, varannan åt höger.

"Bullseye, Bandaid, Kingfisher!"

De tre specialförbandsoperatörerna rusade efter Gustaf framåt och runt kröken på asfaltsvägen.

Förpatrullen hade gått i ställning runt en villa. Huset verkade byggt på femtiotalet, hade något slags vita skivor på långsidorna och murat tegel på gavlarna. Ytterdörren stod vidöppen. Kroppen av en blodig schäferhund låg på grusgången som ledde upp till den helgjutna, gråmålade betongtrappan.

”Rapportera!”

”En äldre man innanför dörren. Ihjälslagen, våld mot huvudet. Vi sökte av huset. En äldre kvinna ligger död på övervåningen.”

Gustaf nickade, hängde undan automatkarbinen över ryggen och gick uppför trappan.

Blodet på hallgolvet hade stelnat för länge sedan, det klibbade inte ens när han böjde sig fram och kände på det med fingrarna. Han gissade att det var någon av soldaterna som hade lagt det vita lakanet över kroppen, då inget blod hade trängt igenom tyget. Blodstänk syntes på de blåblommiga tapeterna i hallen. Huset var genomsökt, rentav plundrat. Alla skåp stod vidöppna. Lådor hade dragits ut och slängts på golvet.

”Spår efter gärningsmännen?”

”Svar ja. Finns blodiga fotspår i snön. Tre olika skostorlekar och mönster. Verkar fortsätta vidare längs vägen. Åt samma håll som vi är på väg. Vi hade behövt en digitalkamera, chefen.”

Normalt ingick kameror i utrustningen. Erfarenheten från Afghanistan var att alltid och omedelbart fotografera allt, annars kunde insurgenter eller lokalbefolkning släpa dit civila kroppar och hävda att operatörerna dödat civila.

”Nu har vi inte det. Gilla läget. Anteckna alla detaljer om fotspåren. Se om ni kan hitta identitetshandlingar på offren, så att ni kan märka upp gravarna.”

”Gravarna, chefen?”

”Jag trodde inte att span var så jävla tröga. Kropparna ska begravas. Gravarna ska märkas ut. Sedan kommer ni ikapp resten av oss och tar över kön. Frågor på det?”

”Nej, chefen.”

*

”Skogslyckans ungdomshem.”

Gustaf läste skylten högt för sig själv. Någon lycka utstrålade byggnaden knappast, om den någonsin hade gjort det. Alla fönster var sönderslagna och orangefärgade gardiner vajade i vinden. Möbler hade kastats ut och låg krossade på marken runt huset.

”Stå upp! Sträck på ryggen!”

Han såg ner på killen som satt på huk på marken och förstrött petade med en pinne i snön. Två fallskärmsjägare stod bakom pojken, deras automatkarbiner pekade bort från honom, en bedräglig position som lätt kunde missuppfattas som fredlig. Gustaf såg att bägge jägarna höll sitt vapen i ett fast grepp, med pekfingret redo att flyttas ner till avtryckaren och tummen på säkringen. På mindre än en sekund kunde de skjuta.

Grabben, som knappast hade fyllt arton, reste sig. Han tittade bort och försökte se avslappnad ut, men Gustaf såg att han spände sig och att ögonen flackade runt, sökande efter något. Killen var nervös, rentav rädd.

”Vad har hänt här?”

Killen ryckte på axlarna.

”Peter stack till slut. Han var åtminstone schysst och stannade kvar när strömmen gick, men han tröttnade efter några dagar. De andra var inte direkt snälla. Ingen annan kom. Resten drog till slut. Jag stannade kvar. Tänker inte få någon jävla skit för att ha rymt. Skulle fått komma hem snart.”

”Var bor du egentligen?”

”Jönköping.”

”Det är en bit.”

”När blir jag hemkörd?”

Gustaf kliade sig i pannan. Hur hade killen klarat sig så här länge? Lika bra att säga som det var.

”Så här är det. Inga bilar fungerar. Vill du hem, får du gå. Vad sitter du här för?”

Killen tittade ner igen.

”Strulade lite, langade lite braja. Inget mer. Inte som de andra.”

”Titta på mig när du svarar!”

”Langning. Det var fel, ska inte göra det igen, okej?”

Grabben vek inte ner blicken och såg allvarlig ut. Vad fan skulle de göra? Ungdomshemmet hade ingen personal. Killen kunde knappast stanna där hela vintern. Fanns det ens mat? De kunde inte gärna ta med honom heller.

Gustaf vände sig till fallskärmsjägarna.

”Har ni kollat hans skor?”

”Svar ja. Fel storlek, fel märke.”

”Grabben, vad heter du?”

”Kevin.”

”Vi gör så här, Kevin. Du är fri. Jönköping är åt det hållet. Det är bara att börja gå.”

Han pekade tillbaka längs vägen. Kevin skakade på huvudet.

”Jag vill inte rymma. Jag stannar här tills personalen kommer.”

Gustaf vände sig bort för att dölja ett leende. Kevin ville uppenbarligen göra rätt för sig. Fanns bara en sak att göra. Han tog upp häftet med M-blanketter ur benfickan, skrev några rader och undertecknade.

”Kevin, här har du en frisedel. Får du problem, visa den här. Jag tar personligen ansvar för att du är fri och inte har rymt. Tvärtom, jag förbjuder dig att stanna här. Vi kommer tillbaka, och är du kvar då blir det värst för dig själv. Frågor på det?”

De bröt upp och fortsatte längs vägen, men Gustaf hade svårt att koncentrera sig på uppgiften och gick i egna tankar. Han började tänka på Chris och Elin, men slog bort de tankarna. De skulle träffas snart igen, även om marschen tog så mycket längre än planerat. Det fanns så mycket att ställa tillrätta. Om personalen hade övergivit ungdomsskolorna, hur var det då på fängelserna? Hur länge stannade plitarna, om de ens kunde komma till arbetsplatsen? Vad hände med fångarna? De flesta hus och gårdar var övergivna. Vart tog folk vägen? Antagligen till närmaste stad, precis som i Karlsborg eller

Skövde. Ständigt dessa flyktingar, naivt sökande efter värme och mat, som om det skulle finnas i tätorterna.

I den här takten skulle de inte nå Marstrand förrän nästa år, men vad skulle de göra? Fältransonerna hade bara räckt i en vecka och var redan slut, och oftast gick de i förläggning i anslutning till en gård som fortfarande var bemannad. Det innebar att det fanns vatten, möjlighet till värme och, framför allt, mat. Fast att ordna mat till sextio man var sällan uppskattat. Vanligen blev det gnäll, men ingen sa emot dem.

”Här har du kvitto på mat och husrum. Bara att lämna in, så får du ersättning.”

Han räckte över blanketten till bonden och började massera sin högerarm. Under dagen hade de begravt åtta kroppar. Att hacka sig igenom tjälen var tungt, och alla hade fått turas om att hugga in. Han var ändå chef, och att leda var inte att stå bredvid, utan att vara en föregångsman. Han hade huggit in som alla andra, men kunde inte komma ihåg när han hade haft sådan träningsvärk sist. Uppenbarligen fanns det brister i SOG:s omfattande träningsprogram.

Medan manskapet kröp ner i sina sovsäckar på logen gick Gustaf som vanligt runt och pratade med alla, om det så bara var ett enstaka ord. Han skulle inte sitta post under natten, så det var värt mödan att ta sig tid att känna av läget. Alla var trötta och många var genuint oroliga och illa berörda av det de sett. Två av kropparna hade varit ihjälslagna, två hade legat döda i sina sängar, i frusna spyor och intorkad avföring. Fyra hade skjutits, varav en verkade ha avrättats med nackskott. För helvete, det här var Västergötland, inte Afghanistan, Kongo, Syrien eller Tchad!

”Viper!”

Någon väckte honom ur en mörk, drömlös sömn. Han fick omedelbart tag på automatkarbinen och var ur sovsäcken på några sekunder. Helt inövade reflexer.

”Skottlossning. Tre skott i mörkret, riktning sydväst. Långt avstånd.”

Fan! Störd nattsömn. Det fanns inget de kunde göra. Han kröp ner i sovsäcken igen.

”Väck mig bara om det är nära eller kulorna viner runt knuten. Vi fortsätter mot sydväst i morgon.”

Vinden blåste upp snön, som piskade honom rakt i ansiktet. Gustaf hade halsduken virad runt ansiktet och bar skyddsglasögon, men det var ändå kallt. Vinden tog sig i alla fall inte igenom kroppsskyddets aramidväv och keramiska plattor, men han hade gott klarat sig utan den extra vikten.

I två dagar hade de sovit på träningsmattor i gymnastiksalen i en övergiven skola och väntat ut snöstormen. Gustaf hade skickat ut enstaka patruller i byn, och i utbyte mot mat hade byborna fått hjälp med tyngre sysslor. Men nu blåste det inte så hårt längre, och de måste vidare. Det var bara i vindbyarna som snön virvlade upp, men snöstormen hade förvandlat vägen till ett hav täckt av vågformade snödrivor, ibland så höga att de nådde upp till låren. Över öppen terräng gick det inte alltid att se var vägen var dragen, och de flesta reflexstolpar var översnöade. En spaningssoldat hade skadat sig allvarligt och fått lämnas kvar på en gård. Han hade spårat i täten, gått ner sig i ett dike och fallit illa. Att ramla med femtio kilo utrustning kunde knäcka ben.

Då var det enklare att se vägen när de omslöts av skog, och Västgötaslätten gav nu allt mer upp till fördel för skog.

Fallskärmsjägaren framför Gustaf föll omkull i samma ögonblick som det skarpa ljudet av skott hördes.

”Skydd!”

Gustaf kastade sig ner i den halvmeterdjupa snön och knäppte loss ryggsäcken. Han var helt oskyddad men gick knappast att upptäcka. Snön stoppade inga kulor, men var åtminstone inte genomskinlig. Spottande snö ropade han ut order.

”Rapportera!”

De två plutoncheferna ropade in sina rapporter. Två fallskärmsjägare och en spaningssoldat var sårade, fler hade träffats men räddats av kroppsskydd eller hjälmar.

”Dungen klockan fem! Femtio meter! Skytte!”

Gustaf tittade snabbt upp ur snön. Där! En blå jacka. En röd jacka. Någon form av gevär. Femtio meter. Jävla idioter! Någon hade spelat för mycket tv-spel.

”Samtidig eldöppning, dungen klockan fem! Anläggning!”

Han inväntade inte att ordern repeterades färdigt utan osäkrade och gick upp på knä. En röd jacka i siktet på automatkarbinen.

”Eld!”

Fyrtioåtta man öppnade eld nästan samtidigt.

”De är bara småglin.”

Två av de tre killarna var omöjliga att identifiera, men som genom ett mirakel hade grabben i den röda jackan bara fått en enda kula i huvudet. Kropparna hade strippats och inälvorna hade med någorlunda värdighet stoppats tillbaka, åtminstone det som inte hade spritts ut för långt i snön. Den klena kroppsbyggnaden och de smala axlarna sa allt. De hade inte ens skägg. Jo, en av dem hade lite fjun på hakan.

”Chefen, titta!”

En av fallskärmsjägarna höll upp två kängor. Brunt intorkat blod syntes i mönstren. Skorna matchade både märke och storlek.

Hur fan hade de fått tag på skjutvapen? Hans mannar måste ha missat något hus med plundrat vapenskåp, men å andra sidan undersökte de bara hus längs vägen. Småglinen kanske jobbade på bredden?

Gustaf fingrade på glinens svarta armbindlar. De var enkelt hopsydda av svart tyg och hade gröna tygstreck. Betydelsen av strecken var tydlig. De visste vad de sysslade med. Horisontella streck för menig klass ett på två av killarna. Den tredje hade en armbindel med en vicekorprals uppochnervända V. Barnsoldater! Någon jävel lekte krigsherre. Kanske var det den vägen de hade fått vapnen? Hur många hushåll hade småglinen hunnit ge sig på?

Vad fan skulle han göra? Hur hade det blivit så här illa? Var det verkligen bara teknologin som skilde oss från aporna? Så fan heller! Han kunde hålla ihop nästan sextio man. Det handlade inte om våld och tvång, det handlade om ansvar och respekt. Nog fan skulle han sätta sig i respekt!

De begravde spaningssoldaten och en av fallskärmsjägarna vid vägkanten och prydde de provisoriska korsen med identitetsbrickorna. Spaningssoldaten hade levt i två timmar innan han gav upp andan, medan fallskärmsjägaren tagit en kula rakt i ansiktet. Småglinen kunde sikta. Å andra sidan handlade det bara om att rikta ett vapen åt rätt håll, sikta och trycka av. Ingen missade en överraskad motståndare på femtio meters avstånd. Det var så jävla slarvigt och helt och hållet Gustafs ansvar. De jävlarna hade släppt förbi förtruppen, antagligen helt medvetet, för att slå mot huvudkolonnen. Någon hade utbildat dem, men inte tillräckligt; man ger sig inte på en så överlägset stor styrka, eller så hade de helt enkelt inte uppfattat dem alla.

Den andre fallskärmsjägaren hade skjutits i armen, men blödningen var stoppad och med lite omfördelning av hans packning bland kamraterna kunde han fortsätta marschen.

De tre killarnas nakna kroppar hängdes upp i var sitt träd.

Gustaf ristade själv in texten på det första trädet: Plundrare och mördare. Hälsningar K 3 Livregementets husarer.

Strax före Koberg stoppades de av en vägspärr. Mannen vid spärren var obeväpnad, men när Gustaf förklarat vilka de var och vart de var på väg reste sig ett halvt dussin skyttar upp i det närmaste skogsbrynet.

De övernattade tre nätter på Koberg. Slottet hade öppnats för alla som var beredda att arbeta, och över tvåtusen personer hade inhysts i domänens hundratals byggnader, inklusive huvudbyggnaden. Delar av skörden hade bärgats för hand innan rötan satte in eller fälten snötäcktes. Eftersom det var omöjligt att fylla silona utan maskiner förvarades spannmålen på betonggolv inne i lagerbyggnader och rännen. Kosten bestod mest av gröt i olika varianter och torrt, grovt fullkornsbröd på handmalet fullkornsmjöl.

Med order om att bistå med att upprätta och bibehålla säkerheten i området lät Gustaf spaningsplutonen stanna kvar på slottet. Där fanns det, trots allt, en fungerande trygghet att utgå från, och förhoppningsvis skulle denna trygga zon kunna expanderas successivt. Höll någon på att sätta upp en armé av barnsoldater behövde Koberg allt skydd det kunde få.

Dessutom var det dumt att i onödan riskera manskap vid Göta älv-överfarten i Lilla Edet. Han hade inte nåtts av beskedet om de havererade kraftverksdammarna tidigare. Det ryktades att Stallbackabron i Trollhättan fortfarande stod, men ingen kunde ge säkert besked. En omväg via Trollhättan skulle fördröja dem ytterligare minst en vecka, så Gustaf bestämde sig för att ta risken med linfärjan i Lilla Edet.

”Kallar de det där för färja?”

Bullseye fnissade.

Någon hade lyckats få över ett bastant rep tvärs över älven en bit norr om Lilla Edet. Färjan visade sig vara en eka och man fick helt enkelt hala sig fram, armtag efter armtag, för att ta sig över den trehundra meter breda älven.

Lilla Edet var nästan helt övergivet, endast ett hundratal invånare härdade ut på varje sida älven. Utmed älvdalen hade både växtlighet och bebyggelse sopats bort, och jordskred inträffade fortfarande. En markingenjör förklarade att det skulle krävas åratal av markarbeten för att säkra älvdalen efter flodvågen, och anpassa allt till älvens nya, aggressivare flöde. Folk hade redan lämnat oskadade hus belägna i älvens närhet, och varje jordskred fick allt fler att överge sina hem.

Gustaf lämnade två patruller samt fallskärmsjägarnas plutonledning i Lilla Edet. Därifrån kunde de samverka med Koberg, och färjan behövde säkras.

Med bara en patrull fallskärmsjägare, samt kollegerna från SOG hoppades han att snabbt nå fram till Marstrand. Fortsatte snön att smälta kunde det gå på några dagar.

62.

Anna Ljungberg

Vinter.

Anna tittade upp från frukostbordet och mötte Lena Svenssons blick. Kvinnan slog snabbt ner sina blodsprängda ögon och petade försiktigt i sig det stekta ägget. Ingen av de vuxna nykomlingarna var särskilt pratglada, och de åt fortfarande försiktigt och långsamt. Fast så här efter några veckor noterade Anna att portionerna blivit allt större i takt med att aptiten återvände. Piggast var sonen Max som redan hjälpte Carl med skogsarbetet hela dagarna, om det så var att få undan rensade kvistar från stockarna. För det tyngre jobbet med att släpa ut varje stock ur skogen fick hans pappa Magnus ställa upp.

Själv började Anna få ont i ryggen. Det började som en lätt värk, men blev allt mer obehagligt. Inomhus, när hon inte var så påpälsad, syntes magen ordentligt nu, utomhus såg hon bara tjock ut.

Gudrun intygade att det var helt normalt med ryggvärk.

”Bebisen ändrar din tyngdpunkt och många känner av ryggen. Bästa medicinen är att röra på sig. Oroa dig inte, vännen, det har bara börjat.”

Anna undvek i alla fall de tyngre sysslorna. Speciellt att pumpa upp vatten från brunnen knäckte ryggen totalt. Senast hon försökte blev hon sängliggande resten av dagen. Istället spenderade hon allt mer tid i köket. Själv lagade hon aldrig riktig mat förr, men nu upptäckte hon att det i själva verket var rätt kul, rentav avkopplande, även om det innebar att vatten skulle kokas och varenda gryta, stekpanna, tallrik, glas och bestick diskas, sköljas, torkas och ställas tillbaka i skåpen. Gudrun insisterade på god hygien – det var den som skilde människan från djuren – allt skulle torkas rent med utspädd såpa från en sprayflaska och köksgolvet skulle såpsvabbas dagligen. Sedan var det den ständiga tvätten med tillhörande torkning. Nu var de dessutom dubbelt så många. Svenssons tvättade i och för sig sina egna kläder, fast maten lagade de och åt tillsammans.

Lena hjälpte tyst till i köket, medan Magnus mest drev runt. Ofta stod han vid Moas grav i skogsbrynet, ibland flera timmar i sträck.

”Magnus behöver lite tid. Två döttrar har döden tagit ur hans armar. Det var mina döttrar också, men vi måste leva vidare för deras skull.”

Anna tittade på Lena, som torkade sig i ansiktet och fortsatte att diska. Själv lade hon händerna på magen. Aldrig att något skulle få hända hennes bebis. Hon brukade inte vara blödig, men nu kände hon hur det stockade sig i halsen och att ögonen tårades.

En rörelse utanför köksfönstret fick henne att titta upp.

Två poliser var på väg uppför den skottade uppfarten.

63.

Gustaf Silverbane

Morgonsolen tittade fram mellan de snöklädda träden vid sidan om den breda vägen och gnistrade i snön. Snön låg minst halvmeterdjup i diket, nästan i höjd med vägbanans decimetertjocka snötäcke. Mängden fotspår på vägen talade för att det fanns folk i området, och en svag lukt av eldningsrök skvallrade om uppvärmda hus någonstans i närheten.

De två fallskärmsjägarna, Ericsson och Hugosson, som utgjorde förtrupp några hundra meter framför Gustaf, operatörerna och de fem fallskärmsjägarna ur den kvarvarande patrullen, var på väg tillbaka mot dem vadande i dikets snödrivor. Ericsson tecknade om skydd, och Gustaf upprepade signalen. Alla nio gled tyst in i skogen och inväntade Ericsson och Hugosson.

Inne under granarna var marken nästan helt snöfri. Med hård tjäle var det enklare att gå i skogen än på den snötäckta oskottade vägen, men Gustaf visste att det trots allt var snabbare att gå på vägen än att kryssa mellan träden. Dessutom fanns alltid risken att knäcka en fallen gren under kängorna och röja deras närvaro. Att taktiskt rycka fram dolt och långsamt i skogen var i och för sig möjligt, men de hade fortfarande lång väg att gå på den upptrampade vägen. En större grupp människor hade redan gjort grovjobbet och trampat ner snön åt dem, så för tillfället gick det snabbare än det gjort sedan åtminstone Backamo. Slapp de göra ytterligare insatser borde de vara i Marstrand om fyra, högst fem dagar. Utan snön hade de avverkat sträckan på två.

Aldrig hade Gustaf saknat radio så mycket som nu. Med radio hade Ericsson enkelt ropat in vad de observerat. Nu tvingades de stanna inför varje möte eller befolkat hus och rapportera in muntligt, eftersom de inte kunde riskera fler förluster och beväpnade galningar.

Ericsson och Hugosson gick ner på knä framför Gustaf och rapporterade.

”Viper, poliser cirka fyrahundra meter framför oss. Styrka tretton. Tungt beväpnade, i eldställning på bägge sidor om vägen, riktning söder, ryggarna mot oss. De observerar en samling byggnader längre ner längs vägen.”

”Uppfattat! Beväpning och utrustning?”

”Blandat officiell och irreguljär utrustning. MP-5, Uzi, G36, AR-15, civila hagelbössor och studsare. Ryggsäckar, sovsäckar, vinterkläder, filtar och motsvarande personlig utrustning är lämnad närmare oss. De är redo för strid.”

Minst sagt underligt. Varför hade polisen civila vapen? Vad fanns i husen de observerade? Skulle Gustaf gå fram och göra sin närvaro känd? Poliserna kunde antagligen hjälpa dem. Å andra sidan var det ingen bra idé att närma sig beväpnade män bakifrån. Det kunde sluta med missförstånd.

”Order! Bullseye, följ mig. Vi rycker fram för att observera. Övriga, rast, vila på stället. Packning av, redo för strid, bistå ordningsmakten.”

Han krängde av sig ryggsäcken och ställde den i skydd av en större grans nedre grenar. Granbarren på marken var helt torra och knastrade under den tunga ryggsäcken. Rutinmässigt kontrollerade han att en kula fanns i loppet på automatkarbinen och bekräftade att Glocken lätt gick att dra från hölstret på låret. Han plockade snabbt upp fotot på Chris och Elin ur stridsvästen. En snöflinga landade på bilden och han blåste bort den innan den hann smälta och skada fotot. Säkrast att stoppa tillbaka fotot där det hörde hemma, närmast hjärtat.

Med Bullseye bakom sig ryckte han sakta fram genom skogen, parallellt med vägen, tio meter åt gången. Däremellan tyst halt för observation av terrängen, uppfångande varje ljud, sedan återigen framåt i tio meter. Om poliserna låg i eldställning fanns det motståndare i närheten.

Rop och ljudet av människor som rörde sig i skogen, med slamrande vapen och utrustning, fick honom att gå ner på knä med automatkarbinen höjd och redo. Mellan träden sprang flera mörkklädda personer, antagligen poliserna, ut på vägen och vidare söderut. Inget tydde på att vare sig Gustafs eller Bullseyes närvaro var röjd. Han höjde försiktigt kikaren och spanade mot männen. De såg mycket riktigt ut som poliser, med varierande beväpning. Orakade och ovårdade, men likväl klädda i polisuniformer, inklusive polisens kroppsskydd. Med teleskopbatonger, pistoler och handfängsel i bältena såg allt korrekt ut, frånsett skjutvapnen. Frågan var bara vad som var på gång vid byggnaderna längre fram?

Tyst tecknade Gustaf åt Bullseye att de skulle fortsätta framåt. Längre fram visade spår i den glesa snön var poliserna gått i eldställning. En hög med packningar av olika civil modell låg travad närmare vägen.

Gustaf gick i eldställning längre in i skogen. Bullseye gled tyst ner bredvid honom och kikade genom prickskyttegevärets kikarsikte. Gustaf höjde kikaren. Två röda små stugor och ett litet större vitt torp. Ur torpets och den bortre röda stugans skorstenar dallrade varm luft, i en hönsgård sprätte höns runt, och rader med kaninburar var renborstade från snö.

Poliser rörde sig in och ut ur husen. Oväsendet blandades med skrik och ljudet av krossat glas.

Tre kvinnor drogs bryskt ut ur torpet och knuffades omkull på den skottade grusuppfarten. Alla tre hade händerna i fängsel bakom ryggen. En av kvinnorna verkade gravid, magen var ungefär lika stor som Chris mage hade varit när han gav sig av.

En man klädd i halsduk, tunn mössa och höstjacka leddes under protester ut ur skogen av två poliser och trycktes ner på knä bredvid de tre kvinnorna, även han med händerna i fängsel bakom ryggen.

”Sluta med det där! Vad i helvete håller ni på med?”

En lång och kraftig man med huggarhjälm på huvudet kom

springande ut ur skogen, tätt följd av en liten pojke. En av poliserna höjde sin automatkarbin för att klubba ner mannen, som utan att tveka viftade undan automatkarbinen och slog undan benen på polisen, som föll omkull på marken.

”Snyggt!”

Bullseye lät road, men blev genast allvarlig.

”Avstånd etthundratjugo meter. Räknar fjorton beväpnade insurgenter. Stryk det. Femton.”

Genom kikaren såg Gustaf hur den kraftige mannen svepte in med handen under den orangefärgade skogsjackan. När han drog ut den igen höll han i en automatpistol, en militär Glock.

64.

Anna Ljungberg

”Calle! Bakom dig!”

Anna skrek så högt hon kunde, men det första batongslaget träffade honom rätt över högerarmen, som krasade till. Han tappade pistolen, men snurrade runt åt vänster och fick ett fast grepp om den andre polisens hals. Högerarmen hängde slappt utmed sidan, men han fick upp högerknäet och träffade polisen i skrevet. Mannen stönade till och föll ihop, samtidigt som Carl snabbt böjde sig ner efter sin tappade pistol.

Hur kunde hon ha missat att han hade en pistol? Hon hade kommit på honom med att stoppa undan någonting, och han ville aldrig krama henne när de var utomhus. Var det en pistol som han hade riktat mot Svenssons den där stormnatten?

Skottet var högt och brände till i öronen på Anna, som inte kunde hålla tillbaka ett skrik. Grus skvätte upp framför henne och huvudet exploderade av smärta när någon tog tag i håret och ryckte henne bakåt. Något kallt trycktes hårt och bryskt mot tinningen.

”Släpp pistolen, annars dör tjejen!”

Mannen darrade inte på rösten utan spottade ut varje stavelse överdrivet tydligt.

Det kändes som om huvudet skulle sprängas, men hon kunde inte komma upp från knästående och händerna var fjättrade i handbojor bakom hennes rygg. Hon lyftes rakt uppåt i håret. Allt hon kunde göra var att skrika.

”Calle!”

Carl släppte pistolen och sträckte upp händerna. Sekunden senare låg han på marken, nerslagen av flera poliser. Batongslagen haglade över honom, men han såg ut att kunna skydda huvudet med vänsterarmen. Den brutna högerarmen låg hjälplös utmed sidan.

Anna kände hur tårarna började forsa.

”Sluta! Ni dödar honom.”

”Om vi gör! Våld mot tjänsteman. Misshandel. Ohörsamhet mot ordningsmakten. Mordförsök. Illegalt vapeninnehav. Han får bara vad han förtjänar.”

Ändå slutade slagen. Calles händer drogs upp bakom ryggen. Han skrek högt när de drog i högerarmen, men hans blick speglade inte smärta. Det var en blick som utstrålade något Anna inte hade sett hos honom förut.

Vrede.

65.

Peter Ragnhell

Peter kände hur han darrade, ruset var obeskrivligt. Det var det här som fortfarande gjorde livet i denna skitvärld värt att leva. Det meningslösa motståndet, den kittlande spänningen och att aldrig veta vad som skulle hända härnäst.

Han hade aldrig känt sig så levande som när skogshuggaren siktade mot honom med Glocken. Men känslan när han fick mannen att släppa pistolen, när han satte sin egen Glock mot tjejens huvud överträffade det. Det var fullständig och total makt. Han höll andras liv i sina händer, bokstavligen.

Peter tittade på tjejen. Rätt späd, ganska snygg och med långt blont hår. Precis som Ida. Gravid var hon också. Han släppte efter och lät henne sjunka ner på knä igen, men behöll greppet om hennes hår. Det var något speciellt med ett ordentligt grepp om långt blont hår. När hade han tagit en kvinna senast? Som Kungen av Göteborg hade kvinnor kastat sig för hans fötter, men då hade han behövt visa ansvar och ledarskap och varit återhållsam. Åt helvete med det nu! Folk skulle vara glada om de överlevde den här jävla vintern. Faktum var att han och kollegerna inte gjorde någon egentlig skada. Varje jävla bus de sköt innebar en mun mindre att mätta och att någon mer välförtjänt fick överleva.

Tjejen släppte inte skogshuggaren med blicken. Hon grät. Det var nog hennes ofödda barns pappa. Hennes partner. Lika gott att hon redan var gravid, då slapp han riskera att känna sig ansvarig för nån ungjävel.

Patrick tvingade ner skogshuggaren på knä mitt emot Peter och tjejen, som ropade genom gråten.

”Calle! Säg något!”

Skogshuggaren spottade blod och stönade, men formade sedan ord.

”Ingen fara med mig, älskling.”

Han vände blicken mot Peter.

”Jag är inte rädd för er. Jag är inte rädd för dig. Du tror att du är något. Jag har mött värre i Afghanistan.”

Peter kunde inte hålla tillbaka ett leende. En jävla Afghanistan-veteran! Jävla idealister och världsförbättrare!

”Jag är i allra högsta grad någon. Och du är en brottsling. Det finns bara ett straff för det i min bok.”

Skogshuggaren fnös till.

”Jag har licens för min Glock. Finns i innerfickan. Ni har väl inte ens en husrannsakan, än mindre giltiga skäl att göra intrång hos oss?”

Peter slog ner blicken. Licens. De hade alla licens. Det spelade ingen roll. Det här handlade om makt. Den jäveln kanske inte var rädd. Men han kunde användas för att demonstrera sambandet mellan rädsla och makt för de andra. Det var Gabriels tur den här gången. Han hade gjort alldeles för lite. Dags att han bevisade sin lojalitet.

”Gabriel!”

Han behövde inte säga mer än så. Gabriel osäkrade sin MP-5:a, gick fram till skogshuggaren, medan Patrick backade undan.

Gabriel sköt mannen med tre snabba skott i huvudet, och kroppen säckade ihop i gruset, som färgades rött av en växande pool av blod.

66.

Gustaf Silverbane

”Calle! Neeej!”

Ropet ekade i falsett genom skogen.

”Det där är inga poliser, Viper”, viskade Bullseye, som fortfarande siktade genom prickskyttegevärets kikarsikte.

”Nej, det där är insurgenter. Poliser avrättar inte folk som hundar. Poliser avrättar inte folk alls.”

Gustaf sänkte kikaren. De behövde agera fort.

”Order! Observera tills vi är på plats. Vi rycker fram i skogen, omfattning vänster. Kulsprutan grupperar tio meter höger om denna position. Fri eldgivning på min signal. Slut. Frågor?”

Bullseye skakade knappt märkbart på huvudet.

”Svar nej.”

Helst hade han gett Bullseye fritt eldtillstånd från början, rentav omedelbart, men det skulle röja deras närvaro och omöjliggöra snabb och dold framryckning. De behövde slå snabbt och hårt. Det fanns ingen silvermedalj i strid. Gå in offensivt för att undvika att fastna i en längre eldstrid. Med civila mitt bland insurgenterna skulle en längre strid vara till deras egen nackdel.

En av poliserna höjde sin pistol och siktade mot en av personerna på knä.

Gustaf ålade bakåt tills en större gran blockerade sikten till husen, varefter han hukande rusade tillbaka till Kingfisher, Bandaid och fallskärmsjägarpatrullen.

Ett pistolskott brann av bakom honom.

67.

Magnus Svensson

”Ner på knä!”

Magnus tittade på Carls kropp i gruset.

”Aldrig!”

Knytnävsslaget träffade honom hårt i magen. Han vek sig framåt av smärtan men fortsatte att stå upprätt. De skulle avrätta dem alla. Han tänkte inte låta sig dödas som ett djur. Om det bara gick att dröja kvar en liten stund till?

Ett batongslag i knävecket fick honom slutligen att falla på knä.

Plötsligt kände han sig helt lugn. Allt var över. Det fanns inget att oroa sig över längre. En av poliserna gick upp bakom honom, och i ögonvrån kunde han se pistolen höjas. Han var inte religiös, hade inte varit i kyrkan sedan han och Lena gifte sig. Kyrkbröllopet var Lenas föräldrars idé, och eftersom de tog alla kostnader för det påkostade bröllopet hade han gått med på det. Men barnen hade de inte ens döpt. Ändå började han be Fader vår. Det kändes passande. Att han ens kom ihåg bönen förvånade honom.

”Vi har guld!”

Annas rop var så gällt att rösten sprack.

”Jag lyssnar.”

”Vi har grävt ner guld. Minst en miljon. Släpp oss, och guldet är ert!”

Polisen som höll fast hennes hår skrattade till.

”Guld! Tror du att vi bryr oss om guld? Det finns bara en sak som är värt något, mat. När vi har tömt era förråd drar vi vidare.”

”Ragnhell, allvarligt? Det är klart att vi ska ta guldet.”

Flera av poliserna kom närmare.

”Visst! Damerna här kan vi ha användning av, den här är min.”

Han lät först osäker, men höjde sedan rösten.

”Skjut mannen och pojken! Vi vill inte ha några hämndgiriga ynglingar efter oss.”

Magnus försökte resa sig upp, men knäna ville inte bära honom, utan han föll framåt igen. En man ställde sig bakom honom och drog en pistol.

Magnus slöt ögonen. Han och Max skulle snart få träffa Moa och Mia igen. Framför sig såg han en perfekt kväll hemma i villan i Åsa. Grillat kött tillsammans med vännerna. Han och Lena hand i hand på stranden, blickande ut över havet i sommarvärmen.

Bakom honom hördes det metalliska ljudet av en mantelrörelse.

Skottet var som en tyst explosion. Frusen i tiden dröjde han kvar där vid stranden i den stjärnklara natten, med lukten av saltvatten och tång i näsan och smaken av Lena på läpparna, innan mörkret sänkte sig för sista gången och stjärnorna slocknade.

68.

Gustaf Silverbane

Gustaf ålade sig fram till foten av en massiv ek och osäkrade automatkarbinen. Det var knappt femtio meter fram till gruppen med hus. De flesta av insurgenterna doldes bakom hönshuset, som effektivt skymde uppfarten. Han och Bandaid kunde rycka fram utan att bli sedda, så länge ingen kom hitåt, samtidigt som fallskärmsjägarna, ledda av Ericsson, kunde ta sig fram i skydd av torpet.

Det var extremt slarvigt av insurgenterna att inte hålla vakt. Antagligen var de inte vana vid något större motstånd; att döma av agerandet var det här knappast första gången de hade dödat, och nu hade de skjutit ännu en av männen.

Medan de ålade sig fram den sista biten såg Gustaf hur de drog den lille killen åt sidan. De verkade inte ens tveka att avrätta barn, men skriket ifrån pojkens mamma verkade få dem att tveka.

”Max! Inte Max! Han är allt jag har kvar! Inte Max! Snälla! Jag gör vad som helst!”

Gustaf kisade med ögonen och sökte ögonkontakt med Bullseye, men prickskytten låg blickstilla, dold under sin kamouflagefilt och gick inte att upptäcka. Till slut lyckades han få kontakt med Kingfisher, som låg i eldställning med sin lätta kulspruta och gick att se om man visste vad man letade efter.

Pulsen ökade. Gustaf kände igen adrenalinpåslaget och försökte lugna sig för att inte börja darra. Det var alltid så här inför strid. Det gällde att fokusera, men ruset lockade in honom, bjöd upp till dödsdans. Fortfarande balanserade han på branten, men drog ett djupt andetag och kom tillbaka från vansinnets gräns. Det var bara ett jobb, ett rent hantverk. När jobbet var avklarat kunde han släppa efter. Inte nu.

Han saknade verkligen radion. Allt som hade behövts hade varit en viskning i headsetet.

Snabbt signalerade han att det var dags och gav klartecken för eldgivning.

Tre snabba skott hördes från Bullseyes prickskyttegevär. Sedan var allt tyst i några sekunder. Gustaf och Bandaid kom på fötter och rusade med höjda vapen framåt, mot hönshuset. Snabbt kontrollerade han att fallskärmsjägarna också var på väg, växelvis sprintande mot det vita torpet, omväxlande ner på knä för att täcka varandra.

Bullseyes prickskyttegevär smällde till ytterligare en gång. Kingfisher öppnade eld med korta skurar från kulsprutan. Han måste ha väntat tills insurgenterna flyttat sig bort från civilisterna.

Skrik och rop hördes, någon ropade en order och kulsprutan fick sällskap av andra eldvapen. Trots det snabbt krympande avståndet sprakade det i öronen på Gustaf, men sedan lät han ruset ta över och smärtan försvann.

En första insurgent i polisuniform dök upp runt hörnet på hönshuset. Andra män rusade bakåt in bland trädgårdens vintervilande och översnöade bänkar och buskar, och sköt planlöst bakom sig mot Kingfisher och Bullseye. Bandaid fällde den närmaste polisuniformen med ett skott i huvudet och två skott mot kroppsskyddet. Gustaf hoppades att de bar polisens vanliga kroppsskydd, som inte stoppade kulor från automatkarbiner, men för säkerhets skull var ordern att först skjuta mot huvudet, trots risken det innebar.

Själv fick han in en insurgent i siktet. Mannen höjde en hagelbössa, men Gustafs första skott slet av käken och insurgenten ryckte upp händerna mot ansiktet. De två följande skotten träffade i bröstet och mannen föll omkull.

Han nådde hönshuset samtidigt som fallskärmsjägarna försvann bakom torpet. Snabbt siktade han mot springande polisuniformer och sköt korta salvor om tre enkelskott mot två av dem. Han missade den ene, men den andre ryckte till och säckade ihop. Kulor visslade förbi och träsplitter flög loss från hönshusets fasad.

Utan förvarning öppnade fallskärmsjägarna eld. Flera av insurgenterna föll omkull, en av dem reste sig upp igen och sköt vilt omkring sig innan han åter fälldes. De hade fångat polisuniformerna i korseld, Kingfisher och Bullseye från höger och fallskärmsjägarna från andra sidan huset.

Gustaf klappade till Bandaid på axeln och rusade framåt. På andra sidan hönshuset låg civilisterna på marken, utom en ung, blond tjej med långt hår, som en av de poliskläddа insurgenterna höll framför sig med en pistol riktad mot hennes huvud. Det gick inte att avgöra hur många av de andra som var döda, men Gustaf såg att den lille killen försökte krypa i skydd.

Enstaka skott hördes bortifrån trädgården, och lika tvärt som den hade börjat dog skottlossningen ut.

Med höjda vapen gick Gustaf och Kingfisher fram mot den siste polisen. På det här avståndet var det inga problem att sätta en kula i huvudet på mannen. Han skulle aldrig hinna trycka av pistolen, men problemet var att ett skott så nära kvinnan riskerade att skada henne. De hade övat för sådant här. Polismannen var död, och det visste han antagligen. Hjärtat hade bara inte slutat slå, hjärnan hade inte slutat tänka och kroppen lydde fortfarande en död mans vilja.

Enstaka skott hördes från trädgården. Fallskärmsjägarna avslutade de sista av insurgenterna, vars kroppar ännu inte accepterat döden. Det var nådaskott för att skicka dem vidare.

Gustaf släppte ut luft ur lungorna, balanserande på vansinnets gräns. Darrningarna började från knäna och kröp uppåt. Bara det inte syntes, han hade trots allt fortfarande fienden stabilt i siktet. Istället spottade han fram en order till den siste motståndaren.

”Släpp vapnet!”

69.

Anna Ljungberg

Mellan tårarna såg Anna bara de två mynningarna som gapade nattsvarta mot henne och växte sig allt större. Någonstans långt borta ropade någon dovt, men det lät som när man lyssnar genom en kudde.

Hon kunde knappt röra sig. Mannen höll henne tätt intill sin kropp och hennes händer var fortfarande fjättrade av handklovarna. Kanske kunde hon trycka till polisen i kulorna, men hon vågade inte. Tänk om han sköt? Hon måste tänka på barnet i magen. Calles barn. Allt hon hade kvar av Calle. Genom handflatorna kändes det som om polismannen hade stånd.

Han tryckte pistolen hårdare mot hennes huvud, som bultade av smärtan.

”Aldrig! Låt mig gå!”

”Släpp tjejen först!”

”Glöm det! Jag är Kungen av Göteborg!”

”Trams! Du är en simpel skurk och bandit.”

Världen exploderade. Bländad och med öronen tjutande i smärtsamma protester föll hon omkull, fri från polismannens grepp.

Plötsligt insåg hon att det var kallt. Allt hon hade på sig var innekläderna. Inte ens några skor på fötterna. Hon började skaka våldsamt. Ett skrik vällde upp ur henne. Den här gången höll hon inte emot utan skrek så högt hon kunde.

”Calle!”

Hon stapplade fram till honom, föll återigen på knä och lutade sig fram och kysste honom, men allt hon fick i munnen var blod. Hennes läppar skulle väcka honom igen, det här var bara en hemsk dröm. Han hade lovat att aldrig lämna henne.

Någon befriade henne från handklovarna och hon fick en filt svept om sig. En man, täckt av en hård väst med fickor på, hjälpte henne upp.

”Han är död. Det finns inget du kan göra.”

Plötsligt satt hon i soffan. Hon hade inget minne av hur hon hamnat där eller att hon hade gått tillbaka in i torpet. Hade hon vaknat ur mardrömmen? Med skakande händer kände hon i ansiktet och såg på sina blodiga händer. Calles blod.

Det var varmt inne i torpet. Anna kände svetten komma krypande, men kunde inte sluta skaka.

”Här vännen, lite varmt te.”

Hon tittade upp mot Gudrun. Mamman verkade helt lugn, men hade blodstänk i ansiktet och på kläderna.

Med skakiga händer greppade Anna temuggen och tog en försiktig klunk. Sakta blev världen större. Lena satt bredvid henne och kramade Max. I fåtöljen mittemot satt en kamouflageklädd man. Han hade lagt hjälmen på bordet och ställt geväret åt sidan.

”Jag beklagar djupt det inträffade och att vi inte kunde hindra dem tidigare. Men nu står ni under mitt beskydd. Ni kan hänvisa till Viper om ni får problem igen.”

Han använde kodnamn. Helt absurt! Vad fanns kvar att skydda? Det var inte så att man kunde googla någon längre.

”Strömmen kommer aldrig tillbaka igen. Elektronik och datorer kommer aldrig mer att fungera.”

Viper skakade först på huvudet, men började sedan le.

”Vad har du för belägg för det?”

”Jag har bevis.”

På darrande ben gick hon och hämtade Eriks och hennes papper och började förklara. Militären lyssnade uppmärksamt utan att ens avbryta henne för frågor. Först när hon hade förklarat allt hon visste om nanomiterna och allt som Erik hade berättat tog han till orda.

”Så om jag förstår det hela rätt bär vi nu alla vår egen undergång inom oss, och all elektronik som vi så mycket som andas på kommer att förstöras?”

”Ungefär så, ja. Tiden före det sista strömavbrottet kommer aldrig tillbaka. Elektronik har inget immunförsvar. Maskiner kan inte laga sig själva.”

”Med undantag för nanomiterna, antar jag?”

Anna ryckte på axlarna.

”Kanske. De kan åtminstone föröka sig själva.”

”Det här förändrar allt. Nåväl, jag heter major Gustaf Silverbane och mitt skydd gäller även i vår nya värld. Jag kan inte lova att ingen försöker skada er eller stjäla från er igen, men jag kan garantera att den som gör det inte kommer undan ostraffad. Skicka bud till Marstrand eller Lilla Edet, så får ni hjälp. Jag återkommer, det finns nog mer att reda ut kring de där nanogrejerna.”

Han såg med ens road ut.

”En sak till. Vi måste ta med oss mat härifrån, men ni ska i all fall få ett kvitto.”

Gustaf Silverbane tog fram ett blanketthäfte och började skriva.

70.

Filip Stenvik

Vår.

Filip satt bredvid Nils grav och kisade mot förmiddagssolen.

Korna och kalvarna hade självmant övergett ensilaget och gick nu runt och betade på åkrar och ängar. Vad de åt kunde Filip bara gissa, men i vårsolen och värmen måste gräs och örter ha börjat växa igen.

De måste bygga stängsel, hur det nu skulle gå till? Inte för att hålla korna instängda utan för att bevara tillräckligt med vall till vinterfoder och för att skydda trädgårdsodlingarna. Det fanns ingen risk för trafikolyckor och korna kunde gott beta fritt. Fast de behövde skjutvapen. Flockar med förvildade hundar hade redan dödat en av de nyfödda kalvarna.

En månad till och de kunde börja så grönsaker och sätta potatis. Problemet var fröer och utsäde. Potatis att sätta fanns det tillräckligt av, men några fröer till grönsaker fanns nästan inte alls. Längre söderut längs vägen hade en ekobonde med växthus åtminstone egna zucchini- och pumpakärnor, som hade visat sig gro. Tomat- och gurkafröer fanns också, och Filip hade varit noga med att fröer skulle spottas ut istället för att ätas. Men det behövdes växthus, så det fick vara för egen del. Det var värre med lök. Antagligen gick det att plantera hela lökar och förhoppningsvis få frön till sommaren, men då skulle de få klara sig utan lök på tallrikarna i vinter. Detsamma gällde morötter. Det hade varit så enkelt förr. Bara att gå in i en affär och plocka på sig de fröer man ville ha. I Stenviken hade han lagrat fröpåsar i stugan. Hade hans jävla bror klarat vintern? Egentligen borde han samla ihop några man och bege sig ut till ön. Det var bara en dagsmarsch dit. Fröerna skulle vara värt det. Och han saknade sin Kato. Väskan hade varit bra att ha nu.

”Filip, kalvningen har börjat!”

Leon ropade högt borta på fältet och viftade med armarna.

Filip reste sig upp och började jogga över åkrarna. Om ändå Nils varit i livet. Själv visste han inte mer om kor än vad Nils berättat och visat. Än så länge hade alla kalvningar förlöpt utan problem, men vad skulle de göra om något gick fel? I värsta fall fick det bli nödslakt och kött av kossan. Fast en mjölkko var mer värd levande än som kött.

När han sneddade över gårdsplan tvärstannade han.

Fem soldater i tung utrustning, automatkarbiner och kamouflageuniformer satt i solen invid ladan. En sjätte soldat höll på att häfta fast ett glansigt papper på ladugårdsväggen.

”Denna gård och alla här boende eller arbetande omfattas av Carlstens beskydd” stod det textat med svart spritpenna på det vattenfasta papperet. Lappen var undertecknad med en autograf och ett namnförtydligande: ”Major Gustaf Silverbane, tf. landshövding Bohuslän, Carlstens fästning, Marstrand.”

DEL IV

Acceptans – år tio

71.

Maximilian

Den 25 augusti

Max höjde kikaren och spanade mot skogsbrynet nedanför bergknallen. Fåren hade gjort sitt bästa för att hålla borta slyet, och ängsmarken övergick tvärt i raka trädstammar, helt utan sly eller mindre träd. När sommarsolen låg på som värst sökte sig flocken ofta in bland träden för att idissla i skuggan, men förr eller senare drog det gröna, knähöga gräset alltid ut dem på ängen igen. De hade också en förkärlek för att idissla i skydd av träden nattetid, och då fick han skicka dit bordercollien Marvin för att driva upp dem mot bergknallen. Ängen skulle ge bete ytterligare en vecka, sedan skulle han och de andra herdarna driva fårflocken vidare.

I skogen strök varghundarna nattetid, eller räven för den delen. Under de korta sommarnätterna kunde han inte skydda flocken inne bland skogens träd, men var det bara stjärnklart kunde inte ens räven ta sig fram till ängen runt bergknallen för att plocka ett lamm utan att han fick skottillfälle. Två rävskinn hade det blivit den senaste veckan, tack och lov ingen varghund.

Hybriderna av vargflockar, parade och hopblandade med de största överlevande förvildade hundflockarna, kunde annars döda en handfull av fårflockens nästan trehundra djur på bara några minuter, men varghundarna hade inte synts till denna sommar. Vinterns drevjakt i spårsnö hade förhoppningsvis lyckats utrota den flock som hävdade revir i området. Fjorton varghundspälsar hade det blivit. De enda förlusterna i sommar var två lamm som räven lyckats knipa, men fyra rävskinn var mer än tillräcklig kompensation. Det var varken värt risken eller arbetet att bygga stängsel. Utan stängsel kunde fåren fly undan och överleva istället för att slaktas urskillningslöst om en flock varghundar dök upp. En del mindre fårbesättningar hölls inom stängsel, men de flesta betesdjur vallades löst för fäfot. Mark fanns det trots allt gott om. Istället var det odlingarna som stängslades in för att hålla betesdjuren ute.

Två äldre tackor och den ena tackans späda dilamm hade avlivats. Skinnen hade Max berett och skickat vidare för försäljning och köttet hade grillats, saltats eller rökts. Han var van att äta gammal tacka. Så länge de gamla tackorna tillbringade hela sitt liv på bete var det ingen större skillnad på deras kött och årslammens. Tydligen hade det inte varit så förr, men då hade djuren stått installade större delen av året och inte fått full motion.

Det värsta som kunde hända var att varghundarna tog Marvin, hunden var värd fyra oxar. Få tamhundar hade överlevt i fångenskap de första åren efter Nedsläckningen, och tränade brukshundar var bokstavligen värda sin vikt i silver. För att inte tala om priset på hästar. Med undantag för kavalleriskvadronens hästar på Carlstens fästning samt länsmännens eller kurirernas hästar fanns de nästan inte kvar någonstans.

Han lade ner kikaren. Fåren och lammen var lugna i skuggan av träden. Inget verkade smyga sig på dem, de brukade reagera direkt om de kände sig hotade.

För säkerhets skull tog han upp studsaren och testade att han satt stabilt. Studsaren var en Sako .30-06 med kikarsikte. Vita meterhöga käppar med svarta siffror var uppsatta här och var i cirklar runt bergknallen. En femma innebar femtio steg, en tia hundra och femton etthundrafemtio. Längst bort, där ängsmarken övergick i skog, stod käppar för tvåhundra steg. Avståndsbedömning var allt. Med rätt avstånd var det en smal sak att träffa om varghundarna återvände.

Värvningen till Svenshögens hemvärnskompani garanterade honom en bössa. Endast hemvärnsmedlemmar, länsmän, militärskvadroner och militärkompanier fick bära skjutvapen. Att sköta herdedrift helt utan vapen var det inte tal om, och de flesta herdarna tillhörde därför något hemvärnskompani. Alla kunde förstås inte vara hemvärnsmän. Om vårdkasarna tändes och de mobiliserades måste fortfarande någon valla flockarna.

Han såg sig omkring. Ingen svart rök från någon vårdkase syntes. Sist hade varit i april, då Läsöpiraterna hade försökt sig på en större räd. Max hade varit ute vid Ödsmåls kile för vinterbete på strandängarna när vårdkasarna hade tänts, en efter en. Det började ute vid Marstrand och spreds sedan berg efter berg, tills hela kusten var ett pärlband av eldar. Någon strid blev det aldrig. Silverbanes ryttare från Marstrand kallade dem till Tjörn från samlingsplatsen vid Solberga kyrka, men redan när de samma eftermiddag nådde Tjörnbroarna på sina cyklar hade mobiliseringen avblåsts av ännu en ryttare. Piraterna hade slagit till snabbt mot Klädesholmen och sedan gett sig av med all fisk, obesegrade. Två hemvärnsmän från Tjörns kompani hade fått sätta livet till och fiskeläget på Klädesholmen hade bränts ner.

Det kändes tryggt att bo en bit från havet. Piraterna gav sig aldrig in över land. Det behövde de inte, de flesta byar och alla fiskelägen låg ju vid havet. Vintertid kunde de med enstaka båtar rentav komma över fårkött eller nöt i små nattliga räder mot vinterbetet. Fast med beväpnade herdar försökte de sällan det längre.

Max hade varit medlem i hemvärnet i fyra år. På grund av sin skjutskicklighet hade han utsetts till prickskytt och fått fyra extramagasin till Sakon, vilket var ovanligt. De som bara hade jaktvapen fick nöja sig med ett enda magasin. Annat var det för skyttegrupperna som hade automatvapen. Visserligen fanns det bara en riktig skyttepluton på kompaniet. Det var de riktigt tuffa killarna, men det krävdes ännu mer för att tillhöra kompaniets prickskyttegrupp. Befordran hade inneburit veckor av utbildning tillsammans med eliten på Carlstens skvadron. Ransoneringen av ammunition omfattade inte heller utbildningen av prickskyttar. Själve Silverbane hade besökt dem flera gånger under utbildningen som hade letts av Bullseye, överstelöjtnant Mikael Andersson. Som prickskytt fick han rentav extra ransoner av ammunition för att alltid ha studsaren inskjuten och behålla skjutskickligheten genom träning. För andra var det betydligt striktare, och övningsskytte skedde normalt bara en gång om året.

Bräkanden från skogsbrynet signalerade att fåren hade idisslat färdigt. Ledartackan kom ut på ängen först med sina två lamm och sedan följde resten av flocken.

Max tog upp kompassen och kisade mot solen. Klockan verkade snart vara fyra. Det var dags för avbyte. Hans vecka skulle vara slut och han kunde återvända hem. Det borde inte ta mer än tre, fyra timmar att gå hem. Han skulle hinna innan mörkret föll.

På grusgången framför huset höll hans mamma på att spänna fast barnmorskeväskan på pakethållaren.

”Hej, mamma! Ska du iväg?”

”Max! Du är så stor nu. Inga fjun längre, nästan riktigt skägg!”

Hon strök honom över kinden.

Skäggstubben hade hunnit bli skägg medan han var borta. Utan spegel och rakkniv var det inte tal om annat än att stubben fick växa när han vallade får. Det kliade och blev flottigt av maten när han var iväg och han skulle försöka raka sig ren igen innan middagen.

”Ska du iväg, mamma?”

”Jag måste. Stenviks nästa är på väg.”

”Kan inte Gudrun ta det?”

Mamman log och skakade på huvudet.

”Gudrun börjar bli för gammal. Jag får ta det ensam. Hon har middagen klar snart. Spara lite till mig. Skönt att ha dig hemma igen, Max.”

Hon satte sig på cykeln och for iväg längs den spruckna asfaltsvägen. Tack och lov visade det växande gräset var tjälen förstört vägen som värst. Undvek man bara grästuvorna med tillhörande hål eller sprickor gick det utmärkt att cykla. Värre var det med oxe och vagn eller de fåtal traktorer och gamla bilar som man hade fått i rullning. Ryktet sa att arbetsgäng med straffarbetare skulle börja laga de värsta hålen med grus på de viktigaste vägarna, som gick mellan byarna. Den gamla motorvägen fick vara, eftersom den gick utanför all bebyggelse.

Max ställde ifrån sig ryggsäcken i hans och mammans röda stuga och gick bort till Gudruns grå stuga för middag.

Det skulle i alla fall inte bli fårkött.

72.

Anna Ljungberg

Den 25 augusti

Anna signalerade med handen, och hennes assistent Lisa satte upp nästa bild i presentationen på väggen.

”Nanomiterna har en begränsad livslängd innan de stänger ner sig själva. Skaparna har antagligen lagt in denna funktion för att de inte ska ta över allting och göra hela jordklotet till en enda grå öken. Våra studier visar dock att de i princip alltid tillverkar en ny kopia innan de själva dör, så de blir inte färre. Undantaget är om de dör utan tillgång till råvara för en ny nanomit.”

Lisa bytte till en ny handritad plansch med relevanta siffror och skissade grafer.

”De senaste åren har de varit i vad vi kallar spridningsläge. De förökar sig, men endast en liten del av dem angriper något. Aktiviteten mäter vi genom att titta i mikroskop. Som ni ser på grafen har aktiviteten ökat kraftigt de senaste månaderna. Skaparna verkar ha skickat ut en signal och aktiverat nanomiterna igen. Det är första gången sedan Nollställningen. Det förklarar sommarens halsinfektioner och förkylningar, som vi är helt säkra på att vårt immunförsvar tar hand om. Sår på slemhinnor kan dock ge upphov till otäcka infektioner och i värsta fall leda till döden. I brist på antibiotika är rekommendationen att desinficera med sprit. En rejäl fylla alltså.”

Församlingen började skratta.

Det var varmt i samlingslokalen på forskningscentret i det gamla sanatoriet i Svenshögen. Alla fönster stod på vid gavel, men det hjälpte föga i sommarsolen. Helst hade hon stått ute, men molnen på himlen utgjorde risk för regn. Anna och hennes underordnade hade lagt ner alldeles för mycket tid på presentationen för att låta ens en regndroppe förstöra en enda av de varsamt handritade bilderna.

En hand åkte upp.

”Men vilka är Skaparna?”

Anna ryckte på axlarna.

”Det vet vi inte, de har inte gett sig till känna. Det finns en massa hypoteser, men allt ni hört är bara rykten. Många misstänker amerikanska militären, andra menar att det är miljövänner som ville minska jordens befolkning. Vilket de i så fall lyckats mer än väl med, men till ett oerhört pris.”

Som chef över Svenshögens Nanomitcenter brukade hon ta hand om presentationerna själv. Det gav alltid lite extra tyngd när Anna Ljungberg själv mötte de som skulle utbildas. Efter varje dragning kände hon sig helt tom, och resten av dagen brukade hon låsa in sig på sitt rum eller tillbringa timmar över ett mikroskop.

Den här gången var det straffarbetsvakter som skulle utbildas. Straffarbetarnas genomsökning av alla byggnader var extremt betydelsefull, inte bara för forskningen utan också för att hitta viktigt förbrukningsmaterial. Själva behövde de mer A4-papper och färgband till de manuella skrivmaskinerna. Det började bli ont om papper. Så mycket hade eldats upp som bränsle de första två åren, innan Silverbane hade belagt eldande av papper med straffarbete som påföljd. Så mycket kunskap hade gått förlorad i bokbålen, som om det inte var illa nog att allt som lagrats digitalt hade gått förlorat när Nollställningen slog till. Att elda papper var fortfarande straffbart.

”Men varför har man skickat ut en ny signal? Betyder inte det att det finns elektronik som fungerar någonstans?”

Ljudet av lekande barn nådde dem genom de öppna fönstren. Anna hann se lille Carls blonda, rufsiga hår när han rusade förbi. Hon skulle säga till honom efteråt. Skulle de leka när centret hade utbildning fick de leka i skogen eller nere vid sjön.

Anna nickade.

”Vi vet inte, men det måste finnas en anledning till att nanomiterna har aktiverats igen.”

73.

Filip Stenvik

Den 25 augusti

Kvinnan inspekterade klövarna på Oskar en gång till och rynkade näsan.

”Nej, jag vet inte. Är han verkligen inkörd?”

Filip lyckades hålla tillbaka ett leende. Tanten försökte naturligtvis pruta, men han hade gjort det här så många gånger förr. Han tittade ut över Henåns marknad. Doften av nylagad mat och nybakt bröd blandades med stanken från fisk, oxar, får och getter. En höna sprang i sicksack mellan besökarnas fötter med en ung man i släptåg. Pojken fick till slut tag på hönan och försvann med den i folkvimlet.

”Naturligtvis är han inkörd. Det är alla oxar jag säljer. Stenvik står för kvalitet, det behöver jag inte påminna om.”

Kvinnan fortsatte att se skeptisk ut.

”Och priset?”

”Beror på vad du betalar med. Fyra kilo silver eller fyrtiofemtusen bohusdaler, om du har skuldebrev att betala med. Jag ger ingen kredit, men Silverbanes krediter tar jag gärna.”

Landshövdingen garanterade tio kilo silver för etthundratusen bohusdaler, men Filip tog hellre fyra riktiga kilon omsmält silver än löften om silver. För sakens skull hade han en gång begett sig till Marstrand och faktiskt växlat till sig silver direkt från Carlstens fästning. Man kunde lita på silverfoten, men det var likväl omständligt att växla in. Fast allt fler nöjde sig med bohusdalerna numera.

”Trettiofemtusen.”

Filip skrattade till helt avsiktligt.

”Fyrtiofemtusen. Du kan glömma att pruta.”

”Fyrtiotvåtusen.”

”Taget.”

De tog i hand och Silverbane stämplade, signerade skuldsedlar med vaxsigill bytte händer. Han gick igenom dem en efter en och höll upp skuldsedlarna mot solljuset. De verkade äkta. Förfalskning var belagt med högsta straff, och därmed var det landshövdingen själv som fällde domen vars utgång var densamma för mord, vapenbrott och förfalskning. Den dömde fick inte ens chans till prövning inför tinget eller militärens länstribunal. Det skulle mycket till för att våga hantera förfalskningar.

Han tog fram en flaska och två glas.

”En Stjärnström på det.”

De svepte sina glas och affären var slutförd. Kvinnan ledde bort Oskar. Därmed var alla tre oxarna sålda, och de kunde bege sig hem på oxkärrorna igen. Leon och Mikael började omedelbart packa ihop. Han behövde inte ens säga till. Drängarna visste vad som gällde.

Under tiden gick Filip bort till tullen och betalade de tolvtusen bohusdaler han var skyldig i omsättningsskatt för att ha fört in tre oxar på marknaden. Silverbane skulle få tillbaka sina egna skuldsedlar. Han lämnade även pliktskyldigast över en flaska Stjärnström till länsmännen som hade sett genom fingrarna med den hembrända spriten när de genomsökte vagnarna vid entrén till marknaden. De kände honom väl och visste att de själva skulle få lite under bordet.

Det snackades om att en marknad skulle öppnas i Svenshögen, men det ryktet hade han hört förr. Fast det skulle vara skönt att slippa resa hela vägen till Marstrand, Henån, Lysekil eller rentav Smögen för att sälja. Det behövdes en marknad även innanför öarna. Än så länge hade närheten till havet och fisket fått styra. Förhoppningsvis var det inte bara rykten den här gången. Med allt fler som sökte sig ut till kusten behövdes det fler officiella marknadsplatser.

Nu när Lina var född ville han vara hemma mer, och med över hundratusen bohusdaler på fickan skulle de åtminstone inte behöva sälja fler oxar före våren. Vagnarna var redan fullastade med varor; lådor med lampolja blandades med mjölsäckar, vaxljus, såpa och tvål. Han hade rentav kommit över två gamla tandkrämstuber som kostat honom tvåtusen bohusdaler.

Leon och Mikael var klara och oxarna spända för de två kärrorna. Leon satt på kuskbocken med sin hagelbock i knäet, hemvärnsman som han var. Ingen skulle våga ge sig på dem på hemresan, trots de två fullastade oxkärrorna.

Om tre dagar skulle de vara hemma igen. Han längtade redan efter Maria, barnen och den nyfödda dottern.

74.

Gustaf Silverbane

Den 25 augusti

Landshövdingen av Bohuslän tillika generallöjtnanten Gustaf Silverbane åt sin lunch vid det enkla arbetsbordet högst upp i fästningstornet. Det var det vanliga: makrill med smaklös gräddsås, kokt potatis och morötter. Men han hade ingenting att klaga på. Fisken var färsk, det fanns mat på bordet och han och Chris hade det bra. Tore klättrade säkert runt någonstans i fästningen eller bland bergen utanför, och Elin var med kompisar nere i Marstrand. Äldre pojkar hade börjat visa intresse för henne, men de visste vem som var hennes far, så han var inte det minsta orolig.

Hade det inte varit för sommarvärmen hade han ätit tillsammans med bassarna i husarskvadronen, som utgjorde kärnan i Carlstens fästnings garnison. Egentligen var de dragoner, då de främst använde häst för förflyttning och stred avsuttet, men arvet från K 3 Livregementets husarer fick leva kvar i namnet.

Alla fönstergluggar stod öppna i det runda tornrummet och de massiva granitväggarna gjorde rummet behagligt svalt.

Gustaf hade låtit bära dit ett enkelt skrivbord, några stolar och en stor svart krittavla. På skärmar hämtade från ett gammalt kontorslandskap satt kartor uppsatta. Här uppe slapp han dessutom oväsendet från skrivargruppens eviga hamrande på skrivmaskinerna. Naturligtvis var han inte ensam i rummet. Tre observatörer med kikare fanns ständigt närvarande och spanade ut över skärgården. Vid klart väder gick det att se hela vägen till Danmark, och med lite tur och skicklighet kunde manskapet upptäcka segel långt ut till havs.

Medan han åt fortsatte Gustaf att läsa folkräkningsrapporten. Formellt hade folkräkningen skett vid årsskiftet, men det tog tid att få in hela Bohusläns rapporter och listor från Strömstad i norr ända ner till Kungälv här i söder. Sedan skulle allt sammanställas, döda och utflyttare strykas från listorna och nyfödda och inflyttade läggas till.

För första gången sedan han gett order om folkräkning hade befolkningen ökat. Det berodde inte bara på inflyttning längre utan på antalet nyfödda, överlevande barn. Flykten till kusten verkade ha upphört och hundratals hade börjat flytta tillbaka inåt land. De första åren hade flyktingar från Göteborg, Västgötaslätten och så långt ifrån som Värmland strömmat till den varmare kusten, lockade av tillgången på fisk och, oftast, snöfria vintrar. Ändå uppgick befolkningsantalet nu till bara drygt trettiotusen personer. Ingen visste exakt, men uppskattningsvis hade Bohusläns befolkning varit runt trehundratusen personer före Nedsläckningen.

Första vintern hade varit illa, men då hade det fortfarande funnits en del varulager, djur att slakta, ved att elda och delar av skörden hade hunnit bärgas före Nedsläckningen, eller Nollställningen som forskarna i Svenshögen envisades med att kalla den. Någon folkräkning hade inte gjorts, men med tanke på de massgravar som man med tiden upprättat hade kanske åttio procent av befolkningen dött den första vintern. Den riktigt hårda smällen hade emellertid kommit den andra vintern, trots att Gustaf då hade börjat få lag och ordning på plats igen. Dödsfallen hade fortsatt. Var det inte svält, var det sjukdom. Inräknat flyktingarna påstods åttio procent ha dött även det andra året, och till våren hade allt saknats. Det mesta utsädet var uppätet och endast ett mindre antal framsynta bönder hade något sparat, ofta med skydd av Gustafs mannar.

Men nu ökade befolkningen äntligen, trots utflyttning.

Bilden hade varit likartad i de andra länen i Federationen Västra Götaland, men om utvecklingen vänt även där visste inte Gustaf. Nästa landsting skulle hållas på Karlsborgs fästning först i september. Han såg inte direkt fram mot resan, även om den innebar lite omväxling.

Snart borde i alla fall kopparförbindelsen till Älvsborgs fästning och Käringberget vara upprättad, då skulle han kunna prata direkt med landshövdingen av Göteborg. Åström hade det betydligt enklare med folkräkningen. Göteborg omfattade endast Hisingen och områdena runt Käringberget. Trakten söder om bergen i nordöstra Göteborg var fortfarande en tvistefråga mellan Federationen och Guds Fria Republik Göteborg. Den forna storstaden var numera ett övergivet ingenmansland, plundrat på allt av värde, även om Fria Republikens patruller fortfarande sökte i ruinerna.

Federationen Västra Götalands olika län var tydligt utmärkta på den gamla kartan på skärmväggen. Nålar markerade residensorterna: Marstrand med Carlsten för Bohuslän, Läckö för Vänersborg, Koberg för Älvsborg, och Älvsborgs fästning för Göteborg. Karlsborg var både residensort för Skaraborg och huvudstad för hela Federationen, och där hade Stridén sitt residens. Mot söder avgränsades federationen av den Avspärrade zonen, som sträckte sig västerut från Kungsbacka och Varberg och hela vägen över Borås till Jönköping. Själva hade de aldrig tagit risken att mäta upp strålningen mot söder, men det var allmänt accepterat att gränsen löpte ungefär från Falkenberg, via Växjö över till Kalmar. Även Oskarshamns kärnkraftverk hade havererat, men det mesta av radioaktiviteten därifrån hade drivit vidare österut. Gotland sas vara drabbat, men gotlänningarna påstods bita ihop och hålla sig kvar. Fast det sista Gustaf hade hört var att öns befolkning nu kunde räknas till något tusental. Exakt var den Avspärrade zonens gräns mot söder gick visste nog bara Republiken Skåne, om de alls hade mätt upp den. Inom Federationen hade de använt Försvarsmaktens engångsdosimetrar för att uppmäta farliga nivåer. I stort sett hela lagret hade förbrukats för att fastställa rimliga gränser för bosättning och jordbruk. Utsläppen hade varit massiva, det hade inte gått att stoppa härdsmältorna eller bygga in dem i betongsarkofager, som efter Tjernobyl. Jämfört med den massdöd som Nedsläckningen hade orsakat var utsläppen ändå relativt ofarliga. Enligt Gustafs enda kärnkraftsexpert, David Wallén, pågick utsläppen fortfarande, men hade minskat något med tiden.

Den Avspärrade zonen var en försiktighetsåtgärd, kanske en förhastad felprioritering när folk dog som flugor av svält och sjukdomar. Cancer någon gång i framtiden hade måhända varit att föredra framför svält och död i närtid. Men gjort var gjort, och nu kunde Federationen inte gärna medge att det kanske varit fel att i onödan tvinga bort folk från sina hem. Den Avspärrade zonen fungerade i vilket fall som en buffert mot skåningarna.

Oavsett var dosimetrarna i stort sett slut och några möjligheter att mäta strålningen fanns inte längre. Wallén menade att de områden som fått de första dagarnas utsläpp var hårdast drabbade och det motsvarade den ursprungliga uppmätningen av zonen. Frågan var bara om det fanns utsläpp från kärnkraftverk i resten av världen, och var de utsläppen i så fall hamnat?

Karlsborg, federationens huvudstad, låg illa till mot gränsen till Sverige, men garnisoner från Karlsborg, Såtenäs och Skövde hårdbevakade gränslinjen genom Tiveden och över Vättern. Det var kostsamt, men friheten var värd det. Dessutom hade de helt enkelt inte råd att ta emot fler flyktingar från de östra och norra delarna av Skandinaviska halvön. På Gustafs lott hade fallit att hålla gränsen mot Dalsland och Norge. Norge var inget större problem, då norrmännen var nöjda på sin sida om gränsen. Gränshandeln över Svinesundsbroarna var rentav levande och en rejäl källa till skatteintäkter. Värre var det att patrullera av skogarna mot Dalsland. Det hade i och för sig inte skett några större räder där det senaste året, bara enskilda gårdar hade anfallits, men i övrigt verkade de dalsländska krigsherrarna ta det relativt lugnt nu när krigsherrarna inom federationen hade krossats. Dalslänningarnas rövarband var de sista.

Värre var det med danskarna, framför allt Läsöpiraterna och deras smuggling. Med omsättningsskatt på handelsplatserna som enda skatteintäkt var det helt avgörande för länet att stoppa all smuggling. Dagtid vågade sig ingen smugglare i närheten av Marstrand. Observatörerna i tornet såg allt, och det skulle mycket till för att någon smet igenom. Värre var det nattetid.

Gustaf bröt en bit knäckebröd, gick fram till fönstergluggen och spanade ut över farvattnen runt Marstrand. Kombinationer med bokstäver och siffror var målade i vit färg på de kala klipporna. Allt var inmätt så att granatkastarna på Stora och Övre borggården snabbt kunde verka. Här och var fanns oljeindränkta vårdkasar, redo att tändas med ett enda spårljusskott och ge belysning vid nattliga infiltrationsförsök.

Den gamla bakelittelefonen brummade till på skrivbordet.

"Silverbane, mitt i lunchen."

"Chefen, vi har gripit en man här i Marstrand. Vapenbrott. Våldsamt motstånd."

Gustaf suckade. Nolltolerans gällde. De första årens kaos hade med all tydlighet visat att tillgången på skjutvapen måste regleras, hårt. Han ensam utdömde de hårdaste straffen och utförde dem själv.

"Jag sitter i tornet."

Han slängde på luren och lutade huvudet i händerna. Förhoppningsvis var det ett missförstånd, bara en hemvärnsman utan identitetshandlingar. Han ville inte ha ännu en avrättning på sitt samvete. Fast det fanns förstås inga alternativ. Det gick inte att hålla fängelser. Beslag, skampåle, vräkning, straffarbete, utvisning eller avrättning var de enda straff som gällde. Straffarbetarna var åtminstone produktiva, beslagen oftast lönsamma, speciellt som familjemedlemmar var solidariskt betalningsskyldiga, och skampålen kostade varken mat eller utrymme. Vräkningarna gav bostäder och fungerande gårdar till laglydiga nykomlingar.

För stunden var generatorerna tysta och deras enträgna brummande ekade inte mellan fästningens murar. Efter lunch skulle oväsendet börja igen. Så här års körde man på den sista oljan och slapp vedröken, men snart var oljelagren slut och då blev det ved året runt.

Elnäten hade fått byggas om från början och fungerade bara väldigt lokalt. Detsamma gällde telenäten. Sommartid var belysningsbehovet minimalt, men de behövde rinnande vatten, så generatorerna kördes dagligen ändå. Alla marknadsplatserna hade numera fungerande elgeneratorer och rinnande vatten. Reservoaren på Marstrand låg här uppe på fästningen och såväl Smögen som Lysekil och Henån hade vattenmagasin i höga lägen.

Att få igång kommunikationerna, via manuell växeltelefonist, inom Marstrand hade varit ett mindre problem. Lokalt inom Carlstens fästning hade de haft koppartelefoni ända sedan de kunnat ladda gamla bilbatterier, och telenätet sträckte sig nu till hamnkontoret, marknadens kontor och hela vägen ut till tullen på Instöbron.

Men mellan orterna låg det värdelös fiberoptik och arbetet med att koppla koppartråd hela vägen ner till Älvsborgs fästning var nu inne på sitt andra år. Det hade varit svårt att få tag på kompetent folk som klarade av analog teknik, dessutom utan datorstöd. Med digitala telestationer hade det inte varit tal om annat än att börja om från början med det man kunde återanvända. Det gällde att hitta gamla telefoner från 50- eller 60-talen, dra kablar och koppla in batterier. En och annan militär fältapa från det gamla analoga invasionsförsvaret hade också hittats och kunde användas, liksom gamla militära manuella telefonväxlar. Men allt tog tid, och med fallande brottslighet blev dessutom straffarbetarna och beslagen färre och de behövde betala för utrustning och arbetskraft. Mer skatteintäkter behövdes.

Gustafs ekonomer varnade för att alltför lättvindigt skriva på nya bohusdaler. Det fanns risk för hyperinflation, och om tillräckligt många synade silverfoten fanns det inte silver nog i valven på fästningen. Det gällde att ha intäkter i balans med utgifter, och det var här folkräkningen var viktig. I framtiden skulle det bli möjligt med personbeskattning, inte bara omsättningsskatter på marknadsplatserna.

I längden var det omöjligt att leva på rester som nästan alltid behövde konverteras och rensas från elektronisk styrning. Det måste satsas på nytillverkning. Enstaka gamla traktorer och veteranbilar fanns i bruk, men bristen på bränsle gjorde att inte ens Gustaf åkte bil. Det var tal om att bygga gengasaggregat och köra på ved, men för det behövdes fungerande el till svetsar, svarvar och annat. Tillverkningen av ammunition hade åtminstone kommit igång, men det handlade om manuell handladdning och återanvändning av gamla patroner. Kvaliteten lämnade minst sagt en del att önska.

Oftast var det kompetensen som var flaskhalsen. Folk som hade kunskap var vana vid att arbeta med datorer och modern utrustning. Allt tog sådan tid. Men det fanns mat på bordet hela året för alla numera.

Fast med mat i magen började det muttras om demokrati och val. Folk började bli otacksamma.

Tids nog skulle han tvingas gå dem till mötes. Kanske börja med val till tingsrätterna och därefter till tingsrådet, vars makt ändå behövde begränsas. Möjligen låta folket välja länsmästare också. Förr eller senare skulle nog även landshövdingen väljas, men då fick denne flytta ut från Carlsten. Gustaf skulle fortfarande vara militär befälhavare över Bohusläns två skvadroner husarer och två hemvärnsbataljoner. Den positionen kunde aldrig bli en demokratisk valfråga. Egentligen skulle ett separat civilt styre vara en fördel även om det innebar en massa byråkrati och korruption. Han skulle slippa sina civila plikter och kunde dra igång en större operation för att göra slut på Dalslandskrigsherrarna en gång för alla. Operativa beslut måste fattas i stunden, inte via kurir. Helst ville han ha minst två skvadroner till, men det fanns inte hästar nog, än mindre skatteunderlag och manskap.

Nåväl, det var inte aktuellt med några val än, men till våren skulle han se över möjligheten för val till tingsrätten och tingsrådet.

Fyra husarer i slitna M90-uniformer och kroppsskydd och beväpnade med automatkarbiner kom uppför trappan till tornrummet. Mellan sig hade de en kraftigt byggd man. Han såg ut som en av Guds fria krigare. Kläderna var smutsiga och det rödblonda skägget långt, men välansat. Gustaf kände inte igen färgerna på mannens shemagh. Handlade det om någon ny fraktion inom Republiken?

En av husarerna lade två vapen på arbetsbordet.

”Han gick iland från ett nordtyskt handelsskepp, fullt beväpnad. Föll ner på alla fyra och började be. Vi tog honom direkt. Du ser själv vad han hade med sig.”

På bordet låg en äldre kalasjnikovkarbin och en toppmodern israelisk Uzi. Att se en kalasjnikov var mycket ovanligt, och den israeliska Uzin var av en typ Gustaf aldrig hade sett i Sverige tidigare. K-pisten, i kolsvart kompositmaterial, hade standardiserade utrustningsfästen, ett grepp för vänsterhanden påmonterat och var dessutom utrustad med en tjock ljuddämpare och utfällbar, förlängd kolv.

”Ammunition?”

”Fem magasin till Uzin och tre till kalasjnikoven. Även knivar, men det är inte brottsligt.”

Husaren slängde fram två knivar. Gustaf kände direkt igen den ena knivens slida: en svensk Fällkniven. Han drog ut kniven och kände på eggen. Fortfarande vass, men likt alla knivar från före Nedsläckningen nerslipad flera millimeter från nyskick.

Han såg mannen i ögonen. Blå ögon, rödlätt skägg. Ärr täckte hans fårade ansikte.

”Innehav av skjutvapen är belagt med högsta straff. Jag är både domare, jury och bödel i dessa frågor. Vad har du att säga till ditt försvar?”

Talade han ens svenska? Förstod han vad han var anklagad för? Skulle det behövas tolk om han kom från Tyskland? Guds fria krigare kunde åtminstone alla svenska.

Mannen gick upp i givakt och gjorde honnör.

”Löjtnant Joakim, Joystick, Sorbin, Särskilda Operationsgruppen, anmäler sig för tjänstgöring, åter från Afghanistan. Jag ville bara kyssa hemlandets jord.”

”De satte mig framför filmkameror nästan direkt. Jag utsattes inte för värre tortyr än sparkar och slag. Meningen var att jag skulle halshuggas inför kameran så snart de hade läst upp ett meddelande, men kameran lade av. De fick fram en annan kamera, men också den lade av, och sedan gick strömmen i hela grottan. Den stora Reningen hade börjat och räddade mitt liv.”

Joakim tog ett bett av knäckebrödet och doppade resten i den potatis- och löksoppa som Gustaf hade fått köket att slänga ihop.

”Jag gjorde det jag var tvungen för att överleva. Det är länge sedan jag pratade svenska eller använde mitt riktiga namn. Ahmed blev mitt nya namn. Mellan koranstudierna tränade jag krigare till kompetenta enheter. Jag deltog inte när Kabul befriades, men jag var med i Teheran, Bagdad och Damaskus. Vi var som gräshoppor som skövlade allt i vår väg. Jag var en av de första som trädde in i al-Aqsamoskén efter Jerusalems fall. Vid det laget var vi fem miljoner man. Påstods det. Sanningen låg nog närmare två miljoner, men de överlevande israelerna hade inte en chans. Reningen hade utraderat deras teknologiska övertag. Allt de hade var handeldvapen och en del artilleri. Vi var, som sagt, åtminstone två miljoner och hade skakat liv i gamla T-55:or och T-62:or, som går att laga med ståltråd och hammare. Dessutom hade vi gott om artilleri, även om det fick dras fram för hand. Utan radio fungerade artilleriet bara mot fasta mål, och vi använde eld och rörelse. Miljoner dog där i Israel.”

Joakim tystnade och tittade ner i golvet.

”Tel Aviv brändes för tre år sedan. Vid det laget hade jag vandrat i fem år och krigat tvärs över hela Mellanöstern. Det var inte bara jag som var trött. När Israel utplånades började koalitionen falla samman. En del, särskilt vi som ansågs tillhöra al-Qaida, ville till Mekka och befria Saudiarabien. Andra ville återupprätta storkalifatet och återta all förlorad mark ända fram till Wien. Interna skärmytslingar eskalerade, och till slut var det fullt inbördeskrig igen. Jag såg till att försvinna, och i tre år försörjde jag mig som karavanvakt eller livvakt upp genom Europa, tills jag slutligen nådde Lübeck och tog värvning på ett segelfartyg. Och här är jag nu.”

Gustaf nickade fundersamt. Han kunde inte gärna skjuta Sorbin för vapenbrott, men gick det att lita på en konvertit? Var låg hans lojalitet? Sju år i fångenskap och krig förändrar en man. Hur många liv hade han på sitt samvete?

”Nåväl, skyltningen är tydlig. Inga skjutvapen i Bohuslän. Men du är ursäktad. Intresserad av att gå i tjänst igen?”

Sorbin skakade på huvudet.

”Nej, jag vill hem till Karlsborg och Disa.”

Gustaf nickade. Han kom mycket väl ihåg löjtnant Sorbin. En av de yngsta i SOG när det begav sig. Inte ens gift. Gustaf hade nog träffat flickvännen en gång innan Nedsläckningen. Han harklade sig.

”Jag stod på Karlsborgs flygplats för att flyga till Afghanistan och undsätta er när allt släcktes ner. Det forna Sverige finns inte längre. Det här är Federationen Västra Götaland. Du är fri att återvända till Karlsborg, men Disa kanske inte väntar på dig, om hon ens lever.”

”Jag är medveten om det. Det är inte mycket bättre på kontinenten. Öde städer, svält, krig. Efter Reningen föll länder samman tillsammans med kommunikationerna. På sina håll utgör byar numera länder. På andra håll kan en dalgång vara ett eget land. Går det egentligen att prata om länder längre, eller om nationer?”

”Vi säger Nedsläckningen här.”

Ett muller rullade in över Marstrand.

Gustaf gick fram till fönstret och spanade ut över det blågröna havet, ut över de öar, kobbar och skär som syntes i den milsvida utsikten från Carlstens fästning. Himlen var fortfarande klar och molnfri och solvärmen dallrade i luften mot fästningens sten. Det var helt säkert åska på avstånd.

Men åskmullret dog inte ut utan fortsatte oavbrutet någonstans långt borta i söder, bortom horisonten.

Det var ett ljud Gustaf inte hade hört på ett helt decennium. Ljudet av jetmotorer.

Epilog

24 augusti

Smärtan i magen kom krypande igen. Som vanligt började det med en molande värk som blev vassare och vassare tills det högg som knivar i buken.

Pär Stjärnström hade inte långt kvar. Enligt doktorn hade han någon form av magcancer. Bättre diagnos än så gick inte att få. Lät han bli att äta blev perioderna med värk längre, men då slapp han smärtans knivhugg. Någon behandling fanns förstås inte, det var bara att invänta slutet. Doktorn hade försökt trösta honom med att om han hade kunnat bli behandlad som förr i tiden och överlevt, hade han antagligen fått leva resten av livet med en påse på magen. Nu fick han dö med värdighet.

Men slutet dröjde. Dagar hade blivit till veckor, och veckor till månader. Pär såg allt mer ut som ett levande skelett, men trots att revbenen stod ut mot hans veckiga hud hade han orkat cykla ner till sitt gamla hus i Avspärrade zonen. Beslutet att det här fick bli sista vändan var helt rätt. Han visste att han inte skulle orka cykla tillbaka upp till Västra Bodarna. Det fick räcka nu. Slutet borde ha kommit för länge sedan, när han inte kunde hållas vid liv av modern sjukvård, men döden lurade honom fortfarande. Förr hade han antagligen dött neddrogad i en sjukhussäng, om han inte hade kört ihjäl sig eller hoppat från Älvsborgsbron.

Att dränka sig i Stora Öresjön kunde han inte med, det vore fult att sluta livsgärningen med att förgifta rent vatten, även om det var radioaktivt. Och något skjutvapen ägde han inte. Om det ändå hade varit vinter, då hade han tagit med sig några flaskor ut till en stubbe i skogen, klätt av sig, låtit spriten stå för invärtes värme och somnat in i kylan.

Men nu var det sommar, och spriten fick bli lösningen. Botemedlet mot smärtan. Vägen ut.

Det var här i huset han hade sina hembränningsapparater; hans inkomst och försörjning de senaste tio åren. Men det skulle inte bli någon ny vända ut ur zonen den här gången. Hans kunder fick helt enkelt leta reda på någon annan brännare, och länsmännen fick leta efter mutor någon annanstans. Cancern var säkert straffet för tio års synder. Doktorn hade sagt något om alfastrålare i mag-tarmkanalen och att han antagligen hade ätit för mycket radioaktiv mat. Kanske var det alla grönsaker som han fortfarande odlade här vid villan i Avspärrade zonen?

Och det var här i Ubbhult han hade sin älskade observatoriekupol. Elektroniken fungerade förstås inte, men den stora stjärnkikaren var rent optisk. Kupolen kunde han snurra runt för hand även om det inte var detsamma som förr, då den automatiskt justerade sin position. Allt hade varit så mycket enklare med alla datoriserade hjälpmedel. Stjärnkartor, databaser och automatisk styrning. Tack och lov hade han varit hobbyastronom sedan barnsben, före datoriseringen. Och böckerna och referensverken fanns kvar. Trots bristen på datorstöd var det ändå ett sant nöje, en möjlighet att komma bort och drömma om andra, bättre världar. Samma funktion som tv förr i tiden.

Däruppe någonstans kanske de sista lämningarna av människans storverk levde kvar; satelliter som skickade radiosignaler utan att någon svarade eller lyssnade. Kanske fungerade fortfarande strömmen och all elektronik på ISS, även om rymdstationen måste ha övergivits för länge sedan. Hade astronauterna sett hur det globala samhället släcktes ner där uppifrån? Hade de till slut tvingats fatta beslutet att överge teknologin och återvända till jorden? Mat, vatten och syre räckte ju inte hur länge som helst.

Spriten började döva smärtan i magen, och han kunde fokusera tankarna igen.

Pär slöt ögonen och tänkte tillbaka på den där regniga sommaren, veckorna före Nedsläckningen. Hans absolut största triumf som hobbyastronom. Trots den ljusa sommarnatten hade Clarkeidernas magnifika meteorskurar synts tydligt. En ljus prick hade blivit större och större i sommarnattens mörker. En bolid hade fallit nästan rakt mot honom och kraschat på ett fält längre ner mot Kungsbacka. När han hade hittat den lilla kratern med stenens krossade delar hade delarna fortfarande varit varma och dammiga. Men fotobevisen på upptäckten hade han aldrig hunnit lägga ut på Internet. Dagen efter var hans Iphone sönder och det gick inte att ladda upp bilderna. Han hade skickat in telefonen till Ramses men Ramses hörde aldrig av sig.

Veckorna efter började Nedsläckningen, och sedan brydde sig ingen om stenar från rymden.

Pär tittade bort från teleskopets okular, lyfte av kåpan från bivaxljuset och höll upp nattlyktan framför anteckningarna på det lilla bordet. Han tittade på klockan. Den internationella rymdstationen ISS skulle snart dyka upp över horisonten. Det var visserligen några veckor sedan han sist ställde sin mekaniska klocka efter kyrkklockan i Floda, men en kontroll mot kompassen och ISS väntade position bekräftade att han inte var för tidigt ute. Armbandsuret var gammalt och mekaniken kärvade allt mer. Han borde ha ställt klockan innan han gav sig av. Här nere slog inga kyrkklockor längre, vare sig i Ubbhults kapell eller i Sätilas kyrka. Kunde vara en sista diversion om han orkade cykla hela vägen ner till Sätila och ta sig in i kyrkan och tornet. Kyrktornet var kanske högt nog för ett snabbt slut, till klockornas spel?

Det var helt stjärnklart, trots den korta sensommarnatten. Nedsläckningen hade i alla fall gett honom stjärnorna tillbaka. Varje molnfri natt syntes Vintergatan i all sin prakt, en prakt som man förr fick resa till avlägsna observatorier för att uppleva. Nu erbjöds alla gratis och fri tillgång till stjärnorna igen.

Det gamla samhällets satelliter syntes tydligt på himlavalvet, som stjärnor i snabbare rörelse än den långsamma bakgrunden. En smärtsam påminnelse om vad mänskligheten en gång kunnat åstadkomma.

Hans syn var inte vad den varit. Med blotta ögat kunde han inte se ISS. Inte för att det behövdes. De nya objekten syntes desto tydligare över horisonten, där de alla sex låg utspridda runt ISS position. Pär tittade återigen på klockan. Den gick en minut före.

Han lutade sig fram och tittade in i okularet igen.

De sex objekten reflekterade fortfarande solens ljus, precis som det betydligt mindre ISS mellan dem. Snart skulle de alla försvinna in i skuggan av jorden och bli osynliga, om han inte hade den osannolika turen att ha månen som bakgrund.

Hur många veckor hade de legat där? Minst fyra. Pär var osäker. För fyra veckor sedan hade han upptäckt dem för första gången. Å andra sidan kunde de ha varit där längre. De ljusa sommarnätterna gav inte mycket tid att observera stjärnhimlen, speciellt inte så lågt vid horisonten. Det här var första gången han kunde iaktta dem i det stora teleskopet, i Västra Bodarna hade han fått nöja sig med en mindre tubkikare.

Smärtan i magen försvann tvärt och hjärtat bultade hårt i hans tunna bröstkorg. Pär kände inte ens den fräna smaken av sprit i munnen.

Genom teleskopet såg han hur fyra av de sex objekten delade upp sig i dussintals mindre föremål. Objekten började falla ner mot jorden.

Ljusa prickar blev till stråk av stjärnfall.

Efterord

Ingen bok skrivs helt ensam.

Utan min hustrus stöd hade ni aldrig läst den här boken.

Utan mina läsare hade boken heller aldrig blivit skriven.

Provläsare, faktagranskare och bollplank är fler än jag ska tråka ut er med, för att inte tala om uppmuntran från mina läsare.

Särskilda tack utgår till Carl "Wiseman" Bergqvist, wisemanswisdoms.blogspot.com, som återigen läst och kommenterat, även om det inte blev några luftstrider den här gången. Försvarsbloggaren Skipper, navyskipper.blogspot.se, har också bidragit och sågs senast köpa in ett antal fotogenlyktor och brännare, samt samhällsfarliga mängder fotogen att lagra i garaget. MS synpunkter och insyn i samhällets beredskap har varit till stor hjälp. Min gode vän Älgflugornas herre, lipoptena.blogspot.se, har bidragit, liksom bloggerskan Ylva Engström, som hittas på ylven.blogspot.se. Ett extra tack till dr Erik Espman, som faktagranskat de medicinska delarna och även förmedlat synpunkter på kärnkraftsproblematiken. Att under omständigheterna hålla Ringhals från en härdsmälta i över en månad är en enorm bedrift. I verkligheten hade man utan fungerande reservkraft, kylning och styrsystem bara klarat sig i timmar. Bland faktagranskande kalenderbitare finns det dock ingen som slår Magnus Ernström.

Ett stort tack till inblandad personal på F 7 Såtenäs, och speciellt för tiden på skjutbanan. Malmöpiketen ska ha tack för studiebesöket.

Alla faktafel är naturligtvis mina egna och ska inte skyllas på någon annan än mig själv.

Som vanligt är Internet och bland annat Google Streetview författarens bästa vän. Forumet Swedish Prepper heter egentligen Swedish Survivalist, och har varit en fantastisk källa för research kring prepping.

Ett tack är även på sin plats till de slutna svenska författargrupperna på Facebook, vilket är vattenhål och ventil när man sitter isolerad från omvärlden med sitt manusarbete.

Utan förlaget blir det inte heller någon bok. Särskilt tack till Jennifer Lindström, Camilla Silfvenius, Stefan Tegenfalk, Annika Berg, Silvia Klenz Jönsson, Anders Timrén, Lina Sjögren, Sophie Strömqvist, Jessica Bab Bonde, Eva Busk, Conny Swedenås, Sofie Guldbrandsson och alla andra inblandade på Massolit Förlagsgrupp.